Ilaria Tuti

Née en 1976, Ilaria Tuti vit à Gemona del Friuli, au nord-est de l'Italie. Véritable phénomène dans son pays, *Sur le toit de l'enfer* (Robert Laffont, collection « La Bête noire », 2018), premier volet de sa série autour du commissaire Teresa Battaglia, lui a valu d'être surnommée par la presse italienne la « Donato Carrisi au féminin ». La suite de la série, composée de *La Nymphe endormie*, *À la lumière de la nuit* et *Fille de cendre*, a paru chez le même éditeur. Ilaria Tuti a remporté le Prix Bête noire des libraires en 2019.

FILLE DE CENDRE

ÉGALEMENT CHEZ POCKET

SUR LE TOIT DE L'ENFER

LA NYMPHE ENDORMIE

À LA LUMIÈRE DE LA NUIT

FILLE DE CENDRE

ILARIA TUTI

FILLE DE CENDRE

Traduit de l'italien
par Johan-Frédérik Hel Guedj

LA BÊTE NOIRE
Robert Laffont

Titre original :
FIGLIA DELLA CENERE
Gruppi editoriale Mauri Spagnol

Cette œuvre a été traduite avec la contribution du Centre pour les livres et la lecture du ministère de la culture italien

CENTRO
PER IL LIBRO
E LA LETTURA

ISBN : 978-2-266-33312-2
Dépôt légal : octobre 2023

« Je sais que rien ne se décide dans le ciel
ou sur la terre – et pourtant je pétris ma ferme poitrine
comme le fermier le ventre de la génisse.
Je vais moi aussi accoucher d'un cœur nouveau
il me descendra entre les jambes avec une douleur inutile
et je ne saurai qu'en faire. »

Elisa Ruotolo, *Corpo di pane*

Aux femmes blessées

Prologue

Vingt-sept ans plus tôt
À la fin de tout

Il avait un peu plus de trente ans et se sentait poussière. De la poussière, que pouvait-il tirer ? Une seconde vie, mais uniquement en la mélangeant à des larmes et du sang, avec la sueur des créatures agrippées au bord d'un précipice.

Allongée sur la banquette, se soumettant à une nouvelle séance de thérapie pour soulager la douleur et reconstruire ce qui, en elle, était encore brisé, Teresa Battaglia avait d'abord craint le contact de mains étrangères sur son corps. Or, au contraire, elle avait constaté qu'elle en éprouvait du soulagement. Grâce au toucher expert de la doctoresse, elle redevenait une petite fille, bercée comme si ses lamentations avaient été des vagissements.

— On meurt et on renaît plusieurs fois au cours d'une seule existence, Teresa. Cela s'est déjà produit. Cela se produira peut-être encore, et cela fera mal, mais regarde un peu celle que tu es devenue à présent.

Teresa déplaça le regard, du plafond vers le visage de la femme. Elle se sentait comme une béance, incapable d'accueillir quoi que ce soit.

La doctoresse se pencha sur le divan qui recevait le vide desséché de sa patiente.

Chaque mot qui franchissait ses lèvres était modelé par les inflexions de sa langue maternelle. L'Orient était là, enfermé entre le palais et les dents de cette femme, il s'enroulait sur le dos du phénix *feng-huang* brodé dans la soie de la blouse. Rouge, comme les fruits de l'arbousier qui, par les hivers brumeux, enflammaient le jardin des grands-parents de Teresa.

— Tout le monde parle de ce que tu as réussi à faire.

La facilité avec laquelle les souvenirs se rembobinaient, quand tout semblait perdu, était inquiétante. La fin devenait une pente qui basculait et laissait glisser toute chose vers l'origine. Teresa dégringolait lentement vers un trou noir.

Les encens rituels libéraient des filets de fumée torsadés. En musique de fond, des flûtes de bambou imitaient les murmures d'un vent de terres lointaines.

La doctoresse inséra une deuxième aiguille sous la peau.

— Ce point énergétique s'appelle le *Da Ling*, ce qui signifie « grande colline ». Il représente le tumulus de terre de la tombe…

Teresa ferma les yeux, se sentant elle-même sépulture vivante.

— Pourtant chaque tombe conserve un secret, voilà pourquoi *Da Ling* porte aussi d'autres noms. Afin de dévoiler, d'assainir. (Encore une aiguille sous la peau.) *Gui Xin*, « fantasme du cœur ». *Zhu Xin*, « gouverneur du cœur ». Tu ensevelis le passé et ton sentiment de culpabilité, Teresa, et pas tes talents.

Teresa entrouvrit les lèvres. Parler lui provoquait des douleurs. L'attelle maintenait encore la mâchoire traversée par les agrafes chirurgicales, depuis l'opération.

— Je suis pous-sière, réussit-elle à dire.

N'importe qui aurait pu la balayer en lui soufflant dessus. Un homme qu'elle avait aimé avait jeté ses os sur un autel noir. Teresa les sentait rouler, remués par le souffle de la vie, comme si ces os-là tentaient de recomposer un squelette sur lequel pourrait se fonder un nouveau commencement. Ils craquaient, agités par la voix de la peur qui la réveillait en pleine nuit. Fracas d'os brisés. Les siens.

Les crises de panique la surprenaient toujours dans l'obscurité, dans le silence, les bras et les jambes agrippés aux draps, offerte à la perte. Elles jaillissaient montées sur une harde de chevaux sombres lancés au galop contre les pentes de sa peau marbrée. Ils galopaient en heurtant les points de suture, ils lui enfonçaient leurs sabots dans les genoux, au creux des coudes, piaffaient sur les clavicules, sur les chevilles. Ils effritaient ce que Teresa maintenait à grand-peine, brisant la femme d'os qu'elle était devenue, femme écorchée. Ils la réduisaient en menus fragments et chaque fois un petit morceau d'elle se dispersait.

Dans son dos, Mei Gao déposa ses instruments d'acupuncture. Elle lui prit le visage entre les mains et exerça une légère traction afin de lui faire lever le menton.

Teresa sentit son corps s'ouvrir aux élancements et à une respiration plus profonde, se livrer à une force qui avait pourtant toujours un prix, celui de la douleur.

— Tu étais poussière, mais la souffrance est devenue feu, murmura la femme. Elle t'a rendue incandescente. Et de la cendre de ta vie précédente tu as pu renaître. Tel est le destin des commandants, commissaire Battaglia. Ne baisse plus la tête, devant rien ni personne. Pas même devant toi.

1

Aujourd'hui

Le taxi s'arrêta devant le portail de la prison de haute sécurité.

La femme ne bougea pas, n'ouvrit pas la portière. Elle regardait les murailles en béton armé et les guérites comme si la liberté se trouvait de l'autre côté.

Le chauffeur de taxi se retourna, un coude sur le dossier du siège.

— C'est la bonne adresse ?

C'était l'adresse exacte, et la destination finale se situait exactement « au-delà », là où elle n'aurait plus aucune certitude.

— Madame ?

La femme hésitait par crainte d'oser encore un pas dans une vie à laquelle elle aurait déjà dû dire adieu depuis longtemps, avec un sentiment de honte en raison de tout ce qui n'existait plus, mais que les autres s'obstinaient à voir encore en elle. Un reflet qui sc détachait peu à peu de son corps, reléguant dans le passé ce qu'elle avait été. Elle avait un peu moins de soixante ans, un corps qui se délabrait comme si elle en avait quatre-vingts et l'âme douloureuse d'une centenaire.

Elle se sentait comme un spectre dans un monde qui n'était plus le sien.

— Madame, c'est là que vous devez aller ?

Les spectres n'ont pas de voix. Ce fut quelqu'un d'autre qui répondit pour elle, sur le trottoir.

— C'est ici, oui.

Massimo Marini ouvrit la portière. La luminosité intense de cet après-midi printanier l'assaillit dans le dos et mit en évidence le tremblement d'un muscle de la mâchoire. L'inspecteur était tendu, peut-être autant que la femme, qui reconnut dans ce frémissement une émotion difficilement contenue. Ils ne s'étaient pas vus depuis deux semaines, depuis qu'ils avaient failli mourir ensemble.

L'inspecteur sortit son portefeuille de la poche intérieure de sa veste, paya la course et lui prit la main pour l'aider à descendre.

— Commissaire, on y va ?

Teresa Battaglia serra plus fort la canne de marche, qu'elle empoignait et dressait entre eux deux, un geste qui n'avait rien d'un hasard.

C'est comme cela que tu me veux ? lui demandait-elle, l'ironie féroce de ce geste se retournant contre elle-même. L'infirmité, celle qui était manifeste, et l'autre, encore dissimulée, imposaient une présence dérangeante dont ils devaient tous les deux tenir compte.

Marini se déplaça encore un peu.

— Vous voulez que je vous prenne dans mes bras ? Parce que je peux.

— Tu te romprais l'échine.

Il attrapa la canne.

— Si vous avez l'intention de changer d'avis, il faudra me frapper, avec votre gros bâton.

Elle tira dessus, sans réussir à la reprendre.
— Pense bien que je ne l'exclus pas.
— Descendez.
— Je descendrai quand c'est moi qui l'aurai décidé.
Le chauffeur de taxi redémarra son moteur.
— Madame, s'il vous plaît, descendez et puis c'est tout.

Teresa accepta l'aide qu'on lui proposait. Les coups de poignard ne lui transperçaient pas seulement les muscles, mais l'orgueil également, cloué au pilori par la lenteur maladroite à laquelle la contraignait son corps. Exposée, fragile, elle avait le sentiment d'avoir déposé les armes, pour autant ce n'était pas le crève-cœur qu'elle avait imaginé. En réalité, le poids sur ses épaules avait diminué. Plume après plume, elle s'était dépouillée des ailes qu'elle avait dû tant de fois s'inventer pour surmonter les difficultés et elle avait endossé l'habit léger du courage.

Finalement, l'un face à l'autre, ils s'observèrent. Il ne s'était pas écoulé vingt jours depuis la fin de l'affaire de *La Nymphe endormie*[1] et ils en portaient encore tous les deux les stigmates. Inflammation du nerf sciatique pour elle, quelques contusions et ecchymoses pour l'inspecteur. Pourtant, que son regard était brûlant. Elle revoyait en lui la fillette qu'elle avait été, insomniaque et impatiente de s'affirmer. Il était déjà prêt à descendre dans le maelström d'une nouvelle affairc et voulait que Teresa l'accompagne, sans savoir qu'elle, dans ce précipice, elle s'y était déjà jetée, presque trente ans auparavant.

---

1. Ilaria Tuti, *La Nymphe endormie*, Éditions Robert Laffont, 2019 ; Pocket, 2021.

— Comment vous sentez-vous ?

Elle se sentait terrorisée, elle se sentait inquiète et traquée, exposée en place publique aux quolibets, et cependant vivante. Mais la vie était fatigante.

— Je suis fatiguée.

Marini sourit, et ce fut comme de le voir enfant. Toute ombre effacée, toute nécessité balayée par la félicité de l'instant.

— Je sais. Merci d'être venue ici.

Elle observa une graine de peuplier qui vint se poser sur l'épaule de l'inspecteur. La bourre prenait la lumière.

— Et toi, comment vas-tu ? lui demanda-t-elle, sans lever les yeux.

— Vous m'avez manqué.

Qui savait si la petite graine enfermée dans ce duvet de bourre percevait la chaleur du soleil ? Si dans l'obscurité de ce bois où aucun mouvement n'était apparent, la vie n'inventait pas un million de façons de venir au monde, toutes plus anciennes que l'homme. Cette chaleur l'avait à peine effleurée.

— Vous avez entendu ce que j'ai dit ?

Elle s'était efforcée d'ignorer la tendresse de ces mots.

— Marini, si quelqu'un t'entendait, cela pourrait lui donner des idées déplacées.

Il éclata de rire.

— Cela ferait une diversion intéressante, pour Lona.

Entendre le nom du préfet lui suffit pour redevenir sérieuse. Elle avança péniblement de quelques pas. Les anti-inflammatoires et les analgésiques ne l'aidaient pas.

— Comment vont Elena et la petite ?

— Bien, merci. Elena me demande tout le temps de vos nouvelles et l'enfant grandit à chaque échographie.

— Ce sera une fille.

— Je ne le sens pas. Si l'instinct paternel veut encore dire quelque chose.

— Oui, enfin, ton instinct, Marini…

— Laissez tomber.

— Chef, vous voilà de retour.

Teresa leva la tête.

Les agents De Carli et Parisi lui souriaient, ils l'attendaient à la guérite. En jean et polo, on aurait dit deux chiots, et pas du tout les dogues qu'elle avait dressés. Comme l'inspecteur, ils avaient la moitié de son âge, et pour elle ils seraient toujours ses « garçons ».

Elle avait l'habitude de sonder les réactions des autres, par déformation professionnelle, de chercher dans le langage du corps les paroles que les lèvres refusaient de prononcer, et souvent les mensonges, mais elle n'avait toutefois pas l'habitude de le faire pour elle-même. Déconcertée, elle sentait ses yeux errer d'un visage à l'autre, à la recherche de la vérité.

Elle n'y rencontra que de l'affection. Elle dut baisser le regard, en faisant mine d'être soudain extrêmement attentive aux irrégularités de l'asphalte sous ses pieds.

— Je ne sais pas pourquoi je suis ici, grommela-t-elle.

Son malaise était tel que sa canne lui échappa. Marini se baissa pour la ramasser, puis il lui prit la main et la posa sur son bras.

— Vous reprenez le poste qui vous revient, non ?

Claudiquant et courbée en deux, elle garda pour elle une plaisanterie qu'à une époque elle n'aurait pas hésité à laisser franchir ses lèvres. Elle ne voulait pas passer pour une aigrie. À moins qu'elle ne le soit déjà depuis un bon moment ?

— Je ne reprends rien, murmura-t-elle. Et que personne ne fasse circuler la rumeur du contraire, sinon Lona va avoir un choc.

De Carli se racla la gorge, sans réussir à couvrir les éclats de rire.

— À dire vrai, le préfet vous attend, commissaire.

Parisi consulta sa montre.

— Depuis une heure, mais il a l'air d'avoir conservé son calme.

Elle sentit son dos se raidir. Elle dévisagea chacun d'eux.

— Mais n'ai-je pas été assez claire dans ce que je vous ai dit ?

Marini fit signe à l'agent pénitentiaire de laisser la porte ouverte.

— Tout est très clair, commissaire, et ça l'est aussi pour le préfet. En tenant compte du fait que l'auteur de plusieurs meurtres, qu'il a tous avoués, a expressément demandé à vous parler, à vous et à vous seule. Lona n'a pu faire autrement que d'en prendre acte.

La cage de la prison s'ouvrit dans un fracas de serrures et de portails en mouvement, un écho qui investissait des espaces aveugles. Comme l'engrenage d'un mécanisme destiné à engloutir les âmes en peine, il les avala eux aussi.

2

Aujourd'hui

La prison était un labyrinthe dans lequel l'esprit pouvait s'égarer, s'enferrer dans les angles vifs des réseaux entrecroisés de centaines d'existences qui étaient emprisonnées à l'intérieur. Il n'y avait rien de naturel dans cette géométrie privée de tous les jeux de la fantaisie, faite pour maintenir l'homme dans un univers de confinement en totale opposition avec les courants impétueux et capricieux de la vie. Ce n'était pas une sanction imposée pour rééduquer, mais un châtiment, et franchir le seuil de cet univers supposait d'en accepter l'ombre sur soi, d'en respirer l'odeur métallique, cruelle, masculine. Cela supposait d'accepter, l'espace d'un instant, de se laisser enfermer.

Teresa ne s'habituerait jamais à cette impression de sentir ces vies peser sur elle ; au-delà des murs épais, des barreaux, des portails qui les maintenaient à distance, ces vies trouvaient le moyen de la frôlcr. Elles étaient enragées, tout simplement désespérées.

Et puis il y avait une autre présence, aux mouvements indéchiffrables, en chair et en os, qui l'attendait au bout du couloir.

Albert Lona la regarda marcher avec difficulté, sans ciller, sans bouger d'un pas pour raccourcir la distance qui les séparait.

Elle ne s'en troubla pas. Le préfet lui avait promis la défaite et c'était un homme fidèle à ses propres déclarations, prisonnier du passé et d'un orgueil malsain. Un homme qui, toutefois, quelques jours plus tôt, s'était jeté dans les flammes pour la sauver.

Quand elle le rejoignit, Teresa avait les muscles qui tremblaient à la suite de ce simple effort. Prise de bouffées de chaleur, le souffle court, elle le perçut plus clairement que jamais : elle ne pourrait pas retourner travailler. À côté de lui, qui portait un costume sur mesure à peine sorti du pressing et un parfum raffiné qu'elle associa à une marque de luxe, tout en elle faisait tache. Chez Lona, la touche anglaise qui se mêlait encore à sa moitié italienne lui donnait un air imperceptible de gentilhomme. Et pourtant, rien, rien n'aurait pu dissimuler son caractère de rapace. Ils avaient le même âge, ils étaient entrés dans la police ensemble, mais Albert avait vite pris l'ascendant, en amorçant l'ascension qui l'avait conduit très loin avant de le ramener plus tard dans la vie de Teresa.

Peu de temps auparavant, elle lui avait rendu son insigne et son arme de fonction. Il les lui avait fait porter à son domicile par Marini dès le lendemain. Aucun commentaire, aucun message.

Arme et insigne se trouvaient encore là où elle les avait posés. Sa vie en était à ce point exact où le train de montagnes russes arrive au sommet de son ascension en grinçant et semble rester suspendu dans le vide pendant quelques secondes terrifiantes, avant de partir dans une folle descente.

— Préfet Lona, le salua-t-elle.

— Teresa… (Albert parut chercher les mots les plus appropriés.) Comment se déroule cette convalescence ?

— À merveille. Cela ne se voit pas ?

Le préfet garda pour lui la réflexion qui lui fit froncer les sourcils. Elle se demanda une fois de plus s'il y avait au moins une personne au monde, une seule, qui pouvait vraiment se dire proche de lui.

Aux côtés de Lona, le directeur de la prison l'accueillit avec une chaleureuse poignée de main, en bousculant un peu la canne qui la soutenait et qu'elle fit passer sans beaucoup d'agilité dans son autre main. Ils se connaissaient depuis longtemps, et il eut la délicatesse de ne pas arrêter le regard sur cet instrument gênant.

— J'ai fait ce que vous m'aviez suggéré, commissaire. Nous lui avons fourni ce que vous aviez demandé.

Elle n'en avait pas douté. Le directeur était un homme d'une certaine droiture, il faisait son possible pour alléger le caractère punitif de la détention.

Elle chercha du regard un siège où pouvoir enfin s'asseoir, le long des murs nus.

— Il ne nous reste plus qu'à attendre…

Albert l'interrompit.

— Le substitut du procureur Gardini arrivera dans un instant, il a proposé de commencer, et *lui*… (il fit un signe vers la pièce fermée, dans leur dos) … lui, il a imposé pour unique condition que vous n'y soyez que tous les deux. Il ne veut même pas son avocat.

Teresa sortit son cahier de son sac. La couverture brûlée évoquait la dernière aventure qu'avait vécue sa propriétaire et le feu qu'Albert avait affronté pour aller le récupérer. Quand elle leva les yeux, elle se rendit compte que le préfet fixait du regard les bords noircis. Ses pensées étaient peut-être les mêmes que celles de Battaglia : ils auraient pu finir tous deux réduits en cendres.

Elle le rangea dans son sac.

— L'inspecteur Marini m'accompagnera. Il fera en sorte que tout se passe bien.

Albert se ressaisit, de nouveau avec son air sombre.

— Tu te conformeras aux ordres, Teresa. Tu entreras seule.

— Ce n'est pas la procédure.

Tout semblant de formalisme s'effaça.

— Je m'en fous de la procédure. Tu exécutes les ordres.

— Et moi je me fous de tes lubies, Albert. Si tu veux que j'y aille, je procéderai à ma manière. Autrement, tu devras chercher une autre solution pour résoudre ton problème.

Le préfet frémit, mais ne répliqua pas à cette insubordination. Elle attendit quelques instants, mais la repartie ne vint pas. L'affrontement de leurs volontés représentait un autre passif entre eux, que tôt ou tard Albert lui ferait payer, mais n'ayant désormais que bien peu de choses à perdre, elle pouvait renoncer à tout.

Elle prit Marini à part, loin des oreilles indiscrètes.

— Écoute-moi. Pour le moment, c'est moi qui vais lui parler. Essaie de ne pas le regarder et, si tu le dois vraiment, fais-le de la manière la plus neutre possible.

Marini jeta un coup d'œil derrière lui. Il semblait décontenancé.

— Je me trompe ou vous venez d'envoyer chier le préfet ?

— Écoute-moi !

— Je vous écoute.

— Ne lui fournis aucun prétexte de s'intéresser à toi.

L'inspecteur baissa la voix.

— Vous en parlez comme si c'était un animal...

— C'est un animal, il appartient à une espèce dangereuse. C'est un assassin, un tueur en série, Marini. Moins tu lui fournis de prétextes de te comprendre, mieux ça vaut.

Elle lui rajusta sa veste, mais ce n'était qu'un prétexte pour lui faire sentir qu'elle était près de lui. Ce garçon allait bientôt devenir père. Elle voulait le préserver, mais en même temps elle savait que le moment de lui passer le témoin se rapprochait à grands pas.

— Quoi qu'il dise, ne manifeste aucune irritation ou, pire encore, aucun sentiment d'horreur, comme cela t'arrive tout le temps. Il cherchera à jouer avec nous, à nous impressionner. Il tentera très probablement de nous égarer. Les types comme lui sont des manipulateurs hors pair. N'oublie rien de ce qu'il dira. C'est une occasion précieuse pour apprendre. Surtout, montre-toi respectueux.

— Respectueux ?

Elle tira un bon coup sur le col de sa veste. Une manière de retenir son attention.

— Robert Ressler a interrogé un nombre infini de tueurs en série pour l'Unité des sciences du comportement du FBI, alors qu'il travaillait à son projet de recherche sur la personnalité des criminels. C'étaient tous des psychopathes cruels. Tu sais ce qu'il a écrit à propos de Charles Manson ?

— Qu'il le respectait ?

— Il a écrit qu'il s'était présenté devant lui très préparé, sincèrement curieux d'écouter son histoire, sa véritable histoire. Il n'était pas là pour juger, mais pour déchiffrer. Manson a apprécié et s'est ouvert à lui comme il ne l'avait fait avec personne d'autre. C'est seulement grâce à cette approche neutre, je dirais scientifique, que nous pouvons maintenant, plus de quarante ans après, nous dire près de comprendre comment fonctionne l'esprit d'un assassin.

Marini regarda d'instinct la porte encore fermée qu'ils allaient devoir franchir, ensemble.

— Et c'est ce que vous avez l'intention de tenter maintenant ?

— Je vais tenter ce qui me réussit le mieux. Je vais écouter son histoire : celle qu'il va nous raconter et, plus encore, celle qu'il ne voudra pas nous raconter. Tu es prêt ?

— Non.

— Entrons.

3

Vingt-sept ans plus tôt

Sous les lèvres retroussées, les gencives luisaient de rosée. Blanches et enflées, elles ressemblaient à des champignons exotiques surgis de terre pendant la nuit. Un brin d'herbe entrait dans la bouche de l'homme ; une goutte d'eau pendait à la pointe très fine de ce brin d'herbe, comme une chandelle qui aurait éclairé la grotte obscure de la gorge. Aucune respiration, à aucun moment, n'était venue la décrocher.

Teresa était penchée sur la victime, les genoux pointés au-dessus de la terre gonflée d'eau. Les odeurs printanières se mélangeaient aux gaz d'échappement des automobiles qui passaient à quelques mètres de la scène de crime, dans le petit jardin public d'un quartier résidentiel.

Il était huit heures en ce matin sombre et tiède. Le sirocco avait soufflé toute la nuit. La ville s'était réveillée et les allées arborées étaient parcourues d'employés et d'étudiants qui se dépêchaient, mais l'ambulance et les véhicules de police attiraient déjà les regards. Les curieux étaient tenus à distance par des bâches dressées autour du corps du vieillard ; de temps à autre, l'un d'eux trouvait le courage de demander des informations, avant qu'un agent ne l'invite à s'éloigner. Le mot « infarctus » commençait à circuler, colporté par le bouche-à-oreille. Aucun de ces passants n'avait vu le corps.

Teresa Battaglia restait accroupie. Elle avait appris cet art subtil consistant à se rendre invisible dans un monde d'hommes, elle avait occupé un espace laissé disponible, parce que négligé. Et pendant tout ce temps elle observait, elle apprenait, elle évoluait librement là où d'autres omettaient d'aller.

Les photographies avaient été prises, le médecin légiste avait terminé ses prélèvements et se concentrait sur les formulaires à remplir. À la différence des autres, il n'avait pas cessé d'être conscient de la danse silencieuse de Battaglia autour du cadavre. Elle le voyait de temps à autre lui lancer de brefs coups d'œil sérieux. Il la jaugeait, elle et chacun de ses gestes, sans prendre la peine de se cacher.

Antonio Parri suscitait chez elle un malaise. Elle l'avait entendu s'adresser au procureur et au commissaire chargé de l'enquête sur un ton expéditif, et même irrespectueux. Une attitude de maniaque.

Elle se fit toute petite, rentra les épaules, releva le col de sa parka et se concentra de nouveau sur le corps de la victime.

Elle ne disposait que de quelques minutes pour tenter de formuler des hypothèses sur les derniers instants de cet homme, avant que la vie ne lui ait été ôtée. Ils étaient inscrits dans les os fracturés du crâne, exposés comme des oracles primitifs à la divination de celle qui devait les lire : elle-même.

Le corps avait été découvert en position couchée sur le ventre, abandonné un peu après la sortie de la ville, sur un parterre de fleurs. Il y avait une canne de marche à côté de lui, au pommeau souillé de sang. Cette canne avait été enregistrée comme une arme du crime possible. Teresa imagina l'assassin la brandir en serrant ce pommeau dans son poing et frapper la nuque du vieil homme, jusqu'à la lui enfoncer.

Le médecin légiste s'était déjà occupé de le retourner, dévoilant le cratère qu'il avait au centre de la poitrine. Une brèche qui révélait le cœur violacé logé entre les côtes. Il fallait observer précisément pour comprendre le sens de cette histoire, il fallait en respirer l'odeur pour s'y engouffrer.

L'homme n'avait pas de pantalon. Les pans de la chemise et le cardigan léger, ouverts comme une tenture sur un décor, recouvraient à peine le slip. Les jambes à la musculature atrophiée présentaient en trois emplacements des entailles en forme de croix.

Teresa refoula son haut-le-cœur et sa peine et approcha son visage de celui de la victime.

La tête avait basculé sur le côté, les yeux écarquillés, déjà opaques. La bouche était béante et rigide, au point de sembler désarticulée. Il y manquait les dents, c'était la bouche d'un nourrisson. Sur les muqueuses et la langue on remarquait de minuscules traces de sang.

L'assassin avait mutilé les mains, en prélevant sept phalanges. Les techniciens de la police scientifique les recherchaient encore. Teresa, elle, ne croyait pas qu'ils les découvriraient. Le meurtrier les avait emportées. Ces mutilations devaient revêtir une signification.

Son regard revint s'attarder sur les entailles qui mutilaient les jambes.

— Battaglia !

Elle se releva d'un coup, comme une marionnette manipulée par une main hostile.

Albert la prit par le coude et l'entraîna à l'écart. Depuis qu'il avait été promu commissaire, ses manières de faire étaient devenues ouvertement agressives.

— Tu es folle ? C'est un cadavre. Ça s'appelle des « pièces à conviction », et toi, tu allais te coucher dessus.

— Je n'allais pas…

Elle se tut. Derrière Albert, le procureur Pace la fixait. Elle baissa les yeux, suivant la direction du regard de Mme Elvira Pace. L'herbe mouillée avait taché son jean jusqu'à hauteur des genoux. Une de ses deux grosses chaussures avait un lacet défait et sa parka pendait sur une épaule. Elle la remit en place en vitesse. Une mèche sombre qui se rebellait contre l'ordre de sa coiffure lui retombait sur le visage.

— Je voulais juste observer de près ces blessures…

Ils ne l'écoutaient plus. Ils discutaient en lui tournant le dos. Teresa était redevenue invisible, cette fois parce que les autres avaient décidé de ne pas la voir. Elle aurait dû s'y être habituée, pourtant cela restait, au contraire, une brûlure.

Albert résumait au procureur les éléments recueillis jusqu'à cet instant.

— La victime est d'ici, elle habite à dix minutes à pied. Giovanni Bordin. Soixante et onze ans, retraité. Sa femme est déjà là.

Teresa se refit une queue de cheval et y ramena la mèche rebelle, puis elle chercha la veuve derrière la barrière de toile. Elle la vit sangloter en serrant dans ses bras un pinscher nain. Ses cheveux conservaient des traces de permanente, mais une moitié de la tête portait encore l'empreinte de l'oreiller.

En parlant, Albert recula d'un pas et marcha sur le pied de Teresa, sans esquisser la moindre excuse.

— Battaglia, fais donc attention.

Il ne se retourna même pas.

— L'épouse a confirmé que son mari était sorti de chez eux très tôt, vers cinq heures et demie, pour aller promener le chien. Il marchait en s'aidant d'une canne à cause d'une intervention chirurgicale récente, mais il ne souffrait pas de graves difficultés motrices ou mentales. L'animal est rentré au domicile une heure après, anxieux et en traînant sa laisse. Au même moment, les gens du quartier ont découvert la victime. L'homme a été tué entre cinq heures trente et six heures trente.

Le procureur désigna le corps avec son stylo qu'elle tenait toujours entre ses doigts. Elle agissait ainsi au bureau comme sur une scène de crime, sans que Teresa l'ait jamais vue s'en servir. Elvira Pace relevait mentalement les moindres détails, et personne ne l'avait jamais prise en défaut.

— Nous devons comprendre où a été commis ce crime, mais je suppose que ce n'était pas loin d'ici. (Elle pencha la tête.) Qu'en est-il des dents ?

— Il portait un dentier. Qui a atterri là-bas, peut-être à cause du choc subi par le corps… Les voisins disent qu'il passait ses après-midi au bar du croisement, au bout de la rue. Il s'était lancé dans des paris au football. Il avait peut-être gagné en faisant perdre les mauvaises personnes, il avait pu contracter des dettes. Son épouse est tombée des nues.

Teresa se racla la gorge.

— Les blessures aux jambes, ces entailles, je crois qu'elles sont dignes d'intérêt.

Le procureur Pace et Albert se dirigèrent vers le véhicule du magistrat.

Elle réprima son envie impulsive de les retenir par un pan de leur veste. Elle garda les bras le long du corps, mais la colère macérait dans son ventre comme un plat impossible à digérer. Elle la refoula au fond de ses viscères.

Si Albert avait l'intention de suivre les pistes traditionnelles, rien de ce qu'elle pourrait dire ou faire ne le détournerait de cette volonté.

Pourtant, une fois ces pistes épuisées, il ne lui resterait pas grand-chose, car l'histoire que le cadavre portait gravée dans ses entrailles évoquait des actes qui menaient vers une tout autre direction.

Le pinscher se mit à japper lorsqu'on souleva la dépouille de son maître pour la placer dans une caisse en acier, bien qu'il ne pût la voir derrière la toile tendue.

Teresa ramassa le mocassin qui avait sauté du pied de la victime et le remit aux collègues qui relevaient les traces, tout près. Elle vit tout de suite son gant sali par de la boue. La semelle du mocassin en était maculée d'une couche épaisse.

— Prélevez-en un échantillon.

Elle donna cet ordre d'instinct, et s'entendit le prononcer avec fermeté. Les deux autres la regardèrent comme si elle venait de proférer un mauvais jeu de mots, mais ils finirent par effectuer le prélèvement.

Pendant ce temps, la petite bête demeurait inconsolable. Ses aboiements stridents faisaient mal aux oreilles.

Teresa écarta la toile. Une idée encore nébuleuse la poussa à s'approcher du chien de quelques pas.

Elle chercha dans sa besace son paquet de lingettes et en prit une.

Devant la veuve, elle n'eut pas de paroles réconfortantes.

— Vous permettez ?

Elle examina les pattes de l'animal. De la boue.

Elle passa à plusieurs reprises la lingette sur le poil noir, puis l'examina. Des auréoles rougeâtres maculaient l'étoffe.

La veuve hurla.

Teresa se retourna pour appeler Albert, sans réussir à le voir au milieu des techniciens au travail. Personne ne prêtait attention à elle, à la femme en état de choc, au chien qui continuait d'aboyer, hystérique.

Personne, sauf Antonio Parri.

4

Aujourd'hui

Giacomo Mainardi avait cinquante ans, un corps sec et les cheveux ras et blancs qui brillaient sous la lumière des néons. Il avait sur les lèvres ce qui pouvait être l'ébauche d'un sourire ou d'un rictus, amplifié par l'extraordinaire mobilité de ses sourcils. Rien qu'avec ceux-ci, il pouvait exprimer n'importe quelle émotion. L'irritation, la colère, l'incrédulité, l'émerveillement, et même un certain amusement. En un éclair, il pouvait transformer son visage séraphique en un faciès d'ange féroce.

À cet instant, l'arc de ses sourcils froncés exprimait le dédain.

— Et lui, qui est-ce ?

Il avait parlé en détachant les syllabes, le regard baissé sur ses doigts occupés à travailler.

Teresa posa les mains sur le dossier d'un des sièges destinés aux visiteurs, mais elle ne s'assit pas, alors que la douleur la tourmentait.

— L'inspecteur Massimo Marini. Il travaille avec moi.

Mainardi enregistra cette information d'un simple battement de cils.

— Ils n'ont pas pris mes propos au sérieux, le directeur et ce couillon de préfet. Je l'ai reconnu, tu sais ? Il te harcèle encore ?

Elle laissa glisser le regard sur ses muscles sculptés que son T-shirt mettait en évidence. Pendant tout ce temps, Giacomo avait continué de faire de l'exercice. Il avait soigné la bête.

— J'ai insisté pour que l'inspecteur Marini soit présent.

— Alors là tu me déçois. Tu peux t'en aller, avec ton toutou.

— Regarde-moi, Giacomo.

Il s'exécuta, peut-être en raison du ton conciliant sur lequel elle s'était adressée à lui, peut-être en raison du lien qui ne s'était jamais rompu.

— Je suis une vieille mal en point. À peu près tout ce que tu attendras de moi, je t'assure que je ne pourrai pas le faire sans l'aide de l'inspecteur. C'est une personne de confiance, autrement je ne te l'aurais pas amené.

Il baissa de nouveau les yeux sur ses instruments de travail.

— Assieds-toi, Teresa. Toi, non, inspecteur.

Elle s'assit avec un soupir.

— Qu'est-ce que tu as ? lui demanda l'assassin.

— Il serait plus facile de te dire ce que je n'ai pas.

Les mains de Giacomo interrompirent leur ouvrage et restèrent un instant en suspens.

— Merci de m'avoir permis de récupérer mes outils. Je sais que c'est grâce à toi.

— Et moi je sais combien ils sont importants pour toi.

Depuis qu'ils étaient entrés dans la salle de réunion transformée en laboratoire, Giacomo Mainardi n'avait pas cessé de disposer des tesselles de couleur sur la table, de manier son petit marteau et sa pince pour leur donner la forme désirée. La mosaïque esquissait les traits d'un visage encore difficile à imaginer, mais le talent de l'artiste se laissait entrevoir dans l'exécution minutieuse, dans les teintes changeantes savamment agencées de manière à produire les gradations d'une carnation presque réelle. Depuis vingt-sept ans, il avait affiné sa technique, et ne s'aidait même plus d'un croquis. Tout était dans sa tête, il était capable de créer aussi bien des aberrations que des visions d'extase.

Teresa sentit le regard de Marini posé sur elle. Elle pouvait deviner l'incrédulité, mêlée d'irritation.

Giacomo Mainardi et elle avaient déjà entrecroisé leurs existences, mais elle le lui avait caché.

— De quoi veux-tu me parler, Giacomo ?

Mainardi découpa avec sa pince une tesselle couleur ivoire et l'examina à contrejour, avec une mimique vorace, les lèvres humectées de salive. Teresa en eut un haut-le-cœur. Aberration et extase.

— Ce sont seulement de pâles substituts. De pâles substituts, l'entendit-elle maugréer.

— Giacomo, pourquoi t'es-tu rendu à la police ? Après avoir réussi à t'enfuir…

— Après que tu m'as capturé et fait enfermer. Je me suis pris vingt-sept ans de prison ferme.

Marini eut un tressaillement qu'elle feignit de ne pas percevoir. Giacomo, en revanche, braqua les yeux sur l'inspecteur comme un chien de chasse.

Teresa posa la main sur la table, à côté des tesselles de mosaïque, et s'empressa de répliquer, afin de dévier l'attention vers elle. Cela ne s'était pas exactement déroulé ainsi, mais elle s'abstint de le contredire.

— C'est mon travail.

Giacomo reprit ses martèlements, mais il avait observé les doigts de Teresa comme s'il avait pu s'en repaître.

— En fait, je ne t'en veux pas. Ce n'était pas une accusation.

Marini s'appuya sur la table, effleurant par mégarde les tesselles de ses poings fermés.

Teresa lâcha mentalement un juron. Le regard de Giacomo venait de changer. Il était noir, le noir des pupilles dilatées, le noir de l'excitation meurtrière. Submergé par sa propre nervosité, Marini venait d'établir avec les symboles étalés sur la table un contact strictement prohibé. Dans la perception de l'assassin, ces tesselles étaient sacrées.

Teresa lui déplaça la main, mais maintenant, le mal était fait.

— Laisse-nous seuls, inspecteur.

Il la regarda, perplexe. Il n'avait aucune idée de la réaction qu'il avait risqué de déclencher, et qui demeurait encore latente.

— Je devrais sortir ?

— Oui.

Il ne bougea pas, le visage écarlate, et Teresa fut contrainte, à contrecœur, de le remettre à sa place.

— Ne m'oblige pas à le répéter, Marini.

L'affrontement se déplaça silencieusement sur un autre terrain, celui que maîtrisait Giacomo.

Ce dernier les étudia du regard, avec attention, puis il éclata de rire.

— Alors comme ça tu ne lui avais pas dit ? Pauvre inspecteur, tu dois vraiment beaucoup compter, toi. (Il désigna le siège vacant.) Tu peux t'asseoir.

Le regard du détenu était redevenu placide, l'excitation s'était éteinte. La jalousie, effacée. Marini n'était plus une proie et encore moins un rival.

D'un signe de tête, Teresa incita l'inspecteur à accepter l'invitation et se concentra sur Mainardi.

— Pourquoi t'es-tu livré ?

Le petit marteau fracassa une tesselle.

— Tu devrais être contente. Étant enfermé ici, je ne tuerai personne.

— Ton compagnon de cellule est mort cette nuit.

— Noyé dans la cuvette des chiottes.

— C'est ce qu'on m'a dit.

— Tu crois toi aussi que c'est moi qui l'ai tué ?

Elle secoua la tête.

— Non, Giacomo. Tu n'aurais jamais fait ça.

L'assassin sourit, un sourire vrai, qui l'espace d'un instant fit disparaître le rictus.

— Tu m'as toujours compris, c'est pour ça que tu as réussi à m'arrêter.

Elle se sentit chagrinée pour lui. Il y avait une vie entière dans cette phrase. La sienne, celle de Mainardi. Des existences qui s'étaient croisées, affrontées, en partie dissoutes au contact l'une de l'autre, et en partie renforcées.

— Alors, qu'est-il arrivé, Giacomo ?

L'homme posa le petit marteau. Les menottes en plastique qui lui ligotaient les poignets rendaient difficile de s'enlever la poussière des doigts.

— Celui qui l'a tué voulait me zigouiller. C'est moi qui devais aller nettoyer les toilettes des gardiens, pas lui.

Battaglia et Marini restèrent le regard posé sur lui, sans réagir.

— Si je me suis livré, c'est pas parce que je me suis ravisé.

Elle changea de place, ignorant les mesures de sécurité.

— Tu veux dire que quelqu'un te pourchasse ?

— Oui.

— Qui et pourquoi ?

— Ça, c'est toi qui vas me l'apprendre, commissaire Battaglia.

Elle observa Marini : il semblait perplexe, lui aussi. Elle sortit son cahier de sa besace, son journal, et elle l'ouvrit à une page blanche, puis chaussa ses lunettes de lecture.

— Fournis-moi au moins un mobile, lui dit-elle.

— Cela ne va pas te plaire.

— Ce n'est pas le moment de jouer les timorés, Giacomo. Raconte-moi ce qui s'est passé, à l'extérieur d'ici, dans ce laps de temps où tu étais en fuite.

Il s'examina les doigts, en faisant glisser lentement une main sur l'autre. Qui sait s'il ne s'imaginait pas caressant un cœur.

— On m'a commandé un meurtre.

Elle se mit à écrire et le regarda par-dessus la monture de ses lunettes.

— Et tu as accepté ?

Il haussa un sourcil, l'autre resta inerte. Cette petite vague lui souleva aussi une épaule.

— Évidemment, Teresa.

— Bien sûr, murmura-t-elle.

— Tout était… parfait.

— Quand tu dis que c'était « parfait », tu sous-entends que la victime…

— Satisfaisait mes fantasmes, oui.

— C'était donc un homme, mûr. Soixante, soixante-dix ans.

Un battement de cils.

— Plus ou moins.

— Tu as un nom à me donner ?

— Non.

Elle retira ses lunettes et se mit à mâchonner une des branches.

— Tu l'as rencontré où ?

— Dans le quartier du stade. Je ne sais pas ce qu'il faisait là-bas. Il cherchait peut-être des prostituées.

— C'est le commanditaire qui t'a signalé que tu le trouverais là-bas ?

— Oui. Il était là, à l'heure pétante. Et moi je lui ai pété la tête.

— Et ensuite ?

— Ensuite j'ai emporté le bonhomme là où j'avais décidé de l'abandonner. Avec une voiture volée.

— Et tu lui as… ?

— Oui.

— Et ce que tu lui as retiré, où est-ce ?

Il ne répondit pas. Inutile d'insister.

— Et la voiture ?

— Je m'en suis débarrassé. Ne me demande pas où. (Il se tourna vers Marini.) Dieu seul sait combien cette ville a changé en vingt-sept ans.

Teresa se fit insistante.

— Comment vous êtes-vous contactés ? Le commanditaire, comment est-il arrivé jusqu'à toi ?

Giacomo baissa la voix. Elle comprit sa réaction : il se sentait menacé.

— Il connaissait mon numéro de téléphone, Teresa. Alors que moi, je ne m'en souvenais même pas : je me l'étais dégoté quelques heures avant.

Elle s'efforça d'ignorer les élancements qui s'étaient remis à la tourmenter, mais ils sapaient sa concentration, qu'elle réussissait à maintenir uniquement grâce à sa volonté de fer de ne rien laisser inexploré.

— J'ai besoin de tous les éléments que tu pourras m'apporter. D'après sa voix, tu peux estimer son âge ? Tu as identifié des bruits à l'arrière-plan ?

Il semblait perdu dans d'intenses réflexions. Il avait détourné le visage, il fixait un point au loin, au-delà des murs, au-delà des entraves de la prison.

— Il savait tout de moi. *La moindre chose.* Il savait comment me convaincre.

Ce chemin-là, Teresa le suivait elle aussi depuis bien trop longtemps.

— Il t'a donné ce que tu désirais le plus.

Il entrouvrit les lèvres. Il semblait goûter le sang de la victime au bout de sa langue.

— Oh oui. C'est ça, murmura-t-il. Il m'a servi la proie parfaite.

— Comment communiquait-il avec toi ?

— Juste deux coups de téléphone, qui ont été suffisants. Son numéro était masqué. Il m'a indiqué où je devais me rendre. Il n'y avait pas besoin d'autre chose : « Fais-en ce que tu veux, il m'a dit. Fais-lui tout ce que tu veux. »

— Et toi maintenant, tu penses qu'il cherche à te tuer ?

— Il y est presque parvenu, Teresa, il m'a effleuré. C'est quelqu'un qui a le bras long, même ici.

Elle pencha la tête de côté, elle le jaugeait du regard. Une idée se frayait un chemin dans son esprit.

— Tu t'es donc livré pour te mettre en sécurité.

— Grave erreur.

— Par conséquent… quelqu'un a déjà essayé de te tuer, hors d'ici ?

— Deux fois. J'ai manqué me faire écraser : une voiture a accéléré alors que je traversais la rue. Et la nuit où je me suis rendu, la cabane où je dormais a brûlé.

— Le portable dont tu m'as parlé ?

— Il a fondu.

Elle se frotta les yeux.

— Giacomo.

— C'est la vérité.

— Quand est-ce arrivé, quand l'as-tu tué ?

Un silence. Pas d'hésitation, pas de doute.

— Le soir du 20 mai.

Elle sentit les mains ensanglantées de Mainardi lui appuyer sur la poitrine, alors même qu'elles n'avaient pas bougé, alors qu'elles étaient propres. Elles appuyaient pour la repousser, dans la vie ou dans le passé.

Elle chercha dans les yeux de l'assassin la réponse à la question qu'elle n'avait pas le courage de lui poser.

C'était lui qui avait choisi la date. Ce n'était pas un hasard : le jour de son anniversaire.

Teresa regarda Marini, puis de nouveau le détenu.

— Nous allons devoir effectuer des contrôles. L'homme que tu affirmes avoir tué, où est-il maintenant ? Pour ouvrir une enquête, il nous faut le corps.

Il se pencha au-dessus de la table et lui attrapa les mains. Marini lui hurla de reculer, il allait se jeter sur lui, mais elle l'en empêcha.

— Ce n'est rien, Marini. Ce n'est rien.

Elle essayait peut-être de s'en convaincre elle-même.

L'autre resserrait ses mains autour des siennes, pourtant cette prise ne manifestait que le besoin : le besoin d'être cru, et sauvé. Mais cette chaleur, cette peau la glaçaient.

— J'ai laissé le corps à l'endroit où nous nous sommes retrouvés la deuxième fois, tu te souviens ? Sur le mode habituel. Mais il n'y est plus.

La voix de l'homme s'était muée en murmure, elle évoquait des ombres et des territoires souterrains d'où il fallait se tenir éloigné.

— Quelqu'un l'a déplacé et maintenant il veut m'ensevelir moi aussi. Tu dois l'arrêter, Teresa. Arrête-le, comme tu m'as arrêté.

Marini avait déjà ouvert la porte et appelé les agents pénitentiaires.

Quand ils le reconduisirent, ce que Teresa vit dans les yeux écarquillés de l'assassin, c'était un paradoxe.

Qui peut effrayer l'effroi ?

Elle ouvrit la main. La réponse résidait peut-être dans le petit papier roulé en boule dans sa paume.

5

Aujourd'hui

— Vous pensiez me le dire quand ?

Marini offrait son visage au soleil, les yeux protégés par des Ray-Ban, les manches de chemise retroussées et la veste accrochée au banc. Ils attendaient le préfet et le substitut du procureur dans la cour extérieure de la prison.

— Que c'était vous qui l'aviez capturé.

C'était lancé comme une accusation, même si le ton restait modéré. L'inspecteur semblait détendu, presque somnolent.

Elle leva les yeux vers les montagnes qui entouraient la cuvette verdoyante où se situait l'établissement de détention. Ces vallées et ces contreforts alpins formaient une alternance de prés et de pentes émeraude. On respirait la douceur des tilleuls en fleur, agités par le ballet des hirondelles. Un jardinier maniait une tronçonneuse, non loin de là. L'air était parfumé de résine et d'herbe fraîchement coupée.

— Je croyais que tu avais lu le dossier. (Elle se tâta les poches.) Tu as un bonbon ?

— Je n'ai pas eu le temps. J'ai été rappelé de ma convalescence exactement au même moment que vous.

— Ne te justifie pas. Cela sonne toujours faux et cela procure rarement l'effet espéré.

L'inspecteur s'étira pour plonger une main dans la poche de son pantalon, ouvrit un paquet de bonbons sans sucre et lui en offrit un.

— Je suis passé pour un incompétent.

— Tu as été parfait, en réalité. Tu as fait le meilleur choix qui soit. Tu l'as amusé, voilà pourquoi Giacomo t'a permis de t'asseoir et s'est mis à parler. Autrement, il n'aurait pas ouvert la bouche. Je ne te l'ai pas dit avant d'entrer parce que je misais sur l'effet de surprise, chez tous les deux.

D'un doigt, Marini abaissa ses lunettes de soleil.

— Effet de surprise. Avec un collègue. Pendant un interrogatoire.

— Tu fais toujours dans le subtil, toi. Giacomo vient à peine de t'autoriser à entrer dans la partie. Il ne te craint pas, il ne voit pas en toi une victime intéressante, mais pour lui, les relations qui existent entre toi et moi ont quelque chose de gratifiant. Tu as fait preuve d'un tempérament sanguin et il apprécie. Il t'autorisera à assister aux prochains entretiens, je dirais que c'est une victoire.

— Je n'y vois rien d'honorable.

— Non, mais tu n'es pas non plus un samouraï. Essaie d'être un peu clairvoyant.

— J'aurais pu y arriver par d'autres voies.

— Plus raffinées, tu veux dire ? Je dissipe tout de suite tes doutes : même pas en rêve. Giacomo ne te l'aurait pas permis. Si tu t'imagines pouvoir le pigeonner, tu commets une grosse erreur. Nous avons été sincères envers lui. Continuons dans cette voie et il sera de notre côté.

— Il semble y avoir quelque chose entre vous deux. Quelque chose qui va au-delà du fait que vous vous étiez déjà rencontrés, j'entends. Un jour, vous me raconterez ce qui s'est passé ? Et je ne me réfère pas aux éléments de l'enquête.

— Un jour, peut-être.

— Comment ça va, avec la pompe à insuline ?

Elle chercha l'appareil sous son pull. Elle avait oublié la présence de ce machin sur elle.

— Pas trop mal.

— Vous refusez même de m'accorder cette satisfaction, hein ?

— Qu'est-ce que je suis censée te répondre ?

— Que ma suggestion vous a amélioré l'existence, par exemple, et que vous auriez dû m'écouter plus tôt.

Teresa éclata de rire. L'inspecteur pensait que le diabète constituait son plus gros problème, alors qu'en réalité c'était l'esprit de Battaglia qui ne fonctionnait plus comme avant. Les souvenirs se fragmentaient en morceaux qui finissaient par se perdre à jamais.

Elle devait le lui dire, elle devait lui avouer qu'elle ne reviendrait plus jamais diriger la brigade, mais elle avait toujours remis la discussion à plus tard.

— Marini, après cette période de maladie…

Il cala ses deux coudes sur ses genoux. Sa montre à son poignet envoya des reflets qui, l'espace d'un instant, aveuglèrent Teresa.

— Lona va poser problème, je le sais, mais si la brigade reste soudée… et elle le restera… nous réussirons à le neutraliser. Tôt ou tard, le préfet s'épuisera à vous casser les pieds, commissaire. Il ne peut pas continuer indéfiniment.

— J'ai peur que tu ne te fasses des illusions. Dans tous les cas, le problème ne vient pas de Lona.

— Vous vous sentez fatiguée. Je comprends.

— Je *suis* fatiguée. Mon corps *est* fatigué, et mon esprit, Marini…

Il se tourna vers elle pour mieux la regarder. Il souriait, avec l'air de celui qui croit en savoir très long.

— Vous avez encore tant de choses à nous enseigner, commissaire, et nous attendons avec impatience le moment de nous y remettre. (Il se leva, animé d'une énergie renouvelée.) Vous n'êtes pas une policière de l'action, vous.

— Ah non ? Et qui serait dans l'action, toi ?

— Votre terrain de chasse, c'est l'esprit. Le vôtre et celui des meurtriers. Vous réussissez à reconstituer leur histoire, vous voyez naître des intentions qui ensuite se réalisent. Vous pouvez continuer à le faire, et vous le ferez. (Il désigna la prison.) Qu'est-ce qui s'est passé là-dedans ? Moi, je ne me l'explique pas. Vous parvenez à introduire une main dans la gueule d'un tigre, il vous la lèche, et il ronronne.

Teresa resta sans voix. La proximité du départ à la retraite la rassurait. Peut-être n'aurait-elle aucune explication à fournir, si ce n'est au médecin qui signerait son prochain certificat d'arrêt maladie.

— Dès qu'il s'agit de moi, tu ne possèdes plus aucune intuition d'enquêteur, inspecteur. Tu t'en rends compte ?

Il se renfrogna.

— Que voulez-vous dire ?

— Voilà, justement.

Marini déroula ses manches de chemise avec soin, en lissant les plis, et enfila sa veste.

— Donc, Giacomo Mainardi nie avoir tué son compagnon de cellule, mais il avoue un autre homicide. Il est sorti de prison combien de temps ?

— Le temps qu'il te faut le matin pour décider quelle tenue tu vas mettre.

— À peine plus de dix jours. Et l'appel du sang s'est de nouveau fait sentir.

Dans ce constat, tel qu'il l'énonçait, transpirait une forme de dédain.

Teresa se baissa et effleura du bout des doigts un pissenlit qui pointait d'une fissure dans le trottoir. Enfant, elle les cueillait, car elle aimait les agiter comme des baguettes magiques.

— Giacomo était un enfant vivace, très physique. Il voulait devenir athlète, peu lui importait la discipline. Il rêvait de compétitions, de médailles, d'applaudissements. C'est en ces termes que tous ses professeurs parlaient de lui.

— Pourquoi me racontez-vous cela ?

Elle resta penchée vers le sol. Elle voyait la pointe de ses chaussures.

— À l'école, cela ne marchait pas bien, malgré son quotient intellectuel supérieur à la moyenne, comme on a pu le vérifier après son arrestation. Dire qu'il ne réussissait à exceller dans aucune matière serait un euphémisme. Et ses compagnons de détention lui infligeaient une forme d'isolement, dans le meilleur des cas. D'autres le prenaient pour cible. Il souffrait d'une malformation osseuse qui le rendait différent de ses semblables. Pectus excavatum congénital. Il avait un renfoncement à hauteur du sternum.

Les autres l'appelaient « le sans-cœur ». (Elle rit avec amertume.) En fin de compte, il s'est laissé convaincre de ne pas en avoir, de cœur.

— Il avait un pectus excavatum ?

— Oui, un véritable fossé au milieu du torse. C'est un défaut qui se corrige au moyen d'une intervention chirurgicale, mais cette opération a tardé à se réaliser. Quand il a réussi à se faire opérer, c'était déjà trop tard : la difformité s'était enracinée dans son âme. J'ai déjà dit que Giacomo était malgré tout un enfant très enjoué, plein de vie, n'est-ce pas ?

— Oui.

Elle releva le visage.

— Eh bien, à la fin, ils lui ont éteint cette vie qu'il ressentait en lui. Un jour, il m'a avoué qu'il avait commencé à nourrir des fantasmes de cannibalisme dès l'âge de douze ans. Alors, qui est le monstre qui t'indigne tant, Marini ? Tu ne sais encore rien de Giacomo. Rien.

L'inspecteur resta silencieux.

— Il a appris ce qu'étaient la solitude et la colère. Il a appris très tôt à haïr. Peut-être que cette dépression au centre de son corps en était aussi devenue une au centre de son âme.

— Et sa famille ?

— Ah, sa famille. Point douloureux. La seule chose que tu aurais dû faire, inspecteur, ça aurait été de t'interroger : *Quel est le passé de cet homme ?* La réponse t'aurait surpris, parce que son histoire n'est pas très différente de la tienne. (Teresa se sentait triste.) Son histoire n'est pas différente de la tienne, mais toi, tu as réussi à t'en tirer. Lui, non.

Elle le vit encaisser le coup, elle éprouvait de la peine pour lui et pour l'enfant qu'il avait été, trahi par le monde des adultes. Elle se détestait, mais l'enfoncer de la sorte était nécessaire, car pour ressentir la douleur des autres il faut parfois raviver la sienne, comme un spectre qui détient encore le pouvoir de vous flanquer la chair de poule.

Marini se reprit.

— Moi, j'ai trouvé quelqu'un qui m'a sauvé, commissaire.

— Mais Giacomo, lui, n'avait personne.

— Je crois qu'à un certain moment, quelqu'un s'est présenté, exactement comme pour moi. La même personne, en fait. Vous.

Ils se regardèrent sans ajouter un mot, jusqu'à ce qu'ils soient rejoints par Albert Lona et Gardini, le substitut du procureur.

Battaglia se leva, en cherchant à masquer la souffrance qui lui voûtait le dos.

Gardini fermait sa mallette contenant le dossier de l'affaire.

— Pour l'heure, c'est tout, j'ai réuni les enregistrements de l'entretien. Naturellement, le détenu sera placé à l'isolement.

Teresa tressaillit.

— L'isolement n'est pas conseillé. Cela pourrait même être contreproductif avec lui, on a déjà pu s'en rendre compte. Les aspects paranoïaques…

— Je comprends ton point de vue, Teresa, mais c'est l'auteur d'une série de meurtres qui a déjà réussi à s'évader une fois et qui s'est lui-même accusé d'un autre homicide. Sans compter que son compagnon de cellule a été tué et qu'il est le principal suspect.

— Ce n'est pas mon point de vue. Il n'existe aucune preuve que Giacomo ait tué son codétenu.

Albert Lona n'en attendait pas davantage pour passer à l'attaque.

— Je trouve injustifié, voire dangereux, d'avancer tant de certitudes sur son innocence. Les prélèvements sont encore en cours.

Elle ne se laissa pas démonter.

— Nous attendrons les résultats, en effet, mais ils ne me contrediront pas.

— Quelle présomption, commissaire.

Elle se tourna vers le substitut Gardini.

— Giacomo n'aurait jamais tué un compagnon de cellule. Pas de cette manière. Il observe des rituels, des étapes à respecter, et s'assigne même des objectifs, si nous voulons vraiment entrer dans les détails.

Albert la toisa de la tête aux pieds.

— Giacomo. Tu l'appelles par son prénom ? Vous entretenez une familiarité tout à fait excessive. Et si nous voulions entrer dans les détails, en effet, tu ne devrais même pas être ici.

— Tu t'es bien accommodé de ma présence, parce que tu savais qu'avec lui, toi, tu ne serais arrivé à rien. Pour la deuxième fois.

Albert Lona se rembrunit.

— Fais attention, Teresa.

Marini ouvrit la bouche pour répliquer, mais elle l'arrêta en lui posant la main sur le bras. Ce fut Gardini qui veilla à rétablir un certain équilibre.

— Teresa, je ne peux éviter de le faire mettre à l'isolement, mais il ne sera pas privé de ses outils. Je sais que ce n'est pas grand-chose, mais je t'en fais la promesse.

— Merci, cela compte beaucoup.

— C’est inacceptable. Nous ne devons rien entreprendre pour le récompenser.

— Il ne s’agit pas d’une récompense, monsieur Lona, éclata Battaglia. (Elle tenta de compter mentalement jusqu’à dix, mais parvint seulement jusqu’à trois.) Vous savez ce qui distingue un artiste d’un tueur en série ? La forme expressive. Pourtant, l’un et l’autre pensent en images, dialoguent avec des représentations intérieures, en communiquant avec leur monde psychique. Ils s’extraient de la réalité pour créer et y retournent uniquement pour concrétiser, autrement dit pour agir.

— Qui dit cela, toi ?

— Non. Mais si je mentionnais la méthode de l’imagination active de Jung, l’*Es* et le *Ich*, ou la théorie de De Luca, pour toi, cela ne ferait aucune différence, je suppose.

— Teresa…

Le substitut la rappela à l’ordre.

Elle ferma un instant les yeux et chercha à reprendre son calme avant de continuer.

— Écoutez, Giacomo Mainardi est un assassin et c’est aussi un artiste, nous ne pouvons faire abstraction de cela, parce que c’est exactement ce qu’il est : chez lui, l’imaginaire tient un rôle central. Supposons que ses fantasmes puissent se canaliser dans des modes d’expression inoffensifs. Croyez-moi si je vous affirme qu’il a été démontré que les phases successives du meurtre en série sont les mêmes que celles de la création artistique : phase aurorale, phase d’excitation, de séduction, phase créative, totémique…

— Mais enfin, Teresa, s’il te plaît !

— Et pour terminer une phase « dépressive », *Albert*… Cela signifie que si nous lui retirons les tesselles de sa mosaïque et ses autres outils, Giacomo Mainardi éprouvera de nouveau une forte envie de tuer, d'arracher un os d'un corps, de le couper en sept petits morceaux et d'aller les fourrer je ne sais où, mais ce ne sera pas pour composer une autre mosaïque. Et il trouvera le moyen de parvenir à ses fins avec ou sans isolement. Il essaiera, à chaque instant de sa vie, comme il est vrai qu'il doit respirer pour survivre.

Albert détourna le regard et elle entrevit dans ce signe ineffable de capitulation un espace suffisant pour ouvrir une brèche.

— Le séparer de sa pratique artistique signifierait provoquer chez lui angoisse et dépression. Le stress chronique entraîne une hypertrophie de l'amygdale, une augmentation de l'activité du système limbique. Les enfants maltraités ou abandonnés ont une amygdale plus grosse que ceux du même âge qui n'ont pas rencontré ces problèmes.

— Exprime-toi clairement, Teresa.

— Oh, je vais être très claire. Cela signifie que la région du cerveau reptilien que nous avons encore en commun avec les animaux et que nous conservons en nous depuis des millions d'années se tient toujours prête à partir à l'attaque, monsieur le préfet, et qu'il n'est guère avisé de laisser la chose se produire chez un homme qui éprouve le besoin de tuer pour se sentir bien. Ce serait comme aiguillonner une bête sauvage. En revanche, si nous éliminons les sources de stress, cette bête sauvage retournera se coucher. Nous sommes-nous bien compris ?

Gardini se racla la gorge.

— Bon, je crois que nous sommes désormais tous convaincus qu'il vaut mieux lui laisser sa mosaïque.

Albert Lona se garda bien de leur donner la satisfaction d'aller dans leur sens.

— Mainardi a avoué un homicide et nous n'avons même pas le corps, rappela-t-il. Il serait peut-être judicieux de se préoccuper de le retrouver. Au fait, tant que nous y sommes, j'ai envoyé une patrouille sur les lieux qu'il a indiqués. Ils n'ont rien trouvé.

— Pas encore, précisa Battaglia. Et il a expliqué que quelqu'un avait déplacé le cadavre. Je suggère de récupérer le profil de la victimologie de ses anciennes proies et, sur cette base, de dresser un profil possible pour la dernière victime. Si quelqu'un lui a offert un homme comme s'il s'agissait d'une offrande sacrificielle et si Giacomo l'a accepté, cela signifie que la proie correspondait parfaitement à ses fantasmes, ce qu'il nous a lui-même confirmé. Il est nécessaire de croiser les données dont nous disposons avec les personnes disparues la nuit du 20 mai, durant laquelle il affirme avoir tué. Dix jours se sont écoulés, à ce stade il doit y avoir un dépôt de plainte.

Gardini ouvrit sa mallette pour en sortir son agenda électronique.

— Pas avant ?

— Non, il n'a jamais fait de prisonniers et les individus sans domicile fixe le dégoûtent. Il chassait sur d'autres territoires.

— Devrions-nous nous fier à un tueur en série ?

— En ce qui concerne la mort, les tueurs en série prennent tout avec un sérieux extrême.

Albert Lona alluma une cigarette, tira longuement dessus.

— Il a raconté une histoire à dormir debout. Des délires paranoïaques, voilà ce que je pense de ses propos. Quant au commanditaire, doit-on vraiment y croire ?

Teresa l'aurait volontiers frappé d'un coup de sa canne.

— Depuis vingt-sept ans tu n'as toujours pas compris que tu le sous-estimes ?

Gardini clôtura le débat.

— Nous devons de toute façon prendre ses affirmations en considération. Nous n'avons pas le choix, pour le moment. S'il y a jamais eu un cadavre à cet endroit, nous retrouverons de l'ADN, mais il faudra y consacrer du temps et des ressources. Il s'agit d'un champ en friche à la périphérie de la ville, si mes souvenirs sont bons.

— La zone est assez vaste, confirma Lona.

Les deux hommes s'entretinrent sur les étapes suivantes de l'enquête. Teresa s'éloigna, en faisant signe à Marini de rester les écouter. De toute manière, ce ne serait pas elle qui conduirait la brigade.

Elle chercha ses bonbons dans sa poche, mais se rappela avoir déjà fouillé peu de temps auparavant, sans succès. Un jour, elle finirait par se poser sans arrêt les mêmes questions, de manière obsessionnelle, par répéter les mêmes gestes, incapable de se rendre compte qu'elle venait à peine de les prononcer, à peine de les faire. Son esprit sautait comme un disque rayé.

Elle se prêtait à un jeu dangereux.

Elle regarda les trois hommes, chacun d'eux représentant une part importante de sa vie, professionnelle et privée, dans le registre du bien et du mal.

Quelle meilleure occasion aurait-elle pour se livrer à une révélation qui ferait longtemps parler d'elle ?

À la vérité, cela ne lui importait plus beaucoup. Bientôt, elle aurait même tout oublié.

Elle se racla la gorge, ses doigts tâtèrent un bout de papier dans le fond de sa poche. Elle le sortit et le déplia. Un seul mot manuscrit, d'une écriture nerveuse, aux lettres penchées et collées entre elles, comme si elles cherchaient à se soutenir, ou à jouer des coudes, à s'agglomérer les unes dans les autres. Elles avaient été écrites avec du sang. Elle imagina Giacomo s'inciser la peau, en recueillir une goutte et tracer ces lettres.

Elle n'avait aucune idée de comment ce message s'était glissé dans sa poche, mais il lui était destiné et il n'y avait aucun doute quant à l'identité de l'auteur. Toutefois, elle ne réussissait pas à s'en souvenir.

— Commissaire, tu es encore parmi nous ?

Albert Lona venait de l'apostropher, avec agacement.

Elle leva les yeux vers lui. Et maintenant, comment allait-elle le lui annoncer ?

De l'unique façon possible : directe, nullement conciliante.

— Je sais où trouver au moins un morceau de la victime. Ou ce qui en reste.

6

Vingt-sept ans plus tôt

Après conclusion de l'autopsie générale, le substitut du procureur et le commissaire Lona quittèrent l'Institut de médecine légale.

Teresa les regarda emprunter le couloir qui conduisait à la sortie, côte à côte, en se parlant, et elle attendit qu'ils aient disparu derrière la porte battante avant de retourner vers la salle d'autopsie.

Sur le seuil, elle hésita. Antonio Parri était encore à l'intérieur, occupé à stériliser les instruments qu'il avait utilisés. L'assistant de permanence était parti.

Ils se connaissaient peu, elle était toujours présente lors des prélèvements sur les scènes de crime et les autopsies relatives au déroulement d'une enquête, mais elle n'y participait jamais directement.

En retrait, elle observait. Elle avait appris que la mort n'était pas aussi noire que dans l'iconographie classique, mais plutôt de plusieurs couleurs très variées. Ce n'était pas seulement le rouge du sang et le blanc des os, mais toutes les nuances de jaune, de bleu et d'azur, jusqu'au violet et au vert, dans certains cas de décès par empoisonnement ; ou bien encore des couleurs translucides, et même luminescentes, après décès par contamination.

La mort avait une odeur qu'aucun produit, naturel ou industriel, n'aurait jamais pu masquer.

Sur la table d'autopsie en acier, elle s'incarnait en des traits humains, elle habitait le corps de la victime, c'était la fumée grasse du sacrifice qui gisait dans ses cavités.

Antonio Parri savait lire sur les lèvres rigides des défunts, il était en charge des mystères des viscères, comme un *hery-sesheta* de l'Égypte antique.

— Les entailles en croix visibles sur les jambes peuvent cacher des morsures ?

Elle lui posa cette question à brûle-pourpoint.

— Bonjour, inspectrice Battaglia. Je pense que c'est la première fois que j'entends ta voix dans cette salle.

Il n'avait même pas levé la tête. Il avait conscience de sa présence, depuis le début.

Elle osa avancer d'un pas.

— Je crois qu'il y a des morsures, là-dessous.

Ce fut alors Parri qui la regarda, l'examinant en silence.

Elle se tordit les mains, éprouvant un malaise qui provoqua subitement en elle une bouffée de chaleur. Il lui fallait trouver l'audace de continuer, ou s'en aller.

— Les individus comme lui font ce genre de choses. Ils mordent.

Parri plissa les paupières, comme pour observer de plus près ses divagations.

— Les individus comme qui ?

Elle céda à l'angoisse, prit une cigarette dans le paquet froissé qu'elle avait en poche, mais une fois qu'elle l'eut entre les lèvres, elle se souvint : elle ne pouvait pas fumer. Elle la rangea avec un geste maladroit, précipité, et la cassa en deux. Le tabac s'émietta par terre.

Le médecin légiste reposa un instrument. C'était elle, désormais, qu'il disséquait.

— Tu as toujours un temps d'avance sur tes collègues, mais tu ne révèles jamais rien. Tu notes tout ce que je dis et tout ce que disent les autres. Tu veux être la première de la classe ? Tu es la seule femme. Tu as le sentiment de devoir continuellement faire preuve de courage, je suppose. (Il désigna son visage.) Avec ce bleu à la mâchoire que tu as cherché à dissimuler sous le fond de teint, c'est difficile.

Son regard s'attarda sur l'alliance qu'elle portait à l'annulaire. Il s'était déjà raconté toute son histoire, et il ne s'était pas trompé.

Elle se recouvrit la main, comme s'il avait été possible de nier l'association d'idées à laquelle son intuition de médecin l'avait mené. La colère lui insufflait une agressivité qui ne lui appartenait pas. Ce n'était pas Parri qu'elle méprisait, mais elle-même.

— J'imagine que c'est aussi fatigant pour vous, docteur, de masquer continuellement l'odeur de l'alcool avec des bonbons à la menthe.

Ils se fixèrent du regard, tous deux incrédules. Parri éclata de rire.

— Cela se sent tellement ?

Teresa n'arrivait pas à croire qu'elle ait pu lui dire une chose pareille.

— Non… Je suis consternée, excusez-moi. Je ne voulais pas être mal élevée.

— Mal élevée ? Tu m'as rendu coup pour coup. Ne te justifie pas. Cela sonne toujours faux et cela procure rarement l'effet espéré.

Elle s'effleura le visage. Ça la brûlait à en crever.

— Ça se voit tant que cela ?

Il minimisa.

— Non, pas tellement. C'est seulement que je me suis habitué à remarquer certains signes. (Il prit un dermatoscope sur une étagère et revint devant la table d'autopsie. Il le posa sur le plan de travail luisant, parcouru de griffures d'usure.) Néanmoins, tu devrais résoudre ce petit problème, et l'envoyer vivre sa vie ailleurs. Maintenant tu me diras que je pourrais moi aussi résoudre mon petit problème, si seulement j'en avais la volonté, et tu aurais raison.

Elle sourit, alors même qu'elle se sentait triste.

— Si c'était aussi facile, nous y serions déjà arrivés, non ?

— Amen. Courage, tu peux me tutoyer et retirer ton manteau. Nous recherchons donc ces morsures.

Teresa ne se le fit pas répéter. Elle ôta sa parka et la pendit au portemanteau. Elle retroussa ses manches et recoiffa ses mèches de cheveux derrière ses oreilles. Pourtant, elle n'eut pas la force de s'approcher.

Parri ralluma la lampe et l'abaissa au-dessus du corps.

— J'ai vu que tu étais présente pendant l'examen. N'aie pas peur de te rapprocher la prochaine fois. Si tu n'observes pas ces réalités de près, quelque chose t'échappe toujours.

— Si je me tiens à l'écart, ce n'est pas par timidité. Les cadavres m'impressionnent.

À peine lui eut-elle confié cela qu'elle se rendit compte que ce n'était pas un aveu convenable à faire à un médecin légiste. C'était comme lui dire qu'il remuait des ordures.

Parri la regarda de travers.

— Enfile des gants.

Il avait insisté avec gentillesse, mais cette incitation était en réalité une condition *sine qua non*. Si Teresa voulait recevoir l'aide du médecin légiste, elle ne pouvait s'y soustraire. Elle attrapa une paire de gants en latex dans la boîte posée sur le chariot aux instruments et les mit.

— Au moins, c'est légal, que je participe ?

Parri lui prit une main qu'il posa sur le torse de la victime. Elle sentit dans sa bouche une remontée d'acidité. Le légiste avait les yeux rivés dans les siens.

— Tu la sens, cette fixité contre nature ? C'est cela qui t'effraie, rien d'autre. De toucher la mort. Et pourtant, la mort veut être touchée. Elle est précieuse, elle a une histoire complexe à révéler. Ce corps demande justice, il implore la compassion. Respecte-le, ne serait-ce que pour la douleur qui l'a traversé. Va même jusqu'à en prendre soin. Et il aura quantité de choses à te raconter.

Il lui relâcha la main, mais elle ne la retira pas. Elle la garda posée sur l'histoire de la personne qu'avait été ce cadavre. Le cœur battait ailleurs, là, dans cette salle. Dans une existence tronquée. La nausée refluait peu à peu.

— Regarde ici, Teresa, sur les poignets, les traces de colle dont je parlais. L'assassin l'a ligoté et ensuite il a retiré le bandeau adhésif.

Elle étudia les signes, les imprimant dans sa mémoire. La substance collante avait retenu la saleté et, à certains endroits, des stries étaient partiellement visibles.

C'étaient des situations qu'elle avait étudiées dans les livres, mais jamais observées dans la réalité. Elle laissa glisser sa main jusqu'aux poignets de la victime, les retourna. Quand elle osa parler, son assurance la surprit elle-même.

— D'une certaine manière, l'assassin est organisé, mais l'arme du crime a un caractère occasionnel.

Parri prit le sachet de pièce à conviction contenant la canne de la victime.

— La voici, l'arme. Des traces de sang, d'épiderme et de cheveux sur le pommeau. Presque certainement ceux du mort. J'ai réussi à isoler une empreinte partielle. Le meurtrier l'a peut-être nettoyée. Il l'a empoignée par la pointe et il a frappé avec l'autre extrémité, vers le bas. À trois reprises.

Elle le voyait commettre cet acte, sous ses yeux.

— Je parie que sur ces trois coups, deux ont été d'amplitude mineure.

Parri posa le rapport d'examen médical.

— C'est exact. Comment le sais-tu ?

Elle se pencha de nouveau sur le cadavre.

— Parce qu'il s'est livré à plusieurs tentatives. Il a d'abord pensé le tuer à mains nues, mais ensuite il a changé d'avis en se servant d'une arme trouvée sur place. Il avait peur de ne pas savoir gérer la chose, ce qui explique l'emploi de l'adhésif et le fait qu'il l'ait frappé dans le dos.

— Pourtant, il a utilisé une lame pour procéder aux entailles et prélever les phalanges.

— Il avait apporté ce couteau avec lui pour mutiler le cadavre, pas pour tuer.

— Il y a une différence ?

— Une différence de taille.

— Et en fait, la poitrine a elle aussi été ouverte après le décès.

— C'est un sujet masculin de type caucasien, jeune.

— Comment peux-tu l'affirmer ?

Elle observa le visage du mort. Les excoriations avaient laissé des blessures sur la peau flasque des joues.

— Statistiquement, plus les victimes sont âgées, plus l'assassin est jeune. C'est une question de maîtrise de la proie.

— Les victimes. C'est la deuxième fois que tu t'exprimes au pluriel. Précédemment, tu as dit : « Les individus comme lui font ce genre de choses. »

Teresa le regarda.

— Cet homicide montre des signes d'indécision, il trahit toute l'insécurité de la main qui a frappé. Il est probable que ce soit le premier, mais ce ne sera certainement pas le dernier.

Le médecin siffla.

— Il vaut mieux que tu ne te montres pas aussi sûre de toi devant le commissaire Lona. Tu le prendrais à rebrousse-poil. Soulève la jambe gauche, je te prie, comme cela nous évitons de le retourner.

Teresa s'exécuta, non sans mal.

— Mais fais attention de ne pas la laisser basculer : il a une prothèse de hanche, je ne voudrais pas qu'elle se bloque.

Ce poids dans ses bras suffit à lui faire toucher le fond. C'était l'absence de vie dans sa manifestation la plus charnelle. Un abandon total, rigide.

Parri était déjà occupé à analyser les entailles en forme de croix avec son dermatoscope.

— Elles aussi ont été pratiquées *post mortem*, il n'y a pas de doute. Aucune trace de coagulation.

Teresa poursuivit son raisonnement.

— Lona ne m'écouterait même pas. Il est décidé à suivre d'autres pistes.

— J'ai comme l'impression que tu évolues hors des sentiers battus, toi aussi ?

— Je préférerais que ce soit lui qui ait raison.

Parri désigna le sachet de pièce à conviction qui contenait les vêtements du vieil homme.

— L'assassin a pris la peine de lui enlever son pantalon, mais il n'y a pas eu de violence sexuelle. Il n'a peut-être pas eu le temps, ou cela lui a peut-être suffi pour se satisfaire. Quoi qu'il en soit, je n'ai pas trouvé de traces de sperme.

— Non, non, ce n'est pas pour cela qu'il le lui a enlevé. Dans tout ça, la pulsion sexuelle, moi, je ne la vois pas. Il doit y avoir un autre message à déchiffrer.

Parri la regardait comme si elle était en proie au délire.

La détermination de Teresa s'effrita. Elle devait lui paraître folle. Pire, naïve. Elle fut de nouveau assaillie par la nausée. Serait-elle jamais capable de s'imposer avec autorité, d'être et de se sentir une professionnelle ? Il lui semblait parfois avancer à tâtons, et ne disposer que d'une seule et unique carte, celle de l'improvisation. C'était trop peu pour se gagner la considération de ses collègues plus expérimentés.

Parri revint sur cette série d'entailles, avec encore plus de conviction.

— Tu dis donc qu'il a cherché à commettre un homicide parfaitement prémédité, mais que quelque chose a dérapé ?

Il semblait intéressé. C'était nouveau.

— Oui… oui. Il a essayé, mais il n'a pas achevé la besogne telle qu'il l'avait conçue. Il a cédé à la pulsion animale. Il a mordu la victime et cherché à cacher les marques de dents au moyen de ces entailles. Il savait que l'empreinte dentaire risquerait de le faire choper, alors qu'au contraire le symbole de la croix pourrait facilement nous mettre sur une fausse piste.

— Ils vous enseignent vraiment ce genre de choses ?

— Je les ai étudiées toute seule.

— C'est fascinant. L'autre jambe, je te prie. En tout cas, je la cherche, ta morsure. S'il l'a bel et bien mordue, la victime était déjà morte. Je ne trouve pas d'hématomes sous les blessures.

Teresa parcourut le corps du regard. Elle était prompte à écouter son chant du cygne, à se laisser entraîner dans le tourbillon des derniers instants de sa vie.

Elle fut tentée de lui faire une caresse. Cet homme lui semblait bon. Il ne portait pas gravés entre les sourcils les stigmates d'une âme méchante.

— L'assassin s'est laissé emporter par la panique. (Elle énonça cela dans un murmure, comme pour ne pas irriter la mort.) Il n'a pas contrôlé son excitation. Il a déplacé le corps à plusieurs reprises, les excoriations sur le visage le confirment. Je peux ?

Elle indiqua la bouche.

Parri semblait ravi.

— Certainement.

Elle étendit la jambe sur la table.

— Les phalanges ont été prélevées de manière non professionnelle, un geste de barbare. Au couteau, ou peut-être même avec un cutter, l'informa Parri. Mêmes considérations pour la brèche ouverte dans la poitrine. Là, pourtant, il ne manque rien.

Ce n'était pas cela qu'observait Teresa ; c'était une autre cavité qui avait retenu son attention. Elle chercha une lampe-torche sur la table aux instruments et éclaira les muqueuses de la bouche.

— Du gravier.

— Oui… j'allais te le dire. Nous devons encore le laver.

— Il l'a déplacé, plusieurs fois. (Elle mima le geste.) En le tirant par les bras. Le contact avec le corps avait pour lui quelque chose de stimulant. À la fin, il s'est dépêché, il l'a abandonné, bien en vue. Il a risqué gros. Il n'en est qu'à ses débuts. Il va prendre courage, il va devenir plus sûr de lui, mais aussi plus prudent.

— Il n'a disposé que d'une heure pour procéder à tout cela.

Teresa y avait réfléchi.

— Il ne l'a pas tué bien loin de l'endroit où il s'est arrangé pour qu'on le retrouve. Et il n'a pas eu à se donner la peine de le convaincre de le suivre. Ou peut-être de monter en voiture avec lui ? Ils se connaissaient. N'oublions pas le chien : il était tout souillé de sang. C'est une espèce plutôt querelleuse et pourtant ça n'a pas eu l'air de le déranger. Il n'y a pas eu de contrainte.

Parri l'observa.

— Je t'ai vue passer cette lingette sur le pelage de l'animal. Cela m'a frappé, je l'admets.

— Ah, c'est juste !

Elle alla récupérer les deux sachets qu'elle avait gardés dans la poche de sa parka et les lui apporta. Deux lingettes tachées, l'une de sang, l'autre de boue.

— Tu devrais les analyser, s'il te plaît. On ne sait jamais, on trouvera peut-être dans la composition chimique un élément qui nous dirigera vers un lieu précis. Si le sang s'avère être celui de la victime, alors ce sera confirmé : le chien était avec eux. D'une manière ou d'une autre, ils étaient là tous les trois, et ils se sont éloignés ensemble. Ce n'est pas une considération anodine, cela met en jeu des dynamiques comportementales tout à fait différentes, comparées à un enlèvement.

— Mais certainement, je m'en occupe tout de suite.

— J'ai lu qu'il existe de nouvelles méthodes d'analyse de laboratoire à disposition, qu'il est possible d'extraire le code génétique de l'ADN à partir de prélèvements sanguins, et d'identifier de façon certaine à qui il appartient.

— Oui, mais ne lâche pas trop la bride à ton imagination, madame l'inspectrice. C'est une technique expérimentale et il est certain qu'elle ne saurait être appliquée dans ce laboratoire à court terme.

Elle dissimula sa déception. Elle regarda les mains pâles de la victime.

— La veuve a signalé que, parmi ses effets personnels, il manquait une bague, une alliance en or que cet homme portait à l'auriculaire de la main droite et qu'il ne retirait jamais. C'était l'alliance de sa mère.

— Oui. Il en reste la marque, en effet.

L'inspectrice prit la main mutilée dans les siennes et observa le cercle à peine visible de peau plus claire.

— Les os qu'il prélève représentent un trophée, peut-être aussi la signature de ses prochains crimes. Le mode opératoire change, il se perfectionne, mais la signature reste toujours la même. C'est une marque de fabrique. L'alliance est un fétiche qui l'aidera à revisiter les différentes phases de l'homicide, à éprouver une sensation de pouvoir et d'assouvissement. Un simple objet pris à la victime et qu'à la rigueur, un jour, l'assassin trouvera un moyen de rendre aux parents, ou à quelqu'un dont il se sent plus proche.

— Vraiment ? C'est effrayant.

Teresa lui sourit.

— C'est l'histoire de l'assassin, docteur. C'est toi qui me l'as dit : elle nous raconte la mort de cet homme.

— Et c'est une mort généreuse. Je crois avoir découvert un détail intéressant. Ici, sur la face extérieure du mollet. (Le médecin légiste désigna au moyen d'une pincette un lambeau de peau qui pendait.) Il y a quelque chose là-dessous.

— Qu'est-ce que c'est ?

— Une très légère ombre, mais je pourrais me risquer à affirmer que c'est un début d'hématome, *post mortem*, à la forme connue. (Il retira ses lunettes. Il semblait incrédule, ou plutôt admiratif.) La mort t'a récompensée, inspectrice.

Elle ne manqua pas de remarquer le terme employé. Parri était le seul à l'appeler ainsi. Il posa sa pince.

— Le cœur s'était déjà arrêté, mais avec son dernier battement il a réussi à envoyer un afflux sanguin minimal dans les tissus qui subissaient ce traumatisme. C'est la morsure que tu cherchais.

7

Aujourd'hui

— Aquilée. Et sinon, où, à part ça ?

Marini prononça ces mots en scrutant les colonnades du forum. Teresa y perçut une nuance d'incrédulité, qui s'effaça aussitôt face à la conscience qu'aucun autre lieu au monde n'aurait pu présenter davantage de cohérence avec l'histoire mortifère que Giacomo Mainardi racontait à travers la sienne propre.

Le ciel rougissait, comme si un dieu rescapé avait voulu incendier ces vestiges millénaires de sa fureur. Ce lieu avait été profané. Par Giacomo.

« Aquilée », avait écrit l'assassin sur le bout de papier. Aquilée la souterraine, l'égarée. La cité romaine antique affleurait sous les ombres couchées par le crépuscule. Cette vision rappelait à Teresa la mue translucide d'un serpent sacré. Ici, toutefois, elle n'était pas revêtue d'écailles, puisque c'étaient des dalles de marbre qui saillaient de la terre noire.

Aquilée les avait accueillis avec ses vestiges à l'odeur minérale de la pierre d'Istrie, avec ses ruines du cirque et des thermes, et celles du port fluvial qui, jadis, reliait la ville à l'Adriatique, avant que le fleuve n'abandonne son lit pour aller s'étendre ailleurs avec plus d'emportement.

Ils marchaient sur des strates de vies, mille âmes sous chaque pas, en suivant les traces de grands personnages. Jules César, les premiers chrétiens arrivés d'Alexandrie, Attila et sa furie. Et, d'après la légende marcienne, saint Marc également.

La petite ville ne formait désormais plus qu'un noyau de quelques maisons dans une campagne aux terres plates, d'où le littoral de lagunes était presque visible. Le sillon primitif tracé par les triumvirs, tandis qu'un aigle volait au-dessus de leurs têtes, avait été tourné et retourné au fil des siècles, jusqu'à ce que ses contours s'effacent. Aquilée portait gravés les noms et les gestes des patriarches, mais on avait du mal à reconnaître dans son visage la puissance du passé.

Teresa laissa errer son regard jusqu'à l'horizon. C'était comme observer une paysanne et chercher à y entrevoir une souveraine. Toutefois, sous les cultures, les champs regorgeaient de chapiteaux, d'amphores et d'ors qui restaient encore à exhumer. Ses ornements pointaient sous la surface du monde pour témoigner de ce qu'avait été la cité.

Aquilée l'oubliée. Aquilée l'inconnue. Pas pour tout le monde, mais pour le plus grand nombre.

Derrière les colonnes du forum, le campanile construit mille ans plus tôt avec les blocs de marbre de l'amphithéâtre se dressait derrière les silhouettes au profil lancéolé des cyprès odorants. Juste à côté, l'église illuminée en ce début de soirée paraissait disproportionnée par rapport aux maisons, telle une cathédrale façonnée par des pierres identiques, une marque de son origine antique. Les couches de plâtre et les fioritures ajoutées au fil des époques successives avaient été grattées afin d'en restituer la beauté originelle. La basilique d'Aquilée était la maison grandiose et primordiale de Dieu, voulue par Théodore Ier, érigée sur la *domus ecclesiae* qui accueillit martyrs et persécutés, presque deux mille ans de sainteté et de sang mélangés dans la pâte de ses fondations.

Teresa et Marini avancèrent dans cette direction, sans se hâter, elle s'appuyant sur lui. Ils attendaient depuis des heures que la police scientifique termine ses prélèvements. Dans l'air, la douceur des efflorescences nocturnes, la salinité des flux marins portés par le vent qui soufflait du sud et, plus masquée, mais prégnante, l'odeur funéraire de la poussière que l'homme était destiné à devenir. Aquilée était une sépulture à ciel ouvert, qui se révélait à nouveau.

Teresa avait avalé deux comprimés d'antalgique. Les élancements étaient pénibles, ils ne relâchaient pas leur emprise.

Là, en foulant ces sillons d'un autre âge (et qui sait combien de restes encore oubliés subsistaient sous la surface), elle se rendit compte une fois de plus qu'il n'y avait rien de nouveau dans la souffrance, aucune valeur ajoutée qui pût la rendre remarquable. C'était une vibration de douleur qui traversait l'espace et le temps, avec tant d'autres, sans détenir aucun pouvoir de les infléchir. Elle se surprit à penser que c'était peut-être le calvaire humain qui maintenait la cohésion de l'univers, une gravité qui fixait les étoiles sur leur axe.

Rien n'était exigé d'elle qui aurait été épargné à d'autres.

Le silence était irréel. Le cordon de sécurité autour de la basilique avait maintenu les curieux à distance.

Les rares intrépides s'étaient lassés d'attendre et dispersés avec les premières ombres et les odeurs appétissantes des repas déjà servis sur les tables.

Teresa s'arrêta devant l'esplanade aux tesselles brunies qui précédaient l'entrée du lieu de culte.

— Renoncer, c'est toujours un peu mourir.

Elle dit cela avec le regard tourné vers la louve capitoline qui allaitait les deux nouveau-nés. Juchée sur le fût d'une colonne antique, sur un chapiteau venu du passé de Rome, elle nourrissait avec ses mamelles des rêves de grandeur éclipsée.

Elle s'assit sur le socle. Ayant prononcé ces quelques mots, elle aurait juré sentir le sang de Marini circuler plus vite, son pouls plus chaud sous ses doigts. À moins que ce ne fût le sien, son sang, qui se ruait dans ses oreilles, en signe de protestation. Quelle confusion de sentiments, d'élans et de chutes. Tout demeurant immobile, dans la densité d'un instant singulier. Quel trou noir elle était devenue.

— Commissaire, ne dites pas ça. Parfois, renoncer signifie simplement recommencer.

Il avait l'air de souffrir, lui aussi. Il semblait qu'en eux deux la nuit attirait d'autres nuits.

Elle l'arrêta avec la douceur rugueuse à laquelle elle l'avait désormais habitué.

— Toi, Marini, ne dis rien.

À côté du portail de la basilique, les experts enroulaient des câbles, remballaient des appareils. Les fourgons étaient en mouvement. Pour elle, il n'y avait pas de paix. Il était temps de se remettre debout.

Elle lui lâcha le bras.

— Donne-moi un coup de main.

Il l'aida à se lever, puis elle observa les hommes prêts à partir, les mains de nouveau dans les poches.

— Pour aujourd'hui, nous terminons sur un résultat nul.

— Eux, ils ont fini. Nous, il nous reste encore à nous y mettre.

— Vous ne voudrez pas… ?

— Bien sûr que si, je veux. Tu t'imagines que j'aurais moisi ici des heures pour rentrer chez moi maintenant ?

— Je croyais que nous serions intervenus seulement dans le cas où il y aurait eu des traces.

— J'ai déjà passé des accords.

— Avec qui ? Quand ?

— Quand tu es allé aux toilettes.

Il ouvrit grand les bras.

— Mais vous faites semblant de vous sentir mal, ou quoi ? Je vous ai laissée seule cinq minutes. Comme avez-vous fait pour… ?

Elle se tourna vers la voiture garée juste derrière la rubalise qui délimitait la zone des recherches. Les phares l'éblouirent un instant. Peu après, De Carli et Parisi en descendirent. Une portière s'ouvrit aussi à l'arrière. Un bâtard noir et gris et une petite silhouette maigre aux longs cheveux bleus et au jean déchiré en sortirent. La jeune fille pointa devant elle une canne télescopique et, d'une rotation du poignet, enroula la laisse du chien autour.

Teresa sourit. Ses chercheurs étaient là.

— Bien. L'équipe est au complet.

La basilique Santa Maria Assunta se dressait, disposée dans l'axe du soleil, l'autel vers l'orient, symbole de la lumière chrétienne qui devait illuminer les ténèbres de l'âme humaine. Elle conservait en son chœur consacré le sol de mosaïque paléochrétien le plus ancien et le plus vaste du monde occidental. Des millions de tesselles à passer au crible une par une, en y flairant la mort.

Peu après, dès qu'elle en franchit le seuil, Teresa se sentit accablée d'un poids tangible, l'haleine des siècles, imprégnée d'humeurs. Et cette haleine soufflait sur elle. C'était la solennité du passé, qui possédait une âme, un squelette de pierre, aux articulations en rotation autour des points cardinaux de l'humanité. Et une force indéfinissable.

Sachant qu'ici, à l'intérieur de ces murs, il n'y avait pas un corps entier, il ne restait que ce qu'elle avait le plus redouté. Parmi ces millions de tesselles de mosaïque, la basilique recelait sept fragments d'os.

8

IVe siècle

Le temps de Cérès était proche. L'alignement des corps célestes l'annonçait.

C'était la nuit où le souffle de la déesse animait les étoiles et les oracles. Les clipei *des soldats antiques de la* Regio X *vibraient dans les entrailles de la terre, pour elle.*

*Dans le campement militaire devant l'*urbe aquileiensis, *les torches étaient déjà allumées. Des feux flambaient en crépitant dans le crépuscule et se reflétaient dans les eaux apaisées du Natiso. Les embarcations paraissaient suspendues à la surface miroitante du port fluvial. La brise diffusait sur les prés un parfum de coquillages et de bois blanchis par le sel. À quelques lieues vers le sud clapotait le Mare superum et les côtes poissonneuses de l'Istrie et de l'Illyrie se déployaient le long d'une ligne noire qui courait à l'horizon. À intervalles réguliers, les gigantesques brasiers des* castra *et des escales marchandes d'outremer s'allumaient les uns après les autres.*

Aquilée s'était dépouillée de la confusion du jour pour se parer du calme de la nuit. Seuls le tohu-bohu et les clameurs des tabernae *montaient des ruelles étroites. Les langues parlées étaient nombreuses et les couleurs des visages si diverses, ravivées par les flammes courtes des lampes. Le légionnaire n'était qu'une ombre parmi les ombres. Il passa devant le forum et le cirque, l'amphithéâtre orné de ses dauphins de calcaire et les thermes, jusqu'à rejoindre l'obscurité humide du vieux* palatium. *Ses fondations soutenaient à présent la basilique voulue par l'évêque Théodore.*

L'ère des chrétiens avait débuté. Certains murmuraient que le temps des grandes légions touchait à son terme. Ce ne seraient plus des lames aiguisées qui gouverneraient le monde, mais des croix. L'étendard du Christ reléguerait bientôt dans l'ombre, telle une éclipse, l'aigle de l'empereur, la face de Jupiter.

Des chants de femmes et d'hommes s'élevaient du temple chrétien. Ils ne se cachaient pas, et pourtant il aurait mieux valu. Jusque dans leur foi, des fissures traversaient ces lieux de trop de déchirures. Chrétiens contre chrétiens.

Le légionnaire hésita, bien droit dans son manteau couleur de nuit.

Le vent changea de direction, apportant un parfum qui n'était pas celui des champs et des roseaux. Il avait appris à le reconnaître. C'était l'essence sacrée du temple d'Edfu, résine de térébinthe et encens, myrrhe et balsamine de Judée.

Deux serviteurs éthiopiens surgirent de l'obscurité, le crâne rasé, le cou et les poignets annelés de cuivre et de bronze. Difficile de dire où s'achevait l'ornement et où commençait la chaîne de l'esclavage.

Le légionnaire les connaissait.

— Dites à votre maîtresse que je ne suis pas armé.

Calida Lupa n'attendit pas davantage. Elle se révéla comme la lune qui pointait entre les nuages, avec la blancheur de sa robe de fine gaze piquée des deux cent trois mouches aux ailes repliées de la prêtresse d'Isis, en or comme les sarments de lierre qui en ornaient les sandales. La peau de cette femme était luisante et parfumée d'onguents.

— Pourquoi me suis-tu, fille d'Isis ?

La vestale passa une main ouverte devant le visage du légionnaire. Les yeux ombrés d'une poudre de lapis-lazuli trahissaient le trouble.

— Ne prononce pas son Nom, Lusius. La nuit a des oreilles de loup. Je te suis pour te sauver la vie. Retourne d'où tu es venu, unis-toi à tes soldats dans les rites du soir. Demeure loin des chrétiens.

Le légionnaire regarda vers la basilique. Les fenêtres brillaient de lueurs tremblantes. À l'intérieur, c'étaient les flammes de la nouvelle foi qui brûlaient, alors qu'eux, ici, n'étaient que les simulacres ultimes d'un culte mourant. Il n'en restait que des braises. Bientôt le vent du christianisme en disperserait les cendres.

— Isis chante son agonie, lui dit-elle. Il semble que Rome elle-même ait déclaré la guerre à la déesse. C'est déjà arrivé, mais cette fois, ce sera la défaite finale. Même toi, tu n'es pas en sécurité.

Les yeux de la prêtresse se remplirent de larmes.

— Je prie tous les jours afin que cela n'advienne pas, mais les statues continuent de tomber, les temples de s'écrouler. Ils veulent l'éliminer. Ils craignent l'amour que le peuple éprouve pour elle et qui nourrit la puissance des prêtres. Qu'est-ce qui te fait penser

que les chrétiens auront de la compassion pour son culte ? Ils n'hésitent pas à qualifier d'« hérétiques » même certains de leurs frères.

— Ils connaissent la persécution.

Le tourment du visage de la femme se transfigura en colère.

*— Ils la connaissent et ils rendront la pareille ! Sur cette terre les rouleaux des dieux des pyramides coexistent avec les symboles de l'*Urbe, *les lampes à huile avec la menorah du peuple hébreu sont allumées à la même flamme qui éclaire les effigies de Mitra et du dieu Antinoos. Quel sort peut attendre un monde aussi confus ? (Elle lui prit le bras.) N'y va pas. Dans l'invitation du prêtre chrétien, j'entrevois une ruse.*

— Tu as lancé tes astragales, Calida Lupa ?

— J'ai vu ton avenir dans le feu du brasier sacré, soldat. Les dieux ont parlé.

Le légionnaire aurait voulu avoir sur lui une amulette capable de dissiper cette prédiction néfaste, mais il avait renoncé depuis longtemps à la main de Sabazios. Il se libéra de cette emprise funèbre.

— Si c'est mon destin que les dieux ont montré, alors je ne peux rien faire d'autre qu'aller au-devant.

Il marcha à reculons, sans la perdre de vue. Elle retourna dans l'ombre et ce fut alors qu'il s'abandonna à la nuit et à sa destinée.

La basilique l'accueillit avec des chants d'espérance et d'invocation de la lumière divine qu'il avait entendus peu de temps auparavant. Dans le vestibule, quelques serviteurs lui firent retirer son manteau et ses sandales de cuir. Quand il leur confia le casque et la cuirasse ornée de phalères miroitantes frappées dans les forges impériales d'Antioche, il eut la sensation de se livrer lui-même.

Ils lui lavèrent les mains et les pieds dans une cuvette de bronze doré. Enfin, l'homme qui lui avait promis une audience passa la tête de derrière la tenture couleur pourpre qui masquait la vaste aula *où était célébrée la synaxe eucharistique. Cyriaque, c'est ainsi qu'il se faisait appeler, le serra contre lui dans une étreinte fraternelle et lui présenta les mystères de la nouvelle foi.*

Pieds nus, vêtu seulement de sa tunique, le légionnaire s'avança dans un paradis terrestre qui se déroulait sous ses pas en mosaïques d'une rare beauté. Des animaux au regard docile, des plantes luxuriantes et des bergers au visage lumineux le conduisirent vers les fonts baptismaux que les chrétiens utilisaient pour un rite de renaissance qu'il ne comprenait pas encore. Là, immergés dans le mystère de la foi, ils recevaient le Saint Chrême qui consacrait les rois, les prophètes et les prêtres. L'aube ne tarderait pas à éclairer les fresques aux couleurs criardes qui ornaient les murs, le soleil frapperait l'eau cristalline de reflets aux mille facettes. Le nouveau chrétien sentirait cette lumière l'illuminer de l'intérieur.

Mais cet homme-là, ce n'était pas lui. Lusius était là uniquement pour comprendre dans quelle mesure le nouveau culte serait capable de s'ouvrir au sien. Il avait entendu des voix évoquer des rites mystérieux qui prenaient forme dans ce temple. Des rites qui provenaient de loin, du passé. Plus anciens que tous les hommes qui avaient jamais foulé cette terre, et qui ne lui étaient pas tout à fait inconnus. Même parmi les chrétiens certains les ignoraient et d'autres les abhorraient. La fracture n'était plus très lointaine.

Cyriaque le conduisit dans la deuxième salle, interdite à la plupart. Seul l'initié y avait accès, mais Lusius avait montré qu'il connaissait déjà quelques-uns des secrets qu'elle recelait. Cyriaque le chrétien en était resté hébété, aussi avait-il voulu voir de ses propres yeux si le païen romain serait capable de déchiffrer le chemin initiatique tracé sous leurs pas.

Dans la deuxième salle brûlait l'encens et les lampes à huile étaient suspendues par des chaînes ancrées au plafond, illuminant les tesselles des mosaïques.

Stupeur, émerveillement. La splendeur du ciel reflétée dans la terre.

Les adeptes du Christ étaient en attente sur les côtés, vêtus de blanc, comme lui et comme les prêtres de Calida Lupa. Quelques enfants portaient au creux de leur paume des unguentaria *en verre très fin, en forme de petits poissons et aux couleurs de pierres précieuses. Un jeune garçon tenait dans ses bras un panier. Au fond de cette corbeille en osier, au milieu de pains à peine sortis du four, s'enroulait un serpent.*

9

Aujourd'hui

Dans sa vie, à l'âge adulte, Teresa était rarement entrée dans une église. Cela lui était arrivé l'hiver précédent dans un village de montagne, où le mal qui aboyait dans les bois n'était pas plus féroce que celui qui respirait au calme, dans l'intimité des maisons.

La basilique d'Aquilée l'accueillit avec un écho qui vibrait dans ces espaces majestueux et résonnait dans sa poitrine. À leurs pieds, sous des passerelles suspendues en verre et en acier, une lumière blanche caressait les mosaïques qui semblaient le reflet d'un monde lointain. Non pas enfoui dans la terre jusqu'à un siècle auparavant, comme cela avait été le cas, mais appartenant au monde d'en haut, à l'ailleurs.

— *Per aspera ad astra*, « À travers les épreuves jusqu'aux étoiles ».

Elle se murmura cette formule en suivant du regard les colonnes imposantes, jusqu'aux voûtes noyées dans la pénombre : le plafond aux poutres de bois et les arcs brisés attestaient des altitudes vertigineuses qu'avait atteintes l'humanité. Des femmes et des hommes avaient toujours cherché dans la beauté de l'art le visage de

Dieu, et, en retour, une trace de leur propre étincelle divine. Personne ne pouvait jamais dire si cette étincelle existait, mais Teresa jugeait émouvante cette recherche passionnée, parfois douloureuse, jamais interrompue. Des mains nues et sales avaient érigé ce temple immortel, et l'avaient confié à leurs descendants en concevant cette majesté autour d'eux. Avec la boue de la condition terrestre, elles avaient été capables d'élever les portails du paradis.

Parfois Teresa cherchait cette étincelle dans le miroir. Elle ne pouvait croire que tout s'arrêterait avec la fin de son corps, et, même avant cela, avec la fuite de ses souvenirs. Elle se regardait dans le fond des yeux, sombrait en elle-même. Elle s'était surprise à entrevoir cette étincelle au milieu de la souffrance, dans la dignité que l'on conservait au fond de son cœur, dans la difficulté à se redresser. Non sans éprouver la colère que l'on voue à un grand amour trahi, elle avait pensé que même un Dieu ne serait pas capable d'en faire autant, car si la perfection ne connaît pas la chute, elle ne connaît pas davantage la renaissance.

Elle leva les yeux vers le crucifix qui, au bout de la nef, semblait bénir toutes et tous, et en même temps juger.

Seul peut-être un Dieu devenu homme serait capable de comprendre la valeur des créatures déchues. La perfection ne s'habitue pas au sacrifice, parce que le sacrifice ne lui est jamais réclamé. Et ainsi, dans l'éternité, elle est condamnée au silence de la douleur, mais aussi à celui du cœur.

Une main se glissa dans la sienne.

C'était Blanca, la chercheuse, venue pour les aider. La jeune fille tenait Smoky en laisse. Elle aussi, comme Teresa, s'accompagnait d'une canne, mais la sienne était fine et cliquetait comme une horloge sur un passage piétons. C'était une sonde que Blanca lançait devant elle pour donner forme et ordre à l'obscurité.

Pour Battaglia, ces derniers temps, c'était devenu une vision familière. Elle espérait encore qu'il lui serait possible de voir la jeune fille et son chien intégrer les rangs des consultants de la préfecture, ces chercheurs inestimables de traces olfactives qui conduisaient à des restes humains. Ils leur auraient apporté une sève nouvelle, mais après une seule et unique tentative, la jeune fille s'était montrée réticente à poursuivre. Pendant un moment, elle avait semblé sur le point de disparaître. Teresa lui serra la main, avant de la lâcher.

— Vous êtes prêts ?

Blanca leva le visage, comme si elle cherchait sa voix.

— Oui. Quand tu veux.

Marini se baissa et l'aida à enfiler les chaussons spéciaux qu'utilisaient les restaurateurs du site. Il fallait même protéger les pattes de Smoky. L'inspecteur s'en occupa, armé de ruban adhésif et de chaussettes pour chien à la semelle caoutchoutée. Smoky lui lécha la figure.

— Arrête, gros baveur.

Il l'écarta, mais la seule réaction de l'animal fut de redoubler de coups de langue.

Teresa le caressa.

— Allez, inspecteur, tu commences à lui plaire.

— Non, pas du tout. Il le fait parce qu'il sait que ça me dégoûte.

— Que je comprenne : tu penses que c'est pour te faire bisquer ?

— C'est évident.

Marini tendit la main pour le caresser, mais Smoky lui montra les dents et grogna.

Blanca ramena le chien contre sa jambe.

— Il ne sait pas encore s'il peut se fier à toi ou pas.

Teresa se demanda si elle ne parlait pas aussi un peu d'elle-même. Elle fit signe à la directrice du Patrimoine archéologique et des beaux-arts qui les attendait à l'entrée. La femme les rejoignit et vérifia que les opérations seraient bien exécutées selon les indications fournies.

— Je vous prie encore une fois de faire extrêmement attention. Les sollicitations ont déjà été trop nombreuses pour aujourd'hui. Nous devons le préserver de quelque choc que ce soit.

Elle parlait du sol en mosaïque comme si elle évoquait une personne en chair et en os, avec des gestes qui évoquaient des caresses à distance. Elle craignait de le blesser, mais avait accepté de collaborer sans hésitation. Toutefois, maintenant que cela se concrétisait, elle doutait.

Teresa posa une main sur l'épaule de sa chercheuse. La jeune fille et le chien seraient les seuls à s'avancer sur la mosaïque.

— J'ai fait appel à eux justement pour éviter que les choses ne traînent en longueur, professeur. Laissez-les faire, ce sont des professionnels.

La femme les toisa du regard. Une jeune aveugle et un bâtard au poil pelé, aux crocs saillants plantés de travers et aux yeux fous couleur de glace.

— C'est à vous que je me fie… commissaire.

— Et à nous, non, en somme.

Blanca venait de protester, dans un murmure. Teresa la prit à part.

— Du calme, ne te laisse pas influencer. Descendez, et faites ce que vous savez si bien faire. À la minute présente, rien d'autre ne doit compter.

La jeune fille sembla la regarder, chercher dans l'ombre qu'elle avait devant elle les traits de celle qui était devenue une amie. Un univers, qui pour Teresa restait encore un mystère, gravitait dans ses yeux ternes.

— Si le préfet Lona arrive et nous trouve ici…

— Cela ne se produira pas, mais si c'est le cas, je m'en occuperai. (Elle l'entoura de son bras.) Vous êtes les meilleurs, vous l'avez déjà démontré. Et peu importe que vous ne fassiez pas partie de la police. Ce qui compte, c'est votre expérience. D'accord ?

— OK.

— Courage.

Teresa la conduisit vers la passerelle, où un panneau avait été démonté pour permettre aux techniciens scientifiques de descendre.

Marini l'aida à passer. Smoky la suivit d'un bond léger. La police scientifique avait déjà subdivisé les presque huit cents mètres carrés de l'œuvre en mosaïque au moyen de cordons délimitant des secteurs de dix mètres de côté.

Le chien, dressé pour déceler des traces biologiques, et son accompagnatrice entamèrent aussitôt leurs recherches.

— Pour commencer, je vais le laisser librement longer le périmètre. S'il ne signale rien, alors nous quadrillerons chaque secteur.

Elle fit venir son chien au pied et lui donna un premier ordre.

— Sniffe !

La directrice s'approcha de Teresa.

— Je ne voulais pas vous offenser. Je me suis mal exprimée. C'est une opération tellement délicate et qui sort de l'ordinaire. (Elle se tourna vers la nef.) Je ne peux croire que ce lieu ait été violé, que quelqu'un ait réussi à y entrer et… à faire ce que vous pensez qu'il ait pu faire. Cela signifierait que les gardiens n'ont pas été assez vigilants, que le cordon de sécurité autour de ce site n'a pas fonctionné. Il faudra faire toute la lumière, étudier les enregistrements des caméras de surveillance, interroger les personnes concernées…

— Nous nous en occupons déjà, professeur.

Toutefois, si Giacomo Mainardi avait dit la vérité, et Teresa n'avait aucune raison d'en douter, ils ne trouveraient rien qu'il n'ait déjà avoué.

— Je voulais dire que nous allons devoir mener une enquête interne pour identifier les responsables de ce manquement, commissaire.

Teresa aurait voulu lui expliquer qu'il n'y avait aucun moyen de détourner un tueur en série de ses intentions, surtout pas une fois engagé le processus mental qui le menait au rituel de l'homicide et aux étapes liturgiques qui suivaient. Cela lui aurait demandé un temps dont ils ne disposaient pas, et elle n'avait pas la force de lui résumer les années d'expertises psychiatriques et comportementales auxquelles Giacomo Mainardi avait été soumis.

— Croyez-moi, professeur, cela vaut mieux ainsi.

La femme la regarda, incrédule.

— Il vaut mieux que l'œuvre ait été défigurée ou la basilique profanée ?

— Il vaut mieux pour eux qu'ils ne l'aient pas croisé. (Teresa eut un signe de tête vers Marini.) Maintenant, je vous prie de m'excuser. L'inspecteur et moi allons suivre les recherches à distance, depuis la passerelle. Il serait préférable d'éviter toute autre présence aux abords.

La directrice acquiesça.

— Vous me trouverez à l'entrée.

Smoky était encore à la recherche de l'odeur qui le conduirait aux restes humains dissimulés quelque part dans les tesselles de la mosaïque. Les éclats d'os de la victime, selon ce qu'avait laissé entendre Giacomo, étaient là, incrustés dans ces merveilleuses figures.

Teresa et Marini s'avancèrent sur la passerelle à pas mesurés, deux âmes en désarroi. Elle sentait de l'agitation derrière la retenue de l'inspecteur. Elle aurait voulu l'apaiser, mais elle ne pouvait lui apporter ce qu'il désirait.

Sous leurs pieds, les féeries du paradis terrestre laissèrent place au récit biblique du prophète Jonas, jeté à la mer par les Phéniciens et sorti vivant après trois jours passés dans le ventre d'un monstre marin. Une allégorie de la résurrection. Les mosaïques de l'époque théodorienne avaient été découvertes au début du XIXe siècle, après être restées dans l'ombre pendant mille cinq cents ans, recouvertes d'une seconde couche de marbre.

Le tandem de chercheurs avait atteint le pied de l'autel flanqué de ses deux chaires de la Renaissance. L'animal ne montrait aucun signe d'excitation. Il n'avait pas encore flairé l'odeur de la mort.

Tous les deux descendirent dans la crypte des fresques, à côté de l'abside voulue par le patriarche Massenzio.

Sur la fresque qui embellissait le bassin absidial, la Mère de Dieu offrait son Fils à l'humanité et posait sur lui un regard d'une douceur douloureuse.

Cette descente des marches qui menaient à la crypte fut comme le franchissement d'un autre seuil temporel, avant de resurgir dans la lumière diffuse et les pigments chauds des terres et des ocres médiévaux du XIIe siècle. Les murs et les basses voûtes étaient entièrement peints de ces fresques et retraçaient les moments saillants de la chrétienté et des origines du christianisme aquiléen. Dans les impostes, la crucifixion du Christ et la passion des premiers martyrs rappelaient en partie les canons de l'art byzantin.

— Qui est-ce ? demanda Marini, le visage tout près de la fresque qui représentait la décapitation de deux hommes.

Battaglia indiqua les urnes préservées dans un reliquaire, derrière eux.

— Eux, probablement. Des martyrs.

— C'est impressionnant.

Elle ne comprenait pas à quoi il faisait allusion, à la vie ou à la mort, ou à ces trésors artistiques qui avaient survécu au temps.

Sur un velum à mi-corps, deux cavaliers se défiaient au combat sur leurs montures au galop. L'un des deux semblait vêtu des parements des templiers. C'était lui qui prenait en chasse l'autre guerrier, qui s'était retourné pour décocher une flèche et le transpercer.

Ce n'était pas la première fois que Battaglia se trouvait devant cette image ; à ce stade de son existence, cependant, c'était elle-même qu'elle y voyait. Elle avait donné la chasse, elle s'était lancée à la poursuite. Maintenant, la flèche était sur le point de lui être décochée, mais elle s'entêtait à rester en selle, à continuer la traque.

Elle chercha du regard une autre fresque, représentant la dormition, le sommeil éternel de la Vierge. Cette scène était devenue rare dans l'iconographie religieuse. Rares étaient ceux qui s'intéressaient à la Mère de Jésus. Sur cette fresque, le Fils en voilait le corps et en tenait l'âme dans ses bras, enveloppée dans des langes, telle une nouveau-née. Teresa trouvait cela d'une tendresse poignante.

Qui l'envelopperait d'une étreinte réconfortante, elle, quand ce moment arriverait ?

— Commissaire, on y va ?

Elle s'arracha non sans mal à ses pensées.

Ils remontèrent de la crypte pour regagner la surface de la basilique. La jeune fille et le chien avaient presque conclu leur premier tour du périmètre. Leurs mouvements coordonnés, le peu de mots nécessaires, jamais péremptoires, toujours attentionnés, l'accord entre ces deux créatures frappaient toujours Battaglia.

Elle s'appuya à la balustrade, suivant la jeune aveugle des yeux.

— Elle dit qu'elle ne veut rien avoir à faire avec Lona. Cela lui provoque des angoisses.

Marini suivit son regard.

— Ce serait dommage qu'elle abandonne pour cette seule raison, mais je ne me sens pas de la convaincre de changer d'avis. Vous êtes devenues amies, ces dernières semaines.

Teresa sentir un éclat de rire monter de sa poitrine.

— Tu es jaloux ?

— Pour moi, ça n'a pas été facile de vous apprivoiser, commissaire. Vous m'avez fait souffrir.

— Mais qui donc t'imagines-tu avoir apprivoisé ?

Il lui donna un petit coup de coude.

— Je le sais que vous m'aimez bien.

Le sourire de Teresa s'éteignit.

— Tu sais beaucoup de choses, mais il y en a une qui t'échappe, Marini…

— Qu'est-ce qui ne va pas avec cette fille ? (L'inspecteur s'appuya à son tour à la balustrade.) Votre regard sur elle a changé, commissaire.

— Mon regard sur elle ? Changé ?

— Ne feignez pas d'être surprise. Je vous connais quand même un tout petit peu désormais. Vous l'observez comme s'il y avait quelque chose en elle qui vous dérangeait. Vous me regardiez de la même manière avant.

Teresa courba les épaules.

— Je me suis mise à l'appeler Blu.

— Comme ses cheveux.

Elle referma les pans de son cardigan. L'humidité de la crypte semblait remonter des fondations et l'envahir par tous les pores de sa peau.

— Bleue comme le mélange d'émotions qu'elle ressent au fond d'elle-même, Marini. Elle se teint les cheveux en bleu indigo parce qu'elle le ressent intérieurement, à ce qu'elle dit. C'est la seule couleur qu'elle semble réussir à distinguer dans l'obscurité.

— Mais à vous, cette explication ne suffit pas.

— Les Américains utilisent le mot *blue* pour désigner une forme de mélancolie aussi délicate qu'inexplicable. Tu sais que le blues tire son nom des *blue devils* ? Au XIXe siècle, c'était ainsi qu'on appelait la dépression et le delirium tremens.

— Vous tenez beaucoup à cette fille.

— Je suis contente de l'avoir rencontrée.

— Mais… ? Dans votre voix, il y a un « mais ».

— Mais elle est *bleue* : la mélancolie qui la tourmente n'a aucune raison d'être, d'après ce qu'elle m'a raconté de sa vie, et pourtant il semble qu'elle ne puisse l'éloigner d'elle.

— *D'après ce qu'elle m'a raconté* ? (Il secoua la tête.) Oh non. Ne faites pas ça.

— Quoi ?

— *Suspecter*. Et chercher à sauver tous ceux qui croisent votre route. Blu est peut-être très bien comme elle est.

— Peut-être, Marini. Peut-être.

— Elle est malvoyante. Personne ne s'en féliciterait, surtout pas à vingt ans.

Teresa pesa sa réponse.

— Tu crois qu'une infirmité suffit à décider ou non du bonheur d'une existence tout entière, Marini ?

— Je dirais que oui.

— Tu en es convaincu parce que tu n'en es pas atteint. C'est pour cela que cela t'effraie.

— Bien sûr que cela m'effraie.

Teresa se redressa, autant qu'elle en était capable.

— L'être humain est destiné à survivre. Et de manière grandiose. Même à la privation d'un sens, même à la perte d'un membre, même… *à ceci*. Moi qui ai du mal à tenir debout, qui dois renoncer à mon indépendance, à l'autonomie. Toi qui me bouscules le derrière pour m'obliger à me lever.

— Ne dites pas de bêtises. Ce n'était pas le derrière.

Elle se tourna pour le regarder. Ils esquivaient le véritable problème.

— L'esprit prend la place de ce qui n'est pas, et il la comble. À l'intérieur de Blu, c'est ce qui s'est produit.

Il se posta devant elle.

— Et aussi à l'intérieur de vous, commissaire.

Elle l'écarta d'un petit coup de canne sur la hanche et se dirigea vers les chercheurs encore à l'œuvre.

— Tu es devenu un peu trop sentimental, Marini.

Il resta dos à elle.

— Ce n'est pas encore le moment de lâcher, commissaire. Ne nous faites pas vos adieux avant l'heure.

Elle hésita, mais cela ne dura qu'un instant. Elle empoigna sa canne.

— Ce n'est jamais l'heure d'un tel moment, Marini, pour ceux qui restent en spectateurs. Il faut pourtant bien que quelqu'un le dise : assez.

— Commissaire…

La jeune fille les appela du fond de la basilique. Elle avait parcouru tout le périmètre, et elle était de retour à l'entrée. Smoky se mit à aboyer contre une porte massive et close, sur la gauche du mur, à côté de l'entrée et du marbre grec de la reproduction médiévale du Saint-Sépulcre. Il ne semblait pas décidé à s'arrêter, malgré les tentatives de sa maîtresse de le calmer.

Ils les rejoignirent. La directrice s'était déjà approchée, visiblement alarmée.

— C'est la crypte des fouilles, expliqua-t-elle, mais elle est fermée aux touristes depuis quelques mois. C'est la partie d'origine de la basilique, il s'agit du fragment de mosaïque préservé de l'atrium nord, la *domus ecclesiae* originelle sur laquelle a été édifié le reste. Je peux vous assurer que personne n'a pu avoir accès à ces mosaïques.

Le chien aboya encore plus fort. La jeune fille s'accroupit pour le calmer et chercha Teresa de la main.

— Quelle que soit la chose que Smoky a flairée, elle est faite de sang et d'os.

Teresa regarda la directrice.

— Ouvrez.

10

Vingt-sept ans plus tôt

Teresa s'était organisé une vie parfaite dans une maison parfaite. Elle avait retiré son jean sale et son T-shirt, elle les avait roulés en boule et jetés dans le lave-linge. Elle avait rangé sa parka et ses grosses chaussures dans la penderie de l'entrée pour enfiler un kimono et afficher le masque des créatures défaites, celui qui vous modifie les traits au point que vous croyez ne plus savoir qui vous êtes.

Le dîner réchauffait dans le four. Sur la table, céramique et cristal, des cadeaux de mariage. Il ne s'était écoulé qu'une année, mais ils avaient perdu leur éclat depuis un bout de temps. La porte de la cuisine était fermée, afin d'éviter de contaminer les autres pièces avec les odeurs de nourriture. Sebastiano ne les supportait pas.

Elle tournait de pièce en pièce, pieds nus, pour vérifier que tout soit en ordre, plus parfait que la perfection. Le cabinet de travail était son refuge. Elle le partageait avec Sebastiano, mais il n'y entrait jamais, il s'en servait comme d'un dépôt de livres, ceux qui ne trouvaient pas place dans le bureau mis à sa disposition par l'université : éditions hors catalogue, soulignées au point que les pages en étaient gondolées, ou parfois au contraire intactes, exemplaires oubliés, jamais déballés, offerts par des collègues tout aussi oubliables.

La partie de la bibliothèque destinée à Teresa avait fini par ressembler à celle de son mari. Les traités de procédure pénale et de médecine légale avaient laissé peu à peu la place à ceux de psychologie clinique et de psychopathologie, de neurosciences cognitives, de troubles de l'humeur, et puis, tout en bas, cachés dans un coin sombre, à ceux en langue anglaise pas encore traduits, des écrits d'auteurs que Sebastiano assimilait à des chamans excentriques, à l'opposé des chercheurs de la vraie science. Elle se baissa, les effleura : la criminologie, une nouvelle science faite d'interconnexions profondes avec la statistique et la psychologie, davantage une affaire d'observation que de théories infaillibles, avait connu meilleure fortune outre-Atlantique, où elle était née, mais ici, la plupart des gens en ignoraient tout. Ces volumes étaient la nouvelle bible de Battaglia. Elle en ouvrit un, inédit, introuvable dans presque toutes les librairies du monde parce que c'était le manuel au contenu très dense d'un cours de formation. Il comportait une dédicace en page de garde, d'une écriture témoignant de la même énergie que l'orateur mettait aussi dans ses cours.

To Teresa,
from a hunter to a huntress.
May the darkness have mercy on you.
R.

« À Teresa, d'un chasseur à une chasseuse. Puissent les ténèbres avoir pitié de toi. »

Elle laissa courir ses doigts sur les lettres. Une chasseuse d'âmes en chute libre. Ramassées au sol, brisées en morceaux, Teresa avait besoin de croire qu'il restait encore quelque chose à sauver dans le cœur d'un assassin, dans la descendance de Caïn, faute de quoi l'obscurité aurait vraiment pris le dessus sur elle aussi.

Elle contempla cette bibliothèque, toutes ces pages, des milliers de pages pleines de théories, d'analyses, de données, de conjectures. Dans l'enquête en cours, elle avait émis d'emblée l'hypothèse du rôle central des rites, d'une confrontation avec le meurtre en série, mais elle ne détenait pas de preuves. Pour le moment, aucun élément ne venait alléger le poids du doute.

L'assassin était mû par des motivations psychologiques aussi profondes que déviantes, ou bien était-ce elle, Teresa, qui voyait dans le meurtre de ce vieillard des caractéristiques qu'elle s'était entêtée à y retrouver ? Albert avait peut-être raison, il fallait rechercher les motivations ailleurs.

Peut-être.

Elle s'assit par terre et, à la lumière ténue d'une lampe, elle feuilleta des livres, des brochures, des chemises entières de télécopies, des fascicules. Elle les étala sur le parquet, examina la correspondance qu'elle avait entretenue ces derniers mois, à des fins didactiques, avec des unités de lutte contre le crime au Royaume-Uni et aux États-Unis.

Elle ne parvenait pas à croire qu'elle se trouvait face à une enquête digne des manuels, dans la droite ligne des études de cas qu'elle examinait depuis quelques années, et pourtant elle en avait eu la nette impression dès le début.

Elle ouvrit son cahier de notes et tenta d'élaborer un profil criminologique.

Facteur de déclenchement ? ⇒ un événement a rompu l'équilibre et amorcé la spirale de la violence (rejet amoureux ? Expulsion ? Licenciement ?) COLÈRE – FRUSTRATION – BESOIN DE TUER

Âge de l'assassin : environ 25 ans (premiers fantasmes de violence élaborés à l'adolescence)

Schizophrénie paranoïaque probable (psychose peu commune)

Victime : figure de référence masculine, d'âge mûr (je ne m'attends pas à ce que ça change, l'âge pourrait diminuer à mesure que l'assassin gagne en confiance dans ses capacités, mais pas de beaucoup)

Lieu de rendez-vous : exposé, risque très élevé. La question fondamentale pour comprendre l'assassin, c'est : quel type de risque représente la victime ?

Son stylo resta en suspens. Teresa se sentait bien sotte, ou alors c'était qu'elle avait brûlé les étapes, trop vite sauté le pas.

Des pas, bien réels cette fois, résonnèrent dans le couloir.

Elle se retourna, le cœur battant. Une ombre noircissait l'ombre. Elle se leva en vitesse, en marchant sur ses papiers.

— Je ne t'ai pas entendu entrer.

Sebastiano avait déjà retiré sa veste, sa valise-cabine était près de la porte. Il l'avait observée, il l'observait encore.

— Tu étais occupée.

Une banale constatation ? Une accusation qui était le prélude à une dispute ? Chaque phrase, chaque mot représentait toujours une énigme à déchiffrer.

Il fit quelques pas vers elle, les mains dans les poches, le visage à la mâchoire dessinée ne portant aucune marque de la fatigue du voyage. Pas l'ombre d'une barbe, aucun signe de relâchement dans le col amidonné. Seules les tempes grisonnantes témoignaient impunément de la fragilité de sa nature. Le seul signe. Les yeux étaient les galets d'une rivière, pierres noires mouillées.

— Tu rentres à temps, le dîner est prêt. Je vais…

Il la prit par le poignet. Le pouce caressait la peau douce, les autres doigts la retenaient, tâtaient les pulsations du cœur.

— Toi, tu as préparé le dîner ? Vraiment ?

Mentir était inutile. Il aurait contrôlé la poubelle, déniché les barquettes avec l'étiquette de la rôtisserie.

— Non, je l'ai acheté.

Et maintenant, qu'allait-il se passer ? Un reproche mollement exprimé, ou avec plus de fermeté, et des accusations, le ton qui monte, peut-être une main qu'on lève ?

Teresa ne savait même pas comment ils en étaient arrivés à ce stade.

Elle n'avait pas su percevoir les signes de la créature qui l'habitait véritablement. Et pourtant ils étaient là, imprimés sur son visage, ils étaient dans ses phalanges quand il les faisait craquer en refermant la main, en serrant le poing. Des poings qui volaient, qu'un jour il avait laissé échapper, cabossant la porte de l'armoire et lui laissant un hématome.

À cette minute, l'énergie refoulée se manifestait dans le feu qui lui rougissait les oreilles, ce violet lie-de-vin qui descendait sur la veine gonflée dans le cou.

À quoi se réduisaient les outils aiguisés de son savoir quand c'était lui qui en avait le plus grand besoin ? Ils n'étaient alors rien de plus que de grossiers instruments pointés contre les défenses que dressait Sebastiano, incapables de révéler la fausseté des histoires qu'il se racontait à lui-même pour s'absoudre.

Il lui passa un doigt sur la pommette, sa main enserra cette partie de son visage, lequel devenait ainsi moitié libre, moitié prisonnier, à l'image de ce qu'elle ressentait. Elle se demandait s'il était sur le point de serrer plus fort ou de la caresser. Un geste souche, indifférencié, capable de se transformer en autre chose, tout comme la personnalité qu'elle avait devant elle.

Ce n'était pas la menace d'un coup qui l'effrayait, mais la conscience que Sebastiano s'exerçait à la torture, qu'il mesurait l'ampleur de sa domination.

Dans cette paume masculine, comme dans tant d'autres paumes masculines à cet instant, le destin d'une femme prenait forme. Et Teresa, comme un nombre incalculable de ses congénères à cet instant, se débattait furieusement avec l'envie instinctive de s'enfuir, d'attaquer, de tordre ce poignet pour le briser et rompre la chaîne qui la liait à son mari. Violence qui purifierait la violence. Mais cette pensée demeura en l'état, une image qui ne tarda pas à s'estomper.

Il passa ses doigts dans ses cheveux, en effleurant le cou dénudé par la queue de cheval.

— Je les préfère détachés. Tu le sais.

— Au travail, cela me dérange.

Il enroula une mèche autour de son doigt et tira pour la dérouler.

— Tu as été bien inspirée de retoucher la couleur. Plus foncés, ils te donnent une allure plus raffinée. Si tu veux qu'on te prenne au sérieux, le roux ne convient pas, ça raconte tout autre chose.

Il se détacha d'elle, comme lassé de ce contact. Il s'assit sur l'accoudoir du sofa, relâcha le nœud de sa cravate, la fit coulisser sur son torse et dans sa main comme le fouet d'un dompteur.

D'instinct, elle cacha sa mèche derrière son oreille.

— C'est juste une couleur.

— Et toi tu es juste inspecteur. (Il enroula sa cravate, la jeta sur la table basse.) Tu pensais te présenter à l'examen pour devenir commissaire avec une couleur de cheveux qui a l'air de dire : « Me voilà, je suis disponible » ?

Ce n'était pas formulé comme une question. De sa part, ça n'en était jamais. C'étaient des perforations au creux desquelles Sebastiano introduisait les charges explosives du doute, destinées à l'humilier pour saper l'estime qu'elle avait d'elle-même.

Elle ne l'avait compris que trop tard. Sebastiano n'avait pas pour habitude d'agir aussi ouvertement. Quelque chose en lui avait pris le dessus, une ombre qui se nourrissait de la peur et de l'insécurité qui étaient en elle. Et cette pulsion vorace ne songeait plus à se cacher.

Ce n'avait été qu'un fiancé jaloux. Et comme elle lui avait donné l'impression d'être singulière, unique, cette jalousie.

Et maintenant, c'était seulement un mari jaloux et exigeant, un professionnel estimé pour qui l'esprit humain semblait ne pas avoir de secrets et qui lui demandait d'être une épouse tout aussi parfaite.

Cette ombre s'était resserrée autour d'elle, la privant d'air. Elle s'était révélée pour ce qu'elle était : possession, obsession, destruction. Le masque de Sebastiano s'était peu à peu effrité et elle avait entrevu sa faim de violence. Il ne désirait pas son amour, il voulait son cœur afin de le dévorer.

Pourquoi suis-je restée jusqu'à maintenant ?

Parce qu'elle avait peut-être devant elle l'un des fils de Caïn et elle devait croire, elle avait *voulu* croire qu'elle serait capable de le sauver. Quant à lui, il la tuait tous les jours, un morceau de son âme après l'autre. Ce morceau, elle le ramassait, le recousait au reste. C'était à travers le sacrifice d'elle-même que Teresa attendait la rédemption de cet homme.

— Viens ici. (Il frappa du plat de la main sur le canapé.) Assieds-toi et embrasse-moi.

Elle obéit, l'embrassa, le ventre en émoi contre son ventre chaud, des lignes ennemies qui entraient en contact. Elle pouvait sentir la respiration de Sebastiano imposer son rythme à la sienne. Pendant un moment, elle le serra vraiment contre elle, ivre de ce qu'ils avaient été, ensemble. Mais les meurtrissures de l'âme, presque poussées au point de rupture, grincèrent et la ramenèrent à la raison. Elle se remit assez vite à sonder la moindre tension musculaire, à s'attendre au pire. La crevasse était ouverte, les bords se détachaient.

— Tu es encore en colère ?

En colère. Cela se résume à cela, pour lui.

— Non, je ne suis pas en colère.

Cela n’avait rien à voir avec de la colère. La colère n’appartenait qu’à Sebastiano, mêlée à elle ne savait quoi d’autre.

Il l’écarta un peu de lui, scruta son hématome, appuya légèrement dessus.

— J’étais fatigué et tu m’as provoqué.

— Oui.

Elle se détesta, pour cette larme qui roula sur sa joue.

— Demande-moi pardon, Teresa.

— Pardon.

Sebastiano sourit.

11

Aujourd'hui

La directrice eut du mal à faire tourner la clef dans la serrure de la lourde porte de bronze qui ouvrait sur la crypte.

— Il fut un temps où Aquilée possédait deux basiliques attenantes, nord et sud, construites sur les *domus ecclesiae* originelles. Nous ignorons pourquoi et à quoi elles servaient. Nous pouvons émettre l'hypothèse que celle du sud aurait servi à assurer les fonctions catéchuménales. En revanche, celle du nord était le lieu où se célébrait la synaxe liturgique et elle était exclusivement réservée aux initiés. Le christianisme des débuts était un culte ésotérique.

Elle parut changer d'avis. La clef resta immobile dans le trou de la serrure.

— Au milieu du IVe siècle, la basilique nord fut démolie et la basilique constantinienne fut édifiée au-dessus de la basilique sud. Le nouveau temple fut consacré par l'évêque Atanase, exilé d'Alexandrie à cause de son orthodoxie extrême. Les vestiges du sol en mosaïque de la basilique nord ont dormi recouverts de terre pendant mille cinq cents ans. Ce n'est qu'en 1906 qu'un groupe d'archéologues les a ramenés à la lumière, en créant cette crypte.

Elle se tourna vers eux pour les regarder.

— Nous sommes entourés de marbre, mais l'Histoire est faite de cristal. Je dois vous prier à nouveau de faire extrêmement attention.

Avec un soupir révélateur d'un conflit intérieur, elle ouvrit la porte. Le souffle d'air froid chargé d'odeurs minérales promettait non plus un saut cette fois, mais une descente dans l'Histoire.

La crypte formait un écrin enfermé entre le plafond noir, moderne et imposant, et le sol, mis en valeur par la lumière tridimensionnelle et spectaculaire des spots. La directrice les précéda de quelques pas.

— Trois couches sont visibles. La plus profonde remonte à des édifices publics impériaux et à la *domus* du Ier siècle. La deuxième est un sol en *opus signinum*, le mortier au tuileau, peut-être ce qui subsiste d'un *sacellum* gnostique qui donnait accès à la basilique proprement dite. Dans la troisième, vous pourrez admirer les mosaïques d'époque théodorienne de la basilique.

Teresa percevait une note sourde, un bruit de fond qui faisait vibrer les sens déjà en alerte. Si les fragments d'os gisaient là-dessous, alors l'assassin avait désiré la faire descendre avec lui dans cette histoire de l'humanité. Pourquoi ?

— Quelque chose ne va pas, commissaire ?

Marini était penché sur elle, toujours à ses côtés, vigilant. Elle le tira par la veste, sans détacher les yeux des formes que dessinaient les tesselles de mosaïque, à quelques mètres d'eux. Elle n'avait pas encore bougé.

— Ne pas perdre Blu de vue, même pas une seconde.

Marini se fit plus attentif.

— Selon vous, qu'y a-t-il là-dessous ?

Elle continuait de fixer un point devant elle, en se demandant ce que son instinct avait flairé.

— Je ne sais pas, probablement rien de dangereux dans l'immédiat, mais si Giacomo a souhaité nous amener ici, ce n'est pas pour la beauté des mosaïques, ni simplement pour nous inviter à retrouver un morceau de la victime. Il doit y avoir un message dissimulé quelque part dans tout ce qui s'est raconté et tout ce qui s'est passé. Mais il n'est pas dit que nous réussirons à le comprendre. En tout cas, pas moi, c'est certain.

— Au contraire, vous êtes la seule qui…

Elle lâcha sa veste. Elle le regarda.

— Cette fois, c'est ton tour, inspecteur.

Son visage fut parcouru d'un frémissement.

— Non. Nous allons faire ça *ensemble*. Cette fois encore.

La jeune fille et le chien les rejoignirent. Smoky s'assit en silence, alors que sa maîtresse évaluait les dimensions de la passerelle avec sa canne.

Marini lui donna le bras.

— Nous sommes sur une passerelle en hauteur, lui expliqua-t-il. Cette passerelle longe le mur du pourtour de la basilique. Au-dessous de nous, il y a des mosaïques splendides et je prie le Seigneur pour que vous ne les démolissiez pas, et des ruines de bâtiments antiques. Tu veux que je descende moi aussi ?

— Non.

— Très bien, il suffit de le préciser.

La chercheuse de sang et d'os tira sur la fermeture Éclair de son sweat-shirt, rabattit la capuche sur ses mèches de cheveux indigo. Les bracelets tintèrent à son poignet.

— Excuse-moi, mais tu embrouillerais Smoky. Trop de fausses traces à passer au crible.

La directrice s'approcha.

— La mosaïque s'interrompt à la limite des fondations du campanile. Au XIe siècle, ils ne faisaient pas trop dans la subtilité. Les escaliers de la tour se sont effondrés sur les mosaïques. Une partie est restée emprisonnée à l'intérieur du fût de la tour du campanile. J'espère que… (elle prit une respiration) … que ce que vous cherchez ne réside pas là.

Teresa fit une caresse dans le dos de Blanca. Rien qu'à ce contact, elle put sentir sa tension.

— J'en doute, professeur.

La responsable des lieux s'éloigna de quelques pas. Elle leur confiait un patrimoine d'une extrême fragilité, inestimable.

Marini aida la jeune fille à descendre de la passerelle, jusqu'à ce qu'elle pose le pied sur le sol de la mosaïque. Quand il prit Smoky dans ses bras, le chien montra les dents et gronda.

— Il ne va jamais s'habituer à moi ?

Teresa lui ébouriffa le poil.

— Il s'est déjà habitué à toi.

Quelques instants après, les deux chercheurs sondaient le fond de la crypte.

Teresa et Marini suivirent leur lent travail de défrichage depuis la passerelle, en forme de L inversé qui s'achevait derrière les fondations de la tour du campanile.

Soustraites à la lumière depuis quinze longs siècles, les mosaïques arboraient des couleurs plus flamboyantes que celles de la basilique. Les personnages semblaient bondir, gueuler et piaffer sous les yeux de

Teresa et Marini. C'était un récit tortueux qui se déroulait sous leurs pieds, et non plus la narration limpide et linéaire évoquant le paradis terrestre et l'histoire de Jonas qu'ils avaient admirée.

Marini se pencha à la balustrade.

— Que signifient ces motifs ? Ces ornements sont un peu étranges, pour une église chrétienne.

Battaglia tenta de puiser dans ses souvenirs, dans les sorties scolaires que tous les enfants de la région avaient faites dans cette basilique. Elle ne parvint à rien exhumer de déterminant. S'était-il écoulé trop de temps ? La maladie progressait-elle ? À ces deux questions, la réponse était « oui », même si le passé semblait se rapprocher un peu plus à chaque instant, alors que l'avenir se dissolvait comme un mirage désormais éteint. Il était plus facile de se souvenir avec minutie de détails d'un événement éloigné que d'un épisode survenu la veille.

Toutefois, elle avait une certitude.

— Ce ne sont pas seulement des ornements. L'ornement n'exige pas d'effort d'interprétation. Il ne s'agit pas de simples décorations. Pas dans un lieu sacré comme celui-ci. Pas si l'on considère les richesses énormes que ces créations ont mobilisées. Regarde ça. Des tesselles de lapis-lazuli. Une véritable fortune, à l'époque. Ce n'est pas seulement une question de couleur, mais aussi de fabrication : ces motifs sont beaucoup plus élaborés et plus raffinés que les précédents. Une chose dont je me souviens, à ce propos : on est presque certain que les maîtres d'œuvre étaient originaires du Moyen-Orient. (Elle embrassa le souterrain du regard.) On venait célébrer dans cette basilique quelque chose de très important, et c'est de cela que nous parlent ces mosaïques.

— Oui, mais de quelle manière ?

Elle désigna un bouc bondissant.

— Il est revêtu des parements épiscopaux.

— Vous vous y connaissez, commissaire.

Et puis il y avait aussi un âne cabré, des corvidés noirs, une étoile à huit branches, un homard et une chèvre dans les arbres qui semblaient être des palmiers, une raie, et partout des nœuds de Salomon symbolisant la vie éternelle, mais aussi l'orthodoxie de la vraie foi, de la foi unique.

Ils étaient arrivés à l'angle arrondi de la tour. Marini désigna l'image d'un coq et d'une tortue en pleine lutte.

— Je me serais attendu à plus de croix et à moins de bêtes.

— La tortue est un symbole archaïque, elle habite le Tartare, les Enfers. Elle vit dans l'obscurité, alors que le coq annonce la lumière du jour nouveau.

— Qu'est-ce qui est écrit dans la figure voisine, sous le bélier ?

Ils se penchèrent pour lire.

— *CYRIACE VIBAS*. Ou « Longue vie à Cyriaque », en quelque sorte.

Smoky aboya. Un unique appel. Ils se redressèrent tous les deux, ils avaient appris à comprendre ce que cela signifiait.

La jeune fille s'était tournée dans leur direction.

— Il a repéré quelque chose.

Le chien attendait, couché au sol. Sa position voulait dire : « Celui que tu cherches est ici, sur ce dallage. »

Marini enjamba prudemment la balustrade de la passerelle.

— Nous sommes assurés contre d'éventuels dommages causés à cet inestimable patrimoine archéologique sur lequel je suis sur le point de sauter ?

— Non. On ne saute pas.

— C'est bien ce qui me semblait.

Il se laissa doucement descendre dans la crypte. La jeune fille attendait à l'écart, et Marini se baissa pour examiner les lieux. Smoky était capable d'une précision déconcertante. Teresa, penchée au maximum de ce qui était possible au-dessus du vide qui la séparait d'eux, se demanda si une fois encore l'odorat du chien allait résoudre l'énigme.

Quand l'inspecteur leva le visage et la chercha des yeux, sa façon de la regarder contenait la réponse. Dans cette paume de main en mosaïque, une tache de lumière blanche trouait l'ombre : ils avaient découvert ce qui avait été arraché à la victime.

— Il faut que je voie ça !

Battaglia laissa tomber sa besace et se débarrassa de ses chaussures, retira sa veste, comme pour plonger dans l'obscurité de l'esprit de Giacomo Mainardi. C'était lui qui l'avait amenée ici, lui qui l'avait voulue ici. Il lui fallait tout d'abord se confronter au message qu'il avait laissé là, en s'appuyant sur une règle qu'elle avait apprise et jamais oubliée : le dépôt d'un cadavre, ou des morceaux d'un cadavre, répond à des exigences strictement personnelles de l'assassin, c'est son acte le plus intime.

— Mais que faites-vous ?

Marini bondit pour la rattraper, au moment où elle se jetait par-dessus la balustrade, oubliant sa douleur et le poids de son corps. Il réussit à se saisir d'elle, au risque à son tour de tomber.

— Vous êtes devenue folle ?

Elle l'était peut-être vraiment, la maladie la privait de la raison pour la livrer à une pulsion effrénée.

Pieds nus, désormais sans aucune honte, elle s'approcha de la tache de lumière, s'agenouilla avec peine.

Les tesselles ciselées avec les os de la victime étaient enchâssées dans une figure de levreau blanc aux yeux rougis, cernée d'un octogone parfait, à l'emplacement même où l'escalier massif de la tour empiétait sur la trame de la mosaïque. Sur le museau de l'animal, certaines parties avaient été retirées et remplacées par les restes humains qui formaient la lettre grecque Tau, comme sur le front du bélier.

Mais Giacomo Mainardi n'avait pas seulement placé ces sept tesselles en os. Au centre du Tau, il y avait une dent.

Teresa se sentait perdue. Elle bredouilla quelque chose qu'elle-même ne réussit pas à comprendre. Elle compta de nouveau, un peu incrédule.

La signature de l'assassin avait changé. Un détail qui aurait pu paraître sans importance à un regard profane.

— La signature reste la même parce que la personnalité ne change pas. La signature reste la même.

Marini la prit doucement par les épaules.

— Venez, commissaire.

Sa voix était tremblante. Elle l'attrapa par la veste, ignorant l'appel inquiet de Blanca et celui, très alarmé, de la directrice, qui était accourue pour voir ce qui se passait.

— La signature a changé. Ce ne sont plus sept tesselles d'os, mais huit.

— Nous devons sortir d'ici et avertir la scientifique.

Teresa tendit une main, et il tenta aussitôt de l'arrêter.

Une erreur de débutante dont elle se rendit vaguement compte, poussée par un sentiment d'urgence indéfinissable, insaisissable, qui la fit se précipiter.

Elle effleura les fragments d'os et la dent de ses doigts nus.

12

Aujourd'hui

Les mains de Giacomo Mainardi modelaient avec dextérité la beauté autant que la mort. Il se considérait comme un artisan et identifiait dans ces mosaïques en devenir son propre monde imaginaire. Avec son petit marteau, il assénait des coups légers et précis sur les tesselles, jusqu'à leur donner une forme hexagonale, celle que la nature reconnaissait comme étant la structure la plus résistante de toutes. Des ingénieurs, des architectes et des constructeurs avaient appris à la copier dans les plus grandes œuvres humaines.

— Les bulles de savon se regroupent en formes hexagonales.

Le gardien qui était passé le contrôler ne commenta pas.

Giacomo leva les yeux de son travail.

— Mais je parie qu'en ce moment quelqu'un trouve aussi l'octogone très intéressant. (Il se rembrunit. Il était sincèrement peiné pour Battaglia, mais cette langue était la sienne, l'alphabet naturel des créatures de son espèce.)

— Tu es fou.

Le gardien demeura impassible, mais Giacomo était désormais capable de saisir le fil de terreur qui raidissait ceux qui se tenaient devant lui en les traversant de la tête aux pieds. Il pouvait presque sentir affleurer sur leurs joues la respiration plus rapide, superficielle, de ces petites vies épouvantées. Tous ses sens se tendaient, à l'affût de ces réactions.

Il interrompit son travail.

— Fou, moi ? À cause de ce que je dis ? À cause de ce que je suis capable de faire avec ces mains et pas toi ?

Il les leva subitement en l'air, ces mains. Les menottes en plastique qui le retenaient à la table bloquèrent son geste, ce qui bouscula les tesselles et les instruments. Le gardien recula d'un bond. Giacomo se calma, lui parla comme à un vieil ami, alors qu'il aurait au contraire eu envie de lui ouvrir le torse et de faire ce qui s'imposait.

— Ou bien tu me juges fou parce que je suis revenu ? Je me trouve exactement là où je voulais être. Alors que toi, toi, tu aimerais t'échapper le plus loin possible de moi.

Le gardien fit un pas en avant et cracha sur la mosaïque, avant de s'éloigner, trahissant par sa hâte et la gaucherie de ses mouvements une peur travestie en courage.

Giacomo prit un torchon et sécha la mosaïque avec des mouvements circulaires. C'était encore pour moitié une feuille de papier nue, aucun dessin ne guidant sa main, car le dessin était dans sa tête ; puis, au moment de l'exécution, il appliquerait les mouvements de l'ancienne technique hellénistique et romaine, en enfonçant les tesselles dans la colle-ciment.

Il respira l'odeur de la mixture, recueillit avec dévotion un petit morceau de travertin, si pâle et si hiératique, et le plaça au moyen de sa pince à côté de ses frères, en respectant les nuances de couleur. Ces morceaux de travertin étaient arrivés en même temps que les marbres rouges Pettery et les pâtes vitrées de l'École de mosaïque de Spilimbergo, un établissement unique au monde qui formait des artistes comme lui. Toutefois, Giacomo était un autodidacte, instruit par sa seule obsession. Il avait aussi demandé des galets de rivière, ramassés dans le lit du Tagliamento. L'eau douce et gelée donnait à ces galets la nuance de vert qu'il avait vainement cherchée parmi les autres pierres naturelles. Il savait que l'école en utilisait et le directeur avait exaucé son désir.

Quel pouvoir détenait Teresa Battaglia sur les individus. Le pouvoir de celle qui voit loin, de celle qui comprend. Il ne restait aux autres qu'à la suivre.

Il continua de travailler, stimulé par l'odeur de la salive sur les tesselles.

— Nous nous rencontrerons hors d'ici, tôt ou tard, jura-t-il.

En attendant, sa rétine captait des mouvements furtifs à la limite de son champ visuel. Il y avait quelqu'un dans le couloir. Quelqu'un qui n'avait pas le pas lourd des gardiens. Quelqu'un qui était seulement une tache grise projetée sur les murs.

À une époque c'était Giacomo la bête sauvage, maintenant il était devenu la proie, déjà en cage.

Le petit marteau dans une main, la pince dans l'autre, il se mit à frapper des deux poings sur la table.

Il ne prononça pas un mot, il n'y avait que ce battement. Rythmique, archaïque, d'une puissance agressive. « Viens, que je t'arrache le cœur. Viens, et ces menottes ne garantiront pas ta sécurité. »

Il regarda l'ombre, l'ombre continua de le regarder. Puis elle disparut.

13

Aujourd'hui

Parri faisait tourner un écouvillon dans la bouche de Teresa. Il effectua une succession de frottis dans le sens des aiguilles d'une montre, sur la langue, les muqueuses et le palais.

— J'ai presque terminé.

Il était nécessaire d'isoler d'abord son ADN, pour le soustraire aux traces biologiques présentes sur les tesselles en os et sur la dent qu'ils avaient récupérées, déjà cataloguées comme autant de pièces à conviction. Un travail de bénédictin, un imprévu qui allait inutilement occuper du temps et ponctionner des ressources indispensables à l'enquête. Elle se sentait brûlante de honte. Par une sorte d'empathie, son visage, sa poitrine, ses viscères, toutes les parties de son corps se consumaient dans une combustion sans flammes – peu glorieuse, nullement héroïque. En faisant cette culbute en arrière, elle était redevenue la débutante qu'elle était trente ans auparavant, celle qui met en difficulté ses collègues, qu'il faut tout le temps avoir à l'œil pour éviter les catastrophes, celle qu'il faut contenir.

Ainsi, bouche bée vers le ciel, elle s'imaginait pousser un hurlement.

Au-dessus d'elle, le plafond blanc, la lumière tranchante des néons, un dieu lointain.

— C'est fait. Je jette aussi un œil à ta pompe à insuline. (Il lui souleva son pull, s'affaira quelques instants.) C'est réglé. Tu es apte au service.

Le regard de Battaglia était celui d'un oiseau effarouché qui se heurtait aux choses, aux visages, avant de finalement tomber en piqué sur le pavé gris, sur des chaussures qui avaient tant marché, tout en bas, où gisait un être humain vaincu, elle-même.

Elle n'entendait presque plus les bavardages de Parri. Il faisait exprès de l'étourdir avec des discours frivoles et des récits qui n'étaient peut-être même pas véridiques. Il savait, mais il tentait de la soulager et de la maintenir en lieu sûr.

Marini était assis, adossé au mur opposé. Il ne l'avait pas quittée un instant, bien qu'elle ait cherché à le chasser. Il ne lui avait même pas réclamé d'explications, ni n'avait minimisé l'incident. Il avait agi avec efficacité en limitant les dégâts, donné son feu vert à la chaîne de conservation de l'ADN qu'avaient activée les collègues de la scientifique et qui les avait finalement conduits à l'Institut de médecine légale. Il avait été parfait.

Battaglia leva les yeux vers lui. Il l'observait. « Vois-moi, aurait-elle voulu lui dire, vois-moi vraiment, va jusqu'au fond de ce regard. »

Comme il était sérieux. Depuis qu'elle le connaissait, c'était la première fois que cette attitude ne lui paraissait pas factice. Il avait grandi, Massimo, tandis qu'elle redevenait petite et fragile.

— Vous m'entendez, vous deux ? (Parri vint se mettre entre eux.) Demain matin je compte terminer le relevé des empreintes digitales et préparer les premiers échantillons pour les examens génétiques.

Elle recherchait la concentration, afin de rester sur l'affaire. Il y avait des consignes en attente d'être exécutées.

Marini la précéda.

— Allez-y, docteur Parri, nous savons que vous pouvez nous en dire davantage.

Le médecin retira sa blouse et commença d'éteindre les lampes.

— D'après un premier examen visuel, je peux confirmer que l'os d'où ces fragments ont été retirés n'appartenait pas à un individu jeune. Difficile d'en dire plus, et notamment de déterminer de quel os il s'agit précisément. D'ailleurs, comme ça, c'est pratiquement impossible, je dois encore retirer une grande partie de la colle-ciment. Mais c'est assurément un matériau poreux et fragile. Sur l'un des fragments, il reste des bouts de cartilage attachés dessus. Je dois avouer que cela m'inspire bon nombre de doutes sur son origine, mais je ne suis pas capable de me prononcer davantage. Pour ce qui concerne la dent, j'ai besoin de procéder à un examen à la transillumination et au pied à coulisse.

Teresa regarda les pièces à conviction sur la table d'autopsie. Elles étaient conservées dans une solution de chlorure de sodium et d'éthanol, grains pâles et rosâtres dans le fond du flacon en verre scellé.

— Ils sont nombreux à croire que Giacomo est un sadique, mais je n'ai jamais eu cette impression. (Elle n'avait plus entendu sa propre voix depuis deux heures, depuis l'erreur grossière qu'elle avait commise dans la crypte, un geste révélateur, comme le sont tous les actes sans recours. C'était une voix rauque, coupable. Elle se racla la gorge.) Les mutilations sont toujours postérieures à la mort, le but n'est jamais de provoquer de la souffrance, mais d'ôter la vie à celui qui, symboliquement, ne la méritait pas.

Marini se leva.

— Sauf dans ce cas. L'assassinat lui a été commandité. C'est du moins ce qu'il soutient. Pour autant, même si le mode opératoire est le même et les dynamiques comportementales identiques, nous ne pouvons pas nous permettre de l'oublier.

Absorbée, elle répéta sa première assertion.

— Sauf dans ce cas.

Quelques mots en apparence banals, qui ouvraient pourtant devant eux un vide béant. Suivre des pistes déjà battues et rebattues ne les aurait pas menés loin.

Elle chercha sa canne, s'y agrippa pour se lever, soutenue par Parri. Comment avait-elle réussi à enjamber la balustrade de la passerelle, peu de temps auparavant, cela restait un mystère. À présent, elle ne réussissait même pas à se déplacer, et elle était gavée d'antalgiques.

— J'ai à la maison un livre qui pourrait te servir, Marini. (Elle s'effleura le front, en écarta les cheveux qui lui tombaient sur les yeux.) Je ne me rappelle pas le titre, là, comme ça, non.

— Un livre ?

Elle semblait désorientée. Parri l'aida à enfiler son cardigan. Avant de sortir, elle se retourna, avec un regard à l'inspecteur.

— *Serial Killer by Proxy*, « Tueur en série par procuration », voilà le titre.

Marini avait l'air sur ses gardes.

— Je ne comprends pas, commissaire.

Il refusait de comprendre, mais il y serait bientôt contraint. Elle tendit son sac à Parri, elle se sentait dépossédée. Elle fit un pas vers Marini, un seul, rien de plus. Elle s'efforçait de garder ses distances, non sans difficulté.

— Un assassin qui se sert d'un autre meurtrier pour tuer ?

— Je te ferai remettre le livre.

Il se leva d'un bond.

— Vous me le ferez remettre ? Vous voulez dire, demain, quand je viendrai le prendre ? Parce que je ne vois pas d'autre moyen.

Il continuait de poser des questions, mais c'étaient toujours les mauvaises. Elle lui apporta la réponse qu'il n'avait pas envie d'entendre.

— Je ne vais pas rentrer de mon congé de maladie, inspecteur Marini. Lona va bientôt nommer un nouveau commissaire à la tête de cette brigade, mais je suis sûre que d'ici son arrivée, tu auras déjà bien progressé dans l'enquête. Au fait, quand passes-tu ton examen pour devenir commissaire ?

Elle se détourna, il l'obligea à le regarder.

Elle lut de la panique dans ses yeux, non pas parce qu'il venait de perdre sa supérieure. Quelques mois auparavant, Battaglia n'aurait jamais cru que cet adieu aux armes lui causerait plus de peine en raison de *ceux* et non de *ce* dont elle devrait prendre congé – sa vocation.

— Teresa, tu es prête ? (Parri venait à son secours. Il approcha le fauteuil à roulettes qu'il avait récupéré pour elle dans l'un des services qu'il appelait le « monde d'en haut ».) Dans les règles de l'hospitalité, jusqu'à sa dernière sortie.

— Ici, chez toi, il n'y a que des cadavres, Antonio.

— Là, c'est une dame qui s'est essayée au saut d'obstacles.

Teresa regarda l'engin de travers, mais si elle devait vraiment être claire avec Marini, autant le faire avec ce geste sans équivoque.

— Antonio, aide-moi, je te prie.

Son ami la soutint pour l'installer dans le siège. Il se pencha pour lui placer les pieds sur le repose-pieds. Elle le laissa faire, vaincue par la fatigue. Elle l'entendit échanger quelques mots avec Marini, des propos rassurants qui ne réconforteraient pas ce garçon, qui l'excluaient. Elle fut brève.

— Salue Elena pour moi.

Le sol en résine bleue du couloir défilait sous les roues, mais c'étaient les tissus de son cœur que Teresa sentait se dérouler sous elle. L'extrémité du fil qui en composait la trame était restée accrochée dans la pièce d'où Marini l'avait regardée s'en aller, avec une expression que même la maladie d'Alzheimer ne réussirait jamais à arracher de ses souvenirs.

Un virage en épingle à cheveux, puis un autre. Parri avait accéléré le pas, désireux lui aussi de reléguer dans le passé la douleur dont il était le témoin. Il lui posa une main sur l'épaule, Teresa la lui serra, avec gratitude. Elle n'était plus confrontée, seule, à tout cela.

Le fauteuil roulant se cabra, poussé avec une vigueur excessive. Le juron de Parri fut couvert par le cri de surprise de Teresa. Et il lui sembla que la voix du légiste, son ami, s'éloignait de plus en plus.

Elle se retourna, agrippée aux accoudoirs.

— Marini ! Qu'est-ce que tu fiches ?

— Je ne vous le permettrai pas, commissaire. Vous ne pouvez pas me laisser tomber comme ça.

— Ne fais pas l'idiot ! Arrête-toi !

— Mais vous pensiez vraiment m'abandonner comme ça ?

— Oui !

— Ah oui ? Alors bon voyage, commissaire Battaglia.

Il lâcha prise et lança le fauteuil roulant dans le couloir, mais le rattrapa par les poignées juste à temps pour empêcher la collision avec le mur.

Quand le monde s'immobilisa enfin, Teresa se prit le front dans la main. Elle tremblait.

— Tu es un imbécile, tu le sais ?

Il mit un genou à terre devant elle.

— Oui, un imbécile désespéré. Et en colère, en plus. Mais maintenant je vous conduis chez vous et demain je viendrai voir comment vous allez.

Elle se rendit à peine compte que Parri venait de les rejoindre.

— Non, Marini.

— Commissaire, permettez-moi de…

Elle posa la main sur la sienne. Elle ne se souvenait pas d'avoir jamais eu ce geste auparavant, pas avec cette signification. Ils avaient toujours été si proches, en veillant pourtant à ne jamais s'effleurer.

— Tu es sûr de vouloir savoir ce qui se passe ?

Elle lui posa cette question en plantant ses yeux dans les siens. « Vois-moi vraiment, va tout au fond de ce regard aux yeux rougis. »

— Non, tu ne veux pas, je le comprends à ta manière de me regarder. (Elle lui lâcha la main.) Tu sais que rien ne sera plus pareil. Et tu as raison, Marini. Tu as raison.

14

Vingt-sept ans plus tôt

Il avait encore tué, la nuit du 3 juin. L'assassin s'était présenté au rendez-vous que Teresa pensait avoir avec lui depuis la première goutte de sang versée. Elle le sentait.

Ce nouveau meurtre avait pris au dépourvu ses collègues et désorienté Albert Lona, mais pour elle, c'était seulement la confirmation de sa théorie.

Le corps de la deuxième victime avait été capté par l'objectif d'un hélicoptère au cours d'un vol de prises de vue orthophotographiques destinées à l'analyse de l'expansion urbaine. La basse altitude de l'appareil avait permis de fixer, d'immortaliser l'X exsangue qui se découpait sur le manteau herbeux, aux abords de la ville, où les villages préservent des centres historiques faits de vieilles pierres et des demeures d'époque dissimulées derrière des murs décrépis.

Teresa longeait les feuillages gorgés d'eau d'un cèdre du Liban. De la rosée et des restes de pluie lui gouttèrent dans le cou. Dans l'aube imprégnée d'humeurs vertes, le jardin exsudait, cela collait aux semelles, créant un effet de succion sous chaque pas. Le jasmin en fleur qui grimpait sur l'escalier massif de l'entrée diffusait encore son parfum nocturne.

La villa était un trésor à l'abandon depuis le début du XIXe siècle, et une tombe à ciel ouvert. Mise aux enchères à de nombreuses reprises, elle était devenue propriété de la commune, en attente de travaux de rénovation et de restauration qui n'interviendraient peut-être jamais à temps pour la sauver.

Le portail imposant mangé par la rouille était maintenu par une chaîne avec un cadenas, mais laissé suffisamment entrebâillé pour qu'on puisse s'y faufiler.

Ils avaient repéré des traces des pneus. Elles couraient dans la boue de l'allée rectiligne entre deux rangées de tilleuls qui remontaient la colline, jusqu'à l'esplanade devant le portail, et c'était là que l'assassin et la victime étaient descendus. Les empreintes indiquaient la présence de deux personnes. Seule l'une des deux était repartie de là.

Battaglia observa longuement les traces, pendant que ses collègues les photographiaient et procédaient aux mesures. Elle reproduisit les plus grandes foulées, en prenant des notes, et évalua sa taille, celle d'un corps jeune et vigoureux, selon ses hypothèses. Les autres traces la contraignirent à raccourcir ses enjambées. C'étaient les pas incertains d'un corps âgé et chétif, mais c'étaient aussi ceux, confiants, d'un individu qui, à son insu, inconsciemment, s'était soumis à son bourreau. Elle releva le dessin typique de semelles en caoutchouc pour le premier, et celui plus lisse du cuir pour le second. Des chaussures de sport contre des souliers classiques. Il n'y avait aucune indication d'un corps qu'on aurait traîné. Les deux présences avaient marché l'une à côté de l'autre, jusqu'à la grille, où la plus forte s'était effacée pour laisser passer l'autre.

Il y avait là un récit, imprimé dans la boue. Elle y laissa courir le regard, envoûtée malgré elle.

Ce récit, l'assassin ne l'avait pas effacé.

Teresa suivit ce sentier aux pas interrompus. Elle parcourut le mur d'enceinte qui enfermait la demeure seigneuriale dans un écrin de fresques défraîchies. Les motifs reproduisaient la geste des mythes grecs, sous des cascades de lierre charnu qui les rendaient en partie impénétrables. Le lierre qui dans la mythologie ceignait la tête de Dionysos. Ici, le baiser des amants immortels était la représentation de l'oubli.

Le jardin s'étendait sur un peu plus d'un hectare, entre des taches violacées de glaïeuls rescapés. Libérée du joug humain, la nature redevenue sauvage affichait encore une beauté composée sous l'effet de sa propre sélection, mais elle avait réinvesti des espaces auparavant interdits ; elle rampait, elle enserrait les chemins de pierraille et mangeait avec ses racines adventices les statues noircies de moisissures.

À l'extrémité ouest du mur d'enceinte, effleuré par la première lumière du jour, un nymphée en ruine reflétait le ciel entre les feuilles en forme de cœur et les corolles bleu indigo des nymphéas. Le miroir de l'eau avait survécu à la négligence, alimenté par la pluie et la rosée. Agitée par le vol rasant des libellules, cette eau était parcourue du tremblement des bleus, des verts et des roses évanescents de Monet. Dans une niche absidale, entre des colonnes en partie écroulées, subsistait la nymphe de l'étang, qui avait perdu un bras. Le marbre de la statue se colorait des lueurs du soleil naissant, une ligne déjà tendue vers le nombril remontant le long de son flanc.

Teresa en détacha le regard pour le poser sur la partie opposée de la scène.

Le lieu où l'on avait retrouvé le corps avait été délimité dès les premières heures de la nuit, après réception d'un signalement par le technicien qui développait les photographies aériennes.

Les experts étaient au travail, Parri penché sur le corps. Ils l'avaient déjà identifié, grâce aux papiers restés dans les vêtements. C'était un homme de soixante-douze ans qui habitait la ville, un quartier situé à l'opposé de l'endroit où l'on avait retrouvé la première victime. Il s'appelait Alberto Rupil. Sa disparition avait été signalée par sa fille, après que son père n'était pas rentré de l'après-midi qu'il avait passé au cercle de jeu de boules.

Il gisait sur le dos, les bras et les jambes nus déployés sur le sol, formant un X vu d'en haut, tel un homme de Vitruve flétri après la chute. La pâleur des morts possédait une couleur que Teresa ne saurait jamais décrire. Elle avait une consistance, elle appartenait au monde de la peur et du mystère.

Pour lui, ce matin, aucun chant funèbre, rien que le gazouillis des passereaux dans la brume qui se dissipait.

Elle slaloma entre ses collègues, certains occupés à prendre des mesures et à repérer d'éventuels objets à expertiser, d'autres réunis en petits groupes, plongés dans leurs bavardages. Elle prit soin d'éviter Albert et s'approcha le plus possible de Parri, en s'accroupissant derrière la rubalise.

Le médecin légiste réagit à sa présence avec un regard oblique.

— Prête, inspectrice ?

Dans son cahier à la couverture recourbée à force d'avoir été utilisé, elle chercha une page vierge.

— Prête.

— La victime n'a pas été ligotée. Je n'ai trouvé aucun signe de contrainte.

Ce n'était pas une bonne nouvelle. L'assassin n'avait pas éprouvé le besoin de l'entraver, comme lors du précédent homicide. Il s'était senti plus apte. À en juger par le chemin parcouru avec la victime, il avait employé d'autres techniques pour la rendre inoffensive – les mots, sa présence même –, ce qui avait dû constituer pour lui une source d'excitation et de gratification. Il avait créé un lien personnel avec sa proie.

— Cette fois, il a tué en lui tranchant net la gorge, d'une oreille à l'autre. (Parri désigna le nymphée.) Il a fait ça là-bas, puis il a porté le corps jusqu'ici, il l'a déshabillé et couché tel que tu le vois, les habits soigneusement pliés à ses pieds. Ensuite, il lui a ouvert le torse.

La brèche était sous les yeux de Teresa. Un gouffre carmin, obscène, béant au centre du corps. Elle se sentait dégoûtée, atterrée. Elle devait pourtant regarder pour comprendre.

— Il l'a traîné ?

— Non. Il l'a pris dans ses bras et l'a laissé comme tu le vois.

Elle se sentait troublée.

— Il l'a pris dans ses bras ?

— Parmi les informations que Lona s'efforce de ne pas te faire parvenir, il y a aussi les traces d'une personne seule, plus profondes à cause du poids transporté. De l'étang jusqu'ici.

Teresa chercha Albert dans la foule. Il ne s'était pas encore rendu compte de sa présence. Elle retourna observer la victime, qui avait un genou relevé vers le menton.

— Cela semble presque un geste compassionnel. Les vêtements pliés avec soin y font aussi penser. Une tentative de réparer l'acte commis. L'arme n'a pas encore été retrouvée.

Le médecin indiqua l'entaille pratiquée un peu au-dessus de la pomme d'Adam.

— Cette fois-ci, tu dois en rechercher deux : l'arme du crime et l'arme rituelle utilisée pour l'extraction ne sont pas la même. Pour le tuer, je dirais qu'il a employé une lame à double tranchant. D'au moins quinze centimètres. Certainement pas un couteau de cuisine normal, plutôt un outil professionnel.

— Il a apporté l'arme avec lui, il l'a choisie avec soin.

— Tu sembles bouleversée.

— Je le suis. Tout me fait penser à une évolution bien trop rapide de son mode opératoire, alors que nous avons du mal à le suivre. Dix-huit jours se sont écoulés depuis le premier meurtre, une très brève période de refroidissement de son activité, et nous ne sommes arrivés à rien, alors que lui… (elle désigna le corps, le lieu et la façon dont il avait été déposé, nu et ses vêtement pliés au lieu d'être jetés) … lui, il est déjà arrivé à ça. Une arme qui n'a rien d'occasionnel signifie bel et bien que l'assassin l'a choisie, il l'a méditée, il l'a *fantasmée*. Le degré de violence a augmenté, il se sent plus sûr de lui et il en retire un surcroît de plaisir. Les fantasmes ont désormais revêtu un rôle central et tout… tout… dans sa vie, à partir de maintenant, tournera autour de cela.

— Naturellement, il manque sept phalanges, mais cette fois il les lui a ôtées aux pieds. L'amputation est bien plus propre, presque nette. Il a pris tout son temps pour procéder dans les règles de l'art.

— Il a pu la pratiquer au couteau ?

— Un couteau de boucher, oui, un bistouri ou une scie fine pour amputation. C'est un instrument similaire à un bistouri, petit et maniable.

— Merde. Excuse-moi.

Maintenant, c'était confirmé : l'excision des phalanges constituait la signature de l'assassin. Mais le fait que les os aient été cette fois sectionnés sur une autre région du corps la perturbait. Pourquoi ne pas s'en tenir toujours aux mains ?

Pour lui, ces os représentaient un symbole chargé de sens, mais Teresa ne voyait pas lequel. Pourquoi la phalange, un os à l'iconographie inexistante et absent de la littérature sémiotique ? Un signe auquel n'était associée aucune signification cachée. Pourquoi avait-il ouvert le torse des victimes sans même effleurer leur cœur, qui était pourtant là à sa disposition, juste à portée de main, encore chaud, et qui, lui, constituait bien un symbole de vie éclatant, omniprésent dans la cosmologie de l'imaginaire collectif ?

Oui, mais lui n'était pas un criminel ordinaire. Le choix de sa signature faisait penser à une expérience personnelle.

L'énigme qu'elle tentait de résoudre était un fil noué autour de ces quelques grammes d'os manquants, un fil sur lequel l'assassin avait tiré jusqu'à les délier de la vie à laquelle ils appartenaient, pour les dédier à un symbolisme puissant. Un fil qui, une fois déroulé, la conduirait à la signification cachée de ces sacrifices humains.

Parri continua de dresser la liste des données objectives de leur découverte. Deux agents passèrent près d'eux, il baissa la voix.

— Le portefeuille était dans la poche du pantalon. Il a retiré la photo de son permis de conduire.

Teresa feignit de chercher quelque chose dans l'herbe.

— Quand nous l'arrêterons, je suis sûre que nous la trouverons avec l'alliance retirée à la première victime et une collection de coupures de journaux qui évoquent l'affaire.

— D'après un premier examen visuel, il n'y a pas de trace de violence sexuelle cette fois non plus.

— Ce ne sont pas des crimes de nature sexuelle. Nous ne sommes pas à la recherche d'un pervers.

Parri se releva en s'appuyant des deux mains sur ses genoux.

— Et qui, alors ? Quelle horrible sorte d'être humain ?

Elle offrit son visage aux premiers rayons du soleil. Un soleil qui se présentait de nouveau tous les matins, indompté par les ténèbres. Et pourtant, l'obscurité flottait dans le parc de la villa. Elle n'était que confinée, mais toujours présente, elle colorait le vert sombre de la végétation et le violet des pétales, elle noircissait le sang et la terre qui l'avait bu.

Quelle horrible sorte d'être humain ? Quelqu'un qui se vautrait dans ce sang avec fureur pour s'y repaître d'une paix inaccessible. Elle se souvint des paroles proférées par Lucifer dans *Le Paradis perdu* de Milton : « Qu'importe la perte du champ de bataille ! tout n'est pas perdu. Une volonté insurmontable, l'étude de la vengeance, une haine immortelle, un courage qui ne cédera ni ne se soumettra jamais, qu'est-ce autre chose que n'être pas subjugué ? »

Elle se redressa.

— Une créature déchue, tombée, mais pas vaincue, répondit-elle.

La poursuivre supposait de descendre avec elle dans les abysses, le lieu le plus obscur et le plus profond de l'enfer biblique.

Elle marcha jusqu'au nymphée, en refaisant à l'envers le parcours de l'assassin. Ses collègues avaient terminé leurs prélèvements, les plaquettes numérotées signalaient les empreintes, jusqu'aux traces hématiques que Teresa n'avait pas remarquées auparavant.

Il l'avait tué près de l'eau. Les positions supposées de la victime et de l'assassin étaient indiquées par les étiquettes. L'herbe était sale. Qui sait si le meurtrier n'avait pas regardé la victime dans les yeux, alors qu'elle était mourante. S'il n'éprouvait vraiment plus aucune peur, alors il n'éprouvait aucune honte et la dernière trace en lui d'émotion humaine avait été réduite au silence par une sensation d'omnipotence à laquelle il aspirait pour effacer tout mépris de soi.

Elle l'imagina dans sa tanière, en cet instant. Il repensait probablement à la mort qu'il avait donnée et prenait plaisir à admirer ses fétiches, les trophées qu'il avait arrachés. Mais l'euphorie devait rapidement décroître, et c'était ensuite le retour d'un besoin écrasant, irrésistible.

Lequel, Teresa ?

Elle répondit à sa propre question.

— Le besoin de pouvoir. Celui du pouvoir absolu sur un autre être humain.

Elle se pencha. Le miroir liquide resplendissait de reflets. Les nénuphars bleus avaient déployé leur corolle. Le couple de libellules continuait de tracer ses orbites autour de la statue, en effleurant l'eau, en soulevant des nuées de moucherons, nullement intimidés par leur présence.

Elle suivit le vol de la plus petite des deux, la vit se poser sur un nénuphar encore en bouton, à un endroit où l'étang léchait quelques pierres calcaires recouvertes de mousse. Sur le fond vaseux, un bras coupé à hauteur de l'humérus était visible du fait de sa blancheur. C'était le morceau manquant de la statue. La boue ne l'avait pas même partiellement recouvert, ni voilé. Il était là depuis quelques heures.

Elle se déplaça, le cœur battant. La libellule s'enfuit. Quelque chose miroitait autour de l'index tendu avec grâce vers les racines aquatiques enchevêtrées. Quelque chose d'un brillant métallique, artificiel.

Teresa retroussa sa manche et plongea la main dans le limon en suspension.

Elle se sentit brutalement tirée par la capuche, perdit l'équilibre et tomba sur le dos.

Albert la dominait de toute sa stature. Il l'aida à se relever, sans trop de ménagement.

— Je t'avais ordonné de rester hors du périmètre de la villa.

Elle lui répliqua avec une colère étouffée.

— Tu m'as ordonné de rester hors de quoi ? De l'enquête, peut-être ?

— De t'occuper des empreintes.

— Celles qui sont déjà relevées depuis des heures ?

— Ne m'oblige pas à me répéter, Teresa. Ne me provoque pas.

Elle lui tourna le dos.

Elle s'efforça de retrouver son calme. Albert était aussi fou de rage qu'elle, mais pour un autre motif : dans cette affaire, elle avait démontré qu'elle avait eu raison sur toute la ligne, alors que ses théories à lui avaient fini noyées dans le sang d'une autre victime. Malgré cela, il restait son supérieur, le commissaire principal chargé de l'enquête.

— Albert, attends. S'il te plaît.

À ce ton conciliant, son supérieur accepta de lui donner satisfaction, mais le regard restait furibond.

Elle s'approcha d'un pas.

— Tu veux résoudre l'affaire ? Alors écoute-moi.

— Quelle arrogance… Sois brève.

— Ce type d'homicide n'est pas repris dans les manuels que nous sommes habitués à étudier. Les motivations sont profondes, Albert. Il n'est pas question d'argent, il n'est pas question de jalousie, et encore moins d'une crise de rage. Tout autour de nous, les moindres détails nous racontent l'histoire de celui qui a tué, il nous revient simplement de savoir la lire.

Albert se taisait, c'était déjà quelque chose. Elle continua, sur un ton pressant.

— Il nous parle en se servant de son alphabet. Une sorte de… (elle fit un geste en l'air de sa main levée, comme pour se saisir des termes les plus adaptés) … de table ouija. Une lettre après l'autre, il nous indique où regarder.

— Une table ouija.

— C'est… c'est seulement une comparaison.

— Dehors. Hors d'ici. Retourne où je t'ai dit d'aller. Et restes-y.

Elle ouvrit sa main. Dans sa paume, sur sa peau mouillée de vase, brillait une alliance. Elle la lui tendit.

— Elle était sur le nymphée. Je suis sûre que c'est celle qui a été retirée à la première victime. C'est un message, Albert. Il savait que nous arriverions jusqu'ici.

Il la saisit par le poignet, l'alliance roula au sol.

— Tu as recueilli une pièce à conviction à main nue ?

Elle eut soudain du mal à respirer. En effet, c'était ce qu'elle avait fait, l'esprit embrumé par la traque. Mais ce n'était pas la conscience de l'erreur commise qui lui comprimait la poitrine au point qu'elle crut sentir son cœur éclater. C'était la violence du geste masculin, le souvenir de ce qui l'attendait à son retour au domicile. L'oppression du plus faible, le triomphe du plus fort, rendu ivre par la peur de sa victime.

— Tu te rends compte de ce que tu as fait ?

Il serrait, serrait le nœud coulant autour de sa proie.

C'en était trop.

Elle se dégagea avec un hurlement hystérique.

— Ne me touche pas ! Ne te permets plus jamais de me toucher !

Il la regarda, déconcerté. Ils la regardaient tous. Tous ces hommes qui ne comprenaient pas, qui n'auraient jamais pu comprendre. Elle, la seule femme, ici.

Elle sentit quelqu'un derrière elle la conduire avec fermeté vers l'entrée du parc. À ce geste d'emprise délicate, elle reconnut les mains de Parri.

15

Aujourd'hui

Depuis des mois, les heures nocturnes avaient été tourmentées, mais cette nuit-là le spectre de la solitude avait éprouvé de la compassion pour Teresa, il l'avait laissée se reposer, sans venir lui ouvrir les yeux ou se nicher sur sa poitrine.

Elle se réveilla alors que le soleil réchauffait la chambre. Dehors, le ciel ébauchait une promesse d'été. Ses muscles étaient détendus, la douleur avait finalement battu en retraite pour atteindre une intensité supportable. La veille au soir, elle n'avait pas été capable de monter l'escalier jusqu'à sa chambre, et maintenant, au contraire, étendue sur le canapé, elle se sentait envahie d'une sensation de légèreté. Elle n'avait pas imaginé que le poids du masque et des subterfuges serait à ce point intolérable, tant qu'elle ne s'en serait pas libérée.

Elle avait quitté son métier et cela ne l'avait pas tuée. Qui l'eût cru ?

Qui pouvait affirmer que l'avenir n'était que désespoir ? L'oubli était peut-être un ingrédient du bonheur et il s'agissait là d'un voyage au bout de la nuit.

Elle étira la main vers une tache de lumière, agita dans l'air les particules de poussière en suspens. Enfant, elle s'imaginait y exécuter des tours de magie.

Au fond, cela avait dû lui rester, cette connaissance et cette jouissance du monde, physiques, enfantines. Le corps trouverait le moyen d'éviter le court-circuit de l'esprit et de s'installer dans une niche, à l'abri. Mais elle n'en saurait jamais rien. Elle pouvait seulement l'espérer et elle en avait perdu l'habitude. Tout comme elle avait perdu l'habitude des bruits qui, en cette fin de matinée, animaient la maison. Un bavardage nourri qui laissait imaginer des confidences, des éclats de rire soudains, un tintement de vaisselle, un chien qui s'ébrouait.

Elle se mit en position assise à l'instant où Smoky sautait sur les coussins pour lui poser son museau humide sur la joue, un petit baiser. Le chien aboya d'excitation, en fouettant l'air de sa queue. Teresa lui ébouriffa le poil de la tête.

— J'arrive, du calme.

Elle se leva avec prudence – tout en elle, le visible et l'invisible, semblait résister – et elle le suivit dans la cuisine d'un pas traînant. Elle poussa doucement la porte, resta à moitié cachée.

Blanca et Antonio Parri fermaient des récipients de nourriture. Elle scellait les couvercles, il les étiquetait, en indiquant le contenu de son écriture anguleuse. Quand ils se rendirent compte de sa présence, ils cessèrent leurs bavardages et l'accueillirent avec empressement.

— Viens, Teresa, assieds-toi, Teresa. Tu te sens mieux ? Tu as faim ? Toutes ces bonnes choses ? Mais c'est pour toi ! Tu ne vas pas te fatiguer à cuisiner.

Nous mettons tout au congélateur. Tu vois, tout est prêt.

Elle les laissa faire, un peu décontenancée.

Ils étaient restés avec elle toute la soirée, ils avaient rempli un espace jusqu'alors dénué de présence, avec une telle affection que cela permettait d'apaiser ses angoisses. Ils étaient la raison de cette paix que Teresa avait perçue au réveil.

Ils déjeunèrent ensemble, en se parlant la langue d'une famille. Hormis le privilège de s'attabler et d'avoir un morceau de pain dans la main, elle considérait qu'il n'y avait rien de plus sacré que de partager ce pain avec ceux qui s'obstinaient à demeurer à son chevet.

Pourtant, il manquait quelqu'un, et ils en avaient tous conscience. Personne ne prononçait le nom de Massimo, mais il n'en était pas moins présent, dans son absence. Le *pourquoi* était absolument évident : tenu en lieu sûr, loin du cœur et du déclin, c'était aussi lui le plus aimé.

Et personne ne mentionna non plus la faute commise la veille : hier soir, en ouvrant la porte de la maison, ils avaient été assaillis par une odeur de gaz ; Teresa avait laissé la manette du vieux fourneau ouverte.

Ils passèrent l'après-midi dans une inertie inhabituelle, où elle percevait toutefois quelque chose de réparateur eu égard au travail qui s'accomplissait en elle. S'abandonnant contre les coussins, ils écoutèrent de la musique, ils échangèrent des ragots, Antonio fit du pop-corn et ils regardèrent des vieux films.

Ils parlèrent peu de la maladie. Ce fut lui qui y fit allusion, en passant devant un miroir.

— Il faut que tu prépares ta maison.

Elle regarda autour d'elle. Il semblait organiser la résistance à un assaut. Et c'était cela, au fond. Personne n'avait émis l'hypothèse d'une structure résidentielle spécialisée.

— J'imagine, oui. Beaucoup de choses vont changer. Elles ont déjà changé.

— Nous allons t'aider.

Ah, ce pluriel.

Quand le soir vint, Antonio Parri fut le premier à se lever, en s'étirant le dos. Le travail l'attendait. Il promit de revenir dès qu'il aurait terminé son service. Teresa lui arrangea le col de son blouson.

— Rentre chez toi, Antonio, et repose-toi.

— Je vais là où je me sens bien. Et chez moi, c'est ici.

Un baiser sur la joue. Le temps qu'elle s'en rende compte, il avait déjà fermé la porte derrière lui et s'éloignait dans l'allée.

La jeune fille était restée étendue sur le canapé.

— Mon père arrivera d'ici peu de temps. Il veut m'emmener manger une pizza.

Elle lui dit cela comme pour s'excuser, ou comme pour y échapper.

Teresa revint s'asseoir à côté d'elle.

— Pourquoi ne l'invites-tu pas à entrer ? Cinq minutes. Cela me ferait plaisir de le connaître.

— La prochaine fois, pourquoi pas.

— La prochaine fois, j'aurai peut-être déjà oublié.

Blanca ne répondit pas. Elle se dérobait, avec ce mystère dont Teresa avait compris que c'était chez elle une habitude. Par ce silence, la jeune fille ne voulait pas lui opposer encore une fois un « non » et Teresa, pour sa part, ne voulait pas la contraindre. Ce père présent, mais maintenu caché, resterait encore un peu sans visage, peut-être un peu trop longtemps.

Elle la vit chercher à tâtons son sac abandonné sur le tapis, prendre une brosse et commencer à démêler les nœuds créés par cet après-midi d'oisiveté. Les bracelets tintèrent, le piercing au sourcil luit un instant.

— Je peux le faire ?

Elle prit la brosse et la passa avec lenteur dans le bleu soyeux de ses cheveux ondoyants.

— J'ai toujours pensé que j'aurais eu un fils, murmura-t-elle. C'est toujours ainsi que je pense à cet enfant, sans le savoir avec certitude. Je n'ai jamais voulu le savoir.

Et l'origine de cet aveu demeurait elle aussi inconnue. Blanca lui tendit un élastique et une barrette.

— Vous lui avez parlé de la maladie ?

— À qui ?

— À Massimo.

— Quelle étrange association d'idées tu as faite là. Non, je ne le lui ai pas encore dit. Il y avait trop d'agitation. Il ne l'aurait pas bien pris.

— Teresa…

— Je sais, je sais. Je fais trop d'histoires, mais bon, de toute façon j'aurais bien dû laisser tomber une fois arrivée à la retraite.

La jeune fille se mordillait les lèvres. Un tic nerveux qui ces derniers temps l'amenait à les martyriser.

— Tu penses vraiment que tu ne résoudras plus d'affaires ?

— D'ici peu de temps, l'unique affaire dont tu me verras m'occuper sera de savoir comment enfiler mon pantalon et lacer mes chaussures.

— Tu ne laisses pas seulement tomber le travail. Tu le laisses tomber, lui.

— Il a une compagne, il va devenir père. Je ne le laisse pas tomber. Je lui rends sa liberté.

— Cela ferait probablement rire Massimo.

— Quand Marini ne trouve-t-il pas matière à rire de quelque chose ?

— Tu l'appelles toujours par son nom de famille.

Elle essayait de le tenir à l'écart.

— Tu devrais te fier à lui, Teresa.

— Je me fie à lui.

— À moi, tu me l'as dit, et nous sommes encore ici, avec toi.

Teresa lui fit une caresse.

— Avec lui, c'est compliqué.

— Quoi ?

— Tout.

— Tu t'es demandé pourquoi ?

Teresa attacha la tresse avec l'élastique et lui rendit la brosse.

— Tu es une amie et aux bons amis on raconte ses malheurs.

— Et lui, qu'est-ce qu'il est ?

Teresa était trop fatiguée pour continuer de tourner autour de la question. Elle n'avait plus de temps à perdre en mensonges.

— Un fils. Mais je ne suis pas sa mère. Il a déjà une mère. Un psychologue aurait beaucoup de travail avec moi.

— Moi, je trouve ça beau. Et on ne va pas chez le psychologue parce qu'on veut du bien à quelqu'un.

— Si la personne n'est pas la bonne ou si le sentiment éprouvé est destructeur, cela s'impose.

Blanca sourit, mais elle semblait triste.

— Je ne crois pas que ce soit votre cas, à vous deux, Teresa.

Son portable émit un signal sonore. La voix de synthèse lut un message qui venait d'arriver. Son père l'attendait dehors.

— Je dois y aller. Cela ne t'ennuie pas ?

— Mais pas du tout. Ne te soucie pas de moi.

— Je reviens vite.

— Tu reviens quand tu veux, ne te presse pas.

— Par contre, toi, s'il te plaît, tu n'allumes pas la cuisinière. Sers-toi du micro-ondes.

Cela fit rire Teresa. Elle se découvrit capable de rire même de son propre drame. C'était un excellent signe.

— Ne t'en fais pas, je vais très bien m'en sortir. Profite de la soirée avec ton père.

La jeune femme la chercha à tâtons, pour une étreinte parfumée au baume pour cheveux et aux bonbons à la menthe. Quand elle dénoua cette étreinte, Teresa la retint encore un instant.

— Tu sais, n'est-ce pas, que tu peux te fier à moi ?

Les sourires s'éteignirent. Un coup de klaxon.

— Je dois y aller. Dis-le à Massimo. N'attends plus.

Battaglia s'approcha de la fenêtre, elle écarta le rideau. La jeune fille montait dans la voiture de son père, un vieil utilitaire impeccablement briqué, peut-être pour l'occasion, peut-être en raison du soin que le manque de moyens fait prêter aux objets importants. Il lui tenait la portière. La veste de tweed était déformée aux épaules et aux coudes. Smoky s'était déjà installé sur la banquette arrière et regardait Teresa, avec sa petite tête penchée en arrière et ses touffes de poils comiques qui saillaient des oreilles pointées.

Elle les regarda partir avec un sentiment de désarroi qui la surprit.

La maison fut restituée à ses silences. Remplie de livres, de revues professionnelles, d'objets recueillis sur sa route, de photos où elle n'apparaissait jamais, un joyeux désordre de souvenirs.

Elle effleura les manuels, les cahiers de notes prises au cours de décennies de travail. Elle avait tant étudié, elle avait appris auprès des meilleurs, auprès des victimes et des bourreaux, et maintenant tout cela était voué à se désagréger avec elle.

Elle sortit son journal personnel de son sac, le tint longuement entre ses mains, avant de le reposer dans le tiroir du secrétaire. Cette partie de sa vie était close.

Elle devait commencer à repenser la disposition des meubles, l'organisation des objets. Les mots attachés aux ustensiles n'étaient pas suffisants. L'« après » était déjà là, elle ne pouvait plus tergiverser. Tôt ou tard, elle ne serait plus en mesure de se préparer un plat, de se laver, de s'habiller. Elle ne serait plus une femme, mais une enfant sans souvenirs, sans cœur ou peut-être avec un cœur trop généreux, de nouveau vierge d'expériences. Quand sa dignité aurait glissé à terre, qui la ramasserait pour se charger de la lui restituer ?

Elle se plaqua une main sur la poitrine. Et pourtant son désir d'être au monde palpitait encore, et avec quelle vigueur. Il n'y avait plus de colère, plus de commisération, rien qu'un pur attachement à la vie. Elle regarda le ciel sombre par la fenêtre.

Et maintenant ?

La confusion dura peu de temps, supplantée par d'autres questions : que faisait-elle ? Pourquoi tous ces livres ouverts sur la table ? Ces vieilles notes sur des pages jaunies. Et télécopies ? Qui était la personne qui les signait, depuis Chicago, de cette initiale : R. ? Tant de désordre.

Elle tira les rideaux sur la nuit, alla dans la cuisine et alluma les feux.

16

Vingt-sept ans plus tôt

La nausée l'avait tourmentée toute la matinée. Battaglia avait dû reporter son déjeuner, mais ensuite elle s'était rattrapée en fin d'après-midi, avec un menu chinois à emporter, consommé avec voracité au bureau. Elle avait vomi, la faim était revenue, elle avait vidé le paquet de biscuits conservé dans un tiroir de l'armoire de dossiers. La nausée était passée, remplacée par des brûlures d'estomac.

Elle se sentait bouleversée, et ce n'était que le commencement.

Sur le bureau, l'affaire « Tueurs de vieillards » remplissait déjà deux gros classeurs, mais les enquêtes s'enlisaient. Jusqu'à présent, Albert Lona n'avait pas osé tenter un pas de plus, et pourtant le cadre était clair, même sans être tout à fait explicite, mais il s'obstinait à s'enfoncer dans des interrogatoires de témoins qui ne menaient à rien.

C'était peut-être à elle d'oser, mais à quel prix ?

Ce qui l'effrayait, ce n'était pas le risque d'être confrontée une fois de plus à la moquerie ou à l'hostilité de la brigade, mais d'être contredite par le seul et unique phare qui l'éclairait dans la tourmente qu'elle traversait. Un mentor qui l'avait inspirée en tant qu'être humain et que professionnel.

À quel prix ? se répéta-t-elle.

Elle prit une feuille, la regarda comme si elle avait pu percevoir dans cette blancheur le destin de tant de gens, elle comprise, et se décida enfin à écrire. Quelques phrases en anglais. Les phrases nécessaires qui lui suffiraient, à lui, pour reconnaître ou non la présence du mal.

Elle se relut plusieurs fois, modifia quelques détails, froissa la feuille en boule, en prit une autre et écrivit de nouveau.

« Maintenant ou jamais. »

Elle l'envoya par fax à un numéro de Chicago, sans même savoir si, un an après, il était encore en service, si à l'autre bout de la ligne quelqu'un – lui – allait recevoir son appel à l'aide. Elle n'espérait pas de réponse rapide, non, juste de quoi s'assurer qu'elle n'était pas folle à lier.

La feuille fut avalée et restituée par les rouleaux, les signaux acoustiques laissant imaginer une transmission invisible, des milliers de kilomètres parcourus en quelques instants.

Elle refoula la remontée acide venue de son estomac. C'était fait, il n'y avait plus qu'à s'armer de patience.

Elle ouvrit le cahier, repassa en revue les notes prises jusqu'à ce moment, en ajouta d'autres. Les coucher par écrit l'aidait à réfléchir.

Elle mâchonnait le capuchon de son stylo, en s'interrogeant sur le rituel obscur que l'assassin accomplissait à chaque mise à mort. Chaque geste, chaque détail était un puissant symbole qu'il convenait d'interpréter correctement. Rien n'avait été accompli au hasard, la main qui frappait, comme des milliers d'autres avant elle, était guidée par le principe d'économie. Tout meurtrier a tendance à utiliser le même mode opératoire si cela satisfait ses besoins émotionnels.

Ses besoins émotionnels. Quels étaient-ils, en l'occurrence ? Il ne suffisait pas de chercher des empreintes et des traces de sang, d'improbables témoignages oculaires et de simples mobiles. Il fallait demander à une ombre : « Qu'est-ce que te procure la mort d'un innocent ? »

L'arrivée d'un fax la fit tressaillir. Elle se leva d'un bond. Incrédule, elle regarda la machine qui lui transmettait la réponse, en une lente succession de déclics. Elle arracha presque la feuille. Le texte énonçait des notions claires qu'elle n'eut aucune difficulté à traduire.

Chère Teresa, j'ai déjà assisté à ce phénomène, sous des signatures diverses.

Demande-toi : quel type de risque représente la victime ? Il est fondamental de le comprendre pour le comprendre, lui.

L'assassin l'a déshabillée pour vous empêcher de retrouver des fibres et autres traces sur les vêtements. Il connaît les procédures : il a déjà été en prison, ou alors il suit les rubriques de faits divers. Il lit peut-être des romans policiers.

Quand il frappera de nouveau, et il ne s'en privera pas, toi, sur la scène de crime, tu dois être une page blanche : ce sera une scène préparée exprès pour vous.

R.

Comme à son habitude, Robert Ressler ne s'était pas répandu en fioritures inutiles. Malgré tout il était là, de l'autre côté de l'océan, il la croyait et il lui disait de quelle manière procéder. Il ne mettait aucunement en doute le bien-fondé de ses suppositions. Elle se sentit moins seule.

Elle ne pouvait demeurer inerte, dans l'attente d'un événement accidentel susceptible de débloquer la situation, mais qui n'interviendrait peut-être pas à temps.

Les lumières du couloir s'éteignirent. Les collègues quittaient leur bureau, mais elle savait qu'Albert n'aurait sans doute pas abandonné le sien. Il était furibond à cause de cet enlisement, il se débattait dans la cage qu'il s'était construite tout seul. Il lui incombait à elle de l'ouvrir, au risque de se faire mordre.

Frapper à la porte de son bureau lui imposa de ravaler une bonne part de son orgueil, et les mots avec lesquels elle s'annonça encore davantage.

— Commissaire, je peux te déranger ? J'ai besoin de te parler.

Elle le vit lui faire signe d'entrer. Penché sur des documents et des dossiers, il la laissa patienter debout plusieurs minutes, avant de lui adresser la parole.

— Tu es ici pour t'excuser ?

— Comment ?

— Cette scène d'hystérie… Tu t'es rendue ridicule. Tu m'as mis dans l'embarras devant l'équipe.

Paternalisme. Ce paternalisme toxique qu'elle respirait partout, elle s'en était rendu compte. Elle n'avait pas à s'excuser. C'était lui qui l'avait empoignée avec brutalité, d'une manière qu'elle ne se serait jamais permis de faire subir à personne, lui qui l'avait traitée comme s'il exerçait un pouvoir sur elle, pouvoir qui allait bien au-delà de l'autorité professionnelle inhérente à toute hiérarchie.

— Cela ne m'a pas plu, Teresa. Cela ne m'a pas plu du tout.

Elle non plus n'appréciait pas d'être tout le temps écartée, supplantée, réduite dans son métier au plus bas niveau. Il s'autorisait même à la toucher, et cela ne devrait plus se reproduire.

— Je ne suis pas ici pour m'excuser, Albert.

Il daigna enfin lui accorder un regard.

— Nous n'avons pas besoin de petites femmes hystériques, ici. Comment penses-tu réussir à être un minimum crédible, désormais ? Tu sais ce qu'ils ont dit de toi ?

— Non, et cela ne m'intéresse pas.

— Que les enquêtes de la brigade dépendent de tes variations hormonales. Quelle autorité, *inspectrice* Battaglia. Nom de Dieu, le terme même paraît si ridicule.

Elle se sentit rougir, comme si c'était elle qui devait avoir honte et non lui, et non eux. Elle se mordilla la lèvre au point de sentir la dureté de ses dents, avant de parler. Cette dureté devait devenir la sienne si elle voulait survivre dans ce milieu et en dehors.

— Albert, l'assassin a couvert la première victime de morsures, qu'il a ensuite effacées en les découpant pour nous empêcher de réaliser un moulage dentaire.

— Naturellement, j'ai lu le nouveau rapport d'expertise de Parri. Maintenant, vous êtes tous les deux convaincus que je devrais donner la chasse à un cannibale en herbe ?

— Je te montre comment fonctionne son esprit.

— Comment tu crois qu'il fonctionne ?

— Il s'agit de statistiques. L'étude de centaines d'affaires a démontré que les criminels aux personnalités similaires commettent des crimes similaires. Les morsures sont typiques d'une fureur incontrôlée.

Il voulait littéralement se nourrir de la violence qu'il exerçait. Il était affamé, avide. Mais l'aspect le plus important est ailleurs. Sur la deuxième victime, il n'y a pas de morsures.

— Elle n'était pas à son goût, peut-être.

— Tu peux rester sérieux, s'il te plaît ?

— Je voulais te prier de faire de même, Teresa.

— Le corps de la première victime a été abandonné là où il était le plus visible, celui de la deuxième, au contraire, a été dissimulé. C'est le signe d'un mode opératoire en phase de perfectionnement. Il se révèle être quelqu'un d'organisé, Albert. Il est capable d'intention et de volonté, et c'est une très mauvaise nouvelle. Il apprend, il se contrôle et en même temps il devient de plus en plus violent. Et aussi plus dangereux, parce que…

— Parce qu'il a déjà tué à deux reprises ? Merci pour cette fameuse déduction, absolument précieuse pour les besoins de l'enquête.

Elle planta les deux mains sur son plan de travail encombré, se contrefichant des règles et des convenances. Intérieurement, elle vibrait, elle devait le lui faire sentir pour le convaincre de la suivre.

— Non. Il est dangereux parce qu'il programme. De son point de vue, il gère l'agressivité de manière plus constructive. Il connaît les procédures, donc il peut nous leurrer, en nous conduisant loin de la vérité et de sa propre personne.

Albert se leva et fit le tour de son bureau. La fatigue traçait une ombre grise sur son visage, mais on y lisait aussi la colère croissante avec laquelle, par un réflexe naturel chez lui, il cernait les autres pour leur tendre des pièges.

— Il serait capable de nous leurrer, dis-tu, mais en réalité, c'est à moi que tu penses. C'est moi qui me laisse leurrer. C'est cela ? Tu mets en doute ma compétence et donc l'autorité avec laquelle je conduis cette brigade.

— Je ne l'entendais pas en ce sens.

Il leva la main pour la faire taire. Cette main resta un instant en suspens dans le vide entre elle et lui, mais pour elle, ce fut comme si elle la sentait se plaquer sur sa bouche : « Tais-toi, tais-toi. »

— Mais si, au contraire. Pose-toi plutôt cette question : fais-tu partie de cette brigade ? La brigade a-t-elle besoin de toi, veut-elle de toi ? Tu joues en solitaire, ils s'en sont tous rendu compte.

Elle bredouilla.

— Ce n'est pas vrai. J'essaie.

— Mais tu n'aboutis pas à grand-chose. Au niveau personnel, c'est le fiasco. Sur le plan purement professionnel, tu n'es pas d'un apport si conséquent. Les profils psychologiques te passionnent, à ce que je vois. Bien, je t'en fournis tout de suite un : le tien. (Il se pencha vers elle, les bras croisés. Des bras qui auraient peut-être préféré la secouer.) Une femme qui souffre visiblement de problèmes d'estime de soi, qui est la proie de ses fragilités et de ses obsessions, avec un besoin maladif de démontrer sa valeur, mais absolument incapable de transformer ses intentions en résultats concrets. Tes fantasmes sont le délire de toute-puissance de quelqu'un qui a lu trop de romans policiers et qui se prend pour le personnage principal de l'histoire. Quoi qu'il en soit, cette enquête reste la mienne. C'est moi qui la dirige. Si tu convoites le rôle principal, passe l'examen de commissaire et prends en main les rênes d'une brigade.

Elle secoua la tête avec vigueur, comme pour se libérer de pensées périlleuses. Il ne fallait pas qu'elles s'ancrent et prennent racine.

— Lui, il en a lu, des romans policiers. Le meurtrier. Il est informé. Il suit les faits divers, lit des revues spécialisées. Il sait par exemple, que les fibres des vêtements retiennent des indices. Voilà pourquoi il les a retirés aux victimes.

Le regard d'Albert Lona se fit plus attentif. Le commissaire sortit un mouchoir de la poche de sa veste et le lui passa sur la joue. Teresa recula, mais trop tard.

Là où le mouchoir avait enlevé le fond de teint, l'hématome tout frais refit surface. Il n'avait pas été causé par une gifle cette fois, mais par un livre lancé dans un geste rageur.

— Teresa…

Elle paraissait presque douce, sa voix, en prononçant ce nom qui, à cet instant, signifiait autre chose, des phrases entières, et elle fut tentée de s'abandonner, d'être humain à être humain.

— Teresa, laisse-moi t'aider.

Elle tremblait. Il fit glisser un doigt à l'endroit où la peau avait viré au violacé. La sensation de désagrément se transforma en nausée.

— Viens chez moi, je te promets que je t'aiderai.

Elle leva les yeux, elle était perdue. Il y avait dans son offre de secours un « si » implicite qui assortissait son intention (quelle qu'elle soit) d'une condition.

— Venir chez toi ?

— Cela te surprend ?

— Ce n'est pas le terme que j'aurais employé.

— Il y a quantité de manières d'aimer, Teresa.

À cet aveu, elle recula d'un pas.

Il le remarqua et parut froissé.

— Je croyais que tu avais compris. À moins que… oui, tu avais compris, mais tu trouves la chose inacceptable. (Il eut un tressaillement.) Je suis fatigué de constater avec quel mépris tu me regardes.

Elle ne parvenait pas à savoir s'il était vraiment convaincu de ce qu'il disait.

— Albert…

Le commissaire regagna sa place, en apparence maître de lui et ayant déjà oublié l'épisode, mais elle aurait pu jurer pouvoir entendre la chaleur brûlante de la colère qui l'habitait. Il feignit de se concentrer de nouveau sur les papiers qu'il consultait lorsqu'elle l'avait interrompu.

— Albert, veux-tu bien comprendre que le meurtrier va de nouveau frapper, et très bientôt, à en juger par ses actes ?

Il lui désigna la porte.

— Je pourrais en dire autant de ton mari, inspecteur Battaglia, mais tu ne me sembles pas avoir l'intention de l'en empêcher. Et maintenant, ôte-toi de ma vue.

17

Aujourd'hui

L'ail grésillait, blondissait dans l'huile d'olive que Parisi lui avait rapportée de Calabre. Teresa trancha les petites tomates et les jeta dans la poêle. Elle sala, poivra et mélangea à la cuillère. Elle les fit sauter et bien réduire afin qu'elles rendent tout leur jus. Sur la table, le portable signala un autre message de Blanca. Tandis qu'elle était sortie avec son père, la jeune fille continuait de s'assurer qu'elle allait bien. Sa soirée n'était peut-être finalement pas si agréable.

Teresa ajouta de l'origan, des poivrons, des olives taggiasche grossièrement émincées et éteignit le gaz. Pendant ce temps, les spaghettis cuisaient dans la casserole juste à côté, en lâchant une vapeur parfumée d'herbes et d'épices.

La sonnette annonça une visite. Elle regarda la pendule. Personne ne venait jamais la voir à l'heure du dîner. Elle s'essuya les mains sur son tablier et, au passage, en traversant le salon, remit de l'ordre dans les revues et les coussins.

Elle entrouvrit le rideau et jeta un œil par la fenêtre. L'homme était de dos, il s'était baissé pour renouer le lacet d'une chaussure, mais elle l'aurait reconnu partout et n'importe où, ce postérieur porteur de tracas – il avait attiré plus d'un regard depuis son arrivée au commissariat central et provoqué sa tentation de le botter, en quelques occasions.

Elle s'adossa au mur. Et maintenant, que voulait-il ?

En réalité, elle ne savait que trop bien ce qu'il voulait, elle connaissait la pulsion qui l'avait amené jusqu'ici, mais elle n'était pas prête, elle ne le serait jamais, et lui, pourtant, il insistait, il n'hésitait pas à la pousser dans ses retranchements, à un moment de sa vie où contenir les émotions et y mettre de l'ordre se révélaient impossibles. Elle éclatait de colère quand elle se sentait triste et de tristesse quand elle débordait d'amour. La maladie jouait avec elle comme le vent avec une feuille desséchée ; désormais arrachée à l'arbre, elle était à la merci des caprices du temps, du ciel, de Dieu.

Elle retira son tablier et ouvrit le portail.

— Marini !

L'inspecteur se redressa avec un sourire gêné.

— Commissaire.

Elle le toisa du regard. Il semblait s'être apprêté pour un rendez-vous galant, les cheveux encore mouillés, la chemise à peine sortie de l'armoire, le parfum qui sentait la pluie et le cuir qu'elle avait appris à reconnaître et qui le décrivait à la perfection. Ce parfum remplissait leur bureau même quand elle ouvrait grand les fenêtres, il se retrouvait sur ses vêtements, le soir, collé à elle comme son patron l'était pendant la journée. Ce serait bientôt le parfum d'un inconnu.

Marini tenait en main un paquet.

— Du nouveau sur Giacomo ?

Elle le vit se raidir.

— Non. Rien de neuf.

— Et alors… ?

Il buta sur ses mots.

— J'ai pensé que… que nous aurions pu discuter de l'affaire. Ce soir. Vous… et moi.

Il avait aspiré les deux derniers mots.

Elle comprenait de moins en moins.

— Je t'ai dit que je ne retournerais pas au travail. Je pensais avoir été claire.

Il s'empourpra.

— Je m'en vais ?

Il était attendrissant. Il semblait être redevenu le petit garçon peu sûr de lui qui, un jour de neige et de glace, s'était avancé vers elle avec de la boue jusqu'aux genoux, dans une tenue impeccable, mais complètement inadaptée au site et au climat, et en retard.

À quoi ne l'avait-elle pas soumis, et pourtant, il n'avait jamais lâché.

Quel bout de chemin ils avaient parcouru ensemble, en quelques mois.

Et maintenant, il en fallait si peu pour le mettre dans tous ses états, parce que le sentiment fragilise, prête le flanc aux coups portés par l'autre. Et elle n'avait aucune envie de le blesser.

— Tu es écarlate, Marini. Qu'est-ce que tu as, là ?

— Une crème glacée.

Elle lui prit le paquet des mains.

— Allez, entre.

Quand il eut franchi le seuil, sa première pensée fut qu'on ne revenait pas d'une nuit pareille. Teresa Battaglia l'avait mis en garde : rien ne serait plus jamais pareil.

Il y avait un léger désordre, juste ce qui suffisait à rendre la maison vivante, sans être négligée. C'était le fouillis d'une personne créative et réceptive, vivace, éprouvant le besoin de s'entourer de choses en perpétuel mouvement, à portée de main, jamais immobiles et entassées. C'était un intérieur coloré et plein de parfums, d'objets exotiques, de tableaux modernes sur les murs et de tapis d'apparence ancienne. Il compta des dizaines de livres épars dans le salon. Certains ouverts ; d'autres où des signets pointaient des pages cornées, lues et relues. C'était le repaire accueillant d'une créature solitaire et néanmoins curieuse, ouverte au monde et aux découvertes.

À l'inverse, le commissaire pouvait sembler l'antithèse de son domicile, pour qui n'avait pas la chance d'en connaître les aspects les plus cachés, ou qui aurait eu au contraire la malchance de l'avoir pour adversaire. Massimo restait toujours impressionné par l'aura d'autorité qui émanait d'elle. C'était l'opposé de son apparence douce, ample, maternelle. Rien que pour cet adjectif, « ample », elle aurait pu anéantir verbalement l'inspecteur, mais dans ce corps dilaté il reconnaissait la capacité d'exister au monde avec force, avec toutes les fibres et toutes les cellules de son être. Ce corps, c'était la matière même de la sensation.

— J'ai mis la glace au congélateur. Je n'ai pas encore dîné.

Il demeura stupéfait, fixant du regard le casque de cheveux rouges qui retombait sur son visage maquillé, juste au-dessus des yeux. À leur première rencontre, il les avait qualifiés en pensée de « petits yeux », croyant avoir affaire à une femme un peu excentrique venue perturber l'enquête, des yeux qui, une minute après, l'avaient transpercé avec une force brutale, révélant la chasseuse de meurtriers qu'elle était.

Depuis ce moment, il avait appris à ne pas la sous-estimer. Depuis ce moment, il l'avait adorée et détestée, à parts égales.

— Ah… vous n'avez pas dîné.

Il la vit froncer ses minces sourcils. Très mauvais signe : elle se mettait en garde.

— Mais qu'est-ce qui te prend, Marini ? Elena va bien ?

— Oui, oui. Elle va bien, merci. La grossesse se déroule à merveille.

Le silence qui suivit lui fit regretter d'avoir sonné à cette porte.

Massimo se passa une main sur le visage, puis l'enfouit dans sa poche. Cette femme connaissait le langage du corps. En quelques considérations impitoyables, elle aurait pu le disséquer, lui et ses incertitudes, et Dieu seul savait combien elle aurait eu raison.

Il décida d'abattre sa dernière carte.

— Je n'ai pas dîné non plus.

Il réussit à la surprendre ; il le comprit à son expression, non plus agressive mais alarmée.

— Marini, tu ne m'invites quand même pas à dîner !

Il ébaucha un sourire, alors qu'il aurait plutôt préféré disparaître à jamais, très loin sous terre, le cas échéant.

— Si.

Elle éclata de rire.

— Si j'avais trente ans de moins, je m'imaginerais que tu me dragues, inspecteur.

Il ne s'en sortait pas si mal.

— Donc je peux rester ?

— Mets un peu de musique et ensuite viens me donner un coup de main.

Il obéit. Le CD dans le lecteur était un album de Dire Straits. Il la rejoignit dans la cuisine, une pièce aérée aux placards peints en jaune. Il remarqua que les bocaux d'épices et les boîtes contenant les pâtes et les céréales étaient étiquetés avec soin, comme cela avait été fait pour chaque tiroir. Sur la cuisinière, il y avait un mot rappelant qu'il fallait fermer le gaz, c'était écrit en rouge et avec trois points d'exclamation. Il regarda ailleurs.

Elle versa les pâtes dans la passoire et les fit revenir dans la poêle. Le parfum fit oublier à Massimo son embarras d'être là en invité nullement attendu.

Elle semblait distante.

— J'en ai vraiment fait cuire beaucoup, murmura-t-elle. Tu as de la chance.

Il se sentit le cœur serré.

— Oui, j'ai de la chance.

— Prends les assiettes et les couverts dans ce tiroir. Les serviettes sont dans celui du bas. Ah… bon, comme tu vois, c'est écrit dessus.

Il n'accorda pas plus d'importance à ces derniers mots. Il se laissa commander avec plaisir, étonné même que cela ne lui pèse pas.

Ils dînèrent au salon, sur une table piquée qu'il qualifia de « vieille ». Elle le corrigea aussitôt : « ancienne ».

— C'était une table d'auberge. Les clients y ont joué aux cartes pendant un siècle, même pendant les deux guerres. Regarde, ils marquaient les points au canif.

— Et comment a-t-elle fini ici ?

— Je l'ai récupérée. L'auberge appartenait à mon oncle et ces points entaillés dans le bois sont aussi les siens.

Elle sentait le bois, la cire d'abeille et les époques passées.

Ils accompagnèrent les pâtes d'un vin blanc jeune, frais juste comme il fallait, en discutant de tout et de rien, jamais d'eux, et encore moins de l'affaire en cours. Ils avaient rarement eu l'occasion de faire ça, il y avait toujours eu une enquête à mener, Parisi et De Carli entre eux deux, sans parler de Lona. Ils s'appropriaient donc là un espace inédit et il fut stupéfait de le trouver d'emblée aussi agréable.

À un certain moment, elle devint taciturne et Massimo comprit qu'elle ne l'écoutait plus.

— Je débarrasse, pour vous remercier.

Elle le laissa faire.

— Dessert ? lui demanda-t-il depuis la cuisine.

— Plus tard.

Il revint au salon et la découvrit étendue sur le canapé, les jambes repliées. Elle l'observait comme si elle l'attendait au tournant.

— Je sais que je ne devrais pas te demander ça, Marini, mais tu as revu Giacomo ?

Il approcha une chaise et s'assit face à elle, les coudes plantés sur les genoux.

— Vous pouvez me demander ce que vous voulez. Non, je ne l'ai pas revu, mais cela se produira bientôt, je suppose.

Elle le regardait les yeux mi-clos, en mâchonnant les branches de ses lunettes de lecture.

— Il te met mal à l'aise ?

— S'il me met mal à l'aise ? C'est une bête meurtrière. Bien sûr qu'il me met mal à l'aise.

— Tu le sais, n'est-ce pas, que les jugements personnels ne te mèneront pas bien loin si tu ne les contrôles pas ?

Il se sentit pris à contrepied.

— Pourquoi me rappelez-vous à l'ordre ?

— Tu es sur le point de devenir père, n'introduis pas des pensées mortifères dans ta vie et dans celle d'Elena.

— Qu'est-ce qui vous préoccupe ?

— De te laisser seul.

Il ouvrit la bouche, mais la referma sans avoir réussi à trouver quoi dire. Il eut du mal à déglutir.

— Je vais faire attention.

— Ne reste pas seul avec lui, Marini.

— Là, par contre, vous ne me rassurez pas.

Elle se passa la main sur le front.

— C'est ici que tu ne dois pas le faire entrer. En revanche, si tu veux comprendre ce qui s'est produit, si tu veux voir ce qu'il voit, et comment il le voit, alors c'est de ça que tu dois te servir. (Elle pointa le doigt vers le cœur, et pour Massimo ce fut comme s'il se sentait touché exactement là, sur la poitrine. Cette voix basse, cette intimité construite avec peine, mais jamais aussi profonde qu'à cet instant, sa docilité conciliante les faisait d'autant plus résonner en lui.) Tu connais son histoire, Marini ?

— Je me la suis procurée. J'ai lu le dossier.

— Cela ne suffit pas. Tu connais son histoire ?

Il secoua lentement la tête, et ce « non », il se le disait et se le répétait à lui-même.

— Je ne suis pas comme vous, commissaire. Moi, les individus de son espèce, je ne les comprendrai jamais. Je ne peux rien éprouver pour eux. Certainement aucune compassion.

Teresa Battaglia, au contraire, acceptait leur nature, ce qui lui permettait de la dissocier de tout sentiment de répulsion. Elle réussissait à tout percevoir des gens qu'elle avait devant elle, même l'horreur la plus abyssale, comme un état de fait. Voilà pourquoi elle était si forte dans son travail. Elle ne jugeait pas, elle ne se scandalisait pas. Elle cherchait toujours à comprendre. En revanche, cela avait un prix : elle souffrait, avec eux.

Ils gardèrent le silence. À l'arrière-plan, la musique de *Romeo and Juliet* racontait un amour romantique et malheureux.

— Maintenant, c'est vraiment le moment de manger la glace, proposa-t-il en se levant, pour sortir de l'impasse.

Elle se cala un coussin sous la tête.

— Pas pour moi, merci.

Il était déjà en cuisine et s'affairait avec coupes et cuillères.

— Allez, commissaire. Je l'ai choisie sans sucre exprès pour les diabétiques, comme vous me l'aviez demandé. J'ai tourné pour trouver le glacier que vous m'aviez indiqué. Goûtez-en au moins un peu.

Il revint au salon et comprit immédiatement que quelque chose n'allait pas. Il aurait juré qu'il y avait de la peur dans les yeux du commissaire.

Il posa les coupes sur la table.

— Que s'est-il passé ?

Elle ne répondit pas tout de suite. Elle continuait de le regarder comme si elle le voyait pour la première fois de la soirée.

— Quand t'ai-je demandé d'aller me chercher cette glace ?

La voix d'habitude déterminée vibrait maintenant d'une inquiétude qu'il n'avait jamais entendue chez elle. Ce fut seulement à ce moment qu'il réalisa avoir commis une gaffe qu'il pourrait difficilement réparer.

— Je voulais dire que je savais que vous ne mangiez que ce genre de glace. Vous avez dû me l'expliquer…

— Quand ?

— Je ne me souviens pas, il y a un certain temps.

— Conneries.

Oui, il mentait. Il le savait, et elle le savait aussi.

Il n'oublierait jamais ses yeux en cet instant : dilatés sur le néant, pleins de larmes figées. Il la vit courir à l'évier de la cuisine qu'il aperçut par la porte entrouverte. Elle écarta la frange de ses yeux, redressa le dos, peut-être un mouvement d'orgueil, de refus de ce qu'elle venait de comprendre, ou d'acceptation empreinte de dignité.

Elle s'éclaircit la voix.

— Tu sais ce que je pense, Marini ?

Il ne répondit pas, le cœur au bord des lèvres.

— Que je ne suis peut-être pas si bonne comme policière.

— Commissaire…

— Tu ne me demandes pas pourquoi ? Tu continues à m'appeler « commissaire », mais si j'étais une bonne enquêtrice, j'aurais remarqué que je porte un kimono de soie, alors que d'habitude à la maison je suis attifée n'importe comment. Je me prépare rarement autre chose à dîner que du surgelé, et je fais cuire encore moins souvent deux portions de pâtes quand je suis seule. L'unique explication qui me vient à l'esprit, c'est que j'attendais un invité à dîner, alors que je n'en ai aucun souvenir.

Elle n'avait aucune pitié pour elle-même, pensa-t-il. Avec cette analyse féroce, elle ne s'épargnait rien.

— J'ai dosé les pâtes pour deux. Et toi, tu m'as apporté ma glace préférée non par une heureuse coïncidence, mais parce que je te l'avais demandée, pas plus tard qu'aujourd'hui. Je t'ai même indiqué où aller l'acheter.

Elle le regarda droit dans les yeux et porta l'estocade.

— J'ai oublié que je t'avais invité à dîner, et toi tu es assez gentil pour faire comme si de rien n'était et passer pour un crétin, ce n'est pas vrai ?

Il n'aurait jamais cru qu'une seule syllabe pût être aussi difficile à prononcer. Enfin, il réussit à la cracher et ce son très court eut le pouvoir d'anéantir la femme qu'il avait devant lui.

— Si.

— Quand ?

Cette fois, ce fut lui qui eut du mal à retrouver la voix.

— C'est Parri. Il m'a demandé de venir, parce que je ne voulais pas vous laisser partir, et alors…

— Ah, c'est l'heure de vérité. Je voulais te faire part de mon état, et en réalité je te l'ai montré.

Il la vit regarder autour d'elle, désorientée, embarrassée. Il se détestait de lui infliger un pareil traitement.

— Eh bien, Marini, ça s'est déroulé un peu autrement que je ne l'avais cru, mais maintenant que nous sommes là, autant…

Son visage se déforma sous la violence de la douleur et elle fut incapable de continuer. Il fut aussitôt auprès d'elle, la prit dans ses bras.

Elle était petite, au fond, et délicate. Comme elle devait être épaisse et dure, la cuirasse qu'elle endossait chaque jour, pour se donner cette apparence de virago, alors qu'en cet instant elle semblait ne rien peser.

Elle s'écarta, glissa loin de lui, se recroquevilla. Ses mains tremblaient contre sa poitrine.

— Rentre chez toi, Marini.

Elle avait parlé sans ouvrir les yeux, comme pour le maintenir loin d'elle, comme s'il suffisait d'ignorer sa présence pour effacer le problème.

— Je n'en parlerai à personne, commissaire.

— Il se peut qu'ils le sachent déjà. Dieu seul sait ce que je fais et ce que je dis à ces moments-là.

— Non, non. Si quelqu'un en avait parlé, je l'aurais appris.

Elle ne répondit pas. Elle était immobile, détournant la tête, peut-être de honte.

Il se fit violence et osa s'approcher. Il craignait que cette femme énergique et indépendante n'accepte pas son aide, mais il était prêt à insister, à se battre s'il le fallait, parce qu'il n'avait pas l'intention de s'en aller de là, et *là*, c'était à ses côtés.

Il la craignait et la chérissait. Il lui voulait du bien et il la détestait. Il en recevait de la force et voulait être son soutien.

Avec elle, il en avait toujours été ainsi, une recherche continuelle d'équilibre entre des mouvements contraires de l'âme.

Il resta droit, raide et tendu. Des deux, c'était assurément lui qui avait le moins de courage.

Il chercha quelque chose à dire.

— C'est aussi arrivé à ma grand-mère.

— Bonté divine, Marini. Mais tu es encore là ? Va-t'en.

Il se tut. Et il ne s'en alla pas. Il tendit le bras, jusqu'à elle. Il lui effleura l'épaule, la sentit se rétracter. Il l'attira un peu à lui, et elle se laissa alors retomber sur sa poitrine, renonçant à sa peur de se montrer vulnérable.

Finalement, elle pleura, secouée de sanglots entre lesquels il lui sembla discerner quelques mots hachés.

Il avait envie de sourire, de pleurer et de hurler, mais il n'en fit rien.

À l'arrière-plan, la voix de Mark Knopfler et sa guitare se livraient à une course-poursuite dans la version la plus stupéfiante, en concert, de *Brothers in Arms* que Massimo ait jamais écoutée.

Sans s'en rendre compte, il se mit à reproduire les notes sur son bras, et ces touches légères du bout des doigts se transformèrent en caresses. Et elle, peu à peu, apaisa ses pleurs.

Les sanglots laissèrent place à un solo de soupirs, et à quelque chose entre eux qui allait au-delà des rôles, de l'âge, des masques dont ils s'affublaient quotidiennement.

Ils n'étaient plus que deux êtres humains. Faillibles, confus, fermement attachés à la vie, et agrippés l'un à l'autre.

Les dernières notes s'éteignirent dans le silence. Elle avait cessé de pleurer.

— Tu te rends compte, n'est-ce pas, que tu m'as comparée à ta grand-mère ?

Elle était restée là où il l'avait attirée, la tête sur sa poitrine et le corps relâché.

— C'était une grande et belle femme, ma grand-mère.

Ils rirent ensemble, et n'ajoutèrent plus rien pendant un long moment, puis il lui fit la promesse qui le maintenait éveillé depuis des jours.

— Vous ne serez pas seule, Teresa. Vous ne serez pas seule.

Son corps à elle fut secoué d'un léger soubresaut. Encore un rire.

— Appelle-moi « commissaire », petit con.

Il lui replaça une mèche derrière l'oreille, se pencha un peu.

— Vous pourrez me dire ce que vous voudrez, mais moi je ne m'en vais pas. Je ne bouge pas d'ici.

Le silence fut de retour, puis un soupir, mais cette fois c'était un soupir de paix.

— Merci.

Il continua de la bercer.

18

Vingt-sept ans plus tôt

Parri était introuvable. Collègues et assistants l'avaient cherché dans toutes les salles de l'Institut de médecine légale, jusque dans les sous-sols, avant que chacun ne soit rappelé à ses missions.

Et pourtant ce matin, il était venu au travail. Un collaborateur montra à Albert Lona sa carte de pointage. Il jurait l'avoir vu entrer dans son bureau peu après l'heure marquée sur la carte.

— Comment était-il ?

Une hésitation.

— Encore à jeun. (Le regard dur de Lona ne lâcha pas le jeune praticien, qui capitula sans trop tergiverser.) Qui peut l'affirmer, avec le Dr Parri ? Une fois, nous l'avons retrouvé le lendemain matin dans un placard à balais. Que nous avions contrôlé déjà plusieurs fois.

Il battit en retraite et, en quelques pas, ne fut plus que le contour d'une chemise voletant au bout du couloir.

Teresa ne pouvait croire à tant d'insolence. Elle aurait voulu le rejoindre et le secouer, verbalement s'entend, histoire de le priver du soulagement qu'il affichait de s'être ainsi débarrassé de son supérieur à la première occasion.

Albert Lona se tourna vers le ministère public en ouvrant grand les bras.

— La décision vous appartient, procureur Pace.

Elvira Pace était un magistrat qui avait la réputation d'être sévère et compétente, mais de savoir aussi quand il était nécessaire de conclure un accord. Toujours tirée à quatre épingles en tailleurs sombres, avec ses chemisiers de soie décolletés, un maquillage chargé et des cheveux noirs sculptés par la laque, elle avait hérité d'un sobriquet : Elvira la Sorcière. Il se murmurait qu'elle n'en était pas mécontente. Teresa se demandait à chacune de leurs rencontres si en réalité les épaulettes matelassées de toutes les vestes de tailleur qu'elle portait n'étaient pas destinées à lui insuffler la force que requérait un monde fait de jeux d'équilibre musclés pas toujours limpides.

Mme Pace avait convoqué une réunion à l'Institut de médecine légale pour discuter de l'ensemble des indices liés à l'affaire, en présence du Dr Parri. Elle voulait *voir*, de ses yeux, pas seulement lire les descriptions. C'était une femme qui n'avait pas peur de plonger ses mains manucurées aux ongles vernis d'un rouge éclatant dans les souillures d'un meurtre. Elle était capable de se retrousser les manches et de se charger elle-même du plus sale travail.

Grâce aux résultats des dernières analyses, ils avaient reçu confirmation que le sang retrouvé sur la canne de la première victime correspondait au groupe sanguin de celle-ci ; dans la boue recueillie sous les semelles, les techniciens avaient pu isoler la poussière de béton qui avait conduit les policiers à un immeuble en réhabilitation à proximité de l'endroit où le meurtrier les avait amenés à retrouver le corps. Le chantier était à l'arrêt depuis des mois par manque de capitaux. L'homme avait été tué là-bas.

Quelques progrès, donc, mais Elvira Pace avait clairement signifié à tous la nécessité de multiplier les efforts pour ne plus être à nouveau dans une impasse.

Teresa l'admirait, mais de loin. Elle aurait voulu avoir assez de confiance en soi et de courage pour lui demander comment elle faisait pour tenir fermement les rênes et esquiver les inévitables chausse-trapes. Elles avaient dix années de différence. Où Teresa pourrait-elle parvenir, à quarante ans ? Elle pensa à l'examen de commissaire à préparer, aux réactions de Sebastiano à cette étape de sa carrière qu'il estimait nécessaire, lui avait-il dit, mais ce n'étaient que des mots, parce que dans les faits il s'y opposait, comme si sa réussite allait éclipser la sienne.

Elvira Pace fit tourner la montre qu'elle portait au poignet, un cliquetis d'ongle sur le métal ; un bouquet parfumé de notes délicates et épicées émanait d'elle.

— Je ne suis pas emballée, mais je ne vois pas d'autre solution que de reporter la réunion jusqu'à ce que le Dr Parri décide de se manifester.

Teresa fut incapable de se retenir.

— Le Dr Parri est un membre éminent de cet institut.

Albert réprima un éclat de rire, suivi de l'assistant de Mme Pace. Le problème que le médecin légiste avait avec l'alcool était bien connu. L'Institut de médecine légale avait son siège dans les sous-sols de l'hôpital civil de la ville : un microcosme où tout le monde semblait tout savoir sur tout le monde, où pendant les dîners réunissant les différents services on se répandait en plaisanteries sur l'état dans lequel Parri se présentait parfois au travail, à tel point que ces anecdotes avaient même fini par circuler dans les bureaux de la préfecture et les couloirs du tribunal.

Le magistrat la dévisagea un instant.

— Les compétences du Dr Parri ne sont pas en cause, inspectrice Battaglia. Et c'est bien pourquoi nous l'attendrons.

Les visages et les voix se firent sérieux. Elvira la Sorcière avait rétabli l'ordre sans avoir à formuler de rappel impérieux. Elle se dirigea vers la sortie, et dans le silence plein d'autorité avec lequel elle se déplaçait, seuls résonnèrent les claquements de ses talons.

Avant de la suivre, Albert Lona s'arrêta un instant pour observer Teresa.

— Tu as une tête horrible. Tu vas bien ?

Elle opina, en refoulant un haut-le-cœur.

Il s'en alla lui aussi. Elle regarda autour d'elle, un peu agitée. Elle ne réussissait pas à se souvenir où étaient les toilettes. Depuis d'interminables minutes, elle contenait sa nausée, mais cette fois ce n'était pas seulement une sensation. Elle trouva enfin les lavabos du personnel et s'y précipita juste avant que ses spasmes ne la forcent à se plier en deux au-dessus de la lunette des toilettes.

Ce ne fut pas aussi libérateur qu'elle l'avait espéré. Les haut-le-cœur continuaient même si l'estomac était vide. Elle avait chaud et froid, le corps en sueur, les jambes qui tremblaient. Elle serait tombée à genoux si une main fraîche ne lui avait pas maintenu le torse. Derrière elle, quelqu'un qui sentait le savon à usage médical. Le seul et unique parfum susceptible de la calmer en cet instant, et de ne pas provoquer une sensation de dégoût de tout son corps.

— Respirez à fond. Ça va passer.

C'était un homme. Elle se planta les deux poings sur les cuisses, adopta la meilleure position pour résister.

La crise semblait surmontée. Elle se redressa avec prudence.

Il lui relâcha le torse. Elle l'entendit arracher un morceau d'essuie-tout au distributeur automatique, ouvrir et fermer un robinet.

Il se tourna vers elle et lui nettoya le visage avec les gestes typiques de celui qui est habitué à prendre soin du corps des autres : aseptiques, efficaces, les plus rapides possible.

Il avait un de ces visages trompeurs auxquels il est difficile de donner un âge, limpide, les traits réguliers. Rien à voir avec la beauté farouche de Sebastiano. Il pouvait avoir vingt ans comme trente. Les cheveux blond-roux plaqués par le gel, les bras dénués de poils et constellés de taches de rousseur laissés découverts par sa tunique de soignant trahissaient un air juvénile, mais le regard et le gabarit étaient ceux d'un homme.

Elle se prit le front dans les mains. Elle avait eu un vertige. Elle venait de faire un parcours infernal de montagnes russes et elle en était revenue. Quand cela passa, elle lui sourit.

— Merci.

— Je t'en prie. (Il sourit lui aussi, jeta le papier dans la poubelle.) Tu es nouvelle ? Je ne t'ai jamais vue ici.

— Non, je ne travaille pas à l'Institut. Je suis entrée aux toilettes des employés parce… enfin, tu as vu pourquoi.

Il croisa les bras.

— Ça arrive. Ça ne m'a pas dérangé.

Elle se passa la main dans les cheveux, ils devaient être en désordre. Elle croisa son reflet dans le miroir. Le maquillage autour des yeux avait coulé, les néons du plafond faisaient briller la racine de ses cheveux plus clairs, à cause de la repousse. Blond vénitien, comme ceux de ce garçon. Elle détourna le regard.

— Je cherchais le Dr Parri. Nous avions rendez-vous, mais il est en retard. Tu sais où je peux le trouver ?

— Au bar comme d'habitude, je suppose. (Il indiqua le vasistas d'un geste du pouce. Ici, dans ce sous-sol, le jour ne perçait que par les puits de lumière). De l'autre côté de la rue.

Il dit cela sans jugement, sans moquerie, comme un état de fait.

D'instinct, elle apprécia la simplicité de ses propos. Elle ramassa son sac qu'elle avait laissé tomber dans l'urgence.

— J'y vais. Merci encore.

Il la rappela. Il avait plongé une main dans la poche de son pantalon. Il lui tendit un sachet de bonbons aux fruits.

— Ma mère me racontait toujours qu'ils l'aidaient contre la nausée. Tiens.

Elle fut sur le point de refuser et il dut s'en apercevoir, car il répondit à la phrase qu'elle n'avait pas encore prononcée.

— Allez, accepte. Je suis infirmier, même si ici on ne soigne pas nos patients. (Ce fut lui qui lui prit la main pour y mettre le sachet.) Parfois, on rencontre aussi les gens au bon moment, tu sais ?

19

Aujourd'hui

La glace avait désormais fondu dans les coupes. Ils n'y avaient plus pensé ni l'un ni l'autre.

Massimo la tenait encore dans ses bras, pour ne pas la laisser s'échapper. Teresa Battaglia était une enfant pelotonnée contre son corps, un cœur agité qu'il sentait sous la peau, comme si cette peau était en partie la sienne, un lien du sang, une ligne droite qui les reliait à travers une lignée imaginaire.

Il aurait voulu lui expliquer que parfois les gens n'approchent pas pour blesser et s'acharner, et il aurait voulu lui demander ce qui lui était arrivé pour qu'elle imagine le contraire, mais pendant tout ce temps il garda le silence. Il ne voulait pas rouvrir des blessures pour venir les examiner.

Ce fut elle qui parla la première.

— Quelqu'un s'en est rendu compte ?

— Non, je le jure. Je l'aurais su.

Il lui posa la question à laquelle il songeait depuis longtemps.

— Qui est au courant, à part moi ?

— Parri et Blu.

Ils éclatèrent tous les deux de rire.

— Comme toujours, je suis le dernier. Pourquoi devrais-je m'étonner ?

Elle lui donna une petite tape sur le genou.

— Ce n'est pas une compétition, Marini.

— Je pourrais dire la même chose. Vous n'êtes pas obligée de vous montrer invulnérable.

— J'aurais dû me retirer depuis des mois, dès les moments où il m'arrivait de te regarder sans plus avoir aucune idée de qui tu étais. Et toi tu parlais, tu parlais… Et moi, j'en suis au stade où j'ai besoin de toucher les pièces à conviction. Tu l'avais compris ?

Massimo sentit un nœud grossir dans sa gorge.

— Je m'en doutais.

— Depuis quand ?

— Un certain temps.

— Et qui d'autre… ?

— Non, je vous l'ai dit. Moi seulement.

Elle se redressa en position assise. Il ouvrit le bras pour lui laisser l'espace dont elle avait besoin.

— Tu dois te concentrer sur les enquêtes, Marini, ne pas perdre de temps avec moi.

— Je ne suis pas d'accord, commissaire.

— Quand est-ce que tu me répondras « oui », sans forcément rien ajouter d'autre ?

Quand elle se fierait complètement à lui. Alors le « oui » viendrait naturellement, de part et d'autre.

— Je dois te montrer une chose, si tu m'accordes un instant.

Il la vit disparaître dans la pièce qui tenait lieu de bibliothèque.

Ils avaient tout le temps du monde, songea-t-il. Et si le temps se révélait capricieux, en tentant de la lui retirer plus tôt que prévu, il trouverait le moyen de revenir en arrière. Il se sécha rapidement les yeux.

Teresa Battaglia se mit à feuilleter un volume.

— Un aspect ne me convainc pas. Tout est trop parfait, du point de vue du timing de l'exécution. L'homme qui a offert cette victime à Giacomo, comment pouvait-il le connaître, comme a-t-il fait pour le trouver ?

— Ah, maintenant vous voulez vraiment parler de l'affaire ?

Elle le regarda par-dessus la monture de ses lunettes.

— Demain, je risquerais d'oublier, Marini.

— Vous êtes vraiment obligée de me sortir ce genre de remarque ?

Elle posa le volume sur la table basse.

— C'est libérateur. Je n'y aurais jamais cru moi-même.

Il se déplaça pour jeter un œil à l'ouvrage.

— Je sais que je vais proférer une hérésie, mais si Lona avait raison ? Si les histoires de Mainardi n'étaient que les inventions d'un esprit perturbé ? Il se peut même qu'il n'y ait pas de commanditaire. C'est sa psychose, son commanditaire.

Elle tourna quelques pages, elle s'arrêta sur celles qu'elle avait marquées d'un signet.

— Non, non, Marini, tu n'as pas compris.

— Évidemment, quand est-ce que je comprends, moi ?

— Celui qui a choisi cette victime destinée à Giacomo le suivait. Il était au courant de ce qu'il avait fait, il savait non seulement qui il est, mais ce qu'il était. Il savait exactement quelles ficelles actionner pour obtenir ce qu'il voulait de lui. Mais cela ne suffit pas. Je crois qu'il est important de se demander :

quelle force mentale faut-il pour exercer un tel ascendant, au point de forcer quelqu'un à se plier de la sorte à sa volonté ? Sans coercition. Persuasion pure, et subtile. Est-ce cela qui s'est produit ?

— En théorie, tout est possible, mais dans la pratique ? De combien d'affaires similaires a-t-on connaissance ?

Elle pointa l'index sur le livre ouvert.

— Très peu, elles sont rares. Et tu les trouves dans cet ouvrage. Le premier cas était celui de Sigvard Thurman, un psychiatre suédois. Il recourait à des techniques d'hypnose pour inciter ses patients à commettre des meurtres. Mais il y en a un autre dont tu as sûrement entendu parler : Charles Manson.

Il parcourut les paragraphes qu'elle avait soulignés, les notes inscrites dans la marge au crayon.

— Mainardi est un assassin en série patenté. Je ne crois pas qu'il faille déployer autant de persuasion pour le convaincre de tuer.

— Et tu te trompes. Giacomo est un assassin en série, mais pas un tueur à gages. Cela ne l'intéresse pas de tuer. Ce qui l'intéresse, c'est de tuer une victime précise selon une méthode précise. Or, si nous prenons en compte ce qu'il a déclaré, il a suffi d'une rencontre pour le décider à accueillir un nouveau participant dans sa liturgie. Ça, moi, je n'ai jamais rien vu de semblable. Et pourtant quelque chose ne colle pas : qu'un esprit affûté comme le sien se fasse battre à son propre jeu.

— Pourquoi Giacomo n'a-t-il pas soupçonné que ce serait un piège ? Quelle garantie lui a-t-il, ou lui ont-ils, donnée ?

Il la vit réfléchir, le front plissé, les inévitables branches de lunettes en bouche. Le plastique portait la marque des dents.

— Je ne crois pas que ce soit garanti sur facture, Marini. Ce n'est pas le genre de considération qui entre dans le processus mental d'un assassin en série. En fait, pour les plus expérimentés, et Giacomo en fait partie, le risque accroît l'excitation.

— Pourtant Mainardi semblait épouvanté.

— Je crois que c'est seulement une pièce dans un jeu plus complet, je crois que le commanditaire lui a offert une chose en ayant la certitude que Giacomo ne pourrait jamais y renoncer. Une chose profondément reliée à son imaginaire et qui a dû ouvrir en lui une porte à son fantasme le plus inavouable et le plus puissant.

— Il nous l'a dit : il lui a offert la victime parfaite.

— Enfin, il aurait pu la trouver tout seul, non ? C'était peut-être une victime parfaite pour des raisons qui allaient au-delà d'une simple correspondance optimale à un profil ? Il y avait peut-être d'autres raisons ? Des raisons que même Giacomo, jusqu'à présent, n'avait pas prises en considération ?

Ils le dirent ensemble :

— Il connaissait la victime.

Teresa se leva, fit quelques pas, revint s'asseoir. Elle laissait transparaître sa nervosité.

— Il a affirmé le contraire.

Massimo dut la corriger.

— Cela dit, la question posée n'était pas celle-là, mais : « Tu as un nom à me donner ? »

Elle paraissait perplexe.

— Vraiment ? Je lui ai posé la question en ces termes ?

— Je m'en souviens parce que j'ai trouvé ça étrange. Cela ne vous ressemble pas.

— Pas à l'ancienne Battaglia. Du travail bâclé. Et les individus comme Giacomo n'attendent rien d'autre.

— Quoi qu'il en soit, vous excluez la possibilité qu'il ait pu mentir ouvertement ?

La réponse vint après un temps de silence.

— Non, mais pour un manipulateur, ces petits jeux et ces petites omissions n'équivalent jamais à un mensonge. C'est leur façon de s'absoudre.

— Et alors, qu'attendons-nous ? Allons lui parler.

— Ce n'est pas si facile. Le sujet mâle ne collabore pas, il faut aller l'empoigner.

— Il ne nous le dira pas ?

— Il ne nous le dira pas.

— Il joue avec nous.

— C'est son fantasme et maintenant nous en faisons partie.

— Il ne vous effraie pas ?

— Giacomo ?

— Oui.

— Je ne sais pas, Marini. Non, peut-être pas. C'est difficile à expliquer, mais je crois que jamais il ne me ferait de mal.

— Comment pouvez-vous l'affirmer ?

Elle ouvrit la bouche, la referma aussitôt, comme si elle s'était flanqué une gifle pour s'obliger à se taire.

— L'instigateur me préoccupe beaucoup plus. Il est dangereux parce qu'il est capable de mettre en œuvre un processus de conditionnement invisible, dont Giacomo lui-même n'a sans doute pas du tout conscience. Cela signifie qu'il détient un pouvoir écrasant. Mental et organisationnel. Une vision d'ensemble, lucide et rationnelle. Et s'il a vraiment réussi à s'introduire jusque dans la prison et à tuer le compagnon de cellule de Mainardi, alors nous sommes confrontés à un problème plus important que celui auquel nous pensions.

— Cela m'évoque un pouvoir tentaculaire.

— Tu dois en tenir compte.

Le silence retomba. Elle ferma le livre et le posa. Massimo l'acceptait, mais il tenait à clarifier ses conditions.

— Je vais l'étudier, commissaire, mais cela ne signifie pas que je vais renoncer à votre présence dans l'enquête.

— Tu devras t'y résoudre, tôt ou tard. Maintenant, rentre chez toi, allez. Nous avons tous les deux besoin de nous reposer.

Il l'aida à s'étendre. Il lui plaça un coussin sous les jambes.

— Vous savez très bien que je ne vais pas m'en aller.

— Dans quelques heures, Antonio sera de retour.

— Alors je m'en irai dans quelques heures. Mais…

— Mais ?

— Il y a deux autres personnes à qui vous devriez le dire, vous ne croyez pas ? Vous nous répétez tout le temps que nous sommes vos garçons, en plus d'avoir juré votre perte… Un sentiment amplement partagé. Vous ne voulez pas les voir ?

Elle ne répondit pas.

— Faites-le, tout de suite. Cela se passera mieux que vous ne l'imaginez.

Sa poitrine se gonfla d'un soupir. Elle acquiesça.

Il envoya un message à Parisi et De Carli, écrivit à Elena pour la rassurer. Puis il s'occupa d'elle. Il la couvrit d'un plaid, baissa les lumières, mit un autre CD dans le lecteur. Il revint s'asseoir entre les coussins.

— Vous êtes très amis, le Dr Parri et vous.

— Tu es jaloux ?

— Soulagé. Je suis content qu'il soit lui aussi dans votre vie. Comment vous êtes-vous connus ?

Elle se tourna sur le côté, une main glissée sous la joue. Elle ferma les yeux.

— Comme cela arrive aux meilleurs amis. Nous étions tous les deux dans la merde. Nous nous en sommes mutuellement sortis.

20

Vingt-sept ans plus tôt

Le bar était bondé. Les petits déjeuners tardifs se mêlaient aux apéritifs, il y avait sur les tables des croissants réchauffés et des pintes de bière qui tiédissaient devant la télévision. À l'écran, un tapis vert sur lequel s'agitaient des bonshommes sur un terrain.

Teresa se fraya un chemin au milieu d'odeurs sucrées et d'autres plus aigres. Elle le reconnut tout de suite, voûté, adossé au comptoir. Elle pressa le pas et lui retira son verre de la main.

Antonio Parri la toisa d'un œil mauvais.

— Qu'est-ce que tu veux, maintenant ?

— Je continuerai de te le retirer jusqu'à ce que tu t'arrêtes.

— Pourquoi tu te donnes tout ce mal ?

— Parce que tu es le meilleur à ma disposition et parce qu'ensemble on peut le boucler.

Il tenta de reprendre son verre.

— À ta disposition ? Va te faire foutre, inspectrice.

— Je crois qu'il affine sa méthode pour en arriver à… je ne sais quel résultat.

— Intéressant. Absolument creux, mais intéressant.

Elle attrapa un tabouret et l'approcha du sien. Elle se jucha dessus, en tirant sur son jean.

— Il apprend.

— Qu'est-ce qu'il apprend ?

— C'est ce que nous devrons découvrir ensemble.

— Tu n'as pas compté le taulier. Autrement dit, moi. J'ai soif.

Il essaya encore de tendre la main vers le verre, mais elle l'éloigna.

— La peur de la première fois a disparu. Il sait qu'il est capable d'y parvenir, la deuxième tentative s'est beaucoup mieux déroulée. Il réessaiera bientôt. N'empêche, il y a un aspect en particulier que je ne m'explique pas. Au début, le mode opératoire peut varier, en effet, et se régler peu à peu suivant des procédures plus éprouvées, mais la signature, elle, ne change pas. Elle est liée à la personnalité. Pourquoi prélever d'abord les phalanges de la main, et ensuite celles du pied ?

— Ça en fait toujours sept.

— Oui, mais…

— C'est peut-être le nombre qui importe.

— Ce sont des os. La symbologie, l'iconographie… allons, elles ne peuvent avoir un sens aussi limité.

Il se prit le front dans la main, épuisé.

— Tu devrais en parler avec le commissaire Lona, pas avec moi.

— Toi, tu m'écoutes.

— Pas lui ?

— Albert n'écoute rien, à part lui-même.

— Tu as remarqué comment il te regarde ?

— Comment il me traite.

— Maladroit, mais sanguin.

— Misogyne, dans le meilleur des cas.

Elle prit une poignée de noisettes dans une coupelle.

— J'ai élaboré un profil.

— Un seul ?

— Je crois qu'il a autour de vingt-cinq ans.

— Alors là, je suis curieux. Tu m'avais dit que tu pensais à un jeune, mais comment fais-tu pour être aussi précise ? À supposer que cela ait un sens, évidemment.

— Bien sûr que cela a un sens. Les fantasmes violents se manifestent à l'adolescence. Les statistiques nous disent qu'il s'écoule en moyenne entre huit et dix ans avant que ces fantasmes se concrétisent en un acte criminel. D'où la règle générale selon laquelle plus la victime est âgée, plus jeune est le meurtrier : il éprouve initialement le besoin d'expérimenter avec les sujets les plus fragiles, donc les plus désarmés et les plus maîtrisables.

— D'autres principes comme ceux-là ?

— Je vais te faire plaisir. Des criminels différents aux personnalités similaires commettent des crimes similaires.

— Je suis impressionné, je l'admets.

— Écoute, je sais que tu ne me crois pas.

— Ah, vraiment ? Donne-moi un peu ce foutu verre.

— Je crois que l'assassin a arrêté de travailler depuis des mois, maintenant. Il est dans l'expectative, il a demandé des congés ou même il a été licencié. Si c'est au contraire un étudiant, il est en retard dans ses études. Il fréquente les cours de manière irrégulière et il a une moyenne médiocre.

Il finit par la considérer avec intérêt.

— Pourquoi ?

Elle scanda sa réponse.

— Il s'est complètement concentré sur cette chasse, il n'y a pas de place pour autre chose. *Il ne veut rien d'autre*.

Parri sembla tout à coup se souvenir de quelque chose, consulta sa montre et laissa tomber sa tête sur le comptoir.

— La réunion avec Pace et Lona… c'était il y a une heure… Je devais vous informer que l'adhésif utilisé pour la première victime est de type chirugical…

— Où peut-on se procurer ce type d'adhésif ?

— Malheureusement, pour le savoir, nous allons devoir attendre les analyses.

Elle sortit une carte téléphonique de sa poche et désigna la cabine, devant l'entrée des toilettes.

— Appelle le bureau du procureur Pace et excuse-toi. Fixe une autre réunion le plus vite possible.

— Je suis obligé, vraiment ?

— Oui.

Elle prit une poignée de noisettes dans sa bouche et réprima un haut-le-cœur. Elle les cracha dans une serviette en papier.

Antonio Parri la regarda comme s'il venait enfin de recevoir la confirmation d'une théorie à laquelle il réfléchissait depuis longtemps.

— Tu es enceinte, toi. C'est pour ça que tu as arrêté de fumer.

21

Aujourd'hui

Les phares de la voiture qui effectuait sa manœuvre dans la rue frappèrent la fenêtre. Marini se transforma en une silhouette noire qui se détachait en ombre chinoise.

— Ils sont arrivés.

Il resta de dos jusqu'à ce que les phares s'éteignent et que résonne dans le quartier silencieux le bruit des portières qui se refermaient. Deux claquements sourds, le nombre de visiteurs qui venaient d'arriver. Ce fut alors qu'il se retourna vers Teresa.

— Vous êtes sûre ?

Elle s'attendait à cette question, elle avait pu la toucher du doigt alors qu'elle prenait forme entre eux deux, tant l'atmosphère était lourde. Il lui proposait pour la énième fois une échappatoire, il était prêt à la couvrir et à la défendre devant De Carli et Parisi, mais le temps des mensonges était révolu, parce que la maladie vous prive de tant de choses, et surtout de la force de vous enfuir.

Elle allait se livrer dans toute sa fragilité à la vue de ces jeunes messieurs qui pourraient mesurer le peu d'autorité qu'elle conservait, la crédibilité qu'on lui avait toujours reconnue, et qui désormais ne lui servirait à rien pour franchir la dernière partie du chemin. Ce n'était pas son genre d'ouvrir le cercle de l'intimité, c'était aux autres de l'accueillir dans le leur, mais le sortilège, l'illusion de pouvoir toujours décider ce qu'elle était et ce qu'elle entendait révéler s'était rompu et il n'y avait aucun moyen de le restaurer. Elle ne pouvait que se résoudre à courir le risque de celui qui se montre tel qu'il est.

— Fais-les entrer, Marini.

Elle resta assise, chargée de tous les fardeaux qu'elle devait porter, le dos droit, et pourtant courbatu-rée, la canne entre les mains, plantée au sol, pour bien clarifier la situation. Il fut un temps où elle se la serait imaginée comme l'épée d'une vieille guerrière, elle qui maintenant n'était même plus une policière.

— Je me suis toujours fait appeler au masculin, « commissaire ».

Elle avait murmuré, et Marini se pencha devant elle.

— Je suis l'un de ceux qui vous ont toujours appelée ainsi.

Il sourit, peut-être ne savait-il pas s'il devait s'excuser ou s'il lui avait fait plaisir.

Ils frappèrent à la porte, mais ni l'un ni l'autre n'y firent trop attention.

— Et moi je ne vous ai jamais repris à ce sujet. Maintenant, je me demande, j'ai un doute… Il aurait peut-être été important de le faire.

— Important pour vous ?

Elle voûta les épaules, regarda ailleurs, au-delà des murs, au-delà du temps. Elle regarda le passé.

— Pour les autres femmes, celles qui viendront après moi. J'ai été l'une des premières. J'ai dirigé des brigades d'hommes qui n'étaient pas toujours ravis d'en faire partie. Je suppose que je ressentais le besoin de crier : « Je me suis emparée de ce qui précédemment n'était qu'à vous. » Une désignation masculine exprimait plus fidèlement mon histoire.

Il lui effleura les mains, encore serrées sur le pommeau de la canne.

— Alors c'est bien comme ça. C'est juste.

— Juste pour qui ?

— Pour vous-même.

— Mon temps est révolu, Marini. Même ces détails le disent, et ce ne sont pas non plus des inepties.

Il se leva.

— Ah non, ne recommençons pas.

— Mais tu vas en sortir un gros mot, une bonne fois pour toutes ?

— Mon cul que vous êtes finie ! hurla-t-il.

Elle s'affala dans les coussins, les bras en croix, la poitrine secouée d'un rire.

— Enfin !

Ils frappèrent encore à la porte. Cette fois, Marini alla ouvrir.

— Essayez de vous montrer délicate avec eux.

— Je vais me montrer délicate.

— Et d'ailleurs, ce n'est pas la première fois que je sors un juron.

— Espérons que ce ne sera pas non plus la dernière.

De Carli et Parisi firent leur entrée.

— Nous vous interrompons en pleine dispute ? Continuez, parce que cela avait l'air amusant.

Teresa se redressa sur un coude.

— Marini s'exerçait à sortir des gros mots.

— Pourquoi me présentez-vous tout le temps en jeune homme parfait ?

Ils répondirent en chœur.

— Parce que c'est ce que tu es.

Teresa profita de ce moment de légèreté.

— Jeunes gens, asseyez-vous.

Ils prirent chacun un siège et s'exécutèrent en titubant.

— Cela concerne l'enquête ? s'enquit De Carli.

— Cela concerne la brigade. Vous et moi.

— Ça commence mal.

Elle ne pouvait lui donner tort.

— Des scènes de mélodrame, j'en ai sans doute fait souvent, mais jamais devant les autres, alors je vais être brève. (Elle se remit bien droite, et marmonna la dernière phrase.) Je souffre de démence.

Ils restèrent interdits, immobiles, échangeant des regards, immobilité qui laissait bien imaginer quelles pensées ce choc cristallisait déjà.

De Carli se racla la gorge.

— Vous venez bien de dire : « J'offre des vacances » ?

— J'ai Alzheimer !

— Ah !

Ils avaient baissé les yeux, tous sauf Marini. Lui supportait le poids de cette réalité, avec Teresa. Elle le vit esquisser une grimace, comme pour lui dire : « C'est ça, votre conception de la délicatesse ? » Il avait raison.

— Je suis dure, hein ? Je suis navrée de vous l'annoncer ainsi, mais je ne sais pas faire autrement.

Parisi fut le premier à réagir.

— J'ai compris : « Je souffre de décence. » Ce qui n'était pas trop mal. Et d'ailleurs, à bien y réfléchir, « Je souffre de descendance » non plus.

Elle éclata de rire, entraînant les autres. Marini se leva.

— En tout cas, ce qui aurait du sens, ce serait que vous restiez auprès du commissaire. Ou de la commissaire ? Je vais préparer le café.

Un moyen comme un autre de les laisser seuls. Chacun d'eux devait se voir accorder le temps de se confronter à cette réalité.

Il ne se produisit rien de tel. Les garçons, *ses* garçons, l'attendrirent, ils firent preuve de toute la force qu'elle leur avait enseignée. Ils ne la questionnèrent pas sur la maladie. Cela aurait été inutile. Ils savaient peut-être déjà, ils avaient peut-être deviné. Quelle importance, désormais ?

— Commissaire ? C'est quoi la nouveauté ?

— Un changement de genre, De Carli.

— Mais enfin, Parisi, comme si je ne m'en étais pas rendu compte !

Teresa les rassembla auprès d'elle, et leur tint ces propos :

— J'ai fini par comprendre que, somme toute, les termes que nous choisissons sont capables d'ouvrir des brèches. Mais j'arrive un peu tard, comme c'est souvent le cas chez moi. Je ne suis plus un commissaire et encore moins une commissaire.

Parisi se leva. Peut-être avait-il du mal, comme elle, à demeurer assis quand tout s'accélérait, quand tout allait trop vite.

— Cela signifie que vous laissez tomber ?

— Je ne vous laisserai jamais tomber.

— Oui, mais pour le boulot, vous gérez comment ?

— Je ne peux pas continuer.

De Carli se plaqua vigoureusement les deux paumes sur les genoux.

— Alors vous nous larguez !

— Je ne vous largue pas. Je quitte le boulot.

— C'est pareil. Nous serons toujours de votre côté. Restez du nôtre.

Elle s'affranchit de toute crainte. Elle devait aussi s'affranchir d'un peu d'amour, afin de les libérer.

— Je vous mettrais en danger et je mettrais aussi en danger les victimes dont je devrais au contraire assurer la sécurité. Je ne peux pas continuer à mener la vie d'avant alors qu'au contraire tout doit changer, si je veux quand même rester présente, le plus possible.

« Sur les murs en ruine fleuriront bientôt les violettes », avait écrit Georg Trakl. C'est ce qu'elle se souhaitait à elle-même, sinon pour le présent, du moins pour le futur, qu'elle confiait à ces jeunes. La brigade, cette brigade, était sa famille. Une famille parfois problématique, certainement atypique, mais toujours soudée et solidaire. Et elle continuerait d'en faire partie : elle survivrait dans les mémoires, dans les expériences, dans les enseignements.

— Les garçons, cette phase de ma vie est terminée. Plus vite nous l'accepterons, plus vite nous réussirons à nous retrouver, ailleurs, à un autre endroit, qui sera un autre point de départ.

Leur avait-elle vraiment dit cela ? Y croyait-elle vraiment ? Elle ne le savait pas elle-même. Elle désirait seulement calmer la douleur pulsatile qu'elle sentait émaner de leurs corps, effacer la confusion de ces visages qu'elle voyait rougir, s'efforçant de refouler leurs émotions. Ils étaient terrorisés. Elle ne savait pas s'ils avaient peur pour elle ou pour eux-mêmes, mais une fois encore il lui incombait de les guider. Elle s'arma du ton pragmatique derrière lequel elle remisait le moindre trouble.

— Écoutez-moi, parce que c'est important. Vous devez davantage vous consacrer à cette enquête.

De Carli s'enfouit le visage dans les mains.

— Je n'y crois pas ! À un moment pareil, vous pensez à l'enquête ?

— Oui. Et faites-en autant vous aussi, si vous voulez me rendre toute cette situation moins pénible, si vous voulez vraiment m'aider. D'accord ?

Personne ne répondit. Il était encore trop tôt. Dans cette maison, ce soir-là, se consommait un deuil. Mais Teresa respirait encore et, tant qu'il subsisterait en elle un dernier reliquat de pensée lucide, elle continuerait de faire ce qu'elle réussissait le mieux.

— Dans le tableau idéal que se peint un meurtrier, avec ses rituels et ses symboles, quelqu'un d'autre est intervenu, et figurez-vous que la signature a changé. Pourquoi ? Pourquoi cette dent ? Pour la première fois, Giacomo n'a pas utilisé que des tesselles de mosaïque façonnées par lui. Cela doit avoir une signification. Dans cette histoire qu'il écrit avec du sang depuis presque trente ans, quelque chose a mué.

Marini revint avec un plateau : il apportait du café pour tout le monde. Il n'avait rien perdu de la conversation.

— Il s'est tapé vingt-sept ans de prison. C'est peut-être ça qui l'a changé.

— Malgré cette longue période de calme apparent, il n'a jamais cessé de tuer, dans ses fantasmes.

Teresa prit une tasse et un sachet d'édulcorant. De toute façon, il lui serait impossible de s'endormir.

— De son point de vue, il nous a déjà dit tout le nécessaire.

— Il joue avec nous, commissaire.

— C'est vrai. Mais il nous a été d'une grande aide. Il aurait aussi pu se taire.

— Quand cesserez-vous de le défendre ?

— De temps en temps, il faut défendre la bête, Marini, et se rappeler l'enfant que tout monstre a pu être. Je vous offre un point de vue différent d'où observer les faits.

De Carli finit d'une gorgée le café refusé d'un signe de tête par Parisi.

— Pourquoi nous a-t-il apporté cette aide ? Quelle idée a-t-il en tête ?

Elle se le demandait depuis que tout cela avait commencé.

— Perception pervertie du hasard ? Désir de rançon ? Effet d'un moi hypertrophié ? (Elle baissa les yeux sur la tasse qu'elle tenait dans ses mains. La cuillère tinta un instant.) Peut-être s'agit-il d'une tentative de reconstituer le passé ? Un passé dont celle qui vous parle a fait partie.

— Et vous, comme ça, vous nous laissez en plan, avec un casse-tête à résoudre ?

— Je ne m'en vais nulle part. Je serai ici chaque fois que vous aurez besoin de moi.

— Ce n'est pas la même chose.

Elle posa sa tasse.

— Je crains que nous ne soyons forcés de nous en contenter, De Carli.

Parisi était le seul à ne pas dire un mot, adossé contre le mur, les bras croisés.

Ce moment de silence attira le regard de Battaglia vers lui, qui n'avait pas arrêté de l'observer. Ils se comprirent aussitôt.

— Maintenant, vous entendez l'annoncer aussi aux autres, commissaire ?

Marini bondit.

— Nous dire quoi ? Moi, j'ai eu ma dose d'annonces pour ce soir.

Elle s'apprêtait à calmer son agitation. Protecteur comme il savait l'être, il n'allait pas réagir à cette nouvelle avec flegme.

— Il y a quelques jours, j'ai confié des investigations confidentielles à Parisi. Il faudra encore un peu de temps pour en obtenir les résultats.

Ces quelques mots suffirent à les faire changer de visage.

— Par « confidentielles », vous voulez dire « officieuses », j'imagine.

— Disons qu'il s'agit d'un mandat exploratoire.

— Dirigé contre qui ?

Teresa s'appuya sur sa canne, elle se leva et alla scruter la nuit. La réponse la brûlait, elle la laissa échapper comme un souffle enflammé dans la pénombre.

— Blanca. Cette jeune fille n'est pas celle qu'elle dit être.

22

Vingt-sept ans plus tôt

Sur les pages d'un calendrier enfermé dans un tiroir de son bureau chez elle, Teresa avait noté au stylo-feutre rouge les étapes de son avenir.

Ce calendrier n'avait pas revu la lumière du jour depuis un certain temps, et elle s'imaginait le rouge de ce feutre s'atténuant peu à peu.

Il fut une époque où ces dates chantaient sa victoire, mais l'hymne victorieux s'était mué en une lamentation qui la poursuivait.

L'examen pour devenir commissaire l'obsédait et elle n'avait pas encore adressé la demande. Si elle laissait filer une année supplémentaire, elle perdrait cette possibilité pour toujours. Elle avait presque trente-deux ans.

Elle ne se sentait pas prête, elle ne le serait jamais. Les doutes étaient toujours plus nombreux que les certitudes. Elle ne se croyait pas capable de mener une brigade, de prendre la tête d'une enquête, pas capable de se faire écouter, d'exercer une autorité. Elle doutait elle-même parfois des méthodes empiriques qu'elle expérimentait sur le terrain.

Et maintenant il y avait l'enfant. Cette vie nouvelle remplissait des espaces jusqu'alors vides, cette vie avait déjà commencé à la transformer, à arrondir ses angles les plus saillants, angles qui lui étaient pourtant plus que jamais nécessaires pour se frayer un chemin dans le monde.

Que de peurs, que de merveilles. L'angoisse lui coupait le souffle.

Elle devait protéger son enfant et en prendre soin, elle devait l'annoncer au père, ou peut-être l'en priver à jamais. Elle devait s'enfuir, ou rester, tenter en vain de ramener Sebastiano à elle, mais elle savait que rien ne changerait.

Car, cet « avant » auquel elle voudrait le ramener n'avait peut-être jamais existé. C'était une illusion, le mal avait toujours couvé dans la tiédeur du lit, tandis qu'elle s'imaginait des aubes qui ne s'étaient jamais levées.

Elle allait devenir mère et voulait être commissaire. Elle devait repenser son quotidien pour y accueillir un enfant et écrire le rapport qu'elle entendait remettre à Pace avec ou sans l'appui d'Albert Lona, écrire au sujet d'os arrachés, tandis que d'autres os prenaient forme et commençaient à bouger dans l'obscurité de son corps.

Et si cet enfant, en grandissant, ressemblait au père, avec ces yeux sans lumière ? Si, en touchant la peau de sa mère, il ramenait à la surface les hématomes que lui avaient laissés les coups, l'incitant à le tenir loin d'elle et à lui refuser son amour ?

Elle devait dompter ces pensées autant que la nausée, et pourtant elles se mélangeaient parfois dans le même récipient.

Elle s'effleura le ventre. La main se posa en coupe, comme pour maintenir un poids, ou pour bercer.

Elle serait bientôt une femme et une mère isolées, sans famille derrière elle pour la soutenir. Elle devait puiser en elle un courage neuf.

Il suffisait de faire un pas, de franchir la porte. Deux pas, un pied devant l'autre, et elle aurait déjà pu reléguer ce lieu dans l'« ailleurs », et ce moment dans l'« après ».

Elle prit le combiné, composa le numéro de mémoire. Lavinia répondit après quelques sonneries. Teresa ne laissa pas le temps à son amie d'échanger des politesses.

— J'ai besoin de te voir, Lavinia. Tu pourrais venir, s'il te plaît ?

— Maintenant ? Que s'est-il passé ?

— Rien, mais tu pourrais venir ? Je dois te parler.

Lavinia était la seule de ses amies à avoir survécu à ce désert de relations humaines, cette terre que Sebastiano avait patiemment brûlée autour d'elle. Elle était sa seule et unique amie, sa belle-sœur qui plus est. C'était elle qui lui avait présenté Sebastiano. Comme tous les membres de sa famille, elle avait embrassé une profession médicale et, comme son frère jumeau, elle avait choisi d'enquêter sur l'esprit humain ; lui était psychiatre, elle psychologue.

Teresa s'était trop souvent interrogée : Lavinia lui porterait-elle secours ? Elle n'avait pas de réponse, mais quelque chose lui disait que le temps qu'elle avait à sa disposition serait bientôt échu. Elle devait demander de l'aide. Sinon pour elle-même, au moins pour Sebastiano.

— Dis-moi au moins ce qui se passe, Teresa. Cela ne te ressemble pas d'appeler avec cette voix. Tu te sens mal ?

— Ce n'est pas pour moi.

— Pour qui alors ?

— C'est… Sebastiano.

— Sebastiano se sent mal ?

Oui. Oui.

— Teresa ?

Sebastiano la regardait. Il était arrivé en silence, comme si se mouvoir aux marges des perceptions de l'autre était devenu pour lui un réflexe non seulement habituel, mais indispensable. Il avait quelque chose d'un prédateur nocturne.

Les mots suivants, elle les souffla dans le combiné.

— Il n'y a rien d'urgent. Je te rappelle.

Elle ignora la question de Lavinia et raccrocha.

— Qui était-ce ?

— Lavinia.

— C'est elle qui a appelé ?

Avec lui la vérité n'était plus une vertu, mais une nécessité. Qui pouvait savoir ce qu'il avait entendu ?

— Moi. C'est moi qui l'ai appelée.

— Pourquoi ?

— Je voulais seulement… seulement parler à quelqu'un.

Il ouvrit grand les bras.

— Me voilà.

Elle sentit un fourmillement au creux de son ventre. Une légère vibration qui traversait l'utérus et contractait la peau.

— Alors, pourquoi tu ne parles pas ?

— J'ai laissé mon cahier de notes au bureau. Je dois aller le chercher, j'ai un rapport à écrire.

Il lui barra le passage.

— Tu estimes sûrement avoir un rapport à réécrire. Sur nous deux. C'est ça que tu allais dire à Lavinia ?

— Non !

— Non ?

— Sebastiano, laisse-moi passer.

— C'est comme ça que tu me parles maintenant ?

Il leva la main, en un geste qu'elle avait fini par trop bien connaître, avec cette ombre portée sur elle, cette ombre dégradante qui l'assaillait même avant les coups.

Elle prononça les seuls mots qu'elle croyait capables, en cet instant, de la sauver. Mais à peine les eut-elle proférés qu'elle comprit : elle venait de commettre une erreur qu'elle ne se pardonnerait jamais.

— J'attends un enfant.

23

Aujourd'hui

Massimo rentra chez lui, inquiet.

Il retournait vers la chaleur d'une étreinte, vers des projets d'avenir, et il laissait le commissaire derrière lui. Teresa Battaglia l'avait à peine regardé lorsqu'elle lui avait ordonné de retourner auprès d'Elena, mais il avait désormais compris que cette dureté était pour elle un moyen de se protéger, et que l'indifférence affichée n'était que douleur. Mais il savait qu'il avait déjà sa place, dans ce cœur, et il s'y accrochait.

« Je dois y aller, mais je reviendrai, lui avait-il dit.

— Je le sais, que tu reviendras. Ça ne m'a jamais réussi d'essayer de me libérer de toi. »

Une phrase qui pouvait prétendre au titre de la plus grande déclaration d'affection qui soit au monde. Elle reflétait l'ampleur de leurs relations, ce jeu qui les voyait continuellement engagés dans une partie de tir à la corde susceptible d'irriter les autres, mais pas eux. C'était ainsi que deux existences apparemment éloignées se frôlaient, plongeant chacune le regard dans l'ombre de l'autre, en s'y reconnaissant, mais sa tentative de retenir cette femme à ses côtés, dans un quotidien partagé, ne lui réussissait guère. C'étaient Parisi et De Carli qui étaient restés avec elle, pas lui. Plus tard, c'est Parri qui retournerait chez elle. Pas lui.

La chaîne protectrice s'était déployée et Massimo n'en constituait pas l'anneau le plus solide.

Elle avait dû choisir et elle avait choisi, mais quel déchirement.

Et puis il y avait Blanca, qui n'était pas Blanca. Une inconnue qui s'était acquis l'affection et la confiance de Teresa Battaglia et qui les avait trahies. Un mystère dans le mystère, la chercheuse des derniers moments, celle des disparus. Le passé qu'il s'agissait de révéler maintenant, c'était le sien.

Mais encore une fois, le commissaire avait tempéré les ardeurs. Non, elle ne redoutait pas de tromperie, avait-elle précisé, mais qui sait quelle histoire elle avait entrevue dans cette fausse identité.

Massimo demeurait en alerte, empêché de faire ce que l'instinct lui aurait commandé de faire.

Elena se précipita vers lui, au point de déraper sur le parquet du couloir.

Il ne lui laissa pas le temps de dire un mot, la souleva en l'air et l'embrassa.

Il ne la reposa pas à terre, il la porta dans ses bras jusqu'au salon. La lampe à côté du canapé était allumée, des livres de cours étaient épars sur le tapis, dans lesquels elle continuait d'étudier, bien qu'elle ait perdu son travail, l'occasion d'une vie. Elle avait relevé ses cheveux en chignon, attaché par une plume. Le nœud se défit en une vague couleur châtain.

Il l'installa au milieu des coussins.

— Ce n'est pas risqué de courir comme ça ?

Elle retira de sous sa tête un volume intitulé *Mort et sépulture dans l'Égypte du nouveau royaume.*

— J'ai passé toute la journée assise. Je vais me transformer en momie, comme eux.

C'était tout le contraire. Son ventre s'arrondissait, elle avait les joues rosies par le soleil de cet été précoce et jamais elle ne lui avait paru plus vivante. Il se coucha au-dessus d'elle, en veillant à ne pas peser.

— Les cadavres ratatinés, c'est mieux que les corps tout frais.

Elle ouvrit grand les yeux, sans cesser de l'étreindre.

— Quelle poésie, inspecteur.

— Tu sens que le boulot te manque ?

— C'est toi qui m'as manqué.

— Sérieusement. Le musée ne te manque pas ?

— J'en trouverai un autre, de boulot.

— Mmh, je me trompe peut-être, mais je ne crois pas que dans nos régions il y en ait tant que cela, des momies.

— À part toi, tu veux dire ?

Il descendit plus bas, pressa le visage contre son ventre et écouta, à la recherche d'un battement qui palpitait quelque part à l'intérieur.

Elena lui caressa les épaules.

— Alors ? Teresa te l'a dit ?

— Disons que les faits l'ont contrainte à passer aux aveux.

— Aux aveux ! Quel vilain mot.

— Ça n'a pas été facile, Elena. Mon Dieu… c'est bien ce que je pensais : elle souffre d'Alzheimer.

Les doigts d'Elena accrurent leur pression. La tension ne voulait pas se relâcher dans les muscles de Massimo.

— Je suis désolée, je n'imaginais pas que c'était à ce point. Tu préférerais être auprès d'elle.

— Je préférerais être ici et avec elle, c'est ça le problème. (Il releva la tête pour la regarder dans les yeux.) Excuse-moi.

— Ne t'excuse pas. Je sais ce qu'elle représente pour toi.

Il lui baisa la paume de la main, se la passa sur le visage, huma son parfum.

— Elle m'a sauvé de moi-même, Elena. Sans son aide, je ne me serais jamais libéré du fantôme de mon père. S'il y a un *nous*, c'est grâce à elle.

— Maintenant, c'est ton tour de l'aider. Tu dois faire quelque chose de concret, il n'est plus temps de tergiverser.

— Il y a les autres, ils sont avec elle.

— Elle aura besoin de vous tous, et en particulier de toi.

Il l'espérait.

— Résoudre l'affaire qu'elle vient de nous confier, ce serait déjà un grand pas. Je sais qu'elle tiendrait à sortir de scène sans rien laisser en suspens derrière elle.

— Et alors vas-y, résous-la !

Il roula sur le dos et il rit, la main d'Elena toujours dans la sienne.

— J'essaie de la résoudre. Doucement, mais sûrement.

Elle se souleva sur un coude.

— Comment se déroule l'enquête ? Au téléphone, je ne te l'ai pas demandé et ensuite tu es passé en coup de vent.

Il déboutonna sa chemise, envoya voler ses chaussures. Il sentit toute la fatigue accumulée lui peser.

Il se passa une main sur le visage. Les ecchymoses de l'affaire précédente lui marquaient encore la pommette.

— Nous avons progressé, mais uniquement parce qu'il l'a bien voulu, lui. C'est ce qui me rend dingue.

— Lui, ce serait le meurtrier ?

— Oui. Il nous a indiqué où trouver une partie du corps de la victime.

— Tu noteras qu'une archéologue travaille aussi avec des cadavres.

— Oui, mais les momies ne procurent pas la même impression.

— Allez, dis-le-moi. Qu'est-ce que vous avez trouvé ?

— Des tesselles de mosaïque taillées dans des os humains.

— Quel fantasme.

— Pourtant, cela t'aurait plu. Il y a cette crypte incroyable…

Au mot « crypte », elle se redressa en position assise.

— … dans une basilique, à Aquilée. Un village. Jamais tu ne devinerais ce qu'il y a là-dedans…

— Juste le sol en mosaïque paléochrétienne le plus vaste et le plus ancien d'Europe, demeuré sous terre pendant mille cinq cents ans.

Il en resta presque sans voix.

— Oui. Et lui, où a-t-il eu l'idée d'incruster ces tesselles ? Imagine la crypte, sombre, des jeux de lumière partout, des mosaïques, et les fondations monumentales d'un campanile qui sont tombées dessus et qui en ont transformé la moitié en une ruine.

— Non pas la moitié. Le tiers.

— Et dans l'angle le plus reculé, il y a ce petit lapin blanc rescapé, qui a échappé aux pierres des escaliers. C'est là qu'il a placé ces tesselles.

— Un petit lapin ? (Elle eut un air dégoûté.) Un lièvre, Massimo, un lièvre.

— Quelle différence ? De toute manière, c'est bizarre. Tout est bizarre. Lui qui se constitue prisonnier, qui avoue, qui accorde sa confiance au commissaire Battaglia et qui la mène justement là-bas.

— Tu crois que l'assassin aurait étudié le christianisme égyptien d'Aquilée ?

— Le quoi ?…

— Ce parcours n'est peut-être pas le fruit du hasard. Il a emprunté le chemin de la *gnose*. C'est cela ton hypothèse ?

— Mais qu'est-ce que…

— Il faut que tu me conduises là-bas !

— Non, même pas en rêve. Tu dois…

Elena lui monta dessus à califourchon, l'attrapa par la chemise.

— Rester à la maison ? Uniquement parce que je suis enceinte ?

— Non, évidemment que non, mais ton état demande beaucoup de délicatesse.

Il se rendit compte qu'il venait de lever les mains en l'air, comme en signe de reddition. Il les baissa aussitôt.

— Beaucoup de délicatesse ? Sottises, oui ! Je suis enceinte.

Il la vit changer d'expression. Non, se reprit-il, c'était de tactique qu'elle avait changé. Subitement, elle en employait une meilleure.

Elena descendit de sa « monture » et rassembla ses livres comme si de rien n'était.

— Je parie que le lièvre est représenté en train de manger un grain de raisin. Ce qui, dans la nature, n'existe pas.

— Comment sais-tu… ? Oui.

— Et qu'il a les yeux rouges.

Cette fois, il ne répondit pas. Ce n'était pas une question.

Elena le regarda.

— Naturellement, tu sais déjà que le lièvre n'est autre que l'*Unnefer*, n'est-ce pas ? (Elle porta la main à sa bouche, avec une expression de stupeur qui n'aurait pu être plus feinte.) Ah non. Tu ne savais pas. Quel dommage.

Il avait du mal à y croire.

— Tu me fais chanter ?

— Oui.

24

IVe siècle

La cape du légionnaire enflait au-dessus du sol orné de mosaïques polychromes. Les lettres Chi et Rho du Chrisme étaient les symboles du nouveau Dieu unique, mais le monogramme du Christ cohabitait avec des effigies d'animaux et des monstres légendaires qui évoquaient un temps où les fumées sacrées de l'encens s'élevaient dans un ciel peuplé de nombreuses divinités à l'allure de bêtes.

À la lumière des torches, ces représentations composées de tesselles nacrées semblaient ouvrir la gueule.

À l'entrée de la seconde aula*, Lusius trouva le serviteur de Cyriaque, un petit garçon aux cheveux et à la peau sombres, et solide avec son corps maigre au cou épais des gens du Samnium.*

— Où est ton maître ?

— Je n'ai pas de maître.

Les chrétiens. Ceux avec lesquels Lusius cherchait une confrontation pacifique étaient des gnostiques. Soucieux eux aussi de l'intransigeance à laquelle confinait de plus en plus souvent le comportement de certains de leurs frères professant la stricte observance de la foi. Des fanaticus *qui tôt ou tard s'attaqueraient ouvertement à tout autre culte.*

— Cyriaque m'attend.

— Ton arme.

Lusius la lui remit. Le jeune homme alluma une lampe à huile et la lui tendit. Il écarta la tenture et, d'un signe, indiqua le couloir obscur qui conduisait à la seconde aula. *Des yeux inquiets semblèrent fuir à la vue de la cuirasse luisante.*

— Tes mains tremblent, chrétien. Rome t'effraie ?

— J'ai proposé ma cape à Cyriaque. Il redoute le froid de cette terre.

*Lusius prit la lampe et s'avança dans le passage, en foulant le sol d'*opus signinum. *Le cuir durci des sandales claquait sur la brique pilée crépie à la chaux. Les travaux de pavage étaient terminés depuis peu, les résidus de sable n'avaient pas encore été complètement balayés.*

*Une autre tenture de laine blanche le séparait de l'*aula *mystique. Lusius crut comprendre qu'elle provenait d'une toge romaine récupérée. La pureté requise par Rome imposait de fréquents lavages qui usaient la fine étoffe jusqu'à rendre la fibre presque diaphane. Il reconnut ce lustre. L'aspect pratique avait rapidement pris le dessus sur le décorum et, comme l'avait observé avec une ironie tranchante Decimus Iunius Iuvenalis, alias Juvénal, dans l'empire désormais personne ne portait la toge, hormis les morts qui étaient ensevelis avec elle.*

Il éprouva une envie impulsive de l'arracher à ce lieu impropre, de la jeter sur ses épaules et de faire souffler sur Rome un vent de vengeance face à cette époque de transformation tragique. Il se contenta plutôt de l'écarter de sa main devenue calleuse après trop de batailles.

*L'*aula *l'accueillit dans le vacillement changeant de la flamme de la lampe. À ses pieds, le cheminement de la* gnose *que le croyant parfait était appelé à révéler le frappa avec la puissance du mystère qu'il avait pour mission de narrer.*

Une fois encore, il lui fut consenti d'accéder au lieu réservé aux élus. Cyriaque se fiait à lui et Lusius avait appris à en faire autant à l'égard du chrétien. Il se fiait au dialogue que l'homme venu d'Orient avait voulu engager avec lui et avec ceux que Lusius était appelé à représenter, une légion vouée à un culte qui, comme le christianisme gnostique de Cyriaque, réunissait maintenant autour de lui une communauté mineure en péril.

La salle était déserte, les encensoirs éteints, les ombres l'engloutissaient à moitié.

— Cyriaque ?

Un léger clapotis agita l'eau des fonts baptismaux dans lesquels les chrétiens s'immergeaient pour renaître dans la lumière. Le polycandelon *de bronze oscillait au-dessus de la vasque, un mouvement à peine perceptible. Les douze branches portaient les symboles de l'Alpha et l'Oméga, et celui du monogramme du Christ, mais on ne les distinguait pas dans l'obscurité.*

Lusius s'approcha, leva sa lampe. Il vit une eau rouge et des yeux vitreux. Il écouta le râle ultime d'un moribond.

Il laissa tomber le flambeau, prit Cyriaque par les épaules et le traîna à l'extérieur. Il avait la gorge tranchée.

C'était la nuit de Cérès, songea-t-il, l'un des dies religiosi *au cours desquels la fosse de la divinité était* ouverte lors des célébrations. Le redoutable Mundus Cereris ouvrait une porte entre le monde des vivants et celui des morts, à travers laquelle les seconds pouvaient entraîner les premiers tout en bas, dans leur royaume souterrain. Cérès devenait alors la Mère des Spectres, comme Isis était celle de la Nuit.

Cyriaque ne ressusciterait pas.

— C'est fini.

Lusius se retourna.

Il connaissait l'homme qui venait de parler et qui se tenait entre les flambeaux levés de deux centurions. La cuirasse de bronze ciselé portait les reflets de la puissance et la cape pourpre indiquait une lignée sénatoriale. Il connaissait aussi le scélérat qui était posté dans son dos, à demi dans l'ombre. C'était un prêtre chrétien qui appartenait à l'Église de Clément. On disait qu'il avait qualifié de « sacrilèges » Cyriaque et sa suite, la progéniture illuminée de Marie Madeleine, et de « traîtres au Christ » les Hébreux.

Le tribun qui semblait le protéger reprit la parole.

— Remets-moi ce que tu caches, Lusius, et tu seras autorisé à retourner auprès de tes compagnons.

Lusius reposa au sol la tête de Cyriaque. Son nouvel ami s'en était allé. Il pria pour que le Dieu qu'il vénérait existe vraiment et pour qu'il ait pitié de lui.

Il se leva, derrière lui la pierre d'Istrie des fonts baptismaux lui effleurait le dos, lui rappelant qu'il n'y avait aucune issue par où s'enfuir, mais lui, cette fuite, il ne l'avait jamais envisagée.

— Tu parles pour le Sénat ou pour toi-même ? demanda-t-il.

— Je ne répéterai pas mon offre.

— Depuis quand Rome choisit-elle de tuer ses fils pour céder aux convoitises des autres ?

Le tribun sourit.

— Nous sommes tous les fils d'un seul Dieu, désormais. Tu ne le savais pas ?

— Je suis fils de Rome.

Le tribun ouvrit grand les bras.

— Et Rome t'accueille à travers ma personne, qui la représente. Si tu me donnes ce que je veux.

— Ce que tu veux ou ce que veulent ceux qui sont derrière toi ?

Le sourire s'évapora.

— Je ne suis pas ici pour négocier, Lusius.

Lusius avait espéré jusqu'au bout que les craintes de Calida Lupa et de tant de païens se révéleraient infondées, mais cette espérance se décomposait dans les eaux baptismales, avec le sang de Cyriaque.

Pour autant il ne s'était pas présenté impréparé face au destin. Il était un soldat de l'empire et de la déesse aux ailes puissantes.

Le paquet secret était dans la cuirasse, contre son torse. Il le prit, ouvrit les doigts et l'offrit aux regards. Il était enveloppé d'un linge très fin, tissé d'impalpables fils d'or.

Sur un signe du tribun, l'un des soldats le récupéra et défit le nœud qui le maintenait.

Les torches illuminèrent un petit morceau de bois informe.

*Le rire de Lusius résonna entre les pierres et les marbres de l'*aula*, et fit écho jusque dans la gorge d'un mort et dans les entrailles épouvantées de celui qui avait voulu le sacrifier.*

Le tribun dégaina son glaive.

— Tu vas mourir.

— Ainsi soit-il.

Lusius se disait que sa mort dévoilerait le véritable visage des ennemis. D'autres bénéficieraient de cette révélation.

Le tribun lui appuya la lame sur la gorge. Les centurions défirent les lacets de la cuirasse, la laissant tomber à terre.

— Où est la statuette ?

Lusius le cloua du regard, face au geste qu'il s'apprêtait à commettre.

— Celle qui porte tant de noms s'appelle aussi Amenti, « la cachée ». Nous t'attendions et toi, tu ne la trouveras pas.

La lame fut enfoncée dans le thorax dénudé et retirée d'un seul mouvement, qui fit jaillir un jet de sang.

Lusius tomba à genoux, leva les yeux vers la voûte obscure, contemplant des constellations énigmatiques et des desseins divins que l'homme simple ne pouvait encore comprendre. Les mosaïques accueillirent sa vie encore chaude et s'allumèrent de vermillon.

Il rampa, s'agrippant des ongles aux figures mystérieuses, pour finalement atteindre l'octogone contenant l'image qu'il avait tout de suite comprise et interprétée.

Il approcha le front de l'animal blanc à l'œil rouge, s'abandonna à la mort et au Dieu qui le fixait à travers sa pupille dilatée, mais pas avant de lancer un avertissement aux hommes qui avaient voulu son agonie.

— La puissance de Salomon ne peut rien contre le Lièvre. Vous, vous ne pouvez rien.

25

Vingt-sept ans plus tôt

Cette nuit-là, après l'annonce de la grossesse, seule plus que jamais dans les bras de Sebastiano, Teresa avait compris qu'il n'y avait plus rien à faire pour lui. Désormais, il était fait d'obscurité. Elle s'en était rendu compte à sa réaction : elle avait entrevu en lui une lueur de victoire. Aucune joie, aucun émoi. Rien que de la revanche et une phrase qui l'avait glacée : « Tu vas devoir sauter l'examen et te dédier complètement à ta nouvelle vie. »

Quelle nouvelle vie aurait-elle pu concevoir, pour elle, sinon celle de l'emprisonnement et de la soumission ? Et pour l'enfant ce ne serait pas différent.

Le contrôle. Voilà, c'était cela qu'il voulait. Si fragile, Sebastiano s'était brisé en morceaux dès qu'elle avait entamé son propre parcours, en se taillant des espaces d'autonomie toujours plus vastes.

Elle n'était plus la jeune fille des débuts, si facilement fascinée. Elle avait appris à le voir, au-delà du raffinement de ses manières, de la pellicule de culture ultrafine qu'il exhibait pour ne pas laisser deviner l'autre strate, tout au fond, et cela, pour lui, c'était insupportable.

Maintenant plus que jamais, chaque pas exigeait la prudence. Plutôt que de la laisser partir et d'admettre son échec, Sebastiano aurait mordu.

À l'aube, elle s'écarta avec prudence de Sebastiano, en faisant attention à ne pas réveiller la bête.

Elle passa en vitesse à la préfecture pour récupérer le cahier contenant ses notes et ébaucher un rapport sommaire auquel elle avait réfléchi pendant la nuit, quand son mari s'était enfin endormi et avait cessé de lui planifier un avenir.

Elle agrafa les feuillets du rapport encore chauds sortis de la photocopieuse. Pour cette fois, elle avait renoncé à le présenter comme c'était l'usage, avec une reliure et une page de titre. Elle le glissa dans une enveloppe qu'elle fourra dans son sac en bandoulière. Dans le couloir, elle faillit se heurter à un collègue.

— Le commissaire Lona est là ?

— Je ne l'ai pas vu.

Elle se présenta au bureau d'Albert. La pièce était vide, très ordonnée, mais il y avait ses clefs de voiture sur le bureau.

Elle arrêta un autre agent.

— Lona ?

— Tu arrives toujours trop tard, Battaglia. Il est déjà sorti.

Elle vérifia l'heure. Il n'était même pas neuf heures et elle était arrivée à sept heures et demie. Le collègue sembla deviner ses pensées.

— Pendant que tu dormais, il était ici à travailler toute la nuit sur le rapport qu'il doit présenter à Pace.

— La réunion est dans une heure. Nous devons y aller ensemble.

Le sourire de l'autre lui déplut.

— Réveille-toi, inspecteur.

Elle eut un pressentiment. Elle courut vers l'ascenseur, il était occupé, alors elle descendit par l'escalier, poursuivie par des rires.

Encore un piège, encore un croc-en-jambe. Pourrait-elle jamais se défaire de la sensation de ne pas pouvoir se fier à ces hommes, à tous les hommes ? La colère qu'elle sentait cogner contre sa poitrine la transformerait-elle en une femme différente, plus mauvaise ?

En salle de garde, elle demanda un véhicule. L'employé ne leva pas les yeux du registre qu'il remplissait.

— Le commissaire Lona l'a pris.

— J'en demande un deuxième.

Il lui fit passer une feuille par la fente.

— Il n'y en avait qu'un de prévu. Vous devez remplir le formulaire.

— Rien à foutre du formulaire ! J'ai besoin d'une voiture !

Elle ne pouvait croire qu'elle venait de hurler ainsi. Elle était haletante, plus effarée encore que ceux qui la regardaient. Elle roula le papier en boule et courut dehors, dans la rue, nauséeuse. Elle chercha les bonbons dans sa poche, en mit un dans sa bouche. Le goût de fruit acidulé fit son effet.

Elle avait envie de pleurer et d'insulter, de crier à nouveau. Faire demi-tour et retourner au bureau, accueillie par l'ironie des collègues : il n'en était pas question.

Elle sauta dans le premier autobus qui, avec un sifflement, ouvrit ses portes sur le trottoir. Elle changea deux fois avant d'arriver devant le tribunal, le ventre sans cesse plus secoué par les odeurs, les arrêts et les redémarrages continuels.

Elle monta au bureau du ministère public, elle se sentait brûlante, moite, débraillée. Quand elle ouvrit la porte, elle se rendit compte qu'elle n'avait pas frappé. Le procureur Pace, Albert Lona et le Dr Parri la regardèrent. Elle, impénétrable. Lui, faussement calme. Parri, préoccupé.

— Excusez-moi.

Elvira la Sorcière était plus élégante que d'habitude, derrière le bureau.

— Vous vous excusez de votre retard ou de cette irruption, inspectrice ?

Le ton du procureur était brusque, mais Teresa sembla y déceler un sourire.

Elle s'avança.

— Les deux, madame le procureur.

— Hier, le commissaire Lona a demandé et obtenu de fixer l'horaire de la réunion plus tôt. Vous n'avez pas été avertie ?

Albert prit la parole.

— J'ai cherché l'inspecteur Battaglia à plusieurs reprises hier soir, mais je n'ai pas réussi à la contacter. J'aurais bien laissé un message, mais son répondeur était éteint.

Pace demanda confirmation d'un regard interrogateur et Teresa opina.

Elle avait entendu sonner le téléphone, alors qu'elle était dans les bras de Sebastiano. Albert avait tenté de la joindre à neuf reprises, avant que son mari ne débranche la prise. Elle avait appelé à l'aide en silence, comme si la peur avait pu vibrer à travers le câble téléphonique et alerter ceux qui étaient à l'autre bout.

Sebastiano ne l'avait pas touchée, mais ce calme était plus effrayant que n'importe quelle violence, parce qu'il lui laissait imaginer les calculs qui étaient à l'œuvre.

— C'est vrai, madame le procureur.

Pace lui fit signe de prendre place sur la chaise qui l'attendait.

— Commissaire Lona, la prochaine fois, pour avertir une collègue d'un changement de programme concernant le ministère public, il serait judicieux de se rendre à son domicile, vous ne croyez pas ?

Il devint écarlate.

— Oui, madame le procureur.

Elvira regarda Teresa le temps d'un éclair.

— Naturellement, nous souhaitons tous que ce ne soit pas nécessaire.

Dans cet éclair, Teresa vit les yeux de cette femme s'attarder sur sa joue, à l'endroit où l'hématome refusait de s'effacer, devenait de plus en plus violacé, de plus en plus évident. Il ne voulait plus qu'on le cache.

Elvira avait compris. Elle signifiait à Albert qu'elle aurait pu lui venir en aide. Et elle signifiait à Teresa qu'elle pouvait être sauvée.

Ensuite, elle referma la chemise contenant le dossier d'enquête.

— C'est tout, je suppose. Nous levons la séance. Commissaire Lona, je vous prie d'exposer à l'inspectrice Battaglia ce dont nous avons discuté au cours de notre réunion.

Teresa rassembla tout son courage, sortit son dossier de sa besace, en ignorant le geste de mise en garde que lui fit Parri.

— Madame le procureur, je voudrais vous soumettre un rapport.

— Un rapport m'a déjà été soumis.

— Je viens de l'écrire, madame le procureur. Quelques réflexions concernant des données objectives, mais qui s'appuient sur de nouvelles techniques d'enquête : psychologiques, mais aussi statistiques. Voici…

— C'est de vous ?

— Oui.

Elvira tendit la main. Teresa lui donna le dossier aux feuilles agrafées et imagina le parfum de ces doigts agiles et acérés y subsister les prochaines heures. Le procureur ne sembla pas remarquer la misérable présentation sous laquelle Teresa le lui présentait. Ou peut-être que si, mais elle s'en fichait. Elle le parcourut avec rapidité, les sourcils froncés.

— Inspecteur Battaglia.

— Oui ?

Pace leva les yeux, mais ce n'était pas Teresa qu'elle scrutait. C'était Albert Lona. Et elle continua de le fixer tout en parlant.

— Inspecteur Battaglia, quant au contenu, votre rapport est identique à celui que m'a soumis le commissaire Lona. Un contenu que j'ai approuvé avec enthousiasme et que je suis impatiente de voir appliqué sur le terrain.

Teresa dévisagea Albert elle aussi. La confusion se mua en mépris. Il avait repris ses notes, il les avait présentées comme les siennes. Dos au mur, dans l'impasse d'une affaire difficile, Lona l'avait trahie, l'avait sacrifiée professionnellement.

Elle ne prononça pas un mot. Elle continua de le regarder, même quand Elvira Pace lui rendit son rapport et qu'elle se leva, imitée par les autres. Parri se pencha vers Teresa.

— Je t'attends dehors, murmura-t-il.

Le procureur prit son sac à main, dit quelque chose à propos de sa deuxième cigarette de la journée et les quitta avec les formules d'usage.

Teresa était restée assise dans le bureau vide.

Elle se rendit compte qu'elle n'était plus seule, parce que le parfum d'Elvira précédait chacun de ses gestes. Elle était revenue.

La femme s'appuya contre sa table de travail, devant elle. Elle tapota trois fois sa cigarette contre son sac à main.

— Aujourd'hui, tu as perdu, Teresa, mais cela ne signifie pas que tu doives t'en satisfaire. Souviens-toi de cette colère : elle t'aidera à effacer le sentiment de culpabilité quand ce sera toi qui auras le pouvoir. Et je ne doute pas que ce sera le cas.

Teresa leva les yeux.

Elvira fouilla dans son sac et lui tendit son fond de teint.

— Celui que tu as choisi n'est pas de la bonne teinte. Il souligne l'ombre violacée. (Elle le lui mit dans la main.) Essaie celui-ci, et ensuite libère-toi de ce salaud.

26

Aujourd'hui

De nouveau, la crypte de la basilique s'ouvrit devant Massimo, mais cette fois il n'avait pas Teresa Battaglia à ses côtés. Elena serra sa main dans la sienne.

— C'est dingue !

Elle avait essayé de chuchoter, mais n'avait pu retenir sa voix perçante, à tel point que le gardien se retourna pour la regarder. L'homme s'assit à côté de l'entrée et se consacra à son smartphone. Cette fois, ils n'avaient rien à vérifier en bas, ils ne descendraient pas sur le canevas de la mosaïque.

Elena tremblait dans sa petite robe de coton blanc qui s'arrêtait aux chevilles, elle avait presque un pied posé sur l'autre.

— Tu as froid ?

— Ce n'est pas le froid.

Elle lui avait dit cela sur un ton. Ce ton-là, c'était de l'amour, son amour du passé, des gens qui avaient chanté ici leur Dieu, son amour de chacune de ces tesselles que des mains travailleuses avaient placées l'une à côté de l'autre et son amour de chacun de ces pigments de couleur restés accrochés avec ténacité au plâtre depuis des siècles. Massimo l'encouragea à avancer.

— Elle est toute à toi.

Elle ouvrit les bras.

— Tu le sens, ce vent ? Un vent souterrain. Pour la conservation des découvertes archéologiques.

— Je n'y comprends pas grand-chose, je suis désolé. À part dire que c'est beau, je ne vois rien d'autre.

Elle se retourna.

— Parce que personne ne te l'a raconté.

— Fais-le, toi, raconte.

Elle se tenait sous un projecteur, ses cheveux couleur cannelle qui lui descendaient jusqu'à la taille étaient d'un velours d'or.

Elle étendit un bras.

— Dans cette direction, c'est l'orient, le soleil levant. La première lumière de l'aube filtrait par les fenêtres et éclairait les fidèles. Imagine la stupeur, la puissance du rite, le scintillement de l'eau des fonts baptismaux de forme hélicoïdale.

Ces fonts baptismaux n'étaient plus maintenant que de la pierre sèche et usée.

Elena avança de quelques pas.

— Mais le vrai trésor, Massimo, est sous nos pieds. Un chemin initiatique encore mystérieux.

— Un chemin initiatique ?

— Toutes ces figures sont liées entre elles et participent à la composition d'une vision majestueuse. Ces mosaïques sont en partie la représentation iconographique de la *Pistis Sophia*, un texte gnostique en langue copte qui date du IIIe siècle. Les adeptes de la *gnose* étaient des chrétiens dissidents probablement arrivés ici d'Alexandrie, en Égypte, pour fuir la censure imposée aux Pères de l'Église. Les quatre livres de la *Pistis Sophia* ont rejoint une bibliothèque gnostique beaucoup plus vaste quand s'y sont ajoutés en 1945 les treize codex de Nag Hammadi, retrouvés par deux frères bergers dans une jarre.

— Que contenaient ces codex ?

— Des révélations. Les propos que Jésus-Christ livra aux apôtres au cours des onze années passées avec eux après la résurrection.

— Après la résurrection ? Ton postulat m'inquiète.

— Il a aussi inquiété les chrétiens orthodoxes. Au IVe siècle, la religion chrétienne était *religio licita*, rendue légale grâce aux édits de Galère et de Constantin. Avant les divers conciles, les courants internes, souvent en conflit au plan doctrinal, étaient très diversifiés. Il y avait ceux qui professaient la simplicité de la foi, par crainte de voir les sophismes conduire trop facilement à l'hérésie. D'autres, en revanche, voulaient préserver les bases philosophiques et elliptiques qu'ils retrouvaient dans l'hellénisme d'Alexandrie et dans les cultes égyptiens de la matrice ésotérique et astrologique. C'est alors que les chrétiens orthodoxes, soutiens de la Grande Église, commencèrent non seulement à persécuter les païens, mais aussi leurs frères gnostiques, qu'ils qualifiaient d'« hérétiques ».

— Ils les jugeaient dangereux pour la foi ?

— Les gnostiques étaient des chrétiens qui encourageaient l'étude de la philosophie, mais aussi de la science ésotérique. C'était la *gnose*, la connaissance, qui conduisait à Dieu, et non le conformisme passif d'un dogme. Ils ne s'en remettaient pas à une foi aveugle, mais en investiguaient les mystères. Et nous, sous nos pieds, nous avons ce chemin de connaissance.

— Je ne le vois pas, ce chemin.

— La *gnose* était une exploration des mystères. Elle requérait l'étude, l'approche du parcours initiatique de l'illumination. Elle requérait une longue période de catéchuménat, avant que l'on puisse être admis ici même, dans cette *aula*.

Il s'éloigna de la balustrade, chercha dans les images quelle direction faire suivre à ses pensées, mais il ne la trouva pas, et se sentit aussitôt perdu.

— Continue.

— Alexandrie avait été le berceau de la culture hellénistique de cette époque, mais elle a fini elle aussi dans les flammes. Les chrétiens orthodoxes ont rendu à leur tour coup pour coup, suite à ce qu'ils avaient subi en matière de persécutions. Plusieurs intellectuels de l'époque ont été excommuniés. À la fin du IVe siècle, la bibliothèque a été dévastée. Quelques années plus tard, la philosophe, astronome et mathématicienne païenne Hypatie d'Alexandrie a été tuée et démembrée. Sa dépouille a été traînée dans les rues. Quant aux gnostiques, ils s'étaient déjà dispersés depuis le IIe siècle. Ils ont traversé la Méditerranée pour rejoindre le port d'Aquilée. Ils espéraient pouvoir y vivre un nouveau commencement. La communauté chrétienne de la ville impériale se déclarait fille d'Alexandrie, et assez vite on y a respiré une atmosphère de liberté de pensée incroyable. C'était un noyau complexe d'individus et de professions de foi.

— Et ccla ne s'est pas déroulé comme espéré, je suppose.

— Nous ne le savons pas, car il ne subsiste aucune trace d'eux, à part cette basilique.

— Balayés.

— Convertis, ou trucidés.

Elena s'agenouilla, posa les mains sur le dallage translucide.

— Le gnostique, c'est le chrétien parfait, celui qui, par le chemin de la connaissance, se transfigure dans le Christ et redevient Lumière en se réunifiant avec l'origine. Et cela survient non pas dans l'au-delà, mais ici, sur terre, dans cette dimension. L'homme est Christ. Le parcours initiatique à accomplir pour redécouvrir l'appartenance de l'être humain à la lignée divine et que tous redeviennent des « hommes de Lumière », des dieux en Dieu, se trouve sous nos yeux.

Massimo s'approcha.

— Dans ces animaux ?

— Ce sont des symboles. Il s'agit d'un culte initiatique. Rien n'est ce qu'il paraît être. Les chrétiens orthodoxes de la Grande Église ne pouvaient l'accepter. Un texte gnostique comme la *Pistis Sophia* s'appuyait sur des composantes magiques d'origine égyptienne, sans compter que pour les gnostiques il s'agissait là de Marie Madeleine, celle qui cherche, l'apôtre parfaite, et de Judas, le seul à avoir accompli la volonté de Jésus en l'aidant à revenir au Plérôme, la dimension de la Plénitude divine. Ils prédisaient l'égalité entre homme et femme, l'inutilité du martyre et la possibilité pour l'âme de se réincarner, pour revenir achever un chemin interrompu. Le Dieu de l'Ancien Testament, colérique, égoïste et vindicatif, était un Dieu mineur, lié au monde matériel : le Démiurge créateur qui interdit à Adam l'accès à la connaissance, et donc à la transfiguration. Ce sont Ève et le serpent qui le libèrent de cette illusion, en devenant des personnages salvateurs. Ève est celle qui accueille en elle *Zoé*, la Vie.

Massimo se déplaça dans l'univers qu'Elena lui dépeignait, mais il ne réussissait pas encore à l'apercevoir.

Elle avança, en se penchant.

— Dans la sphère extérieure, il y a l'Hebdomade. Le Démiurge et ses trois cent soixante archontes ont sous leur emprise un monde d'ombre où ils détiennent les âmes, empêchant la remontée vers l'Illumination. Leur champ de bataille, ce sont les sphères planétaires qui séparent le monde visible du Plénôme. Au-dessus d'eux, cinq autres grands archontes, qui ont pour mission de barrer la route aux âmes. Regarde, ils sont représentés précisément ici, dans la troisième travée, « dans les sphères des voies du Milieu » que Jésus décrit à Madeleine après la résurrection.

Sous la passerelle, la succession de mosaïques montrait un cheval ailé rouge enflammé, un âne noir cabré et un bouc de couleur sombre doté d'un sceptre, d'un cor et d'une cape rouge, symbolisant Jupiter. D'autres représentations étaient interrompues par les fondations du campanile.

— Qui est l'âne ?

— Typhon. Comme le dieu égyptien Seth, il était représenté avec une tête d'âne.

— Une symbologie égyptienne dans une église chrétienne ?

— Je te l'ai dit !

— Et ces oiseaux ?

Chaque archonte était flanqué d'un couple de volatiles, l'âme et son double obscur.

— Chez les Égyptiens anciens, eux aussi, la partie de l'âme qu'ils appelaient *ba* avait l'apparence d'un oiseau. Les âmes doivent se libérer des illusions des archontes et du monde matériel pour continuer leur ascension vers le Plérôme. Ici commence la quatrième travée, avec la « sphère des étoiles fixes ».

De nouveau des animaux, cette fois placés sur la cime d'arbres qui pouvaient être des palmiers : une chèvre grise et un crustacé au-dessus desquels semblait nager une raie.

— Ils symbolisent les constellations du Capricorne et du Cancer. Le pouvoir paralysant de la raie électrique représente l'apparente fixité du soleil au moment du solstice. Nous sommes dans le Trésor de la Lumière, au seuil du Premier Mystère, le niveau le plus élevé de la réalité. Ici demeure Jeu, maître du seuil, père du père du Christ.

Elena glissa à genoux vers le bout de la passerelle. Elle suivait avec son corps le vol initiatique qui résidait sur le fond de pierres.

— Selon les évangiles manichéens et apocryphes, les cinq arbres correspondent aux cinq aspects de l'âme réveillée, et non plus soumise aux réincarnations. Mais regarde ce chevreau, Massimo.

Il suivit son regard.

— Il est mal exécuté.

À la différence des autres figures, il paraissait disgracieux, dans une position peu naturelle, et aux proportions faussées.

— Ce n'est pas qu'il est mal exécuté, les artisans qui ont créé ces trésors n'auraient jamais échoué. Il a peut-être été retouché à une époque ultérieure. Ce que nous voyons là n'est pas ce qu'il y avait à l'origine.

— Et qu'y avait-il ?

— La corbeille de pains qui se trouve à côté nous le laisse entrevoir. Lors des rites, les gnostiques ophites et naassènes vénéraient le serpent porteur de connaissance. Ils faisaient s'enrouler un reptile dans la corbeille de pains bénits. Le corps tordu que tu vois là est celui d'un serpent : Aberamentho.

— Abera quoi ?

— Aberamentho, seigneur de l'Amenti ou de l'Amenthès. L'Amenthès était un lieu correspondant à la quinzième heure de la Nuit décrite dans le *Livre des Morts* des Égyptiens anciens, les territoires que Râ traverse pour ressusciter. C'était aussi une désignation d'Isis, la déesse cachée. Aberamentho, le serpent parfait qui s'enroule autour de l'axe du monde, constellation du Dragon, est l'une des incarnations de Jésus. C'était vrai. Le corps du chevreau semblait enroulé en spirale. Quelqu'un avait peut-être essayé d'effacer la figure originelle. Toutefois, Massimo restait dubitatif.

— Des figures païennes.

— Magiques. Nous parlons d'un culte mystérieux, d'un culte chrétien énigmatique de souche égyptienne.

Elle avança plus loin, se pencha au-dessus des dernières figures de l'*aula*, derrière le pied du campanile.

— Le bélier, symbole de l'Homme primordial, ou *Adam Kadmon*. Le coq et la tortue, animaux sacrés pour Hermès, devenu ensuite le Christ. Ces figures sont enfermées dans des octogones, parce que le huit est le chiffre qui symbolise l'outreciel.

Ils étaient arrivés au terme du parcours. Elle se releva.

— L'initié devait marcher sur ces mosaïques et savoir les interpréter correctement pour déboucher dans la lumière comme la fleur de lotus d'où émerge Atum Râ, père des dieux. Enfin, voici le symbole qui t'intéressera le plus.

Le lièvre blanc.

— Le lièvre blanc est présent dans le cartouche d'Osiris : l'*Unnefer*, le ressuscité, le victorieux face à la mort. Un nom du dieu ressuscité qui d'un bond de lièvre va au-delà de la mort.

— Jésus et Osiris pour les gnostiques ?

— Savoir qui est qui, dans le défilement des siècles, ce n'est pas toujours facile à déchiffrer.

— Tu as dit tout à l'heure une chose à propos d'Isis. Tu l'as appelée la « déesse cachée ».

— L'Amenthès, oui.

— C'est sûrement une coïncidence.

— De quoi parles-tu ?

Il sourit. Il se sentait bête.

— Je l'ai déjà croisée dans une enquête, Isis. Pourquoi la déesse cachée ?

— Les persécutions contre les païens avaient déjà commencé autour de l'an 100 de notre ère, mais ensuite elles se sont intensifiées. À Rome, on avait tenté d'annihiler le culte d'Isis. La déesse était trop aimée et ses prêtres trop puissants. Les statues furent jetées dans le Tibre, les prêtres massacrés. Beaucoup d'adeptes, pour continuer à l'adorer, l'appelèrent du nom d'autres déesses, comme Cérès.

Il ne parvenait pas à détacher le regard des tesselles manquantes dans la figure du lièvre.

— C'est comme si Giacomo avait su, murmura-t-il. Tout ce que tu m'as raconté conduit à ce symbole. Il me semble impossible que l'assassin l'ait choisi par hasard.

Elena le fit se retourner.

— S'il a choisi le lièvre, plus dissimulé que toutes les autres représentations, il y a forcément une raison. Tu devrais lui demander laquelle.

— Jamais il ne me la dirait.

— Et toi tu dois insister. Il est le seul à pouvoir te donner les réponses.

— Que peux-tu me dire de la lettre Tau ?

— Quel Tau ?

— Les tesselles qu'il a retirées et remplacées par les ossements forment un Tau sur le museau du lièvre, comme sur celui du bélier.

— La lettre au front du bélier n'est pas un Tau. On pense que cela pourrait être la lettre hébraïque Kaph, initiale du mot *keter*, « couronne ». Le Christ couronné, victorieux. C'est cohérent avec le récit qui se déroule dans ces octogones. Cela pourrait faire aussi référence au terme grec *kyriakos*, « consacré au Seigneur ».

— Tu es sûre que la lettre sur le bélier n'est pas un Tau ?

— Ce n'est pas un Tau, non.

— Nous l'avions cru, et nous pensions que la lettre dessinée avec les os sur le museau du lièvre en était un aussi, par analogie.

Elle l'observa.

— Sur le museau du lièvre, cela me semble être un simple T.

Ils se regardèrent.

— Un T ?

— Oh.

27

Aujourd'hui

Massimo avait déposé Elena à la maison et il avait couru à la prison. Il avait décidé de faire ce que Teresa Battaglia et le protocole n'auraient pas autorisé : rencontrer Giacomo Mainardi seul à seul, risquer le tout pour le tout.

Le meurtrier accepta de le voir. Il avait envie de jouer, il avait certainement prévu cette rencontre.

Massimo le retrouva dans la salle où il travaillait. Mainardi avait étendu un tissu blanc, peut-être un drap, sur sa mosaïque. Il l'attendait, les mains jointes entre les genoux, les poignets entravés par les menottes en plastique.

— Bonjour, inspecteur.

Il gardait la tête inclinée.

— Je suis fatigué de ton jeu sadique, Mainardi.

— Si tu me parles comme ça, tu vas me rendre triste.

— Je me fous de savoir comment tu te sens.

— Et maintenant tu deviens franchement méchant. Où est Teresa ?

— Ce que fait le commissaire Battaglia ne te concerne pas.

— Teresa est à bout de forces.

— Arrête de parler d'elle comme si c'était ton amie !

— C'est mon amie.

— Non. C'est un commissaire de police et toi tu es un meurtrier récidiviste qui est passé aux aveux. Vous ne serez jamais sur le même plan, et encore moins des amis.

Le regard de l'assassin le transperça en un éclair. Massimo ressentit un frisson, comme si Mainardi l'avait réellement touché de ses paumes salies par la poussière de marbre.

— Nous l'avons peut-être été, sur le même plan. Et nous le sommes peut-être encore. Toi, qu'est-ce que tu en sais, avec tes costumes hors de prix ? Tu ne te les achètes sûrement pas avec ton salaire de misère d'inspecteur. Avec celui que tu vas toucher en tant que papa, peut-être. Ah, j'ai touché juste, à en juger par ta réaction. Il y a un truc pas résolu qui couve. Je sens que ça pousse. Qui sait si tôt ou tard ça va pas sortir, hein ?

Massimo comprit à cet instant que ce que Teresa Battaglia redoutait tant s'était réalisé : Giacomo s'était intéressé à lui, à son émotivité, en de brefs coups d'œil et en quelques répliques bien senties, il l'avait pesé, il l'avait percé à jour. Maintenant, il savait où porter les coups. Il le manipulait, mais il était trop tard pour se mettre à l'abri. La réponse qu'il cherchait était là, où tout pouvait s'écrouler sur lui.

— Pourquoi la basilique ? Pourquoi le lièvre ? Pourquoi le T ? C'est pour Teresa ?

— C'est toi l'enquêteur, celui qui est capable de trouver toutes les réponses, non ?

— Le T désigne Teresa, oui ou non ? hurla-t-il.

Giacomo leva les mains, pinça le pouce et l'index.

— Il ne te manque presque rien, inspecteur. Une petite tesselle, fondamentale, qu'il suffira de remettre à sa place. Et alors, peut-être, tu comprendras.

Massimo posa les mains sur le linge qui recouvrait la mosaïque. Il sentit les tesselles disposées depuis peu glisser sous ses paumes. À cet instant, il aurait pu le frapper, comme il rêvait de le faire depuis qu'il était entré ici.

— Vas-y, Giacomo.

Le regard de l'assassin s'enflamma, mais au lieu d'exploser de rage, il éclata de rire.

— Tu n'es pas au courant. Elle ne t'a pas dit !

— Qu'est-ce qu'elle ne m'a pas dit ?

Giacomo continuait de rire jusqu'à en pleurer.

— Dis-le-moi !

Le meurtrier sécha ses cils mouillés de larmes en y passant le doigt. Il avait cessé de se moquer de lui, il le regardait avec compassion, comme s'il avait pu véritablement percevoir son mécontentement, sa peur, sa gêne, et les faire siens. Quel caméléon, quel mime parfait des émotions humaines. Et pourtant, humain, il ne l'était plus, plus du tout.

— Ce que tu ne sais pas, inspecteur, et que tu n'aurais aucune envie de t'entendre dire, c'est que pendant toutes ces années Teresa ne m'a jamais abandonné. Elle n'a jamais cessé de venir ici. Ce qui s'est passé nous lie et nous liera pour toujours. Et si maintenant tu te demandes si je mens, eh bien, vérifie les registres des visites et ôte-toi ce doute. Si au contraire tu te demandes pourquoi elle ne te l'a pas dit, je crains que tu ne connaisses déjà les deux réponses possibles : elle n'a pas voulu que tu fasses partie de notre histoire, ou alors elle a oublié. Teresa n'est pas seulement à bout de forces, pas vrai ? Elle est malade. (Mainardi s'exprima alors avec dureté.) Je t'ai donné l'occasion de me le dire, avant, et tu ne l'as pas saisie. Et maintenant tu prétends que c'est moi qui devrais répondre à tes exigences.

Marini aurait tellement voulu que ce soient des mensonges, mais il sentait le tranchant en dents de scie de la vérité lui griffer le cœur.

Il fallait qu'il sorte de là et c'est ce qu'il fit, suivi par ces yeux qu'il sentait sur son échine, même après avoir refermé la porte derrière lui. Il demanda à l'agent qui attendait dans le couloir à rencontrer le directeur et l'autre l'accompagna jusqu'à son bureau. Ce qu'il découvrit le dérouta.

— Le commissaire Battaglia a-t-elle rendu visite à Mainardi, ces derniers temps ?

— Ils avaient des entrevues mensuelles.

— De quel ordre ?

— À caractère personnel. Le premier samedi du mois.

— Depuis combien de temps ?

— Je suis directeur depuis quatorze ans et, dans mon souvenir, ces entrevues ont toujours eu lieu.

— Je peux consulter les registres ?

Ils les parcoururent ensemble. Ces six derniers mois, elle ne s'était pas présentée à deux rendez-vous. Et une fois, elle s'était trompée de jour. Et Giacomo avait aussitôt compris ce qui lui arrivait.

Il existait entre eux deux un lien que Marini ne parvenait pas à définir. Il en saisissait intuitivement les contours, mais cela ne suffisait pas. Battaglia n'était pas seulement mue par la compassion ; quant à Mainardi, ce ne pouvait être uniquement la solitude qui le mettait à l'écoute. Ils se cherchaient l'un l'autre.

Marini retourna le voir dans la salle, mais il n'était plus là.

Un agent pénitentiaire était en train de contrôler ses outils et de pointer le contenu sur une liste.

— Où est-il ?

L'homme leva à peine les yeux.

— Le détenu a demandé à rentrer en cellule.

— Je dois lui parler.

— Vous devez en faire la demande, mais Mainardi a déjà fait savoir qu'il ne comptait plus voir personne aujourd'hui.

— Il laisse des messages ? Nous sommes ses secrétaires ? Je dois lui parler tout de suite.

L'homme secoua la tête, referma son dossier.

— Vous connaissez la procédure, inspecteur. Ce n'est pas en me le demandant à moi que vous obtiendrez quelque chose. Transmettez votre demande, et espérez juste que ce dingue voudra bien vous revoir. Nous ne pouvons pas l'y obliger.

L'agent le laissa seul dans la salle qui empestait le ciment-colle et des choses dites à moitié, destinées à tourmenter, à susciter le doute.

Teresa ne lui avait pas tout raconté parce qu'elle ne lui faisait pas confiance, parce que cela ne l'intéressait pas de l'impliquer ou parce qu'elle ne se rappelait pas ce qu'elle avait fait ?

Il remarqua un petit cube de travertin translucide posé au centre du drap.

Dans l'imaginaire de Mainardi, c'était le pâle substitut d'un fragment d'os.

Un petit élément d'une importance fondamentale à remettre en place, lui avait-il dit. Une tesselle.

Il le prit entre ses doigts, souleva le linge et quand il vit l'œuvre de Mainardi, il eut la sensation que son cœur s'arrêtait.

28

Vingt-sept ans plus tôt

Teresa trouva par hasard, sur le bureau d'un collègue absent pour cause de maladie, le mémorandum rédigé par Albert à l'intention du préfet, qui avait été photocopié et distribué aux membres de la brigade. Cette copie n'était jamais arrivée sur son bureau.

Elle s'en saisit avec cette envie instinctive de détruire qui, miraculeusement, demeurait confinée dans l'enceinte des pulsions. Quand elle le lut, sa colère reflua. Les dernières informations actualisées étaient décourageantes : aucune correspondance en ce qui concernait les empreintes relevées sur la scène de crime ; les cliniques qui utilisaient le type de ruban adhésif relevé sur la première victime étaient en nombre infini – en outre, n'importe quelle personne privée pouvait s'en procurer dans certaines pharmacies.

La deuxième partie ne la surprit pas, Parri lui en avait déjà communiqué le contenu, mais de le voir inscrit dans un document officiel, fût-ce à usage interne, lui fit l'effet d'une notification de défaite.

Elle alla s'asseoir à sa place. Elle était fatiguée, affaiblie par les nausées, elle n'avait qu'une seule envie, fermer les yeux et se détendre.

Elle mâcha son énième bonbon – à ce rythme, elle craignait que ce ne soit devenu un vice –, posa la tête dans ses bras et se blottit dans son siège. Rien qu'un petit moment de repos, le temps de relâcher les muscles de son dos et de ses jambes.

Le vrombissement du télécopieur la fit sursauter.

Je me demandais : dans cette affaire, l'opportunité joue-t-elle un rôle plus important que la motivation psychologique profonde ? Ou peut-être pas ?

L'assassin a pu transiger, se soumettre à un compromis. Ils doivent bien s'y résoudre, ce n'est pas si rare. La réponse clarifierait de nombreux aspects.

R.

Elle lut et relut ces derniers mots.

Le principe d'opportunité. Elle n'y avait pas pensé, pas suffisamment.

Pourquoi le meurtrier choisissait-il des vieillards ? Parce qu'ils s'inscrivaient dans un fantasme spécifique, chargé d'une valeur symbolique précise, ou bien parce qu'ils étaient des proies à portée de main ? Il se pouvait que la seconde considération joue un rôle plus important qu'elle ne l'avait envisagé jusqu'à présent.

Elle s'était concentrée sur la motivation psychologique, mais ce n'était pas nécessairement la seule pulsion motivant le meurtre. Le meurtrier avait dû s'adapter, jusqu'à renoncer à une partie de ses fantasmes idéalisés, afin justement de les réaliser.

Un lien devait réunir les victimes, un détail pratique, qu'ils n'avaient pas encore entrevu dans les dynamiques comportementales.

Lui, il les avait observées, choisies et finalement suivies. Il fallait comprendre par quoi tout cela avait commencé.

Elle sortit dans le couloir et interpella un collègue. Cette fois, elle ne s'enquit pas d'Albert Lona. Elle était inspectrice de police, elle se comporta comme telle.

— Lorenzi, tu es libre ?

Elle s'était exprimée d'une voix sèche et péremptoire.

L'agent tressaillit, regarda autour de lui.

— Oui.

— Nous devons effectuer des vérifications plus approfondies. Les victimes se sont forcément croisées, d'une manière ou d'une autre. Le meurtrier a pu profiter d'une circonstance précise, les concernant toutes.

— Nous avons constaté qu'elles ne se connaissaient pas.

— Nous n'avons strictement rien constaté. Je ne prétends pas qu'elles se connaissaient personnellement, je pense à des habitudes. Maisons pour personnes âgées, associations sportives, cours de danse ou de gym auxquels elles accompagnaient leurs petits-enfants…

— Nous avons déjà retourné les vies de ces gens de fond en comble…

— Et nous allons recommencer. Trouve quelque chose. Entendu ?

Il sembla réfléchir à cette situation inédite, complètement inattendue. Enfin, il hocha la tête, en la regardant comme s'il la voyait pour la première fois.

— À vos ordres, chef.

29

Aujourd'hui

Massimo roulait à toute vitesse dans les rues du quartier résidentiel, il sentait vibrer son portable dans la poche de sa veste. Qui que ce soit, ça devrait attendre.

Il freina et finit par s'immobiliser, en chassant du train arrière, devant le pavillon de style Liberty de Teresa Battaglia. Le portail était ouvert.

Il se rua dans l'allée. Giacomo Mainardi était enfermé dans sa cellule et ne pouvait plus nuire, Marini avait insisté pour s'en assurer personnellement avant de repartir de la prison, comme un fou, comme un désespéré, mais après ce qu'il avait vu, son instinct lui laissait craindre le contraire. Teresa n'était pas en sécurité.

Il appuya brutalement sur le bouton de la sonnette, ce fut Parri qui lui ouvrit.

— J'étais en train de t'appeler, inspecteur.

Massimo entra.

— Où est-elle ?

— Dans la bibliothèque. Je voulais vous voir tous les deux parce que je dois vous dire une chose importante.

— Moi aussi, et cela ne va pas vous plaire.

Il ne put surmonter son agitation, même quand il la vit assise dans un fauteuil, un livre dans les mains, les branches de ses lunettes entre les lèvres, comme toujours quand elle réfléchissait. Elle avait le visage serein quoique creusé, vieilli, peut-être était-elle un peu contente de le revoir, mais jamais elle ne le lui aurait dit.

— Massimo ?

— Elena ?

Elena était apparue dans son dos, un plateau de pâtisseries en main.

— Qu'est-ce que tu fais ici ?

Elle posa le plateau sur le bureau.

— J'ai apporté à Teresa mes livres consacrés au christianisme égyptien. Je lui ai raconté notre visite à la basilique. Ne t'inquiète pas, les gâteaux sont pour moi.

Teresa Battaglia referma le volume. Elle le déposa sur une pile d'autres ouvrages.

— Tu es tout décoiffé, inspecteur. Entre toi et Parri, je ne sais pas qui est le plus pressé des deux aujourd'hui. (Après l'avoir mieux observé, elle fronça les sourcils.) Qu'est-ce qui s'est passé ?

Les livres tombèrent, et Massimo aurait voulu se laisser tomber avec eux, les genoux au sol.

— J'ai vu la mosaïque que Mainardi est sur le point de terminer. C'est votre portrait. Il a fait votre portrait, commissaire.

Battaglia se leva, Elena fut aussitôt à ses côtés pour l'aider.

— Tu es allé lui parler ? Seul ?

Elle semblait fâchée.

— Vous m'avez entendu ? Il a fait votre portrait !

— Tu ne te rends pas compte. Tu n'aurais pas dû y aller.

— Parce que j'aurais pu découvrir trop de choses ?

Elena lui jeta un regard bouleversé.

— Massimo !

Battaglia pointa l'index sur lui.

— Parce que maintenant tu t'imagines avoir gagné, alors que lui, il t'a montré exactement ce qu'il voulait et rien de plus.

— C'est tout ce que vous avez à me dire, rien d'autre ?

— Eh bien, je suis étonnée, mais pas au point d'en être choquée. Giacomo s'est pris d'affection pour moi, ou du moins c'est ce qu'il croit.

— Non sans raison, sachant que vous êtes allée lui rendre visite régulièrement pendant des années.

— Tu enquêtes sur moi, Marini ?

— Je cherche à comprendre. Ce n'est pas un portrait quelconque, commissaire. À votre visage… à votre visage, il manque une dent.

Cette fois, il avait visé juste. Il la vit fermer les yeux, serrer très fort les paupières, comme si elle accusait le coup. Massimo ne pouvait lui laisser le temps d'intégrer cette information, et rien que pour cela, il s'en voulait. Il avait besoin de comprendre pour la mettre à l'abri.

— Teresa, cet homme s'est imaginé exerçant sa violence sur vous, à tel point sans doute qu'il éprouve le besoin de traduire cette pulsion dans une mosaïque.

— Marini…

— Écoutez-moi.

— Vous, écoutez-moi, plutôt.

Parri venait de les interrompre. Il avait l'air de trembler.

— Maintenant, je dois vraiment vous le dire, même si je ne sais pas trop comment.

Mais il s'arrêta là. Sa bouche semblait mâcher des mots qui refusaient de sortir. Cette hésitation très inhabituelle eut pour effet de charger Massimo, comme une arme prête à tirer.

— Docteur, là, comme ça, vous ne nous aidez pas.

— Nous avons pu analyser l'ADN de la dent retrouvée dans la basilique. C'est une dent ancienne, mais nous sommes partis de là et non des tesselles de la mosaïque parce que nous nous attendions à ce qu'il soit plus facile d'en extraire du matériel génétique. Et en effet, cela s'est vérifié. La procédure requiert encore quelques jours pour récupérer toute la séquence, mais nous sommes certains d'avoir déjà obtenu une correspondance.

Massimo avait du mal à y croire.

— Nous avons une correspondance ?

— Oui. Celle d'un ADN « extérieur », qui n'appartient pas à Mainardi. Je peux aussi exclure avec une absolue certitude que les autres tesselles aient été taillées dans de l'os appartenant à ce même individu.

— Nous devons nous attendre à deux cadavres ?

— Non. À deux corps. L'un des deux est vivant. (Il respira à fond.) La dent appartient à Teresa.

Massimo lui demanda de répéter.

— La dent t'appartient, à toi, Teresa.

Ils retinrent tous leur souffle.

— L'ADN coïncide parfaitement avec celui que j'ai moi-même prélevé pour isoler les échantillons de toute contamination.

Elle était pétrifiée. Marini lui posa délicatement la main sur le bras, l'invitant à le regarder. Il lui semblait avoir la tête et les oreilles assourdies, ouatées. Un bruit de fond brouillait toutes ses pensées, tous ses gestes.

— Il y aurait un satané motif un tant soit peu vraisemblable pour que cet homme, auteur de plusieurs meurtres, soit en possession d'une de vos dents ?

— Oui.

— Oui ? Et c'est tout ?

— C'est une longue histoire, Marini.

Si longue soit-elle, il était clair qu'elle n'avait absolument aucune intention de commencer à l'aborder. Il ne l'entendait pas de cette oreille.

— Il faut que nous parlions à Mainardi. Nous devons le convaincre de nous voir et comprendre ce qu'il a voulu nous signifier.

Elle lui tourna le dos, alla vers la fenêtre. Ses pas étaient devenus hésitants, le corps voûté.

— Tu peux à la rigueur l'obliger à te recevoir, si c'est de ça qu'il s'agit, mais tu ne peux le contraindre à te parler. Il ne te racontera rien de plus que ce qu'il a déjà dit.

— Et vous ? Vous avez l'intention de m'en dire plus ?

La réponse resta suspendue telle une voûte au-dessus de leurs têtes, avant de s'abattre.

— Non.

— Commissaire !

— Ne m'appelle plus ainsi.

— Permettez-moi de vous aider.

Elle fit volte-face. Elle tentait de sourire.

— Te raconter cette partie de l'histoire ne servirait à rien. Ni à toi ni à moi. Et ne servirait sûrement pas à la résolution de cette affaire. Fais-moi confiance.

Massimo regarda Elena et la vit en larmes. Il regarda Parri pour rechercher son soutien, mais le médecin lui fit signe de laisser tomber.

Alors il comprit : le passé de Teresa était une tombe et il ne fallait pas l'ouvrir.

30

Vingt-sept ans plus tôt

Elle ouvrit grand les yeux dans l'obscurité. À l'étage inférieur, le téléphone sonnait. De l'autre côté du lit, Sebastiano formait une silhouette silencieuse, une courbe à ne pas approcher. Elle écarta prudemment les couvertures, évita de chercher ses pantoufles sur le sol. Elle bougeait au ralenti, ce fut seulement dans le couloir qu'elle se mit à courir, descendit l'escalier pieds nus, réprima un juron après s'être cogné le petit orteil contre un angle, la douleur fulgurante la lança. Elle sautilla jusqu'au téléphone.

— Allô ?

— Il en a tué un autre.

C'était Albert. Elle plissa les yeux, vérifia l'heure au cadran de sa montre. Ce n'était même pas encore l'aube.

— J'arrive.

— C'est moi qui te rejoins. Je t'appelle d'une cabine à cent mètres de chez toi. Dépêche-toi.

Il raccrocha et elle garda le combiné dans la main, les yeux pointés sur le plafond, comme s'ils pouvaient le transpercer et s'assurer du profond sommeil d'un mari qui était devenu son geôlier.

Encore une fois, elle devait choisir entre rester fidèle à elle-même et céder devant la menace.

Sortir de la maison constituait une provocation.

Travailler constituait une provocation.

Nourrir des aspirations constituait une provocation.

Très bientôt, pour Sebastiano, sa respiration en deviendrait une aussi. Elle pouvait déjà sentir l'air lui manquer.

Elle posa le combiné, écrivit un message d'explication sur le bloc-notes à côté du téléphone. Elle ajouta non sans difficulté des mots affectueux et de regrets, comme une offrande pour apaiser la colère d'un dieu déchu.

Pour ne pas retourner dans la chambre, elle choisit une tenue dans le tas de vêtements qui n'avaient pas encore été repassés. Une fois la porte de la maison fermée, elle promit à celle qui, en elle, était toute tremblante qu'elle ne serait plus longtemps contrainte d'avoir peur.

Quand Albert arrêta la voiture devant elle, elle avait chassé de son visage et le sommeil et l'inquiétude.

Ils gardèrent le silence un long moment, puis ce fut lui qui trouva le courage de parler.

— Ne pensons qu'à l'arrêter. Ne pensons qu'à cela. D'accord ?

Il sous-entendait par là que peu importait le traitement qu'il lui avait infligé, peu importait qu'il ait fouillé dans ses affaires, qu'il lui ait volé ses idées et les ait diffusées en se les appropriant. Mais il ne consentirait jamais à le reconnaître.

Elle tourna son regard vers la nuit.

— Nous allons l'arrêter.

— Vraiment ?

Que d'espoir.

— Oui. Mais toi, tu ne changeras pas.

— Que veux-tu dire ?

— Tu es et tu resteras un minable.

Albert ne répliqua pas. Il encaissa l'insulte comme le prix à payer, pas si exorbitant, pour s'être encore une fois servi d'elle.

Des gouttes d'une pluie légère se mirent à crépiter. Elles rinçaient l'asphalte et faisaient monter des parfums des jardins, qui se muèrent rapidement en prés, en rase campagne.

La mort s'était levée comme une brume diffuse dans un bosquet d'acacias en fleur, dans l'humidité odorante d'une cuvette verdoyante traversée par un canal. Elle avait rampé sous la forme d'une fumée depuis le fond limoneux, loin des lumières de la ville. Dans l'aube bleue, entre les gouttes qui faisaient briller le feuillage et le coassement des grenouilles, la terre gonflée de bulbes s'était imbibée de sang.

Teresa rabattit sa capuche sur sa tête, ses cheveux longs collés comme des algues sombres sur ses joues et sa poitrine. Elle ferma sa parka pour tenir son enfant au chaud.

C'était beau de ne pas se sentir seule. Partout où elle irait, ils seraient deux, elle ne serait plus jamais une. Elle se mit en chemin, en fredonnant une berceuse pour le bercer. Elle l'emmenait vers l'enfer en lui chantant l'amour.

— Je te protège.

Elle le lui promettait pour le reste de sa vie, entre baisers et caresses, et des étreintes si fortes qu'elle n'en aurait de semblables pour personne d'autre.

La scène du crime avait déjà été délimitée. Les agents étaient au travail pour sonder le terrain à la recherche de pièces à conviction. Elle aperçut le préfet et le procureur Pace qui se parlaient, abrités sous un parapluie aussi noir qu'eux, et plus loin Parri, protégé lui aussi par une capuche et penché sur une silhouette dont Teresa ne réussissait pas à discerner grand-chose.

Elle s'emmitoufla encore plus dans sa grosse veste, mais ce n'était pas contre le froid. C'était contre cette sensation mélancolique d'abandon que lui causait la vue d'un cadavre.

Albert ne lui avait pas fait signe de rejoindre le préfet. Il se tenait à côté d'elle, probablement pour recueillir une quelconque indication qui aurait franchi ses lèvres. Il tâtonnait dans le brouillard, il était désespéré. Il recherchait un bouc émissaire qui soit assez ingénu pour s'exposer à la moindre sollicitation.

Teresa n'était pas une ingénue, mais elle n'avait pas beaucoup à perdre. Dès qu'elle aurait signalé sa grossesse, cette affaire ne serait plus la sienne.

— Déroulement de l'agression ? lui demanda-t-elle.

— Identique à la précédente. Absence de contrainte, il lui a tranché la gorge. Parri est encore occupé à examiner le corps, mais la blessure semble nette. Le meurtrier lui a sectionné la carotide.

— Il a progressé. Qu'est-ce qu'il a prélevé sur le corps ?

Une hésitation.

— Le thorax est ouvert, sur le flanc. Il a pris une côte. La tête d'une côte.

— Laquelle ?

— Laquelle ? Je ne sais pas.

Elle se tourna vers lui, le dévisagea.

— Toi, tu es déjà venu ici. Vous êtes informés depuis combien d'heures ?

— Allons, ne t'agite pas comme ça.

— Cette fois, quel prétexte tu vas invoquer ? Toujours le même ? Et pourtant, mon téléphone n'a pas sonné depuis une demi-heure.

Il restait impassible, ce qui chez lui revenait à afficher une expression glaciale, lèvres serrées, prêtant à ses traits réguliers la dureté du marbre. Des filets de pluie ruisselaient des cils au menton, en suivant le contour des pommettes.

— Tu es une femme, Teresa, fais-toi une raison. Tu veux vraiment assister à des scènes comme celle-ci pendant ces trente prochaines années ?

Sa main désigna la silhouette couchée sur le terrain boueux, tout près de là. Elle ne suivit pas son regard.

— Je ne sais pas, Albert. Mais je crois être capable de décider seule de ce que je veux faire ou non.

Elle s'avança, avec lui sur ses talons.

— Tu m'as appelée parce que tu te heurtes à un mur.

— Si je saute, tu sautes.

— Tu rends la situation franchement palpitante.

Il la prit par le bras, la forçant à se retourner.

— C'est ton mari que tu devrais traiter comme un moins que rien, pas moi !

Elle fixa sa main. Il lâcha prise.

— Commissaire Lona ?

C'était Lorenzi.

— L'auto de la victime a été abandonnée sur le chemin de terre.

Teresa tressaillit.

— Où ça ?

— Là-bas, un peu après le virage. Il y a des traces de sang.

Elle pressait déjà le pas en direction du véhicule. Elle se fit donner des gants et des surchaussures pour l'inspection.

Les portières avant étaient béantes, de sorte que la Volvo bleu métallisé ressemblait à un coléoptère mort qui étendait les ailes.

Elle s'approcha du côté passager. Le siège était couvert de sang. Une flaque épaisse que le velours et le caoutchouc mousse n'avaient pas pu absorber.

— Il a conduit l'assassin.

Elle avait murmuré cette phrase. Elle se rendit compte que tous la regardaient. Ils l'avaient suivie, ils l'encerclaient. Ils ne comprenaient peut-être pas sa fascination, sa passion pour ce qu'elle faisait, ils les jugeaient peut-être déplacées.

Au lieu de la remettre à sa place, cette fois Albert Lona lui laissa le champ libre.

— Continue.

— J'ai lu des choses à propos d'une affaire similaire. Le meurtrier conduisait pendant des heures les voitures des victimes, après les avoir tuées. Par la suite, l'individu a expliqué que cela l'aidait à créer un lien encore plus profond avec elles.

— Le corps a été retrouvé par un couple d'amoureux à la recherche d'un endroit un peu intime. Ils ont témoigné avoir vu la voiture arriver et une silhouette traîner une forme dehors, l'installer là-bas et puis s'en aller.

— À pied ?

— Oui.

Il y avait autre chose, et c'était à vomir. Teresa le perçut à sa voix. Et en effet, tel était bien le cas.

— D'après les vérifications que nous avons effectuées, à l'aller, le meurtrier a dû passer un barrage routier de gendarmes sur la nationale, pas très loin d'ici.

Voilà d'où venait cette tonalité grave : c'était de la peur. Elle ne se laissa pas contaminer.

— La photo du permis de conduire de la victime ? demanda-t-elle.

— Il l'a emportée.

Encore un fétiche. Elle songeait souvent à l'alliance retrouvée sur le nymphée. C'était un détail qu'elle ne parvenait pas à resituer dans le tableau. Pourquoi la prélever sur la première victime avant de l'abandonner ?

Elle se fit remettre une carte géographique. Elle marqua au stylo les emplacements où ils avaient découvert les trois cadavres.

Albert Lona observait par-dessus son épaule.

— À quoi penses-tu ?

— À la théorie du point médian géographique, mais pour obtenir un minimum de fiabilité, il nous faudrait cinq scènes de crime.

— Cinq morts. Nous ne pouvons pas nous les permettre.

Elle s'emplissait les yeux de lignes et de toponymes. C'était le territoire de chasse de l'assassin, elle l'imaginait le marquant à la manière d'un grand prédateur. Et, comme un prédateur, il possédait une tanière où il se retirait pour savourer, fantasmer, programmer. Il fallait qu'ils la découvrent.

— Quand on est confronté à plusieurs meurtres aux caractéristiques similaires, il est probable que l'assassin habite ou ait son repaire à proximité de la première scène de crime, parce qu'avec le temps il a tendance à se déplacer, à transporter les victimes encore vivantes ou les corps de plus en plus loin.

— Qu'est-ce que tu entends par « repaire » ?

— Le lieu de travail, par exemple, ou de n'importe quelle autre activité qui l'occupe la plupart de son temps, même si je continue à croire qu'il a désormais renoncé à la routine du quotidien pour se consacrer entièrement à ses fantasmes.

Albert s'abstint de dénigrer sa théorie. Il invita les hommes à se rapprocher.

— Nous sommes obligés de resserrer le périmètre des recherches, nous n'avons pas suffisamment de ressources.

Teresa répondit, pensive.

— Il faut faire attention à ne pas l'effrayer, au risque de le pousser à s'enfuir.

Elle s'accroupit pour examiner de près la tache de sang sur le siège, en attendant de pouvoir aussi jeter un œil au cadavre.

L'odeur lui monta aux narines, brouilla ses pensées et lui souleva l'estomac.

Il y avait quelque chose, là, dans ce sang coagulé. Elle sortit une pincette de sa poche et saisit l'objet avec soin.

Cela n'échappa pas à Albert Lona.

— Qu'est-ce que c'est ?

Elle approcha le fragment de ses yeux.

Fuselé, bleu pâle, charnu. Elle avait déjà vu cela.

— Un pétale. Les nénuphars sur la deuxième scène de crime. Il y est retourné.

— C'est normal qu'il ait fait ça ?

— Cas d'école typique. Toutefois, je n'en comprends pas la signification. Pourquoi un pétale ?

Et ce n'était pas le seul. Il y en avait d'autres.

Elle appela Lorenzi près d'elle et lui passa la pincette.

— Tu t'en occupes.

Elle s'éloigna aussitôt d'un pas rapide, la bouche pleine de salive. Elle allait vomir, pas question de le faire sur ces indices.

Elle se cacha derrière l'ambulance, s'agenouilla, un mouchoir en papier dans la main, sorti au dernier moment du paquet.

Elle respira à fond, l'odeur de la vase se mêlait à celle plus sucrée des fleurs d'acacia. Elle avait les yeux fixés sur le rebord du fossé, sur un tapis de violettes sauvages.

La nausée reflua dans sa gorge, se retira de nouveau dans le fond de son estomac.

— Tout va bien ?

Elle fit non de la tête, encore réticente à prendre le risque de parler. La voix n'était pas celle d'un de ses collègues, et pas non plus celle d'Albert. C'était déjà bien.

Une main lui massa le dos, des reins aux omoplates. Elle sursauta, mais ce contact soulagea la tension, l'aida à reprendre la maîtrise d'elle-même.

— Je te l'avais dit de toujours manger un bonbon aux fruits quand tu sens la nausée monter.

Elle sourit, les yeux fermés. Elle l'avait reconnu.

— J'ai fini le paquet.

— Heureusement que tu m'as rencontré. Il se trouve que j'en ai toujours un en réserve.

Il l'aida à se relever.

Il était en uniforme d'infirmier sous un épais blouson imperméable.

— Qu'est-ce que tu fais ici ?

Il plongea la main dans sa poche, fit un signe de tête vers la scène de crime.

— Je suis avec le Dr Parri, mais à ce qu'il semble il préfère s'en charger tout seul.

— Il est sobre ?

L'autre esquissa une grimace.

— Plus ou moins.

Elle réprima un juron, mais sentit pointer un sourire. Il lui tendit un paquet de bonbons encore scellé.

— Des bonbons d'un inconnu…

Il se baissa pour cueillir une violette, lui ouvrit la main, lui posa dans la paume bonbons et corolle, et lui referma les doigts, laissant entendre le temps d'un instant que cela pouvait signifier tout et rien.

Elle dit la première bêtise qui lui passa par la tête.

— Et toi, tu vas faire quoi ?

Ils se regardèrent, leurs visages dégoulinants de pluie.

— J'attendrai de te revoir. Garde-moi un bonbon. D'ailleurs, attends, je te laisse mon numéro.

Il lui prit le calepin qui dépassait de sa poche, tira un stylo de la sienne et chercha une page vierge.

— Hé ! Qu'est-ce que tu fais ?

Il rit en griffonnant rapidement.

— Pourquoi as-tu si peur ? (Il le lui rendit. Il redevint aussitôt sérieux.) Tu me dévisages comme si je t'avais donné le numéro du diable.

Elle tremblait. Si Sebastiano avait été au courant de ces gentillesses, de ces regards et de ces paroles échangées, il se serait déchaîné sur elle. Elle baissa les yeux, sentant ceux de l'infirmier la scruter.

— Je suis mariée. Et je suis enceinte.

— Je sais.

Un coup de tonnerre rompit cette intimité inattendue. Il regarda derrière elle.

— Parri me fait signe d'y aller. À la prochaine, inspectrice.

Elle demeura là, écouta ses pas s'éloigner. Elle entendit l'orage la rejoindre et la pluie se transformer en averse torrentielle, assourdissante. Elle se souvint que quand elle était petite elle dansait sous les giboulées. Elle éprouva le même désir de lever la tête et de boire la pluie.

Elle se retourna lorsque Albert l'appela. Dans la frénésie qui s'ensuivit, elle ne réussit plus à apercevoir le garçon qui l'avait secourue.

Elle ne lui avait même pas demandé son nom.

31

Aujourd'hui

Un bruit blanc s'élevait de la cage. Le silence qui avait accompagné le retour de la bête qu'il incarnait s'était évanoui. La prison avait digéré la peur : cet organisme en perpétuelle mutation observait, percevait, s'appropriait le moindre stimulus et répondait avec mille yeux, des centaines d'épidermes et de gorges à la faim insatiable.

Giacomo entendait le brouhaha se mouvoir autour de lui. Dans la langue qu'il avait apprise à parler depuis l'enfance, cela signifiait qu'un nouveau prédateur rôdait dans les couloirs, s'arrêtait devant les cellules, le cherchait.

Le gardien qui surveillait chacun de ses faits et gestes ne le protégerait pas. Il était là pour l'empêcher de se suicider, pas pour risquer sa vie en le sauvant des autres.

Chaque frappe de son petit marteau était un coup de tonnerre de son cœur sauvage. Il frappait un coup sur le marbre et un autre sur la pince, jusqu'à affiler le métal, jusqu'à le rendre coupant.

Pouvait-on être disposé à mourir afin de survivre ?

Oui.

Ainsi qu'à se faire enfermer, à perpétuité, derrière des barreaux en acier. Pourtant, cela n'avait servi à rien.

Il frappait, il comptait le temps. Décider quand se donner la mort avait de quoi déconcerter le plus grand nombre, mais pour lui cela permettait de scander les secondes sans succomber à la panique, afin de se façonner une opportunité et de renaître ailleurs.

Et le moment arriva, lorsque le garde baissa les yeux sur son écran de portable, absorbé et réconforté par des gestes routiniers qui avaient endormi ses sens, alors il passa à l'acte.

Les bords acérés de la tenaille ouvrirent des blessures dentelées dans la chair des poignets.

En silence, Giacomo contempla le portrait de Teresa qui se teintait de rouge sombre.

Il se pencha pour baiser ces lèvres. Elles avaient une saveur de sang, comme tant d'années auparavant.

32

Aujourd'hui

Les bureaux de la préfecture se vidaient pour la pause déjeuner. Massimo Marini avait jeté dans la corbeille le club sandwich qu'il avait acheté au distributeur automatique. Le sandwich avait un goût de plastique et il n'avait pas assez faim pour s'en accommoder.

Il avait passé à la loupe chaque ligne du rapport rédigé vingt-sept ans plus tôt sur l'affaire Giacomo Mainardi, mais n'avait pas encore découvert ce qu'il y cherchait désespérément : un élément fondamental de l'histoire de Teresa Battaglia, la clef de voûte susceptible d'expliquer le lien que cette femme ressentait envers ce meurtrier.

Leurs vies ne s'étaient pas seulement croisées. Elles devaient être entremêlées.

Dans ces feuillets, il avait retrouvé ses mots à elle, reconnu sa signature apposée en bas des procès-verbaux. Une présence constante, tenace dans le ton employé, mais équilibrée dans ses prémisses et ses conclusions. Jamais une bavure, jamais une légèreté. Elle était déjà la chasseuse déterminée qu'il connaissait.

Pourtant, à un certain moment, cette présence s'était effacée et il n'était plus resté que la trace superficielle d'Albert Lona, qui dès cette époque déjà semblait se nourrir de la force de Battaglia. C'était lui, occupant alors le poste de commissaire, qui avait conclu l'enquête. L'inspectrice Battaglia avait disparu.

— Marini ? Je dois te parler.

Massimo leva le nez des documents. C'était Lona, silencieux et intrusif, aussi précis dans son apparition que le diable lors d'une invocation. Le préfet eut un bref regard vers le rapport que l'inspecteur tenait entre ses mains et changea de visage.

— Je peux faire quelque chose pour vous, préfet Lona ?

L'autre s'assit sur le bord du bureau.

— Je voulais savoir si tu avais des nouvelles du commissaire Battaglia.

L'inspecteur s'étira contre le dossier de son fauteuil. Cette démarche constituait une nouveauté intéressante.

— Oui. J'ai des nouvelles du commissaire Battaglia.

— Comment va-t-elle ?

— Elle se remet.

— J'ai appris que tu étais allé chez elle, quand la nouvelle lui a été communiquée.

— Je confirme.

— Elle t'a dit quelque chose ?

Massimo croisa les jambes, scrutant cette créature fuyante et trouble.

— À propos de sa dent ? Selon vous ?

Le regard de Lona tomba sur la chemise de documents.

— Non. C'est évident. Autrement, pourquoi te serais-tu mis à fouiller dans le passé ?

Plus qu'engagé dans des stratégies tortueuses, Lona semblait fatigué.

Massimo en profita. Peut-être réussirait-il à récupérer quelques informations.

— Je peux en déduire qu'il y a un rapport avec le sillage de morts que Giacomo Mainardi a laissé derrière lui. Il y a eu une lutte au corps à corps ? C'est cela ?

— Pour elle, ce n'était pas une bonne période.

— À propos du mari violent et de l'enfant qu'elle a perdu, je suis au courant.

— Très bien !

— Très bien ?

— Oui, ainsi, tu pourras… je ne trouve pas le mot… la gérer, voilà.

— La gérer.

— J'ai dit quelque chose d'inapproprié ?

— Qu'est-il advenu du mari ?

Lona baissa les yeux. Il retira des peluches inexistantes du tissu de son pantalon.

— Elle a porté plainte, naturellement. Dès qu'elle a été en mesure de le faire. Il a été arrêté, puis condamné, mais il n'a pas purgé toute sa peine. Il a été libéré pour bonne conduite.

L'inspecteur lâcha un juron. Lona lui-même semblait gêné du tour qu'avaient pris les événements.

— Pense un peu, Marini, il ne s'était écoulé que douze ans depuis la suppression du crime d'honneur du code pénal, en 1981. Les mentalités n'avaient pas encore changé.

— Ce n'est pas comme si les choses étaient très différentes aujourd'hui. De toute façon, ces types sortent trop tôt de prison et reviennent souvent persécuter leur compagne.

— En l'occurrence, ce ne fut pas le cas. Le mari a respecté l'ordonnance de protection lui interdisant de l'approcher. Il a disparu de sa vie. (Le préfet consulta sa montre.) Le substitut du procureur a fixé une réunion pour cet après-midi.

— J'ai reçu le mémorandum.

— Nous avons avancé l'horaire. D'ici moins d'une heure, nous devons être dans son bureau. Ah, il semble que les techniciens aient mis la main sur un enregistrement de caméra de surveillance qui pourrait nous être utile. Ces images auraient conservé la trace du passage en voiture de Mainardi avec la dernière victime. Grâce à la plaque, ils sont occupés à remonter jusqu'au propriétaire. Nous en parlerons à la réunion. (Il tâta ses poches, à la recherche de son téléphone. Il le sortit, parcourut le menu.) Je souhaiterais que le commissaire Battaglia y participe aussi. J'ai déjà envoyé une voiture de patrouille la chercher. (Il leva la main, comme pour faire taire toute amorce de discussion. Il tenait à ce que leur confrontation reste à sens unique, comme à son habitude.) De toute manière, nous aurions déjà dû l'entendre en ce qui concerne la découverte de sa dent.

— Je pourrais l'entendre moi-même, me rendre chez elle et…

— Non. Sautons une étape. Mieux vaut le faire directement avec toutes les personnes concernées par ces informations. Le temps presse.

Massimo commençait à comprendre où il voulait en venir et cela ne lui plaisait guère.

— Et moi je devrai gérer le commissaire, servir de paratonnerre.

— Pour Teresa, cela risque de ne pas être… facile.

— Pourtant cela ne l'empêchera pas de vous mettre en cause, exact ? Elle n'aura aucune envie de vous faciliter la tâche.

— À l'évidence, non.

— Pourquoi tant d'animosité, préfet Lona ?

— Demande-le-lui à elle, inspecteur. Mais si tu tiens à connaître ma version des faits, eh bien, je lui ai dit une phrase malheureuse, et depuis ce jour-là elle a juré de se venger.

— Teresa Battaglia a juré de se venger de vous ? Vous plaisantez !

— Cela dépend de quel point de vue on se place. Prends la peine d'observer et moi et elle.

— Cette femme n'agit que sur un plan, celui de la justice.

— La justice. (Il sourit, comme si Marini venait de lâcher une bonne plaisanterie.) Tu crois pouvoir la convaincre de réintégrer le service avant que sa maladie n'empire ?

Jusqu'à cet instant, l'inspecteur l'avait désiré de tout son cœur.

— Non. Vous devrez aller la voir seul, préfet Lona.

— Non, inspecteur Marini. *Tu* devras aller la voir seul. Moi, je retombe toujours sur mes pieds.

— Ou sur ceux des autres.

— C'est à cela que servent les rapports hiérarchiques.

— Vous savez ce que je pense ? Je pense aux hommes violents. Certains en viennent à devenir des assassins dans les faits, mais au plan émotionnel et psychologique, ils le sont tous. On peut tuer avec des mots, avec une attitude intimidante. Vous avez cherché à l'anéantir. Vous n'y êtes pas parvenu.

Maintenant vous pouvez aussi commencer à vous en prendre à moi.

— M'en prendre à toi ? J'ai déjà entendu pire, Marini. Si j'étais aussi susceptible, je ne serais pas arrivé à la place où je suis.

— À moi, vous me paraissez susceptible.

Lona fit une grimace, comme pour minimiser.

— Non. Je suis juste vindicatif. C'est un comportement d'un autre ordre. Bien plus lucide.

— De quoi voulez-vous vous venger, après presque trente ans ?

— Tu peux l'imaginer.

— Je veux l'entendre.

— Tu vas trop loin.

— À ce stade, il y a encore une limite qui s'impose ?

Lona se voûta.

— Non. Je suppose que non. Nous l'avons déjà dépassée depuis un bon bout de temps.

Massimo attendit.

— Je lui ai offert mon aide. Elle l'a refusée. Je suppose que cela m'a… froissé.

— Blessé. Offusqué.

— Tu sais bien à quoi nous faisons allusion. Elle t'en a parlé.

— En effet.

Lona soupira.

— Chacun agit comme il peut, non ? Je ne pouvais pas en faire davantage. Malheureusement, cela n'a pas suffi.

— Vous semblez désolé.

— Tu crois vraiment que je puisse ne pas l'être ? Elle a perdu cet enfant.

Non, Massimo ne le croyait pas. Il entrevoyait sinon une véritable douleur, du moins un vague sentiment de deuil, qu'il se refusait à qualifier de « culpabilité ».

— Et alors, pourquoi tant d'acharnement contre Teresa ?

Lona se leva, irrité.

— Parce que… parce que… parce que je ne suis pas une personne facile, parce que je me suis trompé, parce que je suis incapable de réparer. Quand quelqu'un te voit comme un monstre, finalement, il est plus facile d'en devenir vraiment un plutôt que de gâcher une vie entière à essayer de convaincre l'autre du contraire, non ?

Marini se tut.

Le préfet désigna la chemise de documents.

— Tu cherches au mauvais endroit, ce n'est pas là que tu obtiendras les réponses à tes questions.

— Et où les obtiendrai-je, alors ?

Il lui répondit sur le pas de la porte, de dos.

— Je viens de t'envoyer une pièce jointe par mail. Tu auras de quoi te rassasier.

— Pourquoi faites-vous ça ?

— Je te prépare.

Massimo resta immobile devant l'écran. Il lui suffisait d'ouvrir sa messagerie et le secret lui serait révélé.

Le voulait-il vraiment ?

Et elle, le voudrait-elle vraiment ?

Il y a des choses touchant aux personnes que nous aimons auxquelles nous ne devrions jamais avoir accès. L'être humain est tissé de plus de mystère que de matière transparente, et cette proportion fait partie de sa nature la plus intime.

Ce n'était ni à Massimo ni à Albert Lona de ramener la lumière là où Teresa Battaglia avait décidé de l'éteindre pour toujours. Mais il le fit. Il cliqua sur le fichier joint.

Ce furent les photographies qui apparurent les premières.

33

Vingt-sept ans plus tôt

Teresa tira sur la fermeture Éclair, la fit glisser jusqu'à ce qu'elle enferme une partie de sa vie dans une valise. Il n'avait pas été difficile de choisir quoi mettre dedans. Tout pouvait être utile, mais rien n'était vraiment nécessaire. Dans cette vie, chaque objet lui rappelait l'échec. Les emporter dans celle qu'elle allait devoir commencer, ç'eût été comme se jeter un sort funeste.

Recommencer. Cela semblait un objectif bien trop ardu, et pourtant elle était sur le point d'effectuer ce saut. Dans le vide, dans l'obscurité, seule.

Parce que Teresa était seule, même si elle avait espéré le contraire et s'était fait des illusions.

En mettant les cahiers dans la valise, elle avait sorti le plus récent de son sac et cherché ce numéro de téléphone inscrit à la hâte, sous la pluie, par une main qui lui avait effleuré la taille. La violette était tombée des pages sur le sol.

Elle avait composé ce numéro, en se sentant très sotte. Qu'est-ce qu'elle allait lui dire ? Que penserait-il d'elle ?

Ses doutes avaient été balayés par un message automatique : le numéro qu'elle avait composé n'était plus en service.

Elle s'était alors sentie d'une ingénuité frisant l'idiotie. La ligne d'un usager coupée. Quelle merveilleuse image de son espérance.

Elle entendit la porte de la maison s'ouvrir, elle se dépêcha de cacher la valise dans l'armoire.

Elle s'assit sur le lit, prit un livre sur la table de nuit.

Sebastiano l'appela du rez-de-chaussée.

Elle l'entendit monter l'escalier, à pas rapides et lourds. Elle l'imaginait monter les marches quatre à quatre.

Il fit son apparition à l'angle de la porte, souriant et décoiffé.

— Le directeur m'a nommé à un nouveau poste.

Il se jeta sur le lit, entre les oreillers.

— Un poste prestigieux, cette fois. Les collègues sont passés à mon bureau me complimenter. Un défilé de faux sourires et de poignées de main mielleuses. Mon Dieu, comme ça m'a plu.

Teresa ne broncha pas.

— Tu ne dis rien ?

Elle choisit ses mots avec soin. Elle choisit le seul et unique baume qui avait de l'effet sur lui – et ce n'était pas l'amour, ni l'estime d'une compagne flattée par cette nouvelle.

— Cette nuit, tes collègues n'en dormiront pas de jalousie. Félicitations.

Il éclata de rire, l'attira à côté de lui, le bras autour de son cou.

— Ces idiots ne vont pas en dormir pendant des semaines.

Il la serrait, la privant d'air. Il semblait euphorique, mais avec lui il était difficile de discerner, dans ces épanchements, quelle était la part d'élan sincère et celle de la simulation, et cette euphorie l'effrayait autant que la colère.

Elle tenta de se relever.

— Il faut fêter ça.

Il la retint.

— Tu es pressée de t'en aller ?

Il n'avait pas relâché son emprise, elle finit par pousser avec la force de son cou contre les muscles du bras de Sebastiano. Sous la pression, elle ouvrit de grands yeux : à cet instant, elle remarqua la porte de l'armoire que, dans sa précipitation, elle avait laissée entrouverte.

L'avait-il vue lui aussi, avec ses yeux de prédateur ?

— Mais qu'est-ce que tu racontes ? Je ne suis pas pressée.

La pression s'allégea. Elle s'allongea et posa la tête contre son abdomen. Le corps de Sebastiano était dur, sec. Elle se demanda quelle existence pourrait y trouver refuge, en se recroquevillant contre ces angles saillants, tant intérieurs qu'extérieurs. Il n'était pas facile de l'approcher, et il n'était pas facile de l'habiter.

Il s'était arrêté de la caresser.

— Hier, j'ai remarqué qu'il manquait certaines de tes tenues dans l'armoire.

Elle refoula une remontée de bile.

— Je les ai apportées à la laverie. Je vais vite changer de taille et qui sait quand je vais retrouver la ligne. Je voulais les faire laver et repasser avant de les ranger.

— Vraiment ?

— Oui.

— Quelle laverie ?

— Celle du carrefour, près des petits jardins.

Elle se nota mentalement d'y porter dès demain quelques vêtements.

Les caresses reprirent après un instant glacé, et les réactions instinctives du corps de Teresa étaient révélatrices de ce qu'elle ressentait, à l'intérieur. Le cerveau reptilien déployait toutes les réponses physiques possibles à l'agression. Pourtant, elle resta immobile. Elle feignit d'être morte, pour ne pas mourir.

Ce n'était pas elle que Sebastiano caressait. Il flattait de la main les chaînes que, jour après jour, il avait enroulées autour d'elle et que, jour après jour, il prenait de plus en plus de plaisir à resserrer.

En cet instant de calme apparent, elle eut la certitude qu'il ne détacherait jamais ces chaînes, et qu'il ne lui permettrait jamais de les rompre.

L'unique valise avec laquelle elle pourrait sortir de ce mariage était celle qui était faite avec sa peau.

34

Aujourd'hui

Quand on sonna à la porte du domicile de Teresa, ce fut Elena qui alla ouvrir. Les deux femmes s'étaient découvert des intérêts communs, parmi lesquels l'histoire de l'Antiquité. Battaglia l'aurait écoutée des heures disserter sur l'archéologie, sans jamais se lasser. Elena lui avait apporté de nouveaux ouvrages sur l'Égypte antique, des textes accompagnés de photographies fascinantes. Cependant, elle suspectait que la visite de la jeune femme ne soit due, au moins en partie, à la volonté de ne pas la laisser seule. Marini réussissait à être présent même s'il était occupé ailleurs. Teresa s'aperçut que cela l'attendrissait.

Elena revint vers elle, préoccupée.

— Il y a là deux policiers qui te demandent.

Teresa passa dans le hall d'entrée. Il lui sembla reconnaître les deux agents. Ils étaient arrivés à la préfecture depuis peu, et elle n'avait pas eu beaucoup d'occasions de travailler avec eux. Le véhicule aux gyrophares allumés garé devant le portail avait attiré l'attention de quelques passants et voisins, postés à leur fenêtre ou sur leur balcon. Que signifiaient donc ces nouvelles manières de procéder ? Elle ne trouva pas les mots pour inviter les agents à s'expliquer. Elle balbutia une phrase incohérente, se rendit compte qu'elle avait inversé l'ordre des mots. Et peut-être glissé quelques incongruités.

Les deux hommes se regardèrent et s'interrogèrent : cette femme à l'air égaré était-elle bien le commissaire Battaglia ?

Elle sentit l'inquiétude monter. Derrière elle, Elena lui demanda ce qui se passait. Teresa n'en avait aucune idée.

— Commissaire Battaglia, vous devriez nous suivre.

— Où cela ?

— Nous vous conduisons à la préfecture. L'horaire de la réunion avec le substitut Gardini a été avancé.

Sans préavis, sans un minimum de préparation à la perspective d'une entrevue officielle susceptible de creuser des facettes du passé qu'elle aurait voulu ne jamais revivre, elle se sentit disjoncter. Ou alors cette réunion était prévue, mais elle ne s'en souvenait pas ?

— Je n'ai pas le souvenir d'une quelconque réunion.

Elena la serra dans ses bras.

— Tout va bien ?

— Non.

Prise à l'improviste, clouée à la porte par des yeux inconnus, elle se sentit gagnée par une agitation croissante. Elle se regarda en se demandant si elle avait enfilé ses vêtements dans le bon ordre, si elle n'avait pas une coiffure farfelue, comme une enfant, ou si elle n'était pas maquillée comme une fille de vingt ans prête à une nuit de folie.

Cela pouvait lui arriver, cela lui était probablement arrivé. Elle avait remarqué que les imprévus lui provoquaient des crises de tachycardie et des accès d'angoisse. Chaque variation dans ses habitudes la bousculait de façon irrationnelle, exagérée.

Elena l'écarta avec douceur et s'interposa entre les deux agents et elle.

— L'inspecteur Marini est au courant ?

— C'est le préfet qui nous a confié cette mission.

— Alors j'avertis tout de suite l'inspecteur. Attendez dans la voiture, je vous prie. Il serait peut-être bon d'éteindre les gyrophares. Vous faites peur aux voisins.

— Madame, on n'a pas le temps. Le préfet…

Elena sourit.

— Excusez-moi, mais ce n'est pas notre problème.

Elle allait refermer la porte quand une voiture fit son apparition à l'angle au bout de la rue. Elle s'arrêta dans un crissement à hauteur du véhicule des policiers. Le conducteur tira sur le frein à main avec une telle force qu'on entendit le bruit jusqu'à la maison. C'était Marini et il n'était pas seul.

Parisi et De Carli descendirent et s'occupèrent aussitôt des deux agents, en les renvoyant à l'expéditeur.

Elena alla au-devant de Marini.

— J'allais t'appeler.

Il lui prit la main. Il regarda Teresa et secoua la tête.

— Un de ces quatre, Lona, moi, je vais aller l'attendre à la sortie de chez lui.

Elena le fit entrer, ferma la porte, restaurant ainsi l'intimité et le calme mental de Teresa.

Celle-ci s'était rendu compte qu'elle tremblait.

— On m'a informée de cette réunion, mais moi franchement je n'en avais aucun souvenir.

— Lona a décidé de la convoquer plus tôt et de vous y faire participer au dernier moment. Vous ne pouviez pas vous en souvenir parce qu'elle vient à peine d'être fixée.

— Mais maintenant je dois y aller et je ne suis pas prête.

— Nous avons tout le temps, commissaire.

Cette voix si apaisée, ferme, mais attentionnée, eut le pouvoir de mieux la faire respirer.

— Tu m'as dit que la réunion avait été avancée.

— Ils attendront.

Elle se regarda de nouveau, passa la main sur ses vêtements, pour lisser des plis qui n'étaient qu'intérieurs.

— J'ai une tenue convenable ?

Marini sourit. De l'un de ses sourires malicieux qui lui rendaient les yeux brillants.

— Vous avez bien vos sous-vêtements ?

Elle se tâta.

— Je dirais que oui.

— Moi aussi. Alors nous sommes parés.

— Vraiment ?

— Vraiment.

En réalité, ils parlaient d'autre chose. Ils le savaient tous les deux.

Marini fit un baiser à Elena et tendit sa canne à Teresa.

— Nous sommes prêts ?

— Faisons semblant de l'être.

Il la conduisit à la voiture, la fit monter devant. Parisi et De Carli avaient déjà pris place. D'un geste de la main, Battaglia salua Elena, debout à la porte. Si elle n'avait pas été là pour réfréner ses angoisses, Teresa se serait donnée en spectacle.

— Une autre bonne blague de notre préfet, hein, commissaire ?

— Tu sais, De Carli, je ne les compte même plus, désormais.

Elle cala sa canne et installa sa besace entre ses jambes.

— Heureusement que j'étais censée me tenir à l'écart de l'enquête. D'ailleurs, combien de fois nous sommes-nous salués ?

Marini éclata de rire, engagea la marche arrière.

— Quelques-unes… Mais attendez… c'était une question de pure forme ou vous ne vous en souvenez réellement plus ?

Elle lui flanqua un petit coup. C'était tellement typique de leur part de savoir déceler le tragi-comique des choses de la vie. Pour cela, ils s'y entendaient, et cette attitude les avait sauvés.

Pourtant, lui, en ce jour, avait le visage rougi et les yeux un peu gonflés.

Teresa détourna le regard, le laissant errer sur la ville qui défilait en photogrammes devant la fenêtre.

— Et maintenant, voilà que ma dent refait son apparition. Il ne manquait plus que ça.

Derrière elle, De Carli appuya le menton sur le dossier de son siège.

— De cela, vous vous en souveniez ?

Parisi attrapa son collègue par l'épaule et le remit à sa place avec une bourrade dans les côtes.

— Tu considères que c'est une question à poser ?

Teresa se retourna. La question n'avait rien d'inopportun, au vu des circonstances, mais elle ne se sentait pas le courage de se dévoiler. Elle opta pour une demi-vérité qui n'aurait pas d'incidence sur l'enquête en cours, et encore moins sur ses sentiments.

— Ce fut une… lutte au corps à corps.

Elle le dit en observant le profil de Marini, qui demeura immobile, d'une immobilité trahissant un peu l'artifice. Il se contrôlait, sa raideur laissait entrevoir un effort, mais il n'ignorait rien des violences qu'elle avait subies, puis de l'avortement, elle le lui avait raconté, alors qu'était-ce donc qui le perturbait ?

Elle regarda de nouveau la route devant elle.

— Sincèrement, je n'ai pu faire le bilan des dégâts qu'une fois à l'hôpital, quand ils m'ont administré des médicaments, et il est évident que je ne suis pas retournée chercher cette dent manquante.

Et ce n'était pas un morceau d'elle-même qui manquait, mais cent mille. Et il n'était pas question de médicaments, mais de tout autre chose.

De Carli sembla satisfait.

— Elle s'en souvient.

Ce fut alors Marini qui se retourna et lui asséna un coup sur le genou.

— Aïe !

— Crétin.

Teresa chaussa ses lunettes de soleil et les rappela à l'ordre.

— Soyez sages. Un cas de démence dans cette brigade, ça suffit amplement. Les vôtres ne sont pas justifiables.

35

Aujourd'hui

Battaglia entra dans le bureau du substitut du procureur au bras de Marini. Elle aurait dû s'être habituée aux regards des autres, ignorer l'embarras que cela lui créait d'avoir besoin d'un soutien, de ne pas réussir à mettre un pied devant l'autre sans difficulté. Elle croyait ne plus jamais pouvoir redevenir celle d'avant, pas même physiquement. C'était seulement le début.

Gardini se leva aussitôt, fit le tour de sa table de travail pour lui avancer un siège.

— Merci d'être venue, Teresa.

Elle le salua en levant un doigt du pommeau de sa canne et se laissa aller sur la chaise. La sciatique s'était remise à la tourmenter. Marini se plaça derrière elle.

— Avec un morceau de moi fourré dans une scène de crime, je suppose que c'était inévitable. Salutations à vous aussi, préfet Lona.

Albert lui adressa la pareille d'un signe de tête.

— Tu vas mieux ? s'enquit-il.

— Non.

— Tu vas prolonger ton arrêt maladie ?

— Malheureusement, je crois que c'est inévitable.

Antonio Parri arriva hors d'haleine.

— Excusez mon retard.

Gardini retourna à sa place.

— Nous n'avons pas encore commencé.

Le médecin légiste s'assit sur une chaise, avec feuillets et chemises en désordre sur les genoux.

— Alors pardonnez-moi cette question polémique, mais à mon âge j'espère pouvoir me le permettre : qui a demandé à avancer cette réunion ? Il faut du temps pour intégrer les mises à jour dans un rapport officiel.

Ils regardèrent tous Lona, mais personne ne répondit.

— Question inutile que je pose là, n'est-ce pas ?

Gardini ouvrit le dossier de l'affaire sur son écran d'ordinateur. L'emploi d'un projecteur et de diapos était aussi prévu. Il y avait beaucoup de points à récapituler et à approfondir et Battaglia se sentait déjà épuisée. L'un des aspects de cette maladie, c'était qu'elle réduisait votre seuil de patience et de tolérance, que ce soit physiquement ou psychologiquement. Par nature, elle partait désavantagée.

Gardini demanda à son assistant de baisser les lumières.

— Commençons, alors.

La première nouvelle fut que Giacomo Mainardi avait au moins énoncé une vérité : ce n'était pas lui qui avait tué son compagnon de cellule. Le responsable n'avait pas encore été identifié, mais ce ne pouvait être lui : l'ADN retrouvé sous les ongles de la victime ne correspondait pas au sien.

Albert Lona ne s'enthousiasma pas pour autant.

— Cela ne le disculpe aucunement.

La réponse de Teresa ne se fit pas attendre.

— En l'occurrence, cela ne l'incrimine pas non plus. Quel dommage, n'est-ce pas ?

Le substitut du procureur détailla l'historique et les faits de l'enquête Mainardi, en exposant les derniers événements. Les interlocuteurs convoqués abordèrent la discussion sur la dent de Teresa comme si elle n'en était pas la propriétaire, bien attentifs à ne pas remuer son passé au-delà du strict nécessaire, à ne pas évoquer le contexte si ce n'est à travers des généralités, et sans attribuer à personne la paternité des actes commis. C'était une façon de procéder par sous-entendus.

— C'est à ce stade qu'a eu lieu l'agression subie par le commissaire Battaglia.

Gardini le formula véritablement en ces termes. Et il parla aussi de « pièce recueillie par le meurtrier ».

Giacomo Mainardi ne pouvait la lui avoir prélevée qu'à cette seule occasion. Quand et où, personne ne l'explicita clairement. Personne ne se hasarda non plus à nommer qui avait commis cet acte de violence.

C'était tout ce que le substitut était disposé à mettre dans la balance, et tout ce qui comptait. Le reste était sans incidence et aucunement sujet à discussion. Teresa lui en fut reconnaissante.

Parri revint sur ses expertises, après en avoir fait la description.

— Un trophée, sans nul doute.

Teresa n'en avait pas parlé, jusqu'à ce moment.

— Atypique, mais pas impossible.

Ils la dévisagèrent tous.

— Pourquoi atypique ?

C'était Marini qui venait de poser la question, toujours dans son dos, non pour demeurer en retrait, mais pour la soutenir. Il intervenait pour la première fois.

À aucun moment il n'avait demandé d'éclaircissements, même quand les propos tenus étaient devenus plus obscurs pour ceux qui, comme lui, ne connaissaient pas toute l'histoire.

Elle lui répondit en se retournant, mais à peine, et pas assez pour croiser son regard.

— Parce qu'un meurtrier en série prélève les trophées sur ses victimes, inspecteur. Moi, j'étais celle qui le traquait.

Marini n'objecta pas qu'en réalité elle avait bien dû faire partie de ses victimes, puisque sa dent était tombée entre les mains de l'assassin. Il ne franchit pas le pas que Teresa l'avait poussé à franchir pour le mettre à l'épreuve. Il ne s'était pas trahi.

Albert Lona se servit du projecteur pour montrer les images de la caméra de surveillance d'une banque datant de la nuit précédant le dernier homicide, celui de la victime encore inconnue.

— Nous avons contrôlé la plaque d'immatriculation. Il s'avère que le véhicule a été volé.

Il fit défiler au ralenti les photogrammes agrandis.

— Le voilà.

Giacomo Mainardi regardait droit vers l'objectif. Il savait qu'elle était là, cette caméra, pour immortaliser sa présence. À côté de lui, une silhouette assise. C'était seulement une ombre obscure, mais aux contours suffisamment nets pour que l'on reconnaisse bien un passager.

Le substitut du procureur chaussa ses lunettes, se déplaça afin de mieux saisir les moindres détails.

— La victime était vivante ?

Teresa répondit sans hésitation.

— Elle était morte.

Albert Lona contesta aussitôt cette affirmation.
— Comment peux-tu en être certaine ?
— Tu le sais bien. Il a déjà fait ça. Tu étais là. Il a déjà pris le volant et conduit avec un cadavre encore chaud à la place du passager. Il lui est déjà arrivé de prendre le volant et de franchir un barrage routier. C'est son mode opératoire, le seul qui lui permette d'éprouver les émotions qu'il convoite tellement. Il a déjà fait tout cela.
À ce stade, Gardini suggéra une pause.
— Parfait. Nous avons tous besoin d'un café. Reprenons dans une demi-heure.
Les lumières se rallumèrent. Teresa fut la seule à ne pas quitter son siège.
— S'il n'y a rien d'autre à voir, je préfère rentrer chez moi.
Le substitut du procureur n'y voyait aucun inconvénient et prit congé d'elle.
— Nous te tiendrons informée. Songe surtout à te rétablir.
S'il avait su qu'elle ne reviendrait jamais… Elle le regarda sortir, serra la main de Parri quand il frôla la sienne dans un salut, et ce fut seulement à ce moment-là qu'elle se leva non sans difficulté, en serrant les dents. Marini l'aida à trouver la position la plus commode, de plus en plus voûtée et chaque fois moins efficace pour tenir la douleur en lisière.
— Va avec eux, Marini, sois toujours présent.
Il n'esquissa même pas un pas vers la porte.
— Quand vous avez dit que Mainardi avait déjà commis ce genre d'acte, vous vous référiez à autre chose, n'est-ce pas ?
Elle ne répondit pas. Elle se demandait si, venant de lui, c'était de la curiosité amplement justifiée, ou si au contraire il lui offrait l'occasion d'être sincère avec lui.

Il enchaîna.

— Giacomo Mainardi est allé bien au-delà de ces… (il fit un geste vague vers le projecteur éteint) … au-delà de ces jeux. Le moment où vous l'avez capturé n'a pas été le seul contact que vous avez eu avec lui, et j'entends par là avant les visites en prison.

Elle se fit donner sa canne.

— Va avec les autres, Marini. Je peux aller jusqu'à l'ascenseur toute seule et, en bas, il y a Parisi et De Carli qui m'attendent.

— Vous ne voulez pas répondre ?

Elle rit, de désespoir.

— Ce n'était pas une question que tu me posais là.

Elle s'éloigna de lui à petits pas qu'elle s'efforçait toutefois de ne pas rendre trop hésitants.

Marini ne lui demandait pas de répondre. Il lui demandait de confirmer ce qu'il savait déjà.

Le moment de la capture n'avait pas été l'unique contact entre l'assassin et elle.

À un certain point, elle avait été convaincue d'être sur ses talons, si déterminée à le rattraper qu'elle pouvait le sentir tout proche.

Et pourtant, il n'était pas devant elle, mais à sa hauteur. Et s'il avait conservé un petit bout de sa personne pendant tout ce temps, ce n'était pas pour fantasmer dessus, mais parce que ce qui s'était produit les avait liés pour toujours.

Les portes de l'ascenseur s'ouvrirent.

— Teresa, attendez.

Elle entra dans la cabine, appuya sur le bouton et regarda Marini disparaître derrière les panneaux d'acier.

36

Vingt-sept ans plus tôt

Quand quelqu'un mourait, et mourait de mort violente, le dialogue avec celui ou celle que cette personne avait laissés sur la terre des vivants formait un marais où les enquêteurs devaient s'avancer à pas comptés.

La personne qui restait était convaincue de vouloir tout savoir, mais ces informations détaillées ne l'aideraient pas à accepter la mort, elles continueraient longtemps de la tourmenter.

La personne qui restait était convaincue d'être lucide, alors qu'elle vivrait pendant des mois, si ce n'est des années, dans les limbes d'une douleur qui pouvait se muer en colère et frapper aussi ceux qui tentaient de démêler ce qui avait pu se passer.

La femme de la troisième victime n'échappait pas à ces statistiques. La veille au soir, ils n'avaient pu l'interroger, parce que le personnel médical avait dû lui administrer un calmant qui l'avait rendue catatonique.

Le lendemain matin, c'était un fleuve débordant de questions et de paroles, de souvenirs très probablement inutiles à l'enquête que Battaglia écouta avec patience, mais qui ne tardèrent pas à irriter Albert Lona.

Teresa n'en tint pas rigueur au commissaire. La mort galopait et les laissait loin derrière elle. Dans cette course-poursuite, il leur fallait donner un bon coup de reins, sans quoi le chiffre trois se transformerait bientôt en chiffre quatre, tracé avec le sang de la prochaine victime.

L'agacement de la veuve eut pour effet de lui valoir une repartie tout aussi rude de la part d'Albert Lona. Et les premières larmes coulèrent.

La femme se remémorait avec tristesse le passé, elle remontait le cours de toute une vie partagée avec l'homme qu'on venait de lui retirer d'un coup, et avec une certaine férocité. C'était un couple qui avait ses habitudes, sans enfants, sans passions qui les auraient incités à fréquenter de manière récurrente un lieu en particulier. Ils aimaient voyager, c'était leur unique centre d'intérêt, mais cela ne semblait pas pour l'heure une piste exploitable pour l'enquête.

La patience leur serait utile, mais Teresa et Albert avaient raclé la leur jusqu'à l'os. Cet os, lui, à présent, il mordait dedans.

— Si vous ne voulez pas m'écouter, comment pouvez-vous penser l'attraper !

— Madame, ce n'est pas en nous inondant de souvenirs de vos cinquante dernières années que nous arriverons à résoudre cette affaire.

— Résoudre… (De nouveau, d'autres larmes sur ce visage maquillé, gonflé à force de retenir ce qu'il aurait eu besoin de dégorger.) Vous en parlez comme s'il s'agissait d'un jeu, d'un rébus. *J'ai perdu mon mari.*

— Croyez-moi, je compatis.

— Non. Vous ne pouvez pas.

Albert écrivit quelque chose dans son carnet, arracha la page et la tendit à Teresa.

Ici nous n'obtiendrons rien. Tâchons d'en finir.

Teresa opina et plia le papier avec soin, comme s'il s'agissait d'une information fondamentale à l'enquête, et elle le glissa dans sa poche, tandis qu'il rassurait la femme sur un ton et avec des propos qui n'auraient convaincu personne, surtout pas un cœur mis à nu, aussi sensible au moindre souffle de vent. Et le vent d'Albert Lona était glacial.

— Je viens à peine de confier à l'inspectrice Battaglia une mission de vérification que j'estime essentielle. Nous reviendrons vers vous avec des nouvelles. Bientôt, j'en suis convaincu.

— Nous devions profiter de notre retraite. Grâce à Dieu, nous étions en bonne santé. Mon mari n'a jamais rien eu, même pas un rhume.

Albert se leva. Teresa le suivit.

— Madame, malheureusement, c'est la vie.

— C'est la vie, mon cul !

Le brusque sursaut de la femme renversa le gobelet de jus de fruits que Teresa avait accepté à la place du café. Le liquide sucré inonda la serviette brodée et le cahier qu'elle n'avait pas encore récupéré.

Aussitôt, une parente fut à ses côtés sur le canapé, prête à recevoir son torrent de larmes. Une autre protesta sans conviction auprès d'Albert, lui réclamant un peu plus de tact, si possible.

Teresa se dépêcha de sécher son calepin avec des mouchoirs en papier. Elle considéra avec compassion cette femme qu'elle avait crue ordinaire, anonyme, mais qui était capable de s'emplir la bouche de violence, si nécessaire, si elle se sentait malmenée.

Elle n'était pas ordinaire. Elle était courageuse, même si elle n'en savait rien.

Qu'est-ce qui avait attiré le meurtrier vers ces existences paisibles ?

L'opportunité. La suggestion de Robert Ressler lui revenait en tête. L'assassin avait saisi une opportunité.

— Mais quelle espèce d'animal a pu faire ça à Filippo ? Nous pensions à notre prochain voyage. Il était si heureux. Sa hanche était enfin réparée. La prothèse ne lui créait pas de problèmes. Il pouvait partir sans tracas.

Quelque chose se déclencha chez Teresa. C'était le poids d'une jambe froide dans ses bras et l'avertissement de Parri. Ne pas la faire basculer.

— Votre mari avait dû subir une intervention à la hanche, récemment ?

— Il y a six mois. Ils lui avaient dit qu'il avait des os sains et solides. Des os de jeune monsieur, à soixante-douze ans. Il avait juste cette hanche à réparer et il redeviendrait ensuite le même homme qu'avant.

— Qui ? Qui le lui a dit ?

La femme la regarda comme si c'était Teresa qui avait des hallucinations.

— Les médecins qui l'ont suivi, au service d'orthopédie, évidemment.

— Madame, il faudrait que je puisse me servir de votre téléphone.

— Oui, je vous en prie.

Elle composait déjà le numéro d'un bureau de l'Institut de médecine légale. Parri répondit tout de suite.

— C'est Battaglia. La troisième victime avait eu elle aussi une pose récente de prothèse de hanche, n'est-ce pas ?

— Je viens de finir d'écrire le rapport. Oui, en effet.

Elle serra le combiné dans sa main.

— Exactement comme chez les victimes précédentes.

— La hanche chez la première, et le genou chez la deuxième. Considérant l'âge, ce sont des interventions plutôt courantes.

Assez courantes pour créer une opportunité.

— Ces interventions ont orienté le meurtrier dans ses choix. C'est là qu'il les a rencontrées.

— Là ? Où ?

— Je te rappelle.

Elle raccrocha. Albert Lona, la veuve, les membres de la famille qui étaient accourus auprès d'elle, Lorenzi et un autre agent fixaient Teresa du regard, en attente.

Et maintenant ? Elle s'exprima d'une voix forte.

— Lorenzi, le plan utilisé sur la scène de crime, nous l'avons ?

Son collègue s'empressa de le récupérer et le déplia sur la table basse.

Les signes tracés par Teresa étaient bien visibles.

— C'est là qu'est mort mon Filippo ? Là où il y a le chiffre trois ?

— C'est là que nous l'avons retrouvé.

Battaglia mesura les distances en appliquant la largeur d'une main, traça des lignes et des points médians qui formèrent un cercle.

Et il était là, au centre de la zone. L'hôpital de la ville.

Elle sentit Albert Lona se pencher derrière elle.

— Nous l’avons trouvé ?

Elle hocha la tête. Aucun doute, cette fois. Elle pointa l’index.

— C’est là qu’il les choisit.

37

Aujourd'hui

Lorsque les portes de l'ascenseur s'ouvrirent sur le rez-de-chaussée du palais de justice, Teresa tomba nez à nez avec Marini.

Il était là, les bras épais, plantés comme deux troncs contre le cadre en acier, encore haletant après avoir descendu l'escalier en courant. Il avait dû voler.

— Mais où pensez-vous aller ?

Elle le pointa avec sa canne.

— Où tu penses me conduire, toi. À l'asile.

Derrière Marini, Parisi attira l'attention de Battaglia.

— Commissaire, je peux vous déranger ?

Finalement, Marini se résolut à la laisser passer.

— Qu'est-ce qu'il y a ?

— J'ai les informations que vous attendiez sur Blanca. La totale.

Il était on ne peut plus sérieux. Il lui donna le papier sur lequel il avait inscrit en vitesse les informations sur la jeune fille.

Teresa lut, puis elle regarda autour d'elle.

— J'ai besoin de m'asseoir.

Ils l'aidèrent à rejoindre les fauteuils de l'espace d'attente pour les visiteurs.

Marini dévisagea tour à tour Battaglia et Parisi.

— Maintenant, vous voulez me dire ce qui se passe ?

Teresa lui tendit le papier.

— Il se passe que cette jeune fille n'est pas celle qu'elle dit être, ce que j'avais pressenti. C'est ce qu'elle me veut qui me perturbe.

Elle énonça cela à voix basse, comme un avertissement qu'elle se lançait à elle-même : « Fais attention, Teresa, parce que dans ton état tu ne peux pas faire de promesses. Tu ne peux être l'espérance de personne. »

— Alice Zago ? C'est son vrai nom ?

Marini semblait plus stupéfait que contrarié. C'était un bon signe. Pourtant, il ne savait pas encore tout.

Teresa observait Albert, derrière la porte vitrée, qui bavardait avec Gardini, revenu du bar d'en face où il avait bu un café.

Si le préfet l'avait appris, s'il avait découvert la supercherie, il aurait trouvé le moyen d'abattre sa fureur de despote malheureux sur la jeune femme et sur Battaglia, sur la brigade entière qui avait accordé sa confiance à une Alice travestie en Blanca. Une Alice fragile tombée dans le trou qu'elle s'était elle-même creusé dans la terre, tout au fond d'un tunnel de boue, jusqu'à en toucher le fond.

Teresa soupira.

— Je connais l'histoire de cette jeune fille, mais je vous prie encore une fois de vous fier à moi, avant de lui en parler. Est-ce trop vous demander ? Si c'est le cas, dites-le-moi.

Dans le silence qui suivit, elle sentit se lever une volonté qui transcendait les individus.

Sans rien savoir et sans rien réclamer de plus, avec un signe de connivence, Marini rendit le papier à Parisi, qui sortit son briquet de la poche de son jean et le brûla, en le faisant tourner entre ses doigts.

Et puis, tout à coup, quelque chose changea.

Derrière la vitre, elle vit Albert chercher son regard avec une expression qui l'alarma, son portable encore collé à l'oreille.

Tempête imminente, se prit-elle à penser. Le préfet la rejoignit d'un pas pressé. Toute la portée de ce qu'il avait à lui dire était inscrite dans ses yeux, mais elle refusait de le regarder.

Elle suivit le mouvement de ses lèvres comme elle l'aurait fait avec un mime. Il n'y avait aucun son, si ce n'est le bruit de fond qu'elle entendait dans ses oreilles.

Giacomo s'était ouvert les veines, tout comme il avait rouvert l'histoire dont elle était occupée à suivre le fil.

38

Vingt-sept ans plus tôt

L'araignée sortait du trou noir et tissait le fil visqueux qu'elle extrayait de son ventre, où tout était plus chaud, où il se sentait lui-même en incandescence. L'araignée l'enveloppait de ses pattes laborieuses où elle enserrait ses proies, créait un cocon où elle les enfermait et les faisait se sentir protégées.

Elle les entraînait dans ce trou noir bien avant de les tuer.

Cela s'était produit à trois reprises, au moins.

Les victimes continuaient leur vie, elles se réveillaient à côté de leur épouse, dans le même lit qu'elles avaient sans doute partagé pendant des décennies, elles mangeaient, se lavaient, sortaient avec le soleil sur le visage et le regardaient se coucher, peut-être heureuses, peut-être insatisfaites ou tristes. Certainement inconscientes. Elles commentaient les nouvelles du jour et se lamentaient de maux insignifiants, sans savoir qu'elles étaient déjà mortes.

Ce trou noir correspondait à des coordonnées précises, fondations de ciment et larges baies vitrées d'acier et de cristal. C'était l'hôpital civil de la ville. Le service d'orthopédie.

Il fallait que cela corresponde. Battaglia en était convaincue. Elle ne se lassait pas de le répéter.

— C'est là qu'il les choisit.

La tête entre les mains, Albert restait dubitatif, avec la mine de celui qui se sent entraîné là où il n'a aucune envie d'aller. Il gardait le regard baissé sur la table de la salle de réunion. Photos, rapports, schémas, expertises, tout était étalé comme un éventail devant lui, ou comme des cartes d'un jeu de tarot qui, retournées, révèlent des symboles à la signification encore mystérieuse.

— Nous n'avons pas de preuves, Teresa.

— Alors tu dois en trouver, et vite, parce que cet individu est impatient de pouvoir tuer à nouveau.

Albert s'emporta, les feuilles volèrent.

— Que voudrais-tu que je fasse ? Que je quadrille les couloirs du service et que j'arrête les gens rien qu'à leur façon de me regarder ? Et si je marchais sur les pieds de la mauvaise personne ? Qu'est-ce qu'écrirait la presse ? Que je couvre de boue le travail des médecins ?

Elle ne se baissa pas pour ramasser les papiers.

— Notre travail est de chercher, de suspecter, de questionner et d'exiger des réponses. Et oui, de casser aussi les pieds aux mauvaises personnes, si c'est utile !

— Et toi, sur ce terrain, tu es la championne, non ?

Albert Lona avait proféré ces mots à voix basse, pour une fois sans acrimonie. Ils se défièrent du regard, il lâcha un juron. Il arpenta la salle à longues enjambées nerveuses, puis il finit par se laisser convaincre de passer les coups de téléphone qui l'autoriseraient à enquêter à l'hôpital.

Quand il raccrocha, il ne la regarda même pas.

— Nous avons le feu vert. Il ne nous reste plus qu'à attendre le mandat officiel. Cela ne devrait pas prendre beaucoup de temps.

L'attente était la partie la plus difficile. Teresa fit signe à Lorenzi de remettre de l'ordre dans les pages éparpillées. L'agent se précipita pour s'exécuter. Elle se retourna vers Albert.

— Nous pouvons refaire un point complet sur la situation. Repasser les faits en revue, étudier les photographies des victimes. Il y a aussi quelques éléments précis sur lesquels je voudrais revenir.

Lona chercha son paquet de cigarettes dans le tiroir de son bureau.

— À quel propos ?

— À quel propos ? Sérieusement ?

— Si tu as raison, et tu en sembles convaincue, on n'a plus qu'à aller le chercher, non ?

Il se dirigea vers la porte.

— Va faire un tour, Teresa. Ça te calmera.

Il la laissa en proie au désarroi. Elle craignait que tôt ou tard la colère qu'elle ressentait en elle ne prenne corps et ne la transforme en quelqu'un de tout à fait différent. Cette idée l'épouvantait et en même temps elle convoitait ce changement qui aurait un goût de revanche.

Elle ferma les yeux. Elle les sentait brûlants, peut-être à cause de la fatigue ou des larmes. Elle pensait parfois que, quelle que soit la décision qu'elle prendrait, quelle que soit l'initiative qu'elle oserait, cela ne la mènerait pas très loin.

Son collègue était encore penché sur les feuilles, il cherchait à y remettre de l'ordre.

— Laisse tout comme ça, Lorenzi.

Elle traversa la pièce et s'enfonça dans les couloirs d'un pas de vieille femme, jusqu'au hall d'accueil et au poste téléphonique dont elle se servait pour les appels personnels.

Elle posa son sac sur la tablette, chercha de la monnaie dans son portefeuille et remarqua le papier où était inscrit le rappel que la gynécologue lui avait fixé pour la prochaine visite. Elle s'y présenterait seule, or étrangement cette idée ne l'effraya pas, mais lui donna de la force. Elle serait fille mère. Elle ne serait ni la première ni la dernière. Une parmi tant d'autres. Il y avait tellement de femmes qui vivaient la même situation. C'était réconfortant.

Elle inséra des pièces dans la fente, composa un numéro et attendit.

Quand Lavinia lui répondit, elle demeura silencieuse.

— Allô ? Mais qui est au bout du fil ?

Elle appuya le front contre le coffrage de l'appareil. Elle n'était peut-être pas forcée d'y aller seule, à cette visite.

— C'est Teresa. Je te dérange ?

Cette fois, ce fut son amie qui garda le silence.

En bruit de fond, elle reconnut la douceur cristalline de *Clair de lune*. C'était Lavinia qui lui avait fait connaître et aimer ce morceau. Teresa n'avait encore jamais écouté Debussy, mais dans la famille de Sebastiano et Lavinia, la musique classique représentait l'accompagnement d'une vie parfaite. Sur ces notes, Sebastiano et elle s'étaient étreints tant de nuits, longtemps avant de se réveiller comme deux inconnus.

— Lavinia ? Si tu es libre, dans un moment, je peux passer chez toi ? J'ai besoin de te parler.

Ce qui voulait dire : « J'ai besoin de toi, de la lune lointaine que tu es, de la lumière de la nuit, de l'astre de passage auquel m'agripper pour m'envoler loin d'ici. » Dans le silence qui suivit, Teresa pouvait entendre les notes de son cœur.

Mais la lune se transforma en cratère.

— Tu veux venir laver ton linge sale chez moi, c'est ça que tu veux ?

D'instinct, Teresa se protégea le ventre, comme si elle le sentait soudain sans défense.

— Pardon… ?

— Ton coup de téléphone de l'autre soir ne m'a pas plu. C'est de mon frère que tu parles, souviens-t'en.

— Lavinia…

— S'il ne te convient plus, quitte-le, mais ne m'implique pas dans vos problèmes. Bon Dieu, qu'est-ce que je serais censée lui dire, la prochaine fois que je le verrais ?

Teresa sentit une larme rouler sur son menton et chuter sur la main qui serrait la gaine métallique du câble.

— J'ai besoin d'aide.

Elle avait murmuré ces mots, au milieu des arpèges qui mouraient lentement, exactement comme son espoir.

— Je suis désolée, mais tu vas devoir te débrouiller toute seule.

Les dieux se querellaient, finit par penser Teresa. Ils s'affrontaient, aussi. Mais aucun d'eux ne se transformait en humain pour sauver un petit être humain. Aucun d'eux ne renonçait vraiment à sa lignée par amour, par compassion, par simple pitié. Ce qui était au ciel restait au ciel.

Lavinia raccrocha et quelque chose dans l'univers, dans l'espace sidéral au-dessus de Teresa, cessa de briller.

— Battaglia !

Elle se retourna, le combiné muet, encore appuyé contre son oreille, qui refusait de comprendre qu'elle n'entendait que du silence.

La tête de Lorenzi pointait de la cabine de l'ascenseur, le reste de son corps s'occupant de maintenir les portes ouvertes.

— Battaglia, le mandat est arrivé. On doit appeler le bureau du personnel de l'hôpital pour se faire remettre les dossiers des employés qui travaillent au service d'orthopédie. Le commissaire Lona a demandé que tu t'en charges.

Elle sécha ses larmes du bout de sa manche et attrapa sa besace.

— Et les avertir de notre venue ? Même pas en rêve. J'y vais en personne.

Elle laissa le combiné à l'abandon, pendu au bout de son câble.

39

Aujourd'hui

Teresa Battaglia voulait voir Giacomo seule. Quand elle entra dans la chambre, elle se rendit compte qu'elle l'avait toujours su : tôt ou tard, elle le retrouverait ici. Pas à la morgue, pas non plus dans une cellule d'où il ne serait plus jamais sorti, mais dans un lit d'hôpital. Il s'était débrouillé pour retourner là où tout avait commencé.

Elle s'assit à son chevet. Il dormait. Frôler la mort, la sienne, l'avait exténué.

Elle borda le drap, remit en place l'élastique du masque du respirateur afin qu'il ne lui entaille pas la joue.

— Oh, Giacomo. Il fallait vraiment que tu fasses une chose pareille ? (Elle soupira, épuisée elle aussi.) Il se pourrait que je ne résiste pas, tu sais ?

Elle lui prit la main. Cette main si forte, capable de tuer comme de sauver, était inerte. Elle s'était apaisée, peut-être avait-elle finalement trouvé la paix, dans son propre sang.

Il l'avait retournée contre lui, comme cela se produisait souvent dans les histoires comme la sienne, qui aboutissaient à un maelström de dévastation avant de s'écraser sur la terre. Un cœur fatigué de battre, jamais capable de voler comme les autres.

Elle passa le pouce sur le pansement autour d'un des poignets. Les fils du chirurgien avaient fermé les veines et les bandages tentaient de maintenir la chair d'une vie lacérée. Teresa réfléchit à l'âpreté de certaines existences maudites. La sienne aussi avait risqué de le devenir.

Elle posa le visage contre sa paume. L'odeur des médicaments était la même que celle de l'histoire qu'ils avaient partagée et qui les tourmentait encore tous les deux. Dans l'une des deux blessures, logée tout au fond, le chirurgien avait découvert une tesselle de marbre translucide. Elle était sûre que c'était celle qui manquait à son portrait. Parmi toutes celles inutilisées, c'était la seule à avoir été sciée. L'hexagone s'encastrait à la perfection dans l'espace vacant, symbole de leur lien.

Les histoires perdues se maintenaient à l'intérieur, en suspens quelque part, dans le froid. Elles formaient la pièce vide où l'on cherchait toujours à ne pas entrer et où la lumière n'était jamais allumée. Ainsi, la poussière même ne pouvait s'y déposer. Elles demeuraient intactes.

L'appel à l'aide de Giacomo était encore là, après vingt-sept ans. Elle n'avait jamais réussi à démêler l'écheveau de douleur qu'il conservait dans sa poitrine.

Elle lui lâcha la main, à contrecœur.

— Je reviens bientôt. Toi, ne t'en va pas.

Elle sortit de la chambre sans détacher les yeux de son profil, avec l'espoir de saisir un mouvement minimal, et elle rabattit la porte tout doucement, comme elle l'aurait fait en fermant celle de la chambrette d'un enfant bien décidé à jouer dans ses rêves.

Qui sait à quoi il rêvait, Giacomo, s'il avait jamais pu se sentir comme les autres, quelque part, dans une autre dimension où la violence n'était pas une malédiction qui se répétait de génération en génération. Se sentir ni plus mal ni mieux.

Une larme glissa de l'œil de Giacomo Mainardi sur sa pommette et resta suspendue à la mâchoire.

L'infirmière qui entra pour contrôler ses paramètres vitaux la lui sécha en vitesse avec un morceau de gaze rêche. S'il avait été vraiment endormi, elle l'aurait réveillé.

Si peu d'attention dans les gestes, après la délicatesse de Teresa.

Il continua de garder les paupières baissées sur le monde.

Il souffrait, mais d'une douleur différente de celle qui l'avait poussé à tuer.

C'était une douleur triste, mais bonne.

40

IVe siècle

Lusius était mort, tué dans la maison du Dieu chrétien, par un Romain comme lui. La nouvelle était un chuchotement soufflé de bouche à oreille d'un feu de camp à l'autre devant les murailles aquiléennes. Les soldats frémissaient de colère et de doute, mais les ordres commandaient l'immobilité. Personne ne devait manifester son trouble, sans quoi l'ennemi forgerait de nouveau sa lame, et cette fois non pas dans le cœur d'un seul homme, mais d'une légion entière.

*— Il est peut-être encore vivant, murmura l'*optio *à son commandant. Personne ne l'a vu.*

Claudius Cornelius Tacite prit son casque des mains de son aide de camp.

— Il est mort.

Il sortit de la tente : cuirs et brasiers, viandes rôties et peaux masculines, sable, métal des armes, poisson séché, doux effluves alcoolisés des outres débouchées. Mais les coupes de vin étaient encore pleines à ras bord et le resteraient. Ce calme était une illusion.

Les milites *se levèrent à son passage. Ils se frappèrent le torse du poing.*

Claudius coiffa son casque et serra la sangle de cuir. Il s'apprêtait à abandonner la vie qu'il avait connue jusqu'à ce moment.

Pour quoi ? le questionna la peur qui était en lui. La foi détenait-elle vraiment le pouvoir de subvertir toute logique, de donner chair dans le cœur d'un homme à ce qu'en réalité la chair n'avait pas ?

Il le découvrirait bientôt.

Feronia et Caligine l'attendaient en piaffant. Claudius choisit de monter d'abord la jument, plus forte et plus sauvage que le mâle. Elle le porterait loin, à toute vitesse, tandis que Caligine le servirait aux heures du jour, avec sa résistance.

Il enfila le pied dans l'étrier et se hissa sur le dos de la monture. Feronia accueillit son poids avec un soupir. Claudius lui caressa l'encolure. Il sentait son énergie frémir entre ses cuisses.

— Du calme. D'ici peu de temps, tu courras.

Le campement composait une vaste étendue de flammèches et de respirations agitées.

Claudius regarda au loin. Attendre encore deviendrait dangereux.

*— Il est tard. La relève de la garde est imminente. (L'*optio *exprimait la pensée du plus grand nombre.) Les barrières...*

Claudius prit les rênes et oublia ses doutes.

— Elles s'ouvriront.

Feronia piaffait, ce qui fit hennir Caligine, attaché derrière elle. Claudius lui permettait de décrire des cercles, il lui faisait accumuler des forces qu'un coup de talons libérerait bientôt comme un coup de tonnerre, avec une puissance irrésistible. La fougue de l'homme allait croissant avec celle de l'animal.

Un soldat indiqua la limite orientale du campement.

— Quelqu'un arrive !

La silhouette encore indistincte qui courait à leur rencontre trahissait une constitution trop menue pour susciter la crainte. C'était seulement un jeune garçon.

— Le serviteur de Lusius.

Lusius était mort, c'était désormais clair aux yeux de tous. Claudius sentit ses entrailles se nouer.

D'autres silhouettes suivaient les pas du jeune garçon. Un tribun et ses centurions. Ils étaient encore assez loin.

*Claudius se pencha vers l'*optio.

— Protégez le garçon. Découvrez le nom de celui qui a voulu la mort de Lusius et tuez-le.

Il commanda à Feronia d'aller au pas de charge qui les avait tant de fois menés à la victoire. La jument partit comme une flèche restée longtemps armée sur la corde de l'arc bandé, mais Claudius ne la dirigea pas vers les barrières. Ils galopèrent vers le jeune garçon. Il arrêta ses montures à quelques distance et ordonna au serviteur de Lusius de lui lancer ce que son maître lui avait confié.

Le jeune garçon n'hésita pas, habitué qu'il était à l'entraînement et aux batailles.

Claudius tira sur les rênes, Feronia se cabra sur ses pattes arrière. Sa main se referma sur le paquet et l'autre se retint encore au harnais.

La course furieuse reprit ensuite en direction des barrières qui enserraient le campement. Les portes orientées au nord devraient s'ouvrir devant lui, ou alors ce serait la fin.

Derrière lui, les milites *barraient la route au tribun et aux centurions, retournant aux activités vespérales de la communauté militaire, comme si de rien n'était. Ils avaient pris le garçon sous leur protection, reconnaissant dans sa fidélité à Lusius l'âme d'un soldat de Rome.*

Claudius arriva devant les portes éclairées de braseros et de flambeaux. Il pouvait regarder dans les yeux les quatre gardes qui les défendaient.

Le cœur de la bête était le sien. Son courage, le sien. La jument ne montra aucun signe de vouloir reculer, elle ne s'arrêterait qu'à son signal, fût-ce en le payant de sa vie. Derrière eux, Caligine ne freinait pas, il soutenait cette allure véloce, fort d'une confiance aveugle dans son maître et sa compagne.

Claudius éperonna Feronia. Maintenant, il allait aussi voir si la fidélité des gardes était intacte.

Les hommes le reconnurent. L'un d'eux cria un ordre et on fit coulisser les troncs massifs qui fermaient les portes.

Il franchit la limite du campement au milieu des lueurs des flammes et de nuages de poussière, et malgré le fracas des sabots il saisit le nom de la déesse qui fut crié dans son dos. Un augure et un avertissement contre toute velléité de la trahir.

Claudius attendit d'être entouré d'une obscurité complète avant de ralentir l'allure pour accorder un répit à ses bêtes. Il ne s'arrêta que quelques kilomètres plus loin pour contempler derrière lui les lumières d'Aquilée, bastion resplendissant de l'empire.

Devant lui s'ouvrait un ventre sombre de silence où la lumière de Rome ne pénétrait pas. Désormais, de Constantinople aux Alpes juliennes, chaque journée était irriguée de sang romain.

Il retira son casque et le glissa dans la poche qui pendait au flanc de Caligine. Il prit une cape de couleur foncée et s'en enveloppa par-dessus sa tunique militaire.

Détaché de la légion, seul, sans même le soutien réconfortant des symboles lui rappelant qui il était, il éprouvait toute l'incertitude d'une liberté nouvelle.

Il caressa Feronia pour la récompenser et lui susurra des mots qui d'ordinaire étaient réservés à une femme. La monture chercha encore une fois sa main avec son museau. Derrière eux, Caligine s'ébroua.

Claudius ouvrit le paquet qu'il serrait encore dans sa paume et baisa la statuette avec dévotion, avant de la ranger entre les sangles qui lui protégeaient le torse contre les frottements de la cuirasse. Il reprit les rênes, défia l'inconnu d'un regard scrutateur.

Le culte devait survivre. Il devait être porté dans les territoires où l'on adorait encore des dieux païens. Au-delà du castrum *d'Ibligine, au nord, jusqu'au Norique, derrière les Alpes, et aussi à l'est, en traversant Forum Julii et les forêts jusqu'à l'Illyrie.*

Claudius choisit l'est, où surgissait la Lumière du jour nouveau, où le Soleil se présentait de nouveau, indomptable, après avoir franchi les heures les plus périlleuses de la Nuit.

Cette Nuit-là, maintenant, il lui incombait de la surmonter.

41

Vingt-sept ans plus tôt

Albert Lona s'était résolu à se présenter en personne à la direction de l'hôpital, dès que Teresa lui avait signifié sa volonté d'en faire autant. Il ne pouvait arriver deuxième, même pas dans les entreprises des autres auxquelles il ne croyait pas.

Elle n'émit pas de commentaire, elle apprit à user du peu dont elle disposait pour s'employer à aller de l'avant, et elle avait maintenant un supérieur narcissique qui n'était capable de s'effacer que devant son propre ego.

Pourtant, Albert, en l'occurrence, représentait l'État, la brigade, la volonté de révéler la vérité. Il comptait, et elle s'en rendit compte à l'attitude du directeur de l'hôpital, qui leur ouvrit les fichiers et les aida à passer en revue les documents sans tergiverser. C'était un homme qui savait identifier le poids de l'autorité dans l'individu viril qu'il avait devant lui, et qui s'adressait à Albert Lona même lorsque c'était Teresa qui posait les questions. Si elle s'était présentée seule, il ne l'aurait pas prise en considération et les délais en auraient été allongés d'autant.

— Nous sommes ici parce que quelques tracés sur une carte se sont croisés en un point, lui murmura le commissaire Lona, quand ils furent conviés dans une salle de réunion à consulter le reste des documents demandés. Et si c'était une erreur ?

Il était épouvanté du mécanisme qu'il avait mis en branle. Il avait peur de perdre sa réputation, et en conséquence son pouvoir, à cause d'un faux pas qu'en réalité il aurait même pas été le premier à commettre.

Un problème que Battaglia n'avait pas.

— Albert, nous sommes ici parce que cette hypothèse concorde avec les éléments que nous avons réunis et parce que ce n'est certainement pas le meurtrier qui va venir se présenter à nous. Si tu n'es pas disposé à assumer le risque de commettre une erreur, nous ne parviendrons jamais au terme de cette affaire. Pas au terme que nous espérons tous.

— Tu espères me voir cloué au pilori.

— Tu te trompes. Te connaissant, tu réussirais à envoyer quelqu'un d'autre à ta place.

En l'espèce, ce ne serait pas elle, pas cette fois-ci. La grossesse progressait, voilà pourquoi il lui fallait se dépêcher.

Le directeur et sa secrétaire ne furent pas longs à revenir avec les dossiers personnels de quelques employés.

Parmi tous les profils, ceux qui, du fait de leurs caractéristiques ou de leur rôle, correspondaient le mieux aux paramètres retenus par Teresa étaient ceux de deux chirurgiens, trois infirmières, un infirmier, quatre auxiliaires, et deux auxiliaires au sein du service d'orthopédie.

Elle écarta d'emblée les profils des femmes. Le directeur se tourna vers elle pour la première fois.

— Pourquoi cela ne pourrait-il pas être l'une d'elles ?

— Le meurtrier que nous recherchons ne peut être une femme. Et pas tant en raison de sa carrure physique telle que nous pouvons la calculer à partir des rares empreintes de pas relevées.

Albert intervint.

— Qui sont de toute manière sujettes à caution, au cas où, par exemple, le meurtrier aurait chaussé des souliers de plus grande taille.

— Alors pour quelle raison ?

— À causes des statistiques, du profil psychologique. (Elle pointa l'index vers la pile de dossiers.) Les meurtrières en série sont peu fréquentes, mais surtout…

— En somme, mesdames, vous êtes peu dangereuses.

Que d'approximations, quel dénigrement d'une science que tant de chercheurs œuvraient à élaborer et à transmettre.

— Nous ne sommes pas très nombreuses, en effet, mais nous attaquons de manière plus ciblée, lui répliqua-t-elle. Les meurtrières en série ont tendance à choisir leurs victimes dans le milieu restreint du cercle familial et affectif. Elles se servent de relations de confiance et de soutien réciproque pour frapper. Elles n'apprécient pas la violence physique et le sang, pour tuer elles conçoivent des méthodes plus raffinées, et donc plus difficiles à identifier. Elles sont dotées d'une capacité mimétique exceptionnelle et ne se font presque jamais repérer ni arrêter. Elles continuent à tuer, pendant des années. Toutes ces choses ne me semblent pas si *peu dangereuses*. Et à vous ?

Albert Lona la fusilla du regard.

— Nous poursuivons ?

Elle consulta les dossiers des deux médecins. Ils étaient l'un et l'autre d'âge mûr, avec un cursus professionnel impeccable, sans aucun accroc. Albert se pencha pour lire.

Elle eut une moue dubitative.

— L'âge ne coïncide pas.

— Mais ils auraient accès aux connaissances et aux instruments nécessaires pour prélever les os des victimes et tu n'as pas de boule de cristal. Tu te trompes peut-être.

— Sur les deux premières victimes, l'amputation a été bâclée.

— Mais la troisième a été exécutée proprement.

— Il a pu faire des progrès. D'ailleurs, c'est sûrement le cas.

— Selon Parri, c'est d'un bistouri qu'il s'est servi, déjà sur la deuxième victime.

Ils n'avaient pas encore compris ce que le meurtrier recherchait à l'intérieur des corps, parce qu'il prélevait chaque fois un morceau d'os différent. Qu'est-ce qu'il en faisait, qu'est-ce que cela représentait ? Pourquoi leur ouvrait-il le torse ?

Ils se penchèrent sur le profil de l'infirmier. Il avait lui aussi un cursus exemplaire. Il n'avait plus qu'une année avant la retraite. Elle observa les photographies qui accompagnaient sa fiche personnelle.

De nouveau, l'âge ne correspondait pas. Elle l'écarta.

— Trop brave homme.

Ils passèrent aux aides-soignants. Cette fois, il s'agissait d'hommes plus jeunes, tous avec des états de service au-dessus de tout soupçon.

Elle regarda le directeur.

— Ils sont tous là ? Il n'y a pas d'autres profils qui pourraient correspondre ?

— Il y en a, mais aux jours et aux créneaux horaires que vous avez indiqués, ils étaient au travail en salle.

Albert Lona s'agaça. Il rassembla les fiches et les prit sous le bras.

— Qu'est-ce qui ne te convainc pas, maintenant ? Pour ceux-ci, l'âge correspond. Nous approfondirons les profils et les alibis, monsieur le directeur.

— Ce serait une perte de temps.

Albert revint s'asseoir.

— Pourquoi ?

Il lui faisait presque peine. Il était usé.

— Parce que nous cherchons un être humain qui se consacre tout entier à la réalisation de ses fantasmes pathologiques. Au mal, commissaire Lona. Si, jusqu'au premier meurtre, il a été capable de donner le change et d'entretenir une double vie, maintenant la psychose a pris le dessus. Cela ne l'intéresse plus d'arriver à son travail avec ponctualité, cela ne l'intéresse plus de gagner un salaire. Sa profession constitue une entrave. Tout ce qui est extérieur représente un obstacle à son seul objectif : trouver ses victimes et les tuer. Il oublie sans doute aussi de se nourrir. Pour élaborer ses plans, pour imaginer, il lui faut du temps. Et tuer fatigue, consume toutes ses forces. (Elle désigna les fiches.) Ces états de service sont irréprochables. Ce n'est pas là que nous trouverons son nom.

Albert la regarda presque avec une expression de haine.

— Tu exagères.

— À dire vrai… (le directeur se racla la gorge) … à dire vrai, nous avons quelqu'un qui correspond à ces caractéristiques. Je l'avais mis de côté sans le soumettre à votre attention parce qu'il est en congé depuis trois mois, et les homicides ont commencé il y a un peu plus d'un mois. Ce jeune homme nous a demandé ce congés après le décès de sa mère. (Il murmura un nom à sa secrétaire, qui sortit promptement de la salle.) Mais déjà avant cela, la maladie de sa mère perturbait son travail, elle était la cause de retards répétés, de troubles. Deux lettres de rappel à l'ordre lui avaient été envoyées à cause d'erreurs commises dans les soins qu'il administrait aux patients.

Teresa sentit les battements de son cœur accélérer. C'était le profil qu'elle cherchait.

Quand la secrétaire fut de retour avec son dossier, le directeur le lui tendit, mais Albert fut plus rapide et l'intercepta.

— Vingt-trois ans, lut-il. Il habite non loin d'ici.

Teresa se pencha au-dessus de la table pour entrevoir quelques informations, mais Albert tint les feuillets plus haut, pour faire écran.

— Il n'y a pas grand-chose d'autre.

Le directeur se tourna vers elle.

— Le service du personnel a tenté de l'appeler il y a une dizaine de jours, parce qu'ils avaient des pièces à mettre à jour. Ils n'ont pas réussi à le joindre.

Teresa n'avait pas besoin de lire les documents. S'il était avéré que la mère de cet homme était décédée depuis peu, alors la perte prématurée d'une figure tutélaire pouvait constituer le facteur déclenchant de la violence.

Une pensée lui vint soudainement.

— Nous devons contacter les patients qui sont passés par ce service depuis au moins les six derniers mois. Il faut retrouver leur trace et les avertir du danger.

Albert leva les yeux vers le directeur.

— Combien sont-ils ?

L'homme ouvrit les bras.

— Au minimum une centaine.

Elle était contrainte de prendre une décision précipitée. « Refermer le cercle autour de l'assassin », aurait dit Robert Ressler.

— Nous pouvons commencer par ceux qui correspondent au profil des victimes par âge, sexe, type d'intervention. Resserrer le champ. Et que personne ne parle à la presse. Ce serait comme le prévenir que nous arrivons.

Le directeur acquiesça. Il avait perdu de son arrogance.

Albert fit glisser vers elle la photo du jeune homme.

Elle la bloqua sous sa paume et la retourna.

D'instinct, elle porta une main à son ventre. Une remontée acide la brûla comme de la lave.

— Teresa ?

— Je l'ai déjà vu. C'est l'infirmier qui secondait Parri sur la troisième scène de crime. Je l'ai aussi croisé à l'Institut de médecine légale. J'ai discuté avec lui.

— Tu es sûre que c'est la même personne ?

— Oui.

Le directeur récupéra le cliché.

— Non, ce n'est pas possible. Giacomo Mainardi avait déjà demandé sa mise en congé et, autant que je sache, il n'a aucun rapport avec l'Institut de médecine légale.

Il avait demandé qu'on lui accorde le temps libre dont il avait besoin pour tuer. Quant à ses visites autour des lieux du crime, autour de la morgue et des enquêtes, Battaglia n'avait pas de doute.

— Il nous suivait. Il s'informait. Et maintenant il sait que nous sommes arrivés jusqu'ici. (Elle se leva, observa le parc par la fenêtre. Il était peut-être même là, dehors.) Je veux voir l'endroit où il travaillait.

42

Vingt-sept ans plus tôt

Il s'appelait Giacomo. Ils ne s'étaient pas demandé leur nom, l'un à l'autre, mais l'assassin connaissait le sien. Il l'avait observée, pendant qu'elle étudiait les cadavres qu'il laissait derrière lui. Il l'avait approchée, alors qu'il avait peut-être encore un petit morceau de ces cadavres sur lui. Il s'était tenu si près de son enfant.

Elle étouffa un hoquet, pressa son mouchoir contre sa bouche.

Elle sentit une main dans son dos, celle d'Albert.

— Tout va bien ?

Elle hocha la tête, mais ne se risqua pas à ouvrir la bouche.

Le casier alloué au suspect avait été libéré et nettoyé des semaines plus tôt. Lona enfila tout de même des gants et l'ouvrit.

— Il est inutile d'appeler quelqu'un pour relever les empreintes.

Elle essaya de déglutir, avant de parler.

— Essayons quand même. Peut-être qu'il subsistera quelques traces dans un recoin.

— Tu espères un miracle.

Il en avait conscience. Il retira les gants et chercha une corbeille pour les jeter.

— Nous devons attendre le mandat pour la perquisition du domicile et qui sait quand ils vont nous le transmettre. D'autant que, pour l'obtenir, il nous faut des empreintes qui concordent avec celles qui ont déjà été relevées. Bref, c'est un serpent qui se mord la queue.

Elle ne put s'empêcher de chercher du regard le cahier qui pointait du sac resté ouvert. Le numéro de téléphone de la ligne inactive que le meurtrier lui avait laissé était encore dans ces pages, alors que les empreintes n'y étaient probablement plus. Et c'était elle qui les avait effacées avec les mouchoirs en papier. Elle le rangea dans la poche intérieure.

— La dernière fois que je l'ai vu, il m'a laissé un numéro de téléphone qui n'est plus en service.

Albert la regarda comme si elle était devenue folle.

— Tu as flirté avec lui ?

— Non ! Il a pris mon cahier et l'a écrit dedans.

Il lâcha un juron à mi-voix.

— Nous pouvons au moins espérer avoir ses empreintes.

— J'ai nettoyé la couverture. Quand nous étions chez la veuve de la troisième victime et que du jus de fruits est tombé dessus, mais pouvons essayer.

— Ce serait une perte de temps.

— De toute manière, nous devons attendre.

Le commissaire Lona avait envoyé quatre agents en civil surveiller le domicile du suspect, mais pour le moment ils n'avaient reçu aucun signalement à la préfecture. Ils avaient juste recueilli la déclaration d'un voisin, selon lequel les persiennes étaient baissées depuis des jours. Giacomo Mainardi devait être parti faire un voyage qu'il avait mentionné devant lui. Il l'avait décrit comme un type fuyant, mais courtois. « Pas gentil, avait-il précisé, courtois. » Il avait perçu toute la distance entre leurs mondes.

Teresa n'avait pas cru un seul instant à cette histoire de voyage.

— Où pourrait-il être ? murmura-t-elle, les yeux fixés sur le métal du casier que ces mains avaient touché tant de fois.

— Comment le saurais-je ?

— Je me posais la question à moi-même, Albert.

Une infirmière entra en les saluant d'un signe de tête. Elle ouvrit un casier, retira son badge avec son nom et le posa, retira aussi sa blouse et la suspendit. À chaque petit geste, elle se retournait pour les regarder, jusqu'à ce qu'elle croise les yeux de Teresa.

— C'est le casier de Giacomo, mais il ne travaille plus ici.

Battaglia avait attendu qu'elle fasse le premier pas.

— Vous le connaissez bien ?

— Bien, non. Nous étions collègues, on se croisait pendant les heures de service, en semaines alternées. Quelques plaisanteries, un café qu'on buvait en vitesse en parlant de la météo, ou à la rigueur des patients. Rien de plus. Il lui est arrivé quelque chose ?

Ce fut sa manière de leur demander qui alerta Teresa. Cette femme avait peur, pour elle ou pour lui.

Elle lui montra son insigne.

— Nous sommes de la police. Quand avez-vous rencontré Giacomo Mainardi pour la dernière fois ?

— C'était ici, il y a quelques semaines. Je l'ai trouvé derrière moi, je ne l'avais pas entendu entrer.

Il m'a demandé comment j'allais, comment allait le travail. Il m'a semblé étrange.

— Pourquoi ?

— Il ne m'avait jamais beaucoup fait confiance, mais ce jour-là il me regardait autrement. Il m'a dit : « Je suis ici pour toi, parce que tu as toujours été si gentille avec moi. »

— De quelle manière vous regardait-il ?

— Je suis peut-être folle, mais ça m'a donné l'impression d'un comportement romantique. Je pourrais être sa mère. Et puis il m'a offert quelque chose. Une bague, une alliance. Il m'a dit que c'était celle de sa grand-mère et qu'il voulait que je la porte, moi, parce que j'étais une personne particulière. Je n'ai même pas voulu la toucher.

— Et lui, comment a-t-il réagi ?

— J'ai cru comprendre que je l'avais blessé, j'ai essayé de dissiper le malentendu, mais il ne m'en a pas laissé le temps, il est parti et c'est tout. Je n'en ai pas dormi des nuits entières, j'avais peur. Je n'avais rien fait de mal, au fond, mais son geste m'avait paru fou.

— Quand est-ce arrivé, vous vous souvenez ?

— Je ne peux pas l'oublier.

Elle indiqua la date sur le calendrier pendu au mur. C'était la veille du meurtre de la deuxième victime.

Teresa fouilla dans sa besace, prit le cahier et lui montra la photographie de l'alliance soustraite à Giovanni Bordin. C'était un jonc en or torsadé, terni, usé. Un modèle d'un autre temps.

La femme s'étreignit, bras croisés, le visage contracté.

— C'était celle-là, oui.

Giacomo avait retiré l'alliance au premier cadavre, l'avait conservée pour ensuite la donner à cette femme. Mais elle avait refusé ce don. Et il était reparti tuer.

C'était typique des meurtriers en série d'offrir des objets ayant appartenu aux victimes à des personnes qu'ils estimaient importantes pour eux, pour une raison ou une autre, mais Teresa ne s'expliquait alors pas pourquoi l'assassin avait abandonné la bague dans l'étang aux nénuphars.

Elle s'éloigna de quelques pas, chercha la photo qui montrait cette alliance au doigt du bras de marbre, parmi les nénuphars bleus, au pied de la statue mutilée. Elle se sentit parcourue d'un frisson.

Si dans l'imaginaire de l'assassin cette bague était destinée à une femme, si l'assassin avait commencé à suivre les pas de la police, et si le contact qu'avait eu Teresa n'était pas dû au hasard, cette bague, peut-être…

Elle se remémora les pétales bleus retrouvés dans le sang de la troisième victime. Des dons, et encore des dons. Pour elle.

— Pourquoi êtes-vous ici ? Giacomo a fait quelque chose ?

La femme avait perçu la panique de Teresa, elle y avait reconnu la sienne et lui demandait si cette peur qu'elles ressentaient toutes les deux était justifiée.

Teresa se retourna et sourit.

— Ce n'est rien, vous n'avez aucune raison de vous préoccuper.

Elle en était convaincue. Le meurtrier l'avait peut-être identifiée à sa mère perdue, peut-être à une fiancée qu'il n'avait jamais eue. Concernant les relations sentimentales, il était confus, mais il ne se défoulait pas de sa frustration sur des figures féminines. En un sens, les femmes étaient des personnages qui représentaient le détachement, le refus, pas la colère et la vengeance.

Mais pour véritablement le comprendre, Battaglia devait découvrir l'histoire de Giacomo Mainardi.

Elle tendit à l'infirmière sa carte de visite.

— S'il cherche à vous voir, prenez votre temps, donnez-lui rendez-vous dans un lieu public et appelez-nous immédiatement. Ne le rencontrez pas seule.

La femme lui prit la carte d'une main qui tremblait.

— Vous avez dit que je pouvais être tranquille.

— En effet. Nous le recherchons pour une histoire de paris au jeu, mais quoi qu'il en soit, il ne faut pas que vous le rencontriez seule.

L'autre porta la main à son cœur.

— Je ne ferai jamais ça, c'est sûr et certain.

Quand ils furent à la porte, elle les rappela.

— Giacomo m'a dit une chose étrange quand il m'a donné la bague. Il m'a dit qu'il portait le nom de sa mère, Mainardi, parce que son père biologique ne l'avait jamais reconnu. Et que quand elle s'était remariée avec un homme plus âgé, le nouveau mari n'avait pas voulu lui donner son nom, alors que Giacomo n'avait que deux ans. Il m'a dit qu'il ne pouvait pas offrir à sa future épouse le nom d'une famille normale. J'y ai beaucoup pensé. Il voulait peut-être signifier que c'était lui qui ne se sentait pas comme les autres, à cause de ce double refus. Enfin, je crois que c'est de cela qu'il s'agit.

— Je le crois moi aussi.

Le nom sur les papiers attestait du fait qu'il n'était fils qu'à moitié, d'une mère uniquement.

— Et puis il m'a dit qu'il avait un trou à la place du cœur, me demandant si je pouvais quand même l'accepter. Il m'a fait de la peine et en même temps il m'a fait peur.

Teresa était saisie des mêmes sensations. Elle ressentait de la peine et elle éprouvait de la peur.

43

Aujourd'hui

Ce fut Marini qui reconduisit Battaglia chez elle, après la visite à Giacomo. Il fit tourner la clef dans la serrure et ouvrit grand la porte. Il s'effaça pour la laisser passer.

Elle entra en claudiquant, sans même allumer la lumière. Le soleil couchant filtrait à travers les rideaux, les ombres étaient mélancoliques. Elle se jeta sur le divan.

— Il n'y a aucune poésie dans la vieillesse.

Il ramassa son sac sur le sol et le suspendit à l'une des patères de l'entrée.

— Vous n'êtes pas vieille, vous êtes seulement mal en point.

— Mais je les sens toutes, les années. J'en ressens au moins le double.

— D'ici peu de temps, ce sera le triple. Vous êtes vraiment convaincue de vouloir faire ça ?

Elle s'abandonna, la tête contre les coussins.

— L'autre solution serait de donner le change et je n'ai plus envie.

Elle devait encore affronter un dernier problème, avant de pouvoir oublier le monde : la jeune fille qui était entrée dans sa vie sous un autre nom. Malgré cette tromperie, elle s'était fiée à elle, au moment même où elle ne pouvait se permettre le luxe de rien remettre à plus tard.

Marini alluma les lampes – il avait appris qu'elle détestait la lumière trop agressive des lustres – et s'assit devant elle, les mains croisées, les coudes plantés sur les genoux.

— Alors, vous voulez me raconter la véritable histoire d'Alice ?

— J'imagine que la deuxième partie de sa vie, celle qui intervient après l'enfance insouciante, a dû débuter il y a une dizaine d'années. Il y avait eu des inondations, au nord, vers la frontière avec l'Autriche. Le fleuve avait grossi à cause de pluies torrentielles, il avait emporté le pont qui reliait les maisons d'un village à la route nationale et provoqué l'éboulement d'une partie de la colline. Une femme avait disparu dans le tourbillon d'eau et de boue. C'était la mère d'Alice.

— Mon Dieu.

— Des témoins l'avaient aperçue, elle marchait sur le sentier qui longeait le fleuve, mais personne ne pouvait jurer de l'avoir vue se débattre dans les flots.

— Pourquoi cette précision ?

— Le corps n'a jamais été retrouvé. Selon la procédure, on a appelé les secours et la police.

— Attendez, ensuite, il est arrivé ce que je pense ?

— C'était moi la responsable de l'enquête.

Marini lâcha un juron.

— Et maintenant cette enfant qui a grandi a décidé d'entrer dans votre vie et de vous tourmenter.

— Tu es toujours tragique, Marini. Je ne crois pas que son objectif soit de me harceler.

Il se leva, se rendit à la fenêtre. Un éclair découpa sa silhouette noire contre un ciel moitié saphir, moitié couleur de cendre. Le soleil couchant s'était éteint. L'orage menaçait.

— Et alors, quel est son but ?

— Se libérer d'un doute qui s'est mué en obsession. Cette nuit-là, il y a dix ans, dans l'armoire de sa mère, nous avons découvert deux valises prêtes et une importante somme en espèces. Où voulait-elle aller, avec qui et pourquoi ? Nous n'avons jamais compris ce qui s'était vraiment passé dans cette maison. Disparition volontaire ? Accident ? Ou autre chose de pire ? Il n'est resté qu'une enfant pour y penser. Alice.

— Alors le père pourrait être impliqué ?

— Comme il est de rigueur, l'enquête s'est aussi penchée sur le mari, qui a pourtant été tout de suite disculpé. Si j'avais eu seulement le moindre doute à son sujet, je n'aurais écarté aucune hypothèse. Je ne lui aurais jamais laissé la garde de sa fille. Personne n'a apporté de témoignages relatifs à des épisodes de violence domestique, et encore moins la petite. Cette famille vivait en harmonie, mais les heures qui ont précédé la tragédie demeurent et demeureront un mystère. Alice veut savoir pourquoi sa mère était prête à l'abandonner, mais moi, cela, je ne pourrai jamais le lui dire.

— Seule sa mère serait en mesure de lui répondre. Vous croyez qu'elle est vraiment morte ?

— Si elle n'est pas morte emportée par le torrent de boue, alors elle a choisi de l'être immédiatement après pour sa famille. Des deux hypothèses, je crois que la seconde est la pire, mais Alice considère la chose autrement. Parfois, on s'agrippe à une illusion. Pourtant, maintenant, je m'interroge : et si elle avait raison, et si sa mère était vivante ? Cela signifierait que j'ai échoué.

— Non, seulement que cette femme est une menteuse. Qu'elle a profité de la tragédie pour modifier un plan déjà arrêté et disparaître.

Un éclair. Un coup de tonnerre assourdissant quelques instants plus tard. Teresa compta les secondes, comme quand elle était petite.

— Une obsession peut prendre corps, Marini ?

— Parfois, cela se produit. Nous deux, on le sait bien.

— Et toute cette réalité était là, sous nos yeux : Alice est devenue une chercheuse de traces, la meilleure, parce qu'elle voulait qu'on lui rende sa mère.

— Avec la force du désespoir.

— Peut-être que ce corps, elle le sent vivant autour d'elle, peut-être qu'il n'est pas sous terre, quelque part le long de ce fleuve. Qui sait combien de fois elle en a sondé le lit, accompagnée de Smoky.

Marini s'éloigna de la fenêtre.

— Elle nous le dira elle-même. Elle arrive.

Il ouvrit la porte avant que la jeune fille puisse repérer la sonnette.

Alice entra, encore affublée du masque de Blanca. Elle sembla flairer Marini.

— Quel timing, inspecteur. Merci.

Smoky se fraya un passage en frétillant entre leurs jambes. Quand il vit Teresa, il aboya et lui sauta dessus.

Elle lui ébouriffa le pelage, le caressa et finit par le faire se coucher. La jeune fille retira son blouson et posa son sac.

— Un orage va éclater.

— Tu es arrivée juste à temps.

— Je suis partie dès que tu m'as appelée. Cela semblait urgent. Qu'est-ce qui se passe, d'autres restes à retrouver ? Un corps, peut-être ?

— Assieds-toi, Alice.

La jeune fille obéit. Elle choisit le fauteuil et s'assit, joignit les mains entre les genoux, un sourire plaqué sur le visage qui commençait à craquer, malgré l'effort pour se maîtriser. Elle s'était rendu compte du prénom que Teresa avait utilisé. Son vrai prénom. Elle rougit.

— Qui te l'a dit ?

— J'ai fini par avoir des soupçons. Trop de mystères, tu ne parlais jamais de toi. Surtout, quand je t'appelais Blanca, tu ne te retournais pas. (Teresa sourit à ce souvenir.) J'ai pensé que tu étais sourde, en plus d'être aveugle. Et ensuite ces formulaires que tu n'as jamais voulu remplir pour engager ta collaboration avec la préfecture. Et pourtant tu y tenais tellement. Qu'est-ce qui pouvait te retenir, si ce n'est un secret inavouable ?

La jeune fille baissa la tête, se fana comme une fleur sous les yeux de Teresa.

— Hé, ce n'est rien.

Elle ne répondit pas.

— Alice, je sais pourquoi tu as agi ainsi.

— Je t'ai menti.

— Tout le monde ment. Tous les jours. Parfois avec des mots, parfois avec des baisers, avec des phrases non dites.

— Mais moi, je t'ai menti à toi.

— Je me souviens de ton histoire.

Elle releva la tête.

— Vraiment ?

— Je ne l'ai jamais oubliée.

Les yeux d'Alice se remplirent de larmes.

Elle fut prompte à les sécher d'un geste du bras. Elle fouilla dans son petit sac à dos. Ses doigts couraient sur les objets comme s'ils étaient capables d'y lire ce nom imprimé. Elle choisit une liasse de photographies maintenues par un bandeau bleu et la lui tendit, tremblante.

— Mon père m'a toujours prise tant de fois en photo, alors que ma maman n'était déjà plus là. Il ne me prenait pas pour moi, évidemment. C'était pour lui. Sur ces photos, il dit que cette même femme mystérieuse existe encore, derrière mon visage. Il dit qu'elle s'est rendue méconnaissable, mais que c'est elle.

Sa mère, ou l'obsession d'une absence.

Teresa prit la liasse, défit le bandeau et les examina. Marini se déplaça pour venir dans son dos les regarder. Elle les passa toutes en revue et recommença.

— Alice, tu ne les as jamais fait voir à quelqu'un d'autre ?

— Non.

Trop peur de la réponse.

La jeune fille se tordait les mains. Smoky sembla percevoir son malaise, parce qu'il sauta sur le fauteuil à côté d'elle et lui lécha le visage.

— Il y a quelqu'un ?

Teresa devait choisir le moindre mal, quoi qu'il en soit dévastateur. La vérité.

— Non, il n'y a personne.

Il n'y avait personne derrière la petite Alice, rien que le monde avec ses couleurs, les formes qu'elle ne pouvait voir, et un père qui, par amour, avait choisi de mentir.

L'éloignement physique que Teresa avait entrevu entre la jeune fille et le père était un espace occupé par les mensonges. Alice avait probablement perçu la tromperie, mais n'en avait pas moins décidé d'y croire. L'autre solution consistait à se laisser dévorer par le doute sur le fait que son père ait menti bien avant, quand le mystère aurait pu être dévoilé, alors qu'au contraire, notamment grâce à lui, il était demeuré intact.

Battaglia se leva, elle alla vers elle, s'agenouilla non sans mal et à peine eut-elle ouvert grand les bras que la jeune fille s'y jeta.

Elle accueillit les pleurs d'Alice, redevenue la fillette épouvantée et courageuse qu'elle avait connue dix ans plus tôt. Elle la consola avec des mots qui auraient pu être ceux d'une mère. Une mère qui avait choisi de rester, pas de s'enfuir.

Quand les larmes arrêtèrent de couler, Teresa la prit à côté d'elle, se fit donner un mouchoir par Marini et lui sécha le visage.

Alice s'agrippa à son pull.

— Pardon. Je vous demande pardon à tous.

Teresa lui remit ses mèches bleues derrière les oreilles.

— Aucun de nous ne t'en veut. Pas vrai, Marini ?

— Personne.

— Mais je dois être sincère, Alice : je crois connaître le motif qui t'a poussée à venir vers moi, or je ne peux pas te donner ce que tu espères. Je ne réussirai jamais à retrouver ta mère. Je n'y suis pas parvenue il y a dix ans, et je ne le peux pas davantage maintenant. Et la raison, tu la connais.

Alice lui prit la main dans les siennes. Une dernière larme tomba sur sa paume.

— Je ne te demande pas de promesses, mais ne me dis pas non plus que cela ne se produira jamais.

Quelqu'un sonna et, peu après, frappa à la porte. Marini et Teresa échangèrent un regard. Ils avaient reconnu la voix qui appelait Battaglia.

— Qu'est-ce qu'il veut maintenant ?

Ils allèrent ouvrir ensemble.

Ils trouvèrent devant eux Albert Lona, trempé jusqu'aux os et l'air bouleversé. Derrière lui se tenait Antonio Parri, qui semblait avoir pleuré.

44

Vingt-sept ans plus tôt

Maintiens la distance de sécurité, Teresa. Ne perds pas le rythme de ses pas, mais ne te fais pas engloutir par son histoire. Par lui.

R.

Le fax que Robert Ressler venait de lui envoyer se terminait sur un avertissement qui résonnait encore en elle.

Son mentor avait compris mieux qu'elle les états d'âme qui la troublaient, ce tremblement qui la secouait intérieurement. Il avait vu avec les yeux de l'esprit jusqu'où elle était allée.

Il n'avait pas traité Mainardi d'« assassin », car il avait deviné qu'elle voyait autre chose en lui.

Elle était descendue en profondeur dans l'histoire de ce garçon, elle était allée si loin qu'au fond de cette obscurité elle pouvait sentir son cœur battre. Elle pouvait presque le voir, chair et sang qui s'agitaient pour survivre, pour porter jusqu'au bout une respiration vitale.

Et peu importait combien de victimes il avait fauchées, car la première de toutes, c'était lui, et dans une dimension qu'elle ne comprenait pas encore clairement.

Elle roula la feuille en boule et la jeta dans la corbeille à l'instant où Lorenzi la rejoignait dans son bureau.

— Nous avons les informations mises à jour sur le suspect. Il n'a pas menti. Sa mère…

Il était suivi par Albert qui, en écartant le policier, lui coupa la parole.

— Giacomo Mainardi. Fils illégitime, père biologique inconnu. Abandonné aussi par son beau-père qui n'a jamais voulu lui donner son patronyme. (Il s'assit sur le rebord de la table de travail.) Sa mère est morte il y a trois mois. Tu vas être contente, cela confirme tes théories.

S'il avait pu le dire en grognant, il l'aurait fait. Teresa prit le pli des mains de Lorenzi.

L'homme qui avait élevé Giacomo Mainardi et que ce dernier appelait « papa » travaillait à l'époque comme représentant. Il sillonnait l'Italie et une partie de la Suisse italienne. C'est là qu'il avait rencontré la femme pour laquelle il avait quitté son épouse et Giacomo. Un jour, simplement, il n'était pas rentré à la maison.

Teresa parcourut les pages en vitesse, mais n'y trouva pas ce qu'elle cherchait.

— Et maintenant le beau-père vit en Suisse ?

— Nous vérifions. Il est finalement aussi parti de là-bas. Sa dernière compagne déclare ne plus avoir eu de nouvelles de lui depuis un peu plus de deux mois déjà.

Teresa avait du mal à y croire.

— Et elle ne l'a pas signalé à la police ? Ce n'est pas si facile de disparaître.

— Aucun dépôt de plainte. Au fond, cet homme avait fait la même chose avec sa première épouse et c'était un libertin invétéré, ce que facilitait le métier qu'il exerçait. Il était peu souvent au domicile. Les disputes étaient quotidiennes et ils s'étaient déjà quittés plusieurs fois. La technique était chaque fois la même. Monsieur tenait un compte séparé et ne virait sur celui de la famille que le strict nécessaire pour les dépenses courantes. Les versements ont été suspendus lors de sa disparition. La femme décrit un compagnon et un père autoritaire, mais nie toute forme de violence contre elle ou ses enfants. Ils en ont deux. Ce que nos vérifications semblent confirmer.

— Ce sont les siens, les deux enfants. Giacomo était d'un autre père. Cela change les choses, et grandement. Quoi qu'il en soit, il n'existe pas que des violences physiques. Pouvons-nous accéder à son compte personnel ? Contrôler les mouvements récents ?

— Oui, mais il faudra du temps et de la patience. Nous parlons d'une banque suisse. Une commission rogatoire internationale est indispensable. Nous avons alerté la gendarmerie. Il ne reste plus qu'à attendre.

Ils n'avaient pas le temps.

— Albert, le meurtrier que nous recherchons tue probablement des hommes bien plus âgés que lui afin de punir la figure paternelle. Ce n'est pas seulement une question d'opportunité.

— Oui, à ce stade, nous l'avons tous compris. Cela ne me semble pas être une déduction exceptionnelle.

Elle se leva d'un bond.

— Si c'est Giacomo, alors c'est lui, le beau-père, qu'il veut frapper, vous me suivez ? Cet homme est en danger.

Le visage d'Albert se fripa, avec une expression de dégoût.

— Tu continues de l'appeler par son prénom, t'en es-tu rendu compte ?

— Et alors ?

Le visage du commissaire se détendit, ses lèvres dessinèrent presque un sourire. C'était ainsi qu'il procédait juste avant de porter l'estocade : il souriait.

— Et alors, Teresa, tu ne parviens vraiment pas à te tenir à l'écart des hommes violents ?

Elle remarqua à peine le tressaillement de Lorenzi, derrière Lona. Son collègue la regardait, mortifié. Elle fut incapable de réagir.

Le téléphone sur sa table de travail sonna, et Albert fut prompt à répondre. Il raccrocha après avoir marmonné quelques mots.

— La veuve de la troisième victime veut nous parler. Ils la font monter. Teresa, tu es encore avec nous ?

Elle était toujours debout, les bras ballants. Elle ne reprit ses esprits qu'à l'entrée de la femme dans le bureau, accompagnée d'un agent. Elle tenait un sac de supermarché contre sa poitrine. Pâle, émaciée, elle avait les yeux rougis de quelqu'un qui ne parvenait pas à dormir et pour qui l'attente était intolérable.

Teresa alla vers elle et lui céda son siège. Elle l'aida à s'installer.

La femme lui prit la main.

— C'était horrible. Ce regard.

— À quoi faites-vous allusion, madame ?

— À ce jeune qui est passé chez moi. Je l'ai expliqué à cet agent.

— Dites-nous.

— Il a sonné à ma porte. Son allure m'était familière, mais j'ai été incapable de me souvenir où je l'avais déjà vu. J'y repense encore… En tout cas, je lui ai ouvert, il y avait des gens dans la rue, les voisins tondaient la pelouse de leur jardin. Je lui ai demandé ce que je pouvais faire pour lui. Il m'a répondu qu'il avait trouvé ceci sur le trottoir et qu'il souhaitait me le rendre. (Elle tendit le sac à Teresa.) Je l'ai remercié, mais au fond de moi j'étais morte de peur, je ne voulais qu'une chose, qu'il s'en aille. Il n'avait pas pu le ramasser sur le trottoir. Et puis, comment pouvait-il savoir qu'il fallait me le restituer, à moi ?

Teresa croisa le regard soucieux d'Albert et ouvrit le sac, prise d'un horrible pressentiment, la peau parcourue de frissons.

C'était une casquette. Une casquette bleu foncé en tissu technique, avec une bordure en cuir.

La femme éclata en sanglots.

— Elle était à Filippo. Il la portait le jour où il a été tué. Il est sorti de chez nous avec cette casquette et n'est jamais rentré.

Teresa referma le sac sans toucher à la casquette et le remit à Lorenzi.

— Fais-le enregistrer et demande tout de suite un relevé d'empreintes.

Elle se tourna vers la femme.

— Maintenant je vais vous montrer une photo. Vous devez me dire en toute sincérité si vous reconnaissez cet homme. Si vous avez des doutes, ne craignez pas de nous en faire part.

Elle sortit la photographie de Giacomo Mainardi de la chemise cartonnée et la lui mit sous les yeux.

La femme hurla, en se masquant les yeux de la main.

— C'est lui ! C'est lui !

Albert fit signe à l'agent de s'en occuper et prit Teresa à part.

— Dis-moi ce que je dois faire.

Elle le regarda avec tout le mépris dont elle était capable, mais dans cette course contre la mort, elle n'avait pas le temps de donner libre cours à sa haine.

— C'est un comportement typique, cela ne me surprend pas. Je crois que le meurtrier se présentera aussi au cimetière.

— Au cimetière ?

— La première victime a déjà été inhumée et, demain, il se sera écoulé trois mois depuis la mort de sa mère qui, comme par hasard, est survenue le même jour que celui où il a tué la première victime, le 16 du mois. Si tu veux savoir ce que j'en pense, il se rendra sur la tombe pour goûter à nouveau aux émotions qu'il a vécues.

— La tombe de sa mère ?

— Non, Albert, celle de la première victime.

— Tu penses qu'il faut placer une caméra ? Nous n'avons pas ce type de ressources, tu le sais mieux que moi. Et je n'ai pas d'hommes disponibles.

— Conneries. Et, de toute façon, à défaut d'hommes, tu as une femme.

45

Aujourd'hui

Antonio Parri avait pleuré. Teresa intégra cette information avec angoisse. Il lui était arrivé en une seule autre circonstance de le voir dans cet état et elle aurait préféré ne jamais avoir à y repenser. À côté de lui, Albert était d'une pâleur mortelle.

— Que s'est-il passé ?

Les deux hommes se cherchèrent du regard, comme s'ils voulaient s'inciter mutuellement à avoir le courage de répondre. Quel étrange duo, songea-t-elle. D'ordinaire habitués à se flairer de loin, à grogner l'un contre l'autre, sans jamais parvenir à un véritable affrontement. Qu'ils se soient précipités ensemble à son domicile, ce n'était pas bon signe. Elle sentit son inquiétude croître.

— Alors ?

Albert se décida à franchir le pas que l'autre ne réussissait pas à faire.

— Giacomo Mainardi s'est échappé de l'hôpital. Il a assommé l'infirmier qui devait lui renouveler ses médicaments, il lui a retiré sa blouse et il a sauté par la fenêtre. L'agent de faction dit n'avoir entendu aucun bruit. C'est une infirmière qui s'en est rendu compte, parce que son collègue tardait à sortir de la chambre. Mainardi a eu tout le temps de traverser le parc de l'hôpital et de s'en aller. Nous le recherchons, mais je me suis immédiatement précipité chez toi.

Teresa le regardait sans parvenir à dire un mot. Marini s'adressa au préfet.

— Vous pensez qu'il va venir ici ?

Elle s'efforça de retrouver la voix.

— Non. Il serait bien bête de faire une chose pareille, et c'est tout sauf un idiot.

Albert regarda encore Parri, puis de nouveau Battaglia.

— Nous ne sommes pas seulement là pour cela, Teresa.

C'était donc lui qui était chargé de la besogne. Pourquoi pas Antonio ? Pourquoi son ami semblait-il avoir la gorge serrée ?

— Antonio ? l'interpella-t-elle. Dis-moi ce qu'il y a et puis c'est tout.

Quand il se décida à lever les yeux vers elle, elle comprit que quelqu'un était mort.

— J'ai conclu mes analyses sur les tesselles retrouvées dans la basilique avec ta dent.

— Et donc ?

La voix éraillée ne semblait même plus être la sienne.

— Elles ont été extraites du sternum de la victime. Les tissus sont spongieux et très vascularisés, gorgés de moelle osseuse de couleur rouge. Très caractéristique. L'une des tesselles correspond à l'appendice xiphoïde, le polissage est sommaire, c'est la terminaison du sternum.

Elle se retourna, chercha un siège. Marini la soutint par le coude, le lui approcha et elle s'y laissa tomber. Une marionnette arrachée à ses fils.

Finalement, vingt-sept ans après, Giacomo s'était emparé de ce qu'il avait cherché désespérément meurtre après meurtre. Les tesselles de mosaïque parfaites. La mort parfaite. La revanche ultime sur la douleur.

« J'ai un trou à la place du cœur », avait-il dit. C'était le sternum, ce sternum qui, chez lui, était né malformé et qu'il avait maudit, c'était de cela qu'après tant d'années il s'était emparé. Qui sait pourquoi il ne l'avait pas fait plus tôt, pourquoi il s'était tenu à distance, tout en ouvrant le torse de ses victimes. Peut-être cela lui faisait-il peur. C'était un symbole trop puissant à manier.

Après tant d'années, il s'était senti enfin prêt. Ses tentatives précédentes l'avaient préparé, elles avaient servi à le conduire au saut cathartique, horrible, libérateur.

Antonio temporisait. Ce n'était pas tout. Elle sentait le vacarme sourd de l'onde de choc se former dans les mots qui lui restaient en bouche.

Albert sembla comprendre la nature de la difficulté et se laissa aller à faire un geste qu'elle n'aurait pas cru possible : il s'agenouilla devant elle.

— Teresa, on a trouvé une correspondance pour l'ADN de la victime, dans la banque de données. L'homme était fiché parce que récidiviste. Il a presque tué une femme. Il avait purgé sa peine, mais il avait été de nouveau incarcéré quelques mois plus tard pour violences et menaces. Sa sœur l'avait accueilli chez elle, mais elle avait failli y passer elle aussi.

Ces mains posées sur les siennes la désorientèrent, autant ce geste de compassion que les spasmes au creux de son ventre, qui la brûlaient jusqu'au cœur.

Une autre, se surprit-elle à penser. *Il y en a trop, tous les jours. Toujours. Et pour combien de temps encore ?*

— Qu'est-il arrivé à cette femme ? Celle qui avait failli mourir ? Qui était-ce ? Je veux dire… l'épouse, la…

La main d'Albert se referma autour de ses doigts, il serra fort.

— C'était toi, Teresa. Ces restes appartiennent à Sebastiano.

46

Vingt-sept ans plus tôt

Teresa ressentait une mélancolie profonde, en marchant entre les pierres tombales du cimetière avec un enfant dans son ventre. Il lui semblait l'emmener se promener dans des limbes d'où elle aurait dû au contraire le tenir éloigné, entre des anges de pierre venus arracher l'amour et pas pour annoncer une nouvelle naissance.

Elle se caressait le ventre, même si elle avait entendu dire qu'il valait mieux éviter. Enfin, il était encore trop tôt pour s'en préoccuper. Sa main accourait vers cette vie sans qu'elle s'en rende compte, elle se faisait berceau, coquillage, pont entre deux cœurs. Elle l'imaginait, ce cœur d'oiseau, battre furieusement comme les ailes d'un tout-petit.

Le soleil couchant allongeait les ombres de la colonnade, les étirait dans leur noirceur en découpant des corniches autour des taches de lumière qui semblaient tenter d'échapper à la course des heures, sur les pavés.

Le toit de la passerelle piétonne formait une succession d'arcs en plein cintre aux décorations et aux couleurs changeantes presque à chaque pas.

Elle s'arrêta sous une voûte peinte d'indigo, éclairée d'étoiles dorées. Le mur n'était autre que la sépulture d'une famille. Un ange grandeur nature semblait saisi en pleine chute du haut d'une falaise, léché par le vent, ses ailes puissantes sur le point de s'ouvrir.

Elle lui tourna le dos, pour ne pas se laisser entraîner par la fascination poignante de cet ultime adieu.

Elle s'appuya à la colonne, en restant cachée. Elle n'était pas là pour mettre son enfant en danger. Elle ne ferait pas un pas de plus au-delà d'une limite dont elle s'était déjà trop approchée. Elle était là pour comprendre si la théorie par laquelle elle se laissait guider allait se vérifier dans la réalité.

Le soleil descendit encore et le ciel s'embrasa de rouge, colorant les marbres de nuances rosées. Les lumières votives se mirent à briller dans le crépuscule.

Au fond, même en ce lieu, il y avait de la beauté. Il y avait un ciel dans la terre, qui affleurait sur un tapis de corolles parfumées, faisant presque oublier ce qu'il y avait ici, sous terre.

C'était presque l'heure de la fermeture, quelques personnes bavardaient encore à voix basse dans les allées entre les sépultures. Une mère qui tenait par la main un enfant turbulent, deux dames âgées qui changeaient l'eau de vases de fleurs, un employé de la manutention qui réparait un réverbère.

Giacomo n'avait peut-être pas disparu. Elle s'était peut-être trompée. Il se pouvait que les dates n'aient pas pour lui autant d'importance qu'elle l'avait cru et qu'il passe cet anniversaire loin d'ici, loin de la mort. Ou alors qu'il la poursuive, cette mort, mais pas dans un cimetière. Son ventre se noua. Si elle était dans l'erreur, si pour lui cette commémoration n'était pas dédiée au rite du souvenir, mais à l'exécution d'une nouvelle victime, alors elle se tenait au mauvais endroit et quelqu'un allait bientôt mourir.

Albert et la brigade étaient en planque au domicile de Mainardi, dans l'attente qu'il se manifeste. Une voiture banalisée attendait Battaglia devant le cimetière. Elle avait obtenu deux agents sur les lieux.

Elle vérifia l'heure. Elle sortit de sa besace le rapport sur le suspect. Ils étaient parvenus à contacter une parente, une cousine au second degré qui leur avait raconté le peu qu'elle savait. Le reste, ils l'avaient appris du médecin de famille qui avait suivi Giacomo depuis l'enfance et de la bouche des enseignants qui l'avaient eu pour élève. En fin de compte, le contexte était clair.

Il était né avec une malformation du sternum. Son torse était creusé en son centre. Cette difformité avait conditionné une grande partie de sa vie, en l'amenant à se sentir – et, finalement, à être – différent.

« J'ai un trou à la place du cœur. »

Elle était incapable de détacher ses pensées de cette phrase, un aveu impossible à comprendre jusqu'à ce moment.

Elle tourna les pages, comme dans l'espoir de pouvoir arriver à un autre épilogue.

Le beau-père s'était toujours refusé à le faire opérer. La raison pour laquelle la mère de Giacomo ne s'était pas opposée à ce supplice sadique était simple à comprendre. C'était une raison banale, comme l'est une grande partie de ce qui constitue le mal : elle ne voulait pas se retrouver une fois encore abandonnée. Elle avait offert la créature qu'elle avait mise au monde en sacrifice sur l'autel.

« Tu es plus important, toi », avait-elle signifié par ce geste à l'homme qu'elle avait accueilli sous son toit, qui se déchargeait de ses frustrations sur un enfant, qui l'obligeait à se mettre torse nu l'été, sur la plage, et à fréquenter des cours de natation l'hiver. Comme le nouveau lion alpha de la horde cherche dans l'herbe haute les lionceaux de l'ancien chef et les tue, ainsi il voulait annihiler ce que l'autre homme avait laissé à cette femme, marquer un territoire, fût-ce au prix du viol de son enfance.

Et un morceau de Giacomo, exactement au milieu de sa poitrine, était mort pour toujours.

Peut-être parce que son enfant lui parlait à l'intérieur d'elle-même avec la force de la vie, du soin et de l'attachement, Teresa se sentait transportée vers le fils privé d'amour qu'avait été Giacomo. Malgré tout, comme tous les enfants, ce dernier avait continué d'aimer sa mère.

Une larme tomba sur les pages, mais cela ne suffisait pas à dissoudre l'encre empoisonnée avec laquelle cette histoire avait été écrite.

Compassion. Elle se demanda si elle l'accompagnerait comme une malédiction, entre maintenant et le futur qui l'attendait.

Quand le beau-père avait abandonné la famille, la mère et le fils avaient tout perdu, même leur maison, mais cette femme s'était sentite finalement libre de faire soigner Giacomo, qui dans l'intervalle était devenu un adolescent. Il avait fallu plusieurs interventions chirurgicales pour placer une barre en acier et redresser les os et les cartilages, ainsi que l'emploi d'une coque orthopédique à porter jour et nuit pendant sept longues années. Sept, comme les phalanges sectionnées chez les victimes. La côte avait peut-être elle-même été ensuite scindée en fragments. Maintenant, Teresa comprenait : l'hôpital représentait la famille de ce garçon. C'était là qu'en dépit de tout, avec les fantasmes violents qu'il avait déjà développés, il avait puisé en lui la force de tout recommencer et il était devenu infirmier, justement dans le service qui lui avait réparé la vie.

On avait corrigé les défauts de son corps, son esprit et son univers émotionnel ne seraient plus jamais les mêmes.

Quand elle lut la dernière ligne, le soir avait déjà envahi le monde et les derniers ors avaient abandonné les visages des statues et les croix au faîte des chapelles privées.

Elle leva les yeux et vit qu'elle se retrouvait seule. Il ne restait plus qu'un quart d'heure avant la fermeture des portails.

Elle rangea les papiers dans sa besace, sortit l'émetteur-récepteur et chercha à contacter ses collègues qui attendaient sur l'esplanade extérieure. Personne ne répondit. Ils n'avaient même pas allumé leur appareil.

Elle consulta encore sa montre. Il valait mieux s'en aller.

Elle marcha d'un pas rapide. Au bout de l'allée, le gardien déplaçait l'échelle qu'il avait utilisée pour atteindre la lampe du réverbère. Il l'appuya contre le columbarium et s'avança vers elle à une allure résolue.

Elle se dépêcha. Il avait l'air de vouloir la réprimander.

— J'allais sortir !

L'homme passa à côté d'elle sans répondre, le visage à moitié masqué par la casquette inclinée. Son odeur la saisit au ventre et d'instinct la fit s'écarter.

Ce n'était pas une odeur désagréable au sens ordinaire du terme, c'était une odeur sauvage.

Elle se retourna et vit que la tenue bleue que portait l'homme n'était pas une combinaison de travail, mais un survêtement de sport.

Elle fit volte-face et s'obligea à ne pas courir, en se protégeant le ventre des deux bras.

C'était lui. La peau de Teresa l'avait senti. Son inconscient lui hurlait de s'enfuir.

Elle se cacha derrière une rangée de cyprès et le chercha du regard.

Giacomo s'était dirigé vers les tombes les plus récentes et se tenait maintenant devant une pierre tombale, dos à Teresa, mais elle voyait qu'il avait le visage dirigé vers la sépulture située juste à côté : celle de la première victime. Il observait la terre déplacée, la croix provisoire en bois avec sa plaque nominative.

Il ne faisait pas mine de bouger. Il semblait prier, absorbé, mais en réalité il s'exposait à son regard. Elle l'avait reconnu, qui sait depuis combien de temps il s'était empli les yeux et les pensées de sa présence.

Elle avait le plus grand mal à respirer. Il lui parlait, avec son corps immobile, le profil offert à son regard, mais elle ne comprenait pas, elle ne disposait pas de tout l'alphabet pour reconstituer les éléments du message.

Mainardi se pencha au-dessus de la pierre tombale.

Elle s'effraya de ce mouvement subit, se réfugia derrière une chapelle. Elle fouilla dans son sac, attrapa l'émetteur-récepteur et tenta de recontacter ses collègues.

— Vous m'entendez ? Il est ici.

Elle murmurait, mais elle aurait voulu hurler.

— Vous m'entendez ? *C'est lui, il est ici !*

Elle le chercha de nouveau des yeux, mais il avait disparu. Sa main laissa échapper l'émetteur-récepteur qui tomba par terre. Un bruissement, tout près, entre les tombes, lui donna la chair de poule.

Elle prit la fuite, totalement désorientée. Elle ne voyait que des croix noires se découper sur le bleu de la nuit, et des pierres et des petites ampoules funéraires. Les réverbères étaient éteints. Il n'avait pas feint d'en réparer un. Il avait dévissé les ampoules de tout le secteur. Les anges de marbre semblaient s'affliger pour elle, sortis de terre et non descendus des cieux, pour lui annoncer sa mort.

Elle pensa à son enfant, au danger auquel elle l'exposait. Elle fondit en larmes, cherchait une issue qu'elle ne trouvait pas, oubliant même le bruit qu'elle faisait, la vision qu'elle offrait. La panique l'avait transformée en proie facile. Elle se heurtait aux arêtes vives d'un piège où elle était tombée d'elle-même.

Quelque part, sur les gravillons parfumés de cyprès, l'émetteur-récepteur se mit à crépiter. Elle entendait ses collègues rire. Ils lui avaient fait une blague, alors qu'elle tentait d'échapper à un meurtrier.

Les allées lui paraissaient toutes identiques, un labyrinthe dénué de murs, jusqu'à ce qu'elle entrevoie l'un des portails. Elle courut, tira sur les barreaux, mais il était fermé.

Et ce fut à cet instant qu'elle sentit sa présence dans son dos.

À quelques pas, tout près, derrière elle.

Elle se retourna, le visage baigné de larmes. Elle chercha son pistolet dans son étui, sanglé sous sa parka, mais il fut le plus rapide, il prit l'arme et la jeta au milieu des fleurs.

De si près, elle reconnut sous la casquette le garçon qui lui avait parlé avec gentillesse, qui l'avait aidée dans des moments difficiles.

Et elle reconnut aussi l'animal qu'elle avait flairé à son odeur. Il brillait dans le noir des pupilles.

Il maintenait son visage tout près du sien, au point de respirer le même air.

Elle ne put que baisser les yeux sur son torse, marqué sous les vêtements d'une cicatrice qui l'avait incisé jusqu'à l'âme.

Il suivit son regard. Il comprit peut-être qu'elle savait.

Il leva les yeux au ciel, elle lut le trouble sur son visage. Un reflet d'une humanité annihilée, mais nullement perdue. Il la lâcha, se retourna et s'enfonça dans la nuit.

Teresa tomba à genoux.

— Je t'ai appelé. J'ai tapé ce numéro.

Elle dit ces mots à l'obscurité, après avoir réussi à calmer le tremblement de ses lèvres, forçant les mots à sortir de son cœur dans un souffle. Ce fut seulement un chuchotis, mais elle savait avec certitude qu'il l'avait entendue.

47

Vingt-sept ans plus tôt

La maison de Giacomo exhalait une odeur de cercueil. Elle le perçut dès qu'elle y mit un pied. Elle empestait les fleurs fanées et pourrissantes, les brassards souillés de terre aux couleurs du deuil.

Les derniers événements avaient convaincu le juge de délivrer à brève échéance le mandat de perquisition du logement. Les empreintes relevées sur la casquette de la troisième victime remise à la veuve coïncidaient avec celles relevées sur la scène du crime, et maintenant également sur l'arme de service de Battaglia, qui avait attesté reconnaître Giacomo Mainardi en l'homme qui, au cimetière, la lui avait prise des mains.

Albert voulait y voir un signe de sa force.

— Il a perdu la tête. Il n'a plus le contrôle de la situation.

Elle le perçut comme le signe que c'était : le manège de mort et de ruine tournait sur lui-même, basculait à terre en un épilogue d'autodestruction.

Les collègues venaient de régler les formalités d'affichage et de délivrance du mandat de perquisition à un voisin apeuré. L'avocat commis d'office était arrivé, et Teresa le fit passer en premier. Aucun des parents contactés n'avait voulu être présent. Orphelin, fils unique d'une fille unique, Giacomo Mainardi était seul au monde. Les rares liens subsistants avaient été tranchés par la nouvelle de son inscription au registre des individus recherchés.

Battaglia était parvenue jusque-là en suivant le chemin tracé par le meurtrier avec les os soustraits à ses victimes. Elle les imaginait se mettre en mouvement à son passage comme autant d'éléments d'un mécanisme encore obscur. Elle effectuait ses démarches en sachant que c'était le meurtrier qui l'avait voulu, et observait chaque détail, chaque scénario qui s'ouvraient devant ses yeux avec la certitude que tout était là où il l'avait voulu, comme il l'avait voulu.

« Sois une page vierge », lui avait suggéré Robert Ressler. Elle fit plus que cela. Elle se transforma en une coupe, afin d'y recevoir tous les dons macabres qu'il aurait préparés pour elle.

L'odeur qu'elle avait identifiée provenait de pétales séchés éparpillés au sol. Noirs, ondulés, malodorants, ils parlaient d'existences défigurées et d'abandon.

L'appartement était en ordre, un ordre recouvert de poussière. Le maître de maison était occupé par d'autres affaires, ces dernières semaines.

Chaque recoin fut photographié, chaque objet examiné. Dans une armoire, ils mirent la main sur des coupures de journal fixées à la face interne de la porte par du ruban adhésif qui mentionnaient les crimes et les photos d'identité détachées des permis de conduire, tandis qu'à un clou étaient suspendus divers bijoux féminins.

Albert l'appela auprès d'elle.

— Qu'est-ce que cela signifie d'après toi ?

Teresa frôla les colliers et les bracelets avec un gant, les faisant tintinnabuler.

— Ils appartenaient peut-être à sa mère. Ou alors il les a volés. D'ordinaire, ce type de meurtriers pratique le voyeurisme. Ils observent la vie des autres, volent quelques objets, une manière de se mettre à l'épreuve. Sans que l'intention soit forcément de tuer.

Lona scruta les objets luisants comme s'il s'agissait de fétiches vaudous.

— Qu'est-ce que je devrais en faire ?

Elle s'écarta de lui, irritée.

— Les enregistrer et chercher les propriétaires parmi les voisins et les collègues.

— C'est toi qui te charges du rapport ? (Il désigna la porte qui donnait sur l'arrière.) La serre, dans le jardin.

Elle s'approcha de la fenêtre. À chaque rafale de vent, la branche d'un arbre sec la griffait avec un grincement. Ce bout de terrain, c'était l'hiver perpétuel. À la différence du triangle vert qui accueillait les visiteurs à l'entrée, sur l'arrière, il semblait que l'herbe n'avait pas été tondue depuis des mois, peut-être des années. C'était de la paille tassée sur elle-même en grosses touffes, qui étouffait les nouvelles pousses et accélérait leur pourrissement.

Il y a des lieux qui semblent exhaler un souffle méphitique, et c'était le cas de cette construction de fer et de verre qui dominait cette petite bande de terrain.

On positionna et on alluma des projecteurs. Un groupe de corneilles prit son envol avec des cris perçants.

Les vitres avaient été tapissées de l'intérieur avec des pages de vieux journaux jaunies par l'exposition au soleil, effaçant l'encre presque complètement. Certaines étaient tachées d'auréoles d'humidité, épaissies par les infiltrations. D'autres abritaient les tanières laineuses de grosses araignées qui battaient en retraite poursuivies par les lumières des lampes-torches.

Elles terrorisaient Teresa, à cause d'un épisode survenu dans la prime enfance. En jouant, elle avait détruit un nid et s'était retrouvée recouverte de dizaines de petits. Elle chassa cette pensée, chassa avec ses mains la sensation qu'elle éprouvait encore sur ses bras et son visage.

Quand ses collègues ouvrirent la porte, autour d'elle, ils entamèrent un véritable ballet de démineurs. L'un d'eux repéra l'interrupteur et alluma la lumière. Une seule ampoule pendait, nue, à un fil brut.

Elle ne percevait aucun danger, si ce n'est celui auquel elle allait se confronter avec son psychisme.

Sous la serre flottait la même odeur qu'elle avait perçue dans l'appartement, mais plus intense. Sur le sol en terre battue, parmi les pots de plantes desséchées et les outils de jardinage rouillés, il y avait les couronnes de fleurs avec lesquelles parents et amis avaient accompagné les obsèques de la première victime. Le nom du défunt en caractères dorés ne laissait pas de doute. Elles représentaient d'énièmes fétiches, souvenirs romantiques d'une histoire d'amour avec la mort.

La dernière partie de la serre était occupée par des équipements de gymnastique. Bancs, poids, élastiques, barres de traction. À cet endroit, les murs étaient recouverts d'affiches et de calendriers représentant la nudité masculine. Les collègues de Teresa y virent une déclaration d'homosexualité bonne à prendre pour cible avec des blagues vulgaires et indécentes. Elle les fustigea d'un ordre cinglant auquel personne n'eut le courage de se soustraire et contre lequel même Albert ne protesta pas. Le commissaire l'avait rejointe, mais se limitait à l'étudier, à l'écart de quelques pas.

Teresa s'approcha des affiches. Il y avait des marques de doigts sur le papier patiné. Giacomo les avait caressées tant de fois qu'il y avait laissé le sillage luisant de ses pensées.

Elle vit dans ces torses glabres, sculptés et parfaits l'idéal hors d'atteinte qui le tourmentait tant. La nudité exposée, alléchante, signifiait peut-être qu'il n'avait jamais eu le courage de se donner, que ce soit à un homme ou à une femme. Pourtant, c'était ce qu'il désirait.

Elle l'avait perçu, dans l'obscurité du cimetière. Elle avait flairé en lui une sorte d'ingénuité, une tentative animale d'être au monde, tout en se maintenant en lisière, encore en phase d'expérimentation. L'approche maladroite avec sa collègue de service, à l'hôpital, en était la preuve. Il procédait par imitation.

Le jeune garçon en lui sentait encore ce trou dans le torse, sous la plaque d'acier qui était censée réparer ce mauvais tour de la nature ; il sentait le vide qui avait pris la place du cœur et qu'il cherchait désespérément à remplir de chair et de muscles assez forts pour combler le fossé où avait glissé son estime de soi.

Autour d'elle, le vide s'était fait, ses collègues semblaient attendre quelque chose qui bouillait en elle. Une idée, un geste, ou bien un pas hors d'ici. Ils l'auraient suivie sans ciller.

Elle fit un demi-tour sur elle-même. Elle cherchait un signe que Giacomo avait dû laisser. C'était ainsi que s'exprimaient les créatures de son espèce. Mais, ce signe semblait manquer.

Albert l'interrompit dans ses réflexions.

— Alors ?

— Je n'ai pas de boule de cristal.

— Pourtant, jusqu'à présent, tu t'es comportée comme si tu en avais une.

Elle s'efforça de rester concentrée. L'un de ses collègues décolla une page de journal d'une vitre. De l'extérieur, les projecteurs éclairèrent les carreaux crasseux. Albert les invectiva, leur vociférant de s'en tenir aux procédures, mais entre-temps Teresa avait cru reconnaître quelque chose dans un reflet.

— Éteignez la lumière à l'intérieur !

L'obscurité fut rétablie dans la serre, transpercée par les rayons lumineux des projecteurs extérieurs.

Albert lâcha un juron entre ses dents.

Un œil les regardait. Un œil tracé avec le doigt sur le verre nu. Écarquillé, effrayé. Ou saisi d'émerveillement.

Lona se précipita pour arracher d'autres pages et une deuxième pupille apparut sur la vitre voisine.

Personne ne semblait plus respirer. Battaglia se reprit.

— Nous devons toutes les retirer.

Ils rallumèrent la lumière, firent apporter d'autres lampes. Une par une, les pages furent numérotées afin qu'il soit possible de reconstituer leur position exacte et d'y chercher ensuite d'éventuelles significations cachées, puis décollées et déposées au sol, l'une sur l'autre, dans un coin.

Ils ne repérèrent pas d'autres signes. Rien que ces deux yeux ensorcelés qui fixaient un point devant eux, point qui n'existait peut-être que dans l'esprit de Mainardi.

Le commissaire laissa tomber les dernières pages que Lorenzi s'empressa de récupérer, s'essuya les mains sur son pantalon comme s'il éprouvait le besoin de se les détacher des poignets et se tourna vers Teresa, l'air bouleversé.

— Et maintenant ?

Elle n'avait pas cessé de regarder autour d'elle.

— Nous devons voir. Voir une chose importante pour lui.

— Les couronnes mortuaires qu'il a volées ? Les hommes à moitié nus ? Quoi ?

Elle ne le savait pas. Le message pouvait être caché n'importe où, il pouvait être logé dans n'importe quel détail, ou nulle part.

— Je crois que cela se situe sous terre.

Albert formula à voix haute la question à laquelle elle tâchait d'apporter une réponse.

— De quel côté commençons-nous à creuser ? Nous n'avons pas toute la nuit. Il se pourrait qu'il ait déjà choisi sa prochaine victime. Si nous faisons fausse route…

Elle monta sur un banc et ce fut seulement à cet instant qu'elle l'entrevit. Une portion de terrain à peine plus sombre, juste devant les deux yeux tracés sur les vitres.

Décomposition. La terre regorgeait de graisses et de nutriments. C'était seulement un angle du terrain qui pointait sous un tapis en caoutchouc, sur lequel était placée une barre de traction.

Elle descendit et chercha une pelle.

— Creusons, ici.

Albert la lui prit des mains et la tendit à un agent.

— Creusez.

Ils roulèrent le tapis d'exercice et le mirent de côté. Une odeur monta du sol, ils étaient quelques-uns parmi eux à avoir appris à la reconnaître, suite à de précédentes expériences. La sépulture devait être peu profonde. Ils mirent leurs masques.

Elle s'agenouilla.

— Faites attention, doucement.

Elle les aida de ses mains, jusqu'à ce qu'elle sente quelque chose sous ses gants de latex.

Elle toucha d'abord délicatement le tissu. Un lambeau de coton blanc à fleurs bleues. Ils dégagèrent tout le terreau, au-dessus et autour, jusqu'à ce que se découpe la silhouette d'un corps.

Ils exhumèrent à la lumière un cadavre en état de décomposition avancée.

Il était enveloppé d'un drap, depuis les vertèbres cervicales jusqu'aux pieds. Le climat de la serre l'avait desséché, bruni, modelant la peau sur les os. Il ressemblait à une momie déposée du fond une tombe païenne. Les vêtements pliés et les effets personnels étaient placés à la hauteur des pieds et des fémurs.

Elle se fit passer la fiche que la gendarmerie suisse avait envoyée par télécopie, à sa demande. Elle contrôla la liste des objets personnels appartenant au beau-père de Giacomo Mainardi, que la compagne de cet homme leur avait fournie seulement une heure auparavant. En particulier une petite médaille en or, cadeau de cette femme, avec les initiales de l'homme. Le bijou était encore à sa place, autour du cou ratatiné.

Elle rendit le feuillet à son collègue.

— Nous attendrons les analyses, mais il ne me semble pas qu'il puisse subsister de doute. C'est lui. Quelqu'un a appelé Parri ?

— Il arrive.

Elle prit un stylo et retira le terreau du crâne. L'os était enfoncé. Elle souleva avec prudence un bout d'étoffe souillée d'une tache sombre. Les os de la cage thoracique étaient en miettes.

Albert se couvrit le nez d'un revers de sa veste. Le masque ne suffisait pas.

— On dirait qu'il a fini sous un train.

Elle désigna les membres et le bassin.

— Le reste est intact. La fureur que nous constatons ici était d'un type différent.

— Tu penses que le fils se serait acharné à ce point ?

— Le beau-fils. J'en suis sûre.

— Tu nous as probablement fait utiliser l'arme du crime qui nous a servi de bêche, inspectrice. Compliments. Cela finira dans le rapport.

Elle l'écouta à peine, décidée qu'elle était à capter l'écho de ces événements lointains.

Où Giacomo avait-il rencontré son beau-père ? Jusqu'où l'avait-il convaincu d'aller, et où l'avait-il frappé ? Comment avait-il fait pour le porter jusqu'ici, à moins qu'il ne soit arrivé là de sa propre volonté ? Il était peut-être déjà mort dans le coffre d'une voiture dont ils n'avaient pas encore retrouvé la trace, malgré le signalement de la plaque fournie aux unités mobiles par le registre des immatriculations.

Elle craignait qu'une grande partie de ces questions ne demeure en l'état, un vide qui ne pouvait être comblé que par l'imagination, des hypothèses, des peurs intimes qui prenaient forme et corps.

Albert regarda autour de lui. Il semblait fatigué, mais satisfait.

— Nous allons devoir retourner toute la terre du jardin. Il pourrait y en avoir d'autres.

Elle se leva et enleva la terre de son jean. Elle décida de le jeter, aucun lavage ne lui permettrait de le récupérer propre et vierge de ce que le tissu avait frôlé.

— Cela se pourrait, mais je n'y crois pas trop. Liens du sang ou non, c'est la tombe du père. Et même, d'ailleurs, du Père, avec un P majuscule. Le Père qui inflige de la douleur et qui abandonne. C'est hautement symbolique. Pour Giacomo Mainardi, la nécessité n'était pas de cacher un corps, mais d'ensevelir la douleur que cette personne lui avait infligée. Tous les autres, il les a laissés en dehors de ce cercle funéraire, dans la rue, dans les champs. Lui, non. Il voulait l'avoir sous les yeux, tous les jours. C'est la première victime, dans tous les sens du terme. Il l'a tué après la mort de sa mère, le facteur déterminant qui a enclenché la spirale des autres meurtres.

— Bon, alors je fais creuser ou pas ?

Il n'avait pas écouté.

— C'est nécessaire, oui. Après l'intervention du médecin légiste.

— Tu viens de dire que tu n'y croyais pas !

— J'ai dit que nous ne trouverions sans doute pas d'autres corps ici.

— Et alors quoi ?

Elle n'en savait rien, mais elle sentait que ce n'était pas fini.

Ayant terminé de délimiter le périmètre dans lequel Parri devrait procéder à ses prélèvements, peu à peu tous les policiers sortirent sous le ciel étoilé, cherchant à respirer.

Elle resta seule. Albert l'appela, pris d'emblée, pourtant, par d'autres questions, des ordres à donner et des rapports à rédiger.

Ce fut alors que Battaglia la remarqua. Ce n'était qu'une petite plante, mais au milieu de toute cette mort, elle représentait une interruption dans le flux de la normalité.

Elle s'approcha. Le bac était en métal, de ceux qu'on utilise dans les pépinières. La terre à l'intérieur était imbibée d'eau et accueillait un plant de violettes sauvages. Des pétales couleur lilas clair et un bouton encore blanc, des feuilles en forme de cœur. Une motte transplantée récemment.

Ses pensées revinrent aussitôt à la troisième scène de crime, au bosquet d'acacias en fleur, loin des lumières de la ville. La brume montait du fond vaseux du canal, et des grenouilles coassaient. Là aussi, la terre était noire d'humus et gonflée de bulbes et de sang, recouverte de violettes. Elle se remémora la pluie parfumée, la nausée, le contact de cette main dans son dos qui semblait lui dire : « Tu n'es pas seule. »

Elle aurait voulu le lui dire elle aussi, dans le cimetière resplendissant de petites ampoules funéraires.

« Je t'ai appelé », lui avait-elle murmuré. C'était comme lui jurer qu'une autre vie était possible.

Ces fleurs étaient pour elle. Pas coupées, pas taillées. Vivantes.

Elle plongea les mains dans la terre pour soulever la motte et, sous les racines, sentit quelque chose de dur. Elle déblaya le terreau, nettoya l'objet et leva dans la lumière des spots une œuvre en ivoire à l'attrait splendide et maléfique.

Une douleur au ventre la plia à genoux, et son appel à l'aide s'étrangla au fond de sa gorge.

48

Aujourd'hui

Teresa Battaglia finit par franchir de nouveau le portail de la préfecture, mais elle le fit au cœur de la nuit, en empruntant des couloirs déserts, en passant devant des bureaux pour la plupart vides.

Massimo l'escortait, veillant à la maintenir à l'abri de toute curiosité importune. Elle était là pour se regarder en face, pour se voir dans un portrait et se redécouvrir plus forte ou anéantie.

Marini recueillait les fragments de sa mémoire à pleines mains, les réassemblait, sans espoir, car ces braises se dissoudraient bientôt comme de la cendre entre les doigts. Il avait conscience de devoir accepter la déchéance imposée par la maladie. Il était disposé à renoncer au commissaire, mais pas à la femme qu'était Teresa Battaglia. En tout cas, pas avant de lui avoir assuré une revanche réparatrice.

Parisi et De Carli les attendaient. Massimo ferma la porte du bureau qui, depuis deux semaines, était devenu uniquement le sien. Chaque fois qu'il y entrait, il se demandait ce qu'il adviendrait de lui, de la brigade, de l'héritage de Battaglia, s'ils seraient tous assez forts pour y ramasser la cendre qui restait et y reconstruire quelque chose.

Les deux agents se levèrent.

— Commiss…

Elle ne les laissa pas terminer.

— Ici, il n'y a pas de commissaire. C'est cela ?

Massimo alluma la lampe sur le bureau pour éclairer les détails de la mosaïque qu'il avait fait apporter de la prison. La rudesse de Battaglia n'était rien d'autre qu'une peur de souffrir. Elle avait mis des mois à le comprendre.

— Oui, c'est ça.

Elle ne s'était pas encore approchée, comme si le fait de se tenir sur le seuil de la pièce lui ménageait une issue de secours en cas d'urgence. Malheureusement, il n'y avait pas d'issue de secours.

Massimo avait demandé et obtenu d'urgence la mise sous séquestre du portrait, il l'avait fait apporter à la préfecture parce qu'il savait qu'elle, tôt ou tard, devrait se confronter aux sentiments qui la liaient à ce meurtrier et qui demeuraient troubles, refoulés, emmêlés depuis des décennies, et jamais tout à fait tranchés. Et lui, en cet instant, voulait se tenir à ses côtés.

Teresa Battaglia se décida à s'approcher, le regard braqué sur l'œuvre.

— Je peux la toucher ?

— Oui.

Elle chercha à déplacer une chaise, Parisi s'empressa de l'aider. Elle s'y laissa tomber avec un soupir.

Elle ne s'était pas encore résolue à effleurer les tesselles qui reproduisaient étonnamment son visage, saisi à une époque difficile à définir. C'était elle, ni jeune ni mûre, comme éternelle, sans liens terrestres.

Massimo se sentait frappé chaque fois qu'il posait le regard dessus.

C'était une Teresa aux yeux splendides, aux cheveux agités par le vent de la vie, le visage levé dans une attitude fière. La bouche était entrouverte et là, avec la force d'attraction d'un trou noir, il y avait ce vide entre deux dents.

Il s'approcha d'elle. Il se demandait combien de temps encore cette femme pourrait résister sans s'effondrer. La vie, comme si elle ne l'avait pas déjà privée de suffisamment de choses, lui demandait maintenant de retrouver le corps d'un mari qui avait été son bourreau, et pour y parvenir, elle devait s'introduire le plus possible dans l'esprit et les pulsions d'un meurtrier auquel elle semblait liée par un pacte de silence mutuel.

Il chassa cette pensée. Il y percevait un danger.

Il la vit tendre un doigt, un seul, et le passer sur les tesselles.

— Il a toujours été précis dans la reproduction des détails.

Il aurait voulu recouvrir sa main de la sienne.

— Aussi précis que dans la réalisation de ses fantasmes, dit-il.

Il la vit secouer la tête de manière presque imperceptible.

— Ceci, ce n'est pas son imagination à l'œuvre, Marini.

— Qu'est-ce que c'est alors ?

— Simplement ce qui s'est passé.

— Et que vous ne voulez pas nous dire.

— Oh, Massimo, je ne souffre pas déjà assez comme cela ?

Il posa le front sur la table, touché au cœur. Les images des photographies qu'il avait vues le tourmentaient encore. Ce visage dévasté. Ce corps violé.

— Pardonnez-moi.

— Venez près de moi, tous les trois.

Ils firent cercle autour d'elle, comme pour une étreinte. De Carli avait les yeux brillants, Parisi ne réussissait à regarder personne en face.

— Cela n'a pas été facile d'admettre que j'étais la préférée d'un tueur en série. Moi, qui lui donnais la chasse. Mais il en était ainsi, et il en est encore ainsi. Et il n'est pas toujours facile de comprendre qui l'on doit craindre, les garçons. Parfois, nous nous refusons véritablement à le comprendre, parce que nous l'aimons. D'autres fois, nous nous précipitons dans le drame sans même nous en rendre compte.

Massimo leva la tête.

— Vous croyez être en danger ?

— Non. Il ne viendra pas me chercher pour me tuer, si c'est ce que vous redoutez. Giacomo n'a jamais fait le portrait de ses victimes.

— Quoi, alors ?

Elle retira sa main comme si ce contact était devenu d'un coup insupportable.

— Nous n'avons jamais déchiffré son message. Sur la mosaïque découverte dans la serre, à son domicile, c'était explicite, devant nos yeux… et pourtant indescriptible. L'enfer, peut-être.

— L'enfer. Et comment était-il, cet enfer, pour Giacomo ?

Dans les yeux de Teresa Battaglia s'alluma l'étincelle de celle qui vient d'être traversée par l'éclair d'une idée soudaine.

— Non pas comment, mais *où*…

49

Vingt-sept ans plus tôt

La gynécologue qui était de garde de nuit à l'hôpital de la ville la rassura. L'enfant allait bien, Teresa allait bien. Il n'y avait aucune raison de s'inquiéter.

Son sentiment de culpabilité s'évapora. Le cœur de son enfant battait.

Teresa l'avait vu pour la première fois à l'écran du monitoring. C'était vraiment le cœur d'un oisillon, peut-être encore plus petit, mais battant avec une telle force, une telle obstination.

— Reposez-vous. Évitez le stress et prenez un peu plus de temps pour vous. Les trois premiers mois de la grossesse sont les plus délicats.

La doctoresse quitta la salle des urgences sur cette recommandation que Teresa se convainquit de respecter. C'était le moment d'abandonner la chasse, de laisser la capture de la proie à d'autres. Elle se rhabilla, finalement décidée quant à la voie à suivre.

On frappa à la porte.

— Je peux ?

— Entre.

Antonio Parri entra, l'air emprunté. C'était lui qui l'avait convaincue de se soumettre à cette visite, après l'avoir retrouvée à genoux dans la serre, bouleversée, devant une mosaïque qui les avait tous terrorisés. Dans la terre, elle affleurait dans l'obscurité, sous une forme qu'aucun d'eux n'oublierait jamais.

— Tout va bien ?

— Oui. La doctoresse te l'a dit ? Je dois m'arrêter, par précaution.

Il s'adossa au mur.

— Tu veux un deuxième avis ? Je confirme. Tu ne peux pas continuer.

Elle finit de nouer les lacets de ses grosses chaussures. Elle se releva.

— Mais toi tu es un médecin des morts.

— Je me soucie aussi que les vivants le restent, tu sais ? Et entiers. Et que tu sois heureuse.

Elle rit, mais son rire se dissipa presque aussitôt. Il interpréta cela comme de l'amertume.

— Nous l'attraperons, Teresa. Maintenant, ils le talonnent et il ne reviendra certainement pas frapper dans l'immédiat. Il sait qu'il est traqué. Cela te rassure ?

Elle opina, mais lâcher les rênes n'était pas facile.

— Maintenant je rentre chez moi et…

Elle s'interrompit. Il s'était écoulé des heures depuis qu'elle était partie. Elle n'avait pas averti Sebastiano. À son retour, il allait lui tomber dessus avec fureur et elle ne pouvait plus permettre cela.

Parri comprit aussitôt.

— Je t'emmène chez moi. (Elle dut le regarder, interloquée, parce que le médecin légiste leva les mains.) Je te jure que je ne cherche pas d'aventure romantique, ni rien d'autre de ce genre. Je t'offre juste mon amitié.

Elle s'étreignit. Elle allait prendre cette nouvelle route, enfin, mais elle n'avait pas tenu compte de la peur qui accompagne les premiers pas.

— Je suis en train d'aménager l'ancienne maison de mes parents. J'ai déjà emporté là-bas un certain nombre d'affaires, mais elle n'est pas encore prête. Sebastiano n'est pas au courant.

— Si elle n'est pas encore prête, une femme enceinte ne peut sûrement pas s'y installer.

Elle réfléchit. Il semblait sincèrement se faire du souci pour elle, mais elle ne s'expliquait pas qu'un quasi-inconnu s'investisse autant.

— Qu'y a-t-il, inspectrice ? Quelles profondeurs es-tu en train de sonder ?

— Je cherche à comprendre pourquoi tu fais ça.

— Ah, tu ne crois pas à l'histoire de l'amitié. J'apprécie la franchise avec laquelle tu me traites de menteur.

Il lui arracha un sourire. Elle dut se mordre les lèvres pour le lui dissimuler.

— Alors, Teresa, puisque les statistiques te plaisent tant, attarde-toi un peu sur celle-ci : combien de risques as-tu de rencontrer au même moment dans ta vie un égocentrique violent, un meurtrier en série et un pervers ? Les deux premiers, c'est déjà fait.

Cette fois, elle rit sans retenue, surprise de son culot.

— Je dirais qu'ils sont faibles.

Il lui fit un clin d'œil.

— Je t'assure que cette nuit, nous dormirons tous les deux d'un sommeil paisible.

— D'accord, j'accepte. Merci.

— C'est bien, jeune fille. Je t'accompagne pour que tu récupères ce dont tu as besoin.

Il l’aida à enfiler sa parka, lui prit son sac et le hissa sur son épaule. Il chancela. Teresa l’aida à retrouver son équilibre.

— Tu as bu, ce soir aussi ?

— Il est minuit passé. Cette cuite compte pour une nouvelle journée.

— Mais pourquoi fais-tu ça ?

— C’est en train de passer.

— Oui, mais pourquoi ?

Il se redressa. Échevelé, les yeux injectés de sang, il paraissait sortir d’une bagarre. Pourtant il souriait.

— Je n’ai pas d’excuses. Aucun traumatisme, aucun drame. Juste l’ennui.

Elle lui prit les clefs des mains.

— C’est moi qui conduis.

50

Aujourd'hui

Les portes des archives du tribunal s'ouvrirent, à la demande de Teresa. Elle était convaincue que quelque part à l'intérieur, protégé par une caisse en bois et enregistré comme pièce à conviction dans une affaire de meurtre, était conservé le plan qui la conduirait au cadavre de Sebastiano.

Ce plan était tracé avec les tesselles de mosaïque qu'elle avait exhumées dans la serre de Giacomo vingt-sept ans plus tôt.

Cette nuit-là, l'enfer lui était apparu. Celui que Giacomo Mainardi avait traversé, enfant, pour revenir au monde sous la forme d'un monstre. Non pas un territoire psychique et imaginaire, mais bien réel.

Pendant que les fonctionnaires du parquet transportaient la caisse jusqu'à eux, elle perçut le craquement de quelque chose qui se brisait peu à peu. C'était le passé, cristallisé depuis des décennies, sur le point d'éclater en morceaux, parce que soudain dévoilé.

La caisse fut déposée sous leurs yeux, puis ouverte.

Marini et les autres s'en approchèrent comme du bord d'un gouffre.

De Carli s'en écarta aussitôt.

— J'ai la nausée.

Même Parisi faisait une drôle de tête. Il ne tenait pas le coup, lui non plus.

Entre les parois d'une fosse qui semblait tapissée de vertèbres, un garçon aux cheveux roux, lui aussi sur le seuil qui séparait l'enfance de l'adolescence, était assis de dos, les jambes croisées, nu, les bras levés vers une croix lointaine, lumineuse sur fond de ciel violet, apocalyptique. Il était mort et ressuscité, en enfer. Le corps était décharné. Il n'avait pas la splendeur des créatures rappelées à la vie par un Dieu miséricordieux, mais la coloration grise des cadavres, une peau desséchée qui semblait ne faire qu'une avec le squelette. Chair et os fusionnés, comme la vie et la mort, l'amour et la haine.

Sur le sol de pierre étaient disposés une sépulture ouverte, un vase canope renversé à terre, des filets de sang, un crâne, la faux qui avait fauché la vie et les ruines d'une civilisation représentées par des colonnes classiques effondrées.

Tout avait été habilement représenté au moyen de tesselles de marbre d'un centimètre de côté. Tout excepté la colonne vertébrale du personnage principal. Pour celle-ci, on avait en partie utilisé des morceaux d'os extraits des victimes. Les étiquettes employées pour identifier les échantillons biologiques étaient encore attachées aux fragments osseux.

Giacomo avait multiplié les essais avant de trouver les combinaisons les plus heureuses, l'os le plus malléable, les proportions idéales. C'était un habile artisan de l'horreur, un constructeur de cauchemars.

Marini ne flancha pas. Il ne recula pas devant le spectacle de l'aberration.

Teresa était fière de lui.

— Ce que nous n'avons pas assez sérieusement pris en considération, lui dit-elle, c'est l'angle inférieur droit de la mosaïque. Regarde.

— Qu'est-ce que c'est ?

— À toi de me le dire.

Il se baissa, malgré l'odeur qui rappelait à Battaglia celle d'un bouillon gras et rance.

— Cela ressemble à un vieux combiné téléphonique.

L'appareil pointait du bord inférieur du cadre, un arc gris et noir qui laissait entrevoir les numéros sur le cadran, juste en dessous, interrompus par la corniche de fer du coffre.

— C'est un téléphone, oui. Un élément incongru, mais à l'époque on pensait que tout cela n'était que le résultat des divagations d'un fou. L'appareil semble relié à Lazare revenant au moyen de ce filet de sang. Le fil rouge.

— C'est vrai. C'est un symbole ?

— Pas seulement. Quand j'ai enquêté sur son affaire, j'ai rencontré Giacomo. Ou plus exactement c'est lui qui s'est débrouillé pour me rencontrer. Il s'est fait passer pour un collaborateur de Parri. Sur la troisième scène de crime, alors que le cadavre était encore tiède, il m'a donné son numéro de téléphone. Je l'ai appelé, ce numéro.

— Qui a répondu ?

— Personne. La ligne n'était plus en service. C'était celle d'un ancien usager. Il m'avait donné un numéro de téléphone qui n'existait plus. Je me suis demandé pourquoi il avait fait ça.

— Quelle réponse a-t-il donnée ?

— Il voulait avoir une vie normale, c'est tout. Il voulait pouvoir courtiser une femme, lui laisser le numéro d'une maison qu'il n'aurait pas honte de lui montrer, l'inviter à sortir, l'embrasser, pourquoi pas. Et au contraire, tout ce qu'il réussissait à faire, c'était tuer.

— Il n'a pas cessé de se considérer comme une victime.

— Parce que rien n'a changé : il est encore une victime. Nous sommes tous les victimes de quelqu'un et nous avons été au moins une fois des bourreaux. Heureusement, rares sont ceux qui deviennent ce qu'est devenu Giacomo. Ici, c'est lui que nous voyons, un petit garçon qui se sentait déjà mort quand les enfants de son âge imaginaient et projetaient un avenir. Avec cette mosaïque, il montrait au monde l'image qu'il voyait quand il se regardait dans un miroir. Le langage de ceux que nous appelons des « monstres » est toujours issu de l'enfance, ancré. Moi, je n'ai jamais compris d'où provenait le sien, où se situait la source. Je n'ai jamais été capable d'arriver aussi loin, au fond de son histoire.

Mainardi était encore en fuite, malgré la chasse qui avait été ouverte, et le déploiement de toutes les ressources possibles pour le dénicher. Il n'y avait eu aucun signalement lui correspondant, et à mesure que les heures s'écoulaient, les probabilités de le retrouver diminuaient de façon drastique. Il semblait s'être de nouveau replié vers la nuit d'où il avait choisi de ne sortir qu'un court instant. Il pouvait être n'importe où, s'être lancé sur les traces de n'importe qui. Il n'était plus une proie, mais un chasseur. Tuerait-il encore ? Peut-être que oui, mais il avait déjà atteint son zénith, ou le nadir de son côté obscur. Aucune nouvelle mort ne pourrait lui procurer la perfection qu'il avait goûtée avec l'exécution de Sebastiano.

— Vous êtes toujours convaincue que quelqu'un le menace ?

— Tu dis cela comme si tu n'y croyais plus. Peut-être n'y as-tu jamais cru.

— Et vous, que croyez-vous ?

— Je peux te dire ce que je sais, parce que j'en ai été témoin : l'enfant qu'il a été a ressenti la terreur. Je l'ai vu, à l'intérieur de moi. Je l'ai entendu appeler sa mère en réclamant un secours qui n'est jamais arrivé, ou alors bien trop tard. Pourtant, à un certain stade, en grandissant, il a cessé de la ressentir, cette peur, et pour toujours. À partir de ce moment, c'était lui le danger. Et il avait hâte d'expérimenter cette force inédite.

— En commençant par tuer son beau-père.

— Il a avoué tous les homicides qu'il a commis, après son arrestation. Il a collaboré et aidé les forces de l'ordre à reconstituer chaque crime. Ils n'en font pas tous autant. Et j'ai toujours vu là une particularité inquiétante.

— Pourquoi ?

— Parce qu'il était sincère. Il ne s'affublait pas de masques et cela signifiait qu'il se sentait capable de regarder en face très exactement ce qu'il était.

— C'est pour cela que vous avez toujours été certaine de sa sincérité.

— En effet, mais les choses ont changé, à ce qu'il semble. En tout cas, à l'époque, pour ceux qui ont dû recueillir sa déposition, cela n'avait rien de plaisant. Il s'est mis à raconter de quelle manière il avait attiré son beau-père dans un piège, avec un simple coup de fil. Depuis le divorce, les deux hommes ne s'étaient plus parlé. Mainardi l'a contacté par l'intermédiaire de l'usine où le beau-père était représentant de commerce. Pour son métier, il effectuait encore des tournées dans tout le nord de l'Italie. Jusqu'ici, dans cette ville. Giacomo s'est fait passer pour un client potentiel. Il ne voulait pas simplement le supprimer, pour lui le tuer constituait un rite d'initiation.

— Et ces personnes âgées ? Que représentaient-elles ?

— Chacune d'elles correspondait encore à la même figure, celle du beau-père, qui revenait le tourmenter dans ses pensées obsessionnelles compulsives. Chaque fois, il fallait qu'il tue pour éloigner la douleur. Cependant, il entretenait avec elles un rapport différent. Il ne les massacrait pas comme il l'avait fait pour le beau-père. Au moins, il a essayé de les éliminer en vitesse. Pour les phases de pistage et de séduction, il misait sur sa faculté de persuasion. Il prenait soin d'elles à l'hôpital, il gagnait leur confiance, leur respect, et même une sorte de gratitude. Il n'était pas difficile de repérer quelles étaient leurs habitudes, de feindre de les rencontrer par hasard et de les convaincre de le suivre ou de se faire raccompagner quelque part. Quand les collègues ont récupéré la voiture de Mainardi, ils ont sorti de la boîte à gants une liste de trente-deux noms d'hommes auxquels il avait dispensé ses soins, dans son service. Trois de ces patients étaient ceux qu'il avait tués.

Marini se passa une main sur le visage.

— Que pensez-vous avoir trouvé, aujourd'hui, dans cette mosaïque ?

— Elle m'a permis de confirmer mes souvenirs déformés, et de voir de mes propres yeux que ce combiné existait vraiment, dans son enfer. Nous n'avions pas accordé beaucoup d'importance au numéro de téléphone qu'il m'avait communiqué. Au fond, nous avions les corps des victimes, nous avions le meurtrier et nous avions aussi récupéré les parties de leur corps qu'il avait prélevées sur les cadavres. Il ne manquait rien. (Teresa fit un signe aux fonctionnaires pour les rappeler.) Nous nous trompions. Nous nous trompions lourdement.

— Pourquoi ?

— Parce que ce n'était pas fini. C'est aujourd'hui que tout va finir.

Elle quitta enfin des yeux la scène angoissante et mélancolique représentée par la mosaïque, se laissa glisser au sol, le dos contre le coffre. Elle pouvait presque sentir cette image pousser sur ses vertèbres, les désarticuler pour pénétrer au fond d'elle et lui arracher le cœur. La mosaïque fut recouverte. Elle retourna dans l'obscurité dont elle était faite et cette fois Battaglia souhaita qu'elle y reste à jamais.

— Faites contrôler ce numéro de téléphone. La ligne était inactive, mais je veux savoir maintenant à quelle adresse elle était reliée.

51

Vingt-sept ans plus tôt

Parri s'était endormi sur le siège de la voiture. Elle le couvrit avec la veste qu'il avait gardée sur ses genoux. Elle s'était garée dans la cour du pavillon. Personne ne la dérangerait. Cela ne lui prendrait pas longtemps, elle devait seulement récupérer quelques vêtements, de quoi se changer pour deux jours.

Le jardin était un vrai dépotoir. Les réverbères éclairaient des monceaux de déblais et des planches jetées à terre pour servir de passerelles de chantier.

Les travaux de rénovation ne seraient pas terminés avant deux semaines, mais ensuite la maison qui l'avait vue grandir deviendrait un nid accueillant pour elle et son enfant.

Elle inséra la clef dans la serrure et laissa la porte ouverte pour que la lumière entre à l'intérieur. L'électricité n'était pas encore finie, mais l'eau et le téléphone, c'était réglé. Elle pourrait travailler d'ici quelques jours par semaine. Continuer d'étudier les dossiers d'enquête, appeler le bureau pour recevoir les dernières informations. Se préparer à l'examen, planifier l'avenir. Il y avait une belle lumière, ici, du matin au soir. Une lumière du nord, argentée. Et celle, chaude et intense, des fenêtres orientées au sud.

Elle monta à l'étage, prit le sac d'habits qu'elle avait déposé dans l'armoire, y ajouta autre chose. Quand cesserait-elle de se sentir vagabonde ? Elle espérait que les fondations de cette maison deviendraient, finiraient par être de nouveau les siennes.

— Tu pensais vraiment que je ne m'en serais pas rendu compte ?

Elle sentit le sang refluer en elle, un fourmillement de peur. *Le local de la chaudière*, songea-t-elle. *Je n'ai pas encore fait changer la serrure.*

Elle se retourna.

Le coup de poing la cueillit en plein dans la bouche. Des éclats de dents lui blessèrent la langue. Elle chancela, mais réussit à tenir debout.

Sebastiano l'attrapa par les cheveux. Il l'obligea à s'agenouiller, tandis que de l'autre main il la frappait à la tête.

— Tu pensais vraiment pouvoir me quitter ? Tu veux me ridiculiser ? Clamer à tout le monde que je ne vaux rien ?

Il la frappait aux tempes, au point qu'elle finit par voir double.

— De qui est l'enfant ? De qui il est ?

Il lâcha prise et elle s'effondra au sol. La vision de son corps inerte ne suffit même pas à apaiser la fureur de ce petit homme. Sebastiano la frappa au visage, au ventre. Elle s'évanouit, puis revint à elle, la bouche pleine de sang, des dents cassées sous la langue. Elle tenta de ramper loin de lui, mais il la rattrapa par les cheveux et lui cogna la tête contre le mur. Le choc alluma un éclair blanc à l'intérieur de son crâne.

J'ai trop attendu. Elle ne réussissait à penser à rien d'autre. *J'ai trop attendu. C'est ma faute.*

Il la saisit par le poignet et la traîna hors de la pièce, tout en bas de l'escalier. À chaque marche, un coup dans les côtes. Ses os se brisaient un à un.

Il la porta dans le salon et l'abandonna sur le sol. Un dernier coup de pied. Non, le dernier fut le suivant. Il y en eut trois, en tout, et puis le monstre cessa de frapper.

Elle l'entendit allumer une cigarette, le souffle court, et s'asseoir dans le fauteuil qui avait été celui du père de Teresa.

Entre deux longues bouffées, du sang sur les doigts, les phalanges peut-être écorchées, Sebastiano écoutait ses râles, sa gorge qui cherchait de l'air. Il la regardait mourir.

Quelqu'un dans la rue poussa un hurlement, suivi de rires, puis du bruit métallique d'une canette de boisson frappée du pied sur le trottoir. Un petit groupe de garçons et de filles dans la nuit tiède. On était samedi soir, peut-être. Elle ne parvenait plus à s'en souvenir.

Sebastiano se leva, elle l'imagina se penchant avec prudence à la fenêtre.

Encore des rires dans la rue. Et de nouveau les pas de Sebastiano, devant elle. Il s'agenouilla. Il lui toucha les lèvres, lui fourra un doigt dans la bouche, l'introduisit jusqu'au fond de la gorge.

Il veut me prendre mon âme, pensa-t-elle.

En fait, il s'amusait à l'étouffer. À présent c'étaient deux doigts qui lui obstruaient la gorge, puis trois. Ils avaient un goût terriblement amer. Il avait enfilé des gants en latex.

— Qu'est-ce que tu as à dire maintenant, hein ? Essaie un peu de dire quelque chose !

Elle fut secouée d'un haut-le-cœur gorgé de sang. Il lâcha un juron et lui éteignit sa cigarette sur les lèvres.

L'un des jeunes dans la rue entonna une chanson qui s'estompa rapidement dans le silence. Le groupe s'éloignait.

Elle avait entendu dire que l'ouïe était le dernier sens à s'effacer, au bord du trépas. Elle ne tarderait pas à le découvrir. Elle aurait voulu emporter avec elle la légèreté de cette jeunesse errante et débridée, et non le grésillement de la chair profanée. Elle avait envie de se couvrir le ventre des deux mains, mais elle ne le sentait plus. Elle ne sentait plus son corps.

Sebastiano approcha le visage du sien. L'odeur de son souffle était celle d'une existence putréfiée. La perfection dont il s'entourait ne pouvait rien contre la putréfaction intérieure.

— Tu sais ce qui est vraiment marrant ? Que tu meures ou que tu survives, ils vont tous accuser le meurtrier qui t'obsède tellement. Nous sommes ici, toi et moi. Et toi, cet endroit, tu me l'avais caché. Essaie de prétendre le contraire, et je réussirai à détruire ta crédibilité comme je l'ai fait avec tes os. Tu n'es rien. Rien.

Le corps de Teresa fut secoué de spasmes, puis il abdiqua et demeura inerte.

Il lui prit le pouls au poignet entre le pouce et l'index. Il attendit. Vérifia les battements cardiaques en posant les doigts sur la carotide.

Un soupir qui, au fond, pouvait être de regret comme de soulagement.

— Tu as capitulé, enfin.

Il s'en alla, encore haletant à cause de l'œuvre accomplie, en la laissant gisante comme un jouet cassé par un enfant colérique.

Dehors, le ciel tonnant s'apprêtait à semer la tempête.

Pourtant, elle était encore là. *Je suis là. Je sens.*

Une porte claqua plusieurs fois. Le vent.

Il est venu nous emporter loin d'ici, songea-t-elle. Elle et son enfant. Elle savait qu'elle pleurait des larmes de sang, entre ses côtes brisées. Ses poumons se démenaient pour accéder à un peu d'air.

La porte cogna encore avec violence contre le chambranle. Quelqu'un arrivait au pas de course.

Parri.

Parri venait la sauver, mais il était trop tard. Elle se sentit arrachée, elle sentit le froid provenant de la vie qui ralentissait, qui allait s'arrêter. Elle lui lança un avertissement clair, comme une succion au centre de la poitrine : le cœur se tordit et il cessa de battre.

52

Vingt-sept ans plus tôt

La pression sur la poitrine était puissante. Elle revint au monde en reprenant connaissance sous deux mains qui semblaient décidées à lui fracasser le corps. Elles pressaient sur le sternum jusqu'à ce qu'elles réussissent à lui arracher de force encore un souffle, encore un battement, une plainte. Un signe de vie. Elles l'avaient ramenée en arrière.

Elles s'arrêtèrent, caressèrent la bouffissure tuméfiée qu'elle sentait à la place de son visage, puis elles la retournèrent sur le flanc. Deux doigts lui libérèrent la bouche du sang et des dents cassées, et elle respira enfin mieux.

Elle resta ainsi, seule, un moment. Quelques mots lui parvinrent de la pièce voisine, qu'elle ne parvint pas à saisir. Des bribes d'un appel au secours. La douleur était de retour et elle était insoutenable, elle éclipsait toutes ses autres perceptions.

Elle se sentait éparpillée au fond d'un gouffre, ses os lancés comme des osselets.

Parri fut de retour, il lui prit la main. Elle tenta de la lui serrer, et il l'embrassa sur les lèvres, ces lèvres qu'un autre homme peu de temps auparavant avait marquées par le feu.

Un long baiser, et il s'étendit lentement sur elle.

Un geste qu'un ami n'aurait jamais fait.

Elle tenta d'ouvrir les lèvres, mais les sentit tuméfiées.

Cette odeur. L'odeur sauvage et bestiale qu'elle avait déjà reniflée sur elle et qui se mélangeait à celle de son sang.

Elle essaya de hurler avec tout le souffle qui subsistait dans sa gorge, mais ne put en extraire qu'un râle.

Les sirènes hululaient, de plus en plus proches.

Giacomo se détacha d'elle à contrecœur.

53

Aujourd'hui

La maison dans laquelle avait grandi Giacomo Mainardi semblait être à l'abandon. Les volets étaient décolorés, l'enduit des murs se craquelait en divers endroits. Les mauvaises herbes poussaient partout, même sur les gouttières et dans les fissures que le froid des hivers avait ouvertes entre les carreaux de la terrasse. Une partie du toit avait fléchi de manière préoccupante.

Après que sa mère et lui avaient dû la quitter, elle avait plusieurs fois changé de propriétaire. Personne n'y avait résidé longtemps. À un certain moment, l'agence chargée de la vente l'avait même oubliée. Elle était restée vacante pendant les trente années suivantes, avant d'être finalement rachetée par un promoteur immobilier. L'affiche présentant l'image de l'immeuble résidentiel qui devait la remplacer était déjà fixée sur le grillage qui délimitait la propriété.

Le gérant de l'entreprise remit les clefs à Marini.

— Dans le quartier, tout le monde l'appelait la « maison hantée ». Moi, j'habitais au bout de la rue, j'avais vingt ans, mais la nuit, quand je rentrais chez moi seul, j'évitais de passer devant avec ma mobylette. Je faisais le tour.

Il leur expliqua qu'il survenait tout le temps un événement qui poussait les occupants à s'en aller. Des pas sur le gravier du jardin, des animaux domestiques apeurés au cœur de la nuit, qui griffaient la porte d'entrée pour s'y introduire et y chercher refuge, des signes inquiétants qui apparaissaient sur les vitres des fenêtres donnant sur les chambres des enfants. Ces derniers signes étaient encore présents et Teresa voulait les voir : des yeux écarquillés, qui observaient les petits de la maison et les familles qui usurpaient ce territoire. Ces yeux laissaient percevoir un avertissement : « Allez-vous-en. »

Ils s'étaient tous enfuis, l'un d'eux l'avait admis sans honte, d'autres se refusant de le formuler à voix haute, mais tous convaincus que la maison était maudite.

Ils ne se trompaient pas de beaucoup, même s'il ne s'agissait pas de magie noire. C'était le pouvoir de la douleur, infligée et endurée, qui retenait Mainardi dans ces lieux, comme un maillage d'adhérences internes développées par un corps souffrant.

Il n'était qu'un tout jeune garçon, qui espionnait les familles, les harcelait, les poussait à s'en aller. Elle était à lui, cette maison.

Certaines créatures prenaient certains lieux en affection, continuaient d'y revenir même après en avoir été éloignées, pour y mourir ou y mettre au monde leurs petits. Giacomo était de celles-là.

Du bout de sa chaussure, Battaglia déplaça une touffe d'herbe. L'écriteau « À vendre » était maintenant décoloré. C'était peut-être Giacomo qui l'avait jeté à terre, qui sait combien de fois. Elle s'imagina un vendeur inconscient s'acharner à le ramasser et à le raccrocher inlassablement.

Encore quelques mois, et la maison serait rasée pour faire place à la nouvelle construction. Teresa espérait retrouver Giacomo avant que cela ne se produise.

La zone fut clôturée, quelques agents envoyés sur place pour recueillir les dépositions des voisins. Quelqu'un avait peut-être vu Mainardi rôder sur la propriété, ces derniers temps.

Le moment était venu de chercher ce que Teresa redoutait le plus d'exhumer à la lumière, comme si les spectres convoqués depuis le passé n'étaient pas déjà trop nombreux. À la fin, elle reverrait Sebastiano mort, lui qui s'était acharné sur elle au point de croire tout souffle éteint en elle.

Elle ne savait pas quoi ressentir, son instinct ne venait pas à son secours. Cette vision de Sebastiano s'était terrée dans un recoin éloigné, où elle demeurait en silence.

Elle appela Alice et Smoky. Les deux chercheurs mesuraient le périmètre, avec Parisi et De Carli.

À côté d'elle, encore plus silencieux que d'habitude, Albert fronçait les sourcils, le front plissé de rides.

— Alice ? J'ai mauvaise mémoire ou elle s'appelait… ?

— Tu as mauvaise mémoire.

— Il y a une once de vérité dans ce que vous m'avez tous raconté à son sujet ?

Elle chercha un bonbon dans sa poche. C'était le dernier. Elle le sortit de son emballage et le mit dans sa bouche. Elle n'avait jamais changé de marque.

— Tu t'estimerais mécontent des résultats ?

— Non, mais les règles doivent être claires d'entrée de jeu, et moi, je ne sais plus à quel jeu nous jouons.

Elle aurait éclaté de rire, si cette maison n'était pas la tombe qu'elle était sans doute et si le corps qu'ils devaient retrouver n'était pas celui de l'homme qui avait tué son enfant.

— Albert, tu es le premier à changer les règles quand et comme cela te chante. Fais-leur confiance. Pour une fois il serait bon que tu acceptes les choses telles qu'elles se présentent.

Il ne semblait pas convaincu, mais il y avait des questions plus urgentes.

La jeune fille et le chien les avaient rejoints. Et Marini était aussi de la partie. L'inspecteur avait dirigé la perquisition à l'intérieur.

— Rien. Apparemment, il n'y a rien qui soit digne d'intérêt. Cela étant, quelqu'un a mis le feu à l'une des chambres. On sent encore une odeur de kérosène. Il y a un matelas à moitié calciné sur le sol. (Il regarda Battaglia.) Mainardi a parlé d'un feu pendant notre premier entretien. Il disait que quelqu'un avait essayé de le tuer en mettant le feu à la baraque dans laquelle il dormait.

Elle observa la maison. Il se pouvait que Giacomo y ait cherché refuge, dans sa fuite.

— Il nous a dit la vérité, mais à moitié.

Et un mensonge. Au moins un. Il ne lui avait jamais dit qu'il lui avait pris une dent. S'ils avaient retrouvé la dépouille de Sebastiano dans le jardin, alors les mensonges auraient été au nombre de deux, et elle n'aurait plus été capable de savoir qui était Giacomo. Peut-être avait-elle fait preuve de folie, durant toutes ces années, mais elle s'était toujours fiée à lui.

Elle tendit la main vers Alice et la guida vers elle, à ses côtés.

— Les cadavres que Giacomo a laissés derrière lui présentaient toujours des blessures. S'il y a un corps, ici, je ne m'attends pas à ce qu'il fasse exception.

Alice s'attacha les cheveux en queue de cheval et frappa sa cuisse de la paume de la main. Smoky fut aussitôt près d'elle.

— Commençons par le jardin.

Ils l'accompagnèrent jusqu'au périmètre délimité par la rubalise de la police. La zone avait été subdivisée en secteurs, en vue des recherches. Marini prit une poignée de terre dans la main et la laissa glisser entre ses doigts.

Il tourna délicatement la jeune fille vers la direction d'où soufflait le vent. Pour Smoky, le cône d'odeur serait plus facile à repérer.

Le quadrillage du terrain commença.

Smoky était entraîné à flairer la mort, sous la forme d'un cadavre entier ou de fragments, ensevelie ou offerte aux éléments. À la cadence de sa maîtresse humaine, il sonda l'air et la terre. Les molécules olfactives formaient un réseau de coordonnées qui l'orientaient comme s'il s'agissait de signaux tangibles.

Depuis la première fois qu'elle avait vu Smoky à l'œuvre, Battaglia avait imaginé les odeurs comme des filaments qui se déplaçaient à la surface du monde. À cet instant précis, ils étaient tous immergés dans un gouffre que l'odorat humain n'était pas, ou plus, en mesure de percevoir et d'identifier. Si les théories du commissaire étaient exactes, à cet instant précis, dans cette maison ou dans ce jardin retourné à l'état sauvage, il devait planer des miasmes de cadavérine, de sang et d'os brisés. L'odeur qui collait aussi aux mains de Mainardi. Les composants volatils dansaient, poussés par des courants d'air, plongeaient vers le sol et tourbillonnaient entre leurs pieds.

Teresa ne resta pas à observer les va-et-vient des deux chercheurs. Elle laissa les autres se charger de toutes les exigences qu'ils leur avaient formulées et s'éloigna. Elle craignait de voir se confirmer l'hypothèse qui l'avait amenée jusqu'ici : si un cadavre était bien caché dans cette terre, alors elle était convaincue de connaître le nom de la victime. Toutefois, cela signifierait aussi que Mainardi lui avait menti quand il lui avait expliqué que quelqu'un avait fait disparaître le corps. Elle tenta de retrouver dans ses souvenirs les détails de leur entretien. L'expression de Giacomo, le ton de la voix quand il lui avait raconté cela, sa manière de la regarder. Elle n'y arrivait pas. C'était comme si elle n'avait jamais vécu cette rencontre et comme si ses affirmations lui étaient parvenues par personne interposée. Si un brouillard avait enveloppé cette expérience en particulier, combien d'autres en avait-elle perdu sans s'en rendre compte ? Que s'étaient-ils dit durant toutes ces années, Giacomo et elle, lors de ces entrevues dans la petite salle de la prison ? Elle ne le savait plus.

Elle porta le regard vers le jardin. Entre les hautes herbes et les plantes grimpantes pointaient des îlots de genêts. Smoky et Alice disparaissaient et réapparaissaient entre les buissons de buis et de rosiers. Parisi avançait un pas derrière la jeune fille, attentif à ce qu'elle ne se blesse pas.

Il restait encore une chose à faire, avant que la boîte de Pandore ne soit ouverte et que ne s'en déversent tous les maux de cette histoire, les derniers.

Elle sortit son portable de son sac, ouvrit la liste des contacts et dut réfléchir un peu au nom de la personne qu'elle voulait appeler. Et pourtant elle l'avait en tête depuis qu'Albert et Parri s'étaient présentés à sa porte pour lui annoncer la mort de Sebastiano. « Sa sœur l'avait accueilli chez elle, mais elle avait failli y passer elle aussi », lui avait précisé Lona, alors qu'elle n'avait pas encore compris que l'homme dont ils parlaient était son ex-mari.

La sœur. Lavinia, voilà le nom qu'elle cherchait. C'était elle qui l'avait dénoncé la deuxième fois, qui avait rouvert les portes de la prison pour son frère jumeau. Psychologue de profession, elle travaillait pour la région, s'occupant de la coordination entre établissements dans le secteur des politiques sociales. Teresa avait eu besoin de son aide pour une affaire résolue quelques mois auparavant, mais la rencontre avait été glaciale et son ancienne amie ne lui avait rien dit concernant son frère et les violences qu'elle avait subies à son tour. Albert s'était informé : Lavinia avait coupé les ponts avec Sebastiano depuis des années, comme tout le reste de la famille.

Elle maintint le regard sur l'écran jusqu'à ce qu'il s'éteigne. Elle ne réussissait pas à passer cet appel.

— Comment vous sentez-vous ?

C'était Marini, il l'avait rejointe.

— Et toi ?

— Vanné.

Il la regardait comme s'il se demandait s'il y avait un moyen de la réparer, de fermer la blessure qui, les jours de mélancolie, saignait encore.

— Il n'y a rien à faire, lui glissa-t-elle.

— Comment ?

— Il n'existe pas de moyen d'annuler ce qui s'est passé, si c'est ce qui te tourmente. N'y pense plus.

— Je ne crois pas que ce soit possible.

Elle lui prit le visage.

— Qu'est-ce que tu vois quand tu me regardes ?

— Une dame furax ?

— Traite-moi de vieille, ça ira plus vite.

— « Dame » ne signifie pas « vieille ».

— Allez, Marini qu'est-ce que tu vois ? Un visage défiguré par les coups de poing qu'il a reçus ?

— Nom de Dieu, assez.

— Les coups de pied ?

— Assez.

Elle le relâcha, conservant dans sa paume une caresse qui ne lui toucha pas la peau.

— Tu te trompes. Cette femme que tu as devant toi, elle a été malgré tout capable de se relever et de continuer de vivre. C'est cela que tu devrais voir.

Il secoua la tête, un vague sourire aux lèvres.

— Mais enfin, vous pensez vraiment que je ne vous vois pas déjà comme ça ? Je vous ai toujours vue ainsi, même avant de… me confronter à tout cela. Mais vous, maintenant, vous ne pouvez pas m'empêcher d'éprouver de la compassion, surtout pas après m'avoir enseigné ce que c'est.

De Carli les rejoignit au pas de course, interrompant ce moment de lucidité qui libère l'âme au lieu de l'abattre.

— Ils ont découvert quelque chose. On n'a pas eu besoin de creuser beaucoup parce que ce n'était pas enterré profond.

Marini l'aida à se relever.

— Vous voulez aller voir ?

Elle opina, mais ne s'avança que de quelques pas. Ses jambes ne semblaient plus obéir à ses ordres. Ils attendirent tous deux à distance, en silence.

Il y avait un cadavre derrière le cordon formé par ces corps qui se pressaient autour de l'excavation.

Smoky ne s'était pas trompé. Il n'y avait pas de faux positifs auxquels se raccrocher.

Marini lui lâcha le bras.

— Je vais aller contrôler.

Elle entrevit Parri, qui disparut entre les agents.

Elle souffla, se vidant de toute la tension qui l'anéantissait.

Quand Marini se tourna vers elle, il le fit en même temps qu'Albert, et ce fut ainsi qu'elle comprit que c'était bien le terrible verdict auquel elle s'était attendue.

Elle chercha le regard de l'inspecteur.

— Alors ?

Elle voulait que ce soit lui que le lui annonce.

— Parri l'a identifié avec les photos à notre disposition, mais il a affirmé que, même sans, il n'aurait eu aucun doute.

Sebastiano. La dernière image que Parri avait eue de lui, c'était sans doute celle de son visage à l'expression glaciale lors de la dernière audience, au tribunal. Teresa s'appuya sur sa canne avec plus de force.

— C'est lui ?

— Oui. Je ne vous demande pas si vous voulez le voir.

Ce serait trop, même pour elle.

— Je ne le souhaite pas.

— Qui peut identifier les effets personnels ?

— Sa sœur, Lavinia Russo. Nous l'avons…

— Oui, nous l'avons déjà contactée il y a quelques heures pour lui apprendre la nouvelle concernant l'ADN prélevé. (Teresa ne s'en souvenait pas.) Je m'en occupe. Cela ne me prendra pas beaucoup de temps, ensuite je vous raccompagnerai chez vous.

— Merci.

Il s'éloigna de nouveau. Il tentait de la décharger de tous les fardeaux possibles, mais elle aurait juste voulu remonter le temps de quelques jours, de quelques brèves semaines.

Albert vint vers elle, les mains dans les poches. Il aurait peut-être voulu l'étreindre.

— C'est fini.

— Il s'est enfui.

— Nous le retrouverons. Un mandat d'arrêt international a été émis. Il ne peut pas se cacher éternellement.

— Tu n'as pas l'air en colère.

— Contre toi ? Pourquoi devrais-je être en colère ? Ce n'est pas ta faute.

— Elle est bonne, celle-là.

— Oh, allons, Teresa. Tu as toujours fait preuve de plus de compréhension envers les meurtriers qu'envers moi.

Il ne s'agissait pas de compréhension, ou de pardon.

— Je ne te fais pas confiance, Albert.

Il haussa les épaules.

— Quelle nouveauté. Tout le monde le sait, qu'on ne peut pas se fier à moi.

Elle ne savait pas s'il fallait rire ou lui hurler une insulte. Elle opta pour la première solution, elle avait besoin de gaieté, fût-elle amère.

— Tu ne te renies jamais, Albert.

— Au moins, voilà du positif. Comme cela, tu sais toujours à quoi t'attendre de ma part.

— Je suppose, en effet.

— Tu crois que ce serait une affaire de vengeance ? Giacomo, finalement, a trouvé le moyen de te venger. Ce serait la conclusion parfaite d'une histoire qui a duré presque trente ans, non ?

— Parfaite ?

— Tu comprends ce que je veux dire. À l'évidence, c'est une tragédie.

Le ton expéditif signifiait le contraire. Aucun de ceux qui savaient ne pouvait véritablement considérer cela de la sorte.

Giacomo avait renvoyé Sebastiano en enfer, voilà ce que pensait Albert. Et c'est ce qu'elle avait pensé elle aussi, avant de réussir à dominer ses émotions. Elle ne voulait pas haïr. Il lui avait fallu la moitié d'une vie pour surmonter la haine. En revanche, un sentiment de culpabilité avait persisté à lui coller à la peau, mais elle l'oublierait aussi bientôt, avec tout le reste, ses os brisés, son enfant perdu.

Albert vérifia l'heure à l'écran de son portable.

— Gardini devrait arriver d'un moment à l'autre. Je compte lui proposer de clore l'enquête préliminaire.

Teresa sursauta.

— Comment ?

— Le substitut du procureur dispose de tous les éléments à soumettre au juge. Il peut entamer l'instruction.

— Même pas en rêve !

— Teresa…

— Nous devons découvrir qui a guidé la main de Giacomo. Nous n'avons rien conclu du tout. Il y a un commanditaire, cette fois.

— Ce sont des affabulations, ce ne sont que les affabulations d'un esprit perturbé. Il n'y a aucun homme mystérieux derrière la mort de Sebastiano. Le responsable, c'est lui, ton Giacomo. Pourquoi ne veux-tu pas l'admettre ? Tu cherches encore à le sauver, à le réhabiliter dans ta tête. C'est lui qui a décidé de tuer ton ex-mari, comme il a décidé de supprimer tous les autres. Sauf que, cette fois, il a probablement pensé te rendre service.

— Je ne le crois pas.

— Moi, si. Et je suis le préfet.

Parri attira leur attention en sifflant. Il gesticulait en faisant signe de le rejoindre. Teresa ne bougea pas.

— Je ne veux pas voir le corps.

Albert la poussa dans le dos.

— Je ne pense pas qu'il se réfère au corps. Il se tient dans la partie opposée du jardin.

Parri les attendait avec le reste de la brigade.

— Il y a une chose que je veux te montrer, Teresa. Ne t'inquiète pas, rien de trop pénible. C'est une sorte de tanière.

— Une sorte de tanière ?

— Je suis presque tombé dedans.

Le terrain avait été creusé. Seules quelques planches maintenues ensemble par des clous rouillés faisaient office de couvercle recouvrant la fosse. De la mousse et de l'herbe avaient repoussé au-dessus. Cette espèce de couvercle était en partie déplacé et laissait entrevoir les parois, recouvertes de briques nues. Il n'y avait pas trace de bétonnage ou d'autres structures. On ne parvenait pas à discerner ce qu'il y avait au fond.

Marini se baissa.

— Cela ressemble aux anciennes fosses artisanales dont on se servait pour réparer les véhicules. Mon grand-père en avait une dans son garage sous la maison. Ça m'a l'air d'avoir été oublié depuis des années.

Elle se pencha pour regarder.

— On s'en servait aussi à la campagne, pour l'entretien des machines agricoles.

Marini souleva une extrémité du couvercle de planches.

— Aide-moi, Parisi.

Ils l'écartèrent complètement et la lumière éclaira enfin la cavité, en la faisant briller de reflets multicolores.

Teresa dut s'asseoir dans l'herbe. Elle entendait les garçons parler, mais un bourdonnement résonnait de plus en plus fort dans les oreilles. Cette fosse était faite d'abord et avant tout des murs émotionnels entre lesquels Giacomo s'était sauvé lui-même, à sa manière, quand il était enfant.

— Commissaire ? Teresa ?

Marini dut hausser la voix pour attirer son attention.

— Vous avez vu ce qu'il y a au fond ?

Elle les avait vus. Des panneaux de bois brut sur lesquels le jeune Giacomo avait collé un nombre incalculable de petits cailloux, de fragments de verre, de billes, de menus objets en plastique. La lumière parvenait maintenant jusque-là, révélant de merveilleuses tonalités marines, ou des rouges encore éclatants, figures enfantines, mais extraordinairement pleines de vie.

Voilà où était née son obsession. Dans une tentative de rester humain, de regarder au-delà de la douleur. Une tentative manquée, dans l'ensemble, mais qui pour une part infime l'avait sauvé, en le transformant des années plus tard en ce cadavre ressuscité de la mosaïque, retrouvé dans la serre.

— Une prison, dit Albert. C'était peut-être son beau-père qui l'enfermait là-dedans. Cela me semble cohérent.

Teresa songea que Lona n'arriverait jamais à voir ce qui était à l'œuvre sous la surface des choses, à entendre le chant des créatures perdues.

— Tu n'as pas compris, Albert. C'était lui, Giacomo, qui s'enfermait là-dessous pour survivre.

Parri s'approcha d'elle.

— Il y a autre chose que je voudrais que tu voies tout de suite, Teresa.

Il posa deux pochettes transparentes destinées à recueillir les pièces à conviction.

— Dans la bouche du cadavre, j'ai trouvé ces tesselles de mosaïque. Il y en a huit, et sur la base de leurs dimensions, de leurs couleurs et de leur état de conservation, je dirais qu'il peut s'agir des carreaux antiques retirés de la crypte d'Aquilée. Et puis il y a cet artefact.

C'était une statuette en albâtre qui ne mesurait pas plus de cinq centimètres de hauteur. La figurine aux traits féminins était enveloppée d'un manteau peint en noir et s'ouvrait comme un sarcophage miniature. L'intérieur était vide, mais présentait une inscription. Teresa la lut à voix haute.

— *Mater larvarum*.

Elle sentit le menton de Marini tout près de sa tête.

— Qu'est-ce que cela signifie ?

— « La mère des fantômes. » C'était l'un des noms de la déesse Cérès, qui rappelait son côté nocturne.

(Elle fit tourner la statuette entre ses doigts.) Elle contenait quelque chose.

Alice et Smoky se joignirent au groupe et le chien manifesta tout de suite des signes d'excitation. Il tournait sur lui-même en aboyant. La jeune fille ne fit rien pour le retenir.

— Il lance un signal.

Teresa lui approcha la pochette du museau et il s'assit, tout à coup plus tranquille.

— Il sent l'odeur du cadavre ? demanda-t-elle à Alice.

— Non, cette odeur, il l'a déjà signalée. Celle-là est nouvelle.

Ce qui signifiait qu'il s'agissait de l'odeur d'un autre corps.

Teresa regarda Parri.

— Quel qu'ait été le contenu de cet objet, il était d'origine humaine.

— Une relique ? Tu penses que la statuette est ancienne ?

— Pour le savoir, nous devrons la faire analyser. L'expertise d'un archéologue sera aussi utile.

Son ami s'assombrit, ce qui ne se produisait pas souvent.

— Il y a une chose que je peux te dire : quelle que soit sa signification, je crois que c'est un présent qui t'est destiné, et cela ne me plaît pas.

54

IVe siècle

Une autre nuit après la fuite, et c'étaient les sentiers nocturnes que Claudius suivait pour rester en sûreté, en se reposant le jour, caché dans des bois de plus en plus épais. Couvert de poussière, il devenait terre dans la terre et lichen là où la verdure s'étendait à perte de vue.

Les lumières de Forum Julii étaient à ses pieds, au fond de cette cuvette entre les collines qui conduisaient aux cols de montagne constituant la porte vers l'est.

Claudius évita la ville et les routes de négoce, en se tenant loin des enseignes de Rome. Il longea la lisière de la vallée, là où la forêt se faisait plus clairsemée. Il tenait Feronia et Caligine par la bride, en marchant quelques pas devant ses montures. Les chevaux étaient nerveux, ils sentaient l'absence de tout abri, de l'enceinte protégée du camp.

Lui-même n'avait pas l'habitude d'agir en homme seul, en maître de son propre destin. Cela supposait d'être comme une flamme ballottée par le vent. Un vent qui semblait posséder une voix, au fond de la forêt, et l'appeler depuis l'obscurité, avec des murmures et des craquements.

Caligine hennit. Claudius dut le calmer comme jamais il n'avait été obligé de le faire, même en pleine bataille.

Un proverbe lui revint en tête : « La nuit a des oreilles de loup. »

Il pouvait jurer qu'elle avait aussi des yeux. Il les sentait qui le suivaient depuis qu'il avait franchi le seuil de cette terre désormais contestée. Il n'était pas seul.

La lune surgit des nuages en illuminant des cornes robustes parmi les feuillages. Le cerf n'avait pas peur, il se montra, en sortant de l'entrelacs de branches, et ils se regardèrent tous deux de leurs yeux sombres. Claudius pouvait presque sentir le battement de ce cœur puissant. La bête souffla, son haleine chaude se condensa en volutes blanches.

Il y reconnut un signe. Diane lui parlait à travers le dévoilement de l'astre et de son animal sacré. Mais la déesse de la chasse restait énigmatique dans son message : Claudius était-il la proie ou le chasseur ? Il ne lui était pas permis de le savoir.

Le cerf enfla la gorge et fit présent de son brame au ciel. Le vent se leva, arrachant une pluie de feuilles.

C'est alors qu'il les vit, ondoyant dans la pénombre. De mystérieux artefacts pendaient aux branches des tilleuls et des chênes. Il s'approcha, les prit dans ses mains. Ils étaient faits de vertèbres, attachées par des lacets de tendons. Ils tintinnabulaient, ils étaient la voix qu'il avait entendue l'appeler.

D'un bond, le cerf s'enfuit dans la nuit.

Claudius regarda la lune. Quelle était la volonté de Diane ? Il ne parvenait pas à la comprendre.

Un craquement de bois le mit en alerte. Sa main fila au côté, mais il ne dégaina pas son arme. Il était trop tard. Cela n'aurait servi à rien, sinon à mourir plus vite.

Les ombres s'étaient déplacées autour de lui et l'avaient encerclé.

Les hommes sortirent de la forêt. Ils avaient le visage peint à la manière barbare que Claudius avait pu observer sur les terres au-delà du fleuve Tanaïs, sur les rivages de la mer que l'on appelait Obscure, le Pont-Euxin.

Ils étaient comme Hérodote les avait décrits : forts, la peau ambrée, blonds et imposants. Ils portaient sur la poitrine des cuirasses composées des cornes de leurs cavales. Polies, frottées jusqu'à devenir presque transparentes, elles étaient fixées les unes à côté des autres, formant comme des plumes. Les pointes des armes étaient aussi faites d'os. Ces barbares ne connaissaient pas le métal.

C'étaient des Sarmates, le peuple des hommes à cheval, les grands éleveurs, les guerriers aux longues lances. Des combattants si féroces que le grand Marc Aurèle les avait voulus au sein de plusieurs légions romaines. Ils avaient poussé leur marche jusque-là et ils s'y étaient installés.

L'un des guerriers s'approcha de Feronia, tâta les muscles de ses cuisses, examina les sabots. La jument hennit et se dressa sur ses postérieurs, montrant toute sa magnificence. Le barbare éclata de rire, la caressa et dit quelque chose à ses congénères, en défiant le Romain du regard. Claudius s'approcha sans montrer aucune crainte. Il indiqua à l'inconnu ce qui pourrait les réunir dans un lien qui allait au-delà des mots :

les étriers, une invention que ces cavaliers des terres lointaines avaient apportée dans les armées de Rome, et la longe qui attachait les deux montures l’une à l’autre, comme il était d’usage chez les Sarmates.

Le barbare sembla comprendre. Feronia et Caligine avaient parlé pour Claudius, ils attestaient devant ce peuple de son statut de cavalier et du respect qu’il réservait à ses propres chevaux. Un respect qui lui était dû d’instinct.

Pourtant, avec du respect, on pouvait aussi se faire tuer.

Le Sarmate le prit par une épaule et l’obligea à s’agenouiller, un autre lui retira le glaive qu’il avait au côté. Le reflet de la lame ainsi dénudée parlait de l’Urbs, de l’empire, d’une vie et d’un homme qui n’existaient plus.

La vision de ces symboles romains semblait encore plus exciter les Sarmates. Certains d’entre eux se mirent à tourner autour de lui, à rapprocher leurs flambeaux de son visage. D’autres frappaient le sol de leur lance, incitant leurs compagnons avec des hurlements d’animaux.

Claudius ne perdait aucun d’eux de vue, il les suivait avec tous ses sens, même quand ils étaient dans son dos. À peu de distance de là, il savait que Feronia et Caligine étaient libres. Il lui suffirait de quelques bonds pour sauter en selle et fuir. Il restait seulement à décider quand et comment récupérer son glaive.

L’excitation autour de lui se calma d’un coup, et on put entendre dans le silence le crépitement du feu qui consumait les torches. Le cercle des hommes s’ouvrit au son des grelots. Une femme y entra en s’accompagnant d’un instrument semblable à un sistre. Elle était *âgée, le corps maigre enveloppé de lin, le visage et les cheveux peints au blanc de plomb. Les épaules et les bras découverts laissaient entrevoir des tatouages de cerfs aux ramures flamboyantes et des cygnes en plein vol. D'autres femmes apparurent derrière elle, aux visages dissimulés par des masques effilés comme des becs, de couleur claire, aux grands yeux.*

C'étaient les oiseaux scarificateurs du culte des os qu'adorait la déesse-oiseau, croyance du Nord héritée des peuples antiques des monts Altaï. Les généraux romains qui avaient servi dans ces territoires en parlaient encore.

Peut-être que tout ce que Claudius et la légion avaient espéré trouver était là, devant lui, prêt à s'emparer de sa chair. Un culte encore vivant, un berceau où il pourrait déposer le sien.

Claudius retira sa cape crasseuse. Il dénoua les lacets de sa cuirasse pectorale et la laissa glisser à terre. La tunique blanche du prêtre guerrier d'Isis resplendissait à la clarté des torches, aussi blanche que les os qu'ils adoraient.

Il se découvrit la poitrine et offrit à la vue des barbares le tatouage de la déesse ailée d'Égypte qui lui barrait le sternum et les clavicules. Sous les bandes qui lui ceignaient les côtes, il récupéra la statuette qu'il avait protégée au prix de sa vie. Il appuya et l'ouvrit, révélant une autre figurine abritée dans la cavité intérieure, diaphane et ailée, récupérée dans le corps mortel d'Isis même.

La vieille chamane la prit entre ses doigts teints de noir, comme des serres d'aigle, l'approcha des flammes pour l'observer, la renifla et sembla reconnaître dans son odeur celle des os.

Elle regarda Claudius et il ne comprit pas si dans ces yeux clairs se reflétait son salut ou sa condamnation.

Se détachant ainsi devant le feu, la statuette de la déesse semblait flamber.

Claudius pensa que cela devait peut-être advenir, pour la faire renaître.

Les chrétiens avaient cru qu'ils l'avaient réduite en cendres, mais de la cendre elle avait ressuscité sous une autre forme.

55

Vingt-sept ans plus tôt

Teresa sentait son corps brûler. Toutes les parties de sa personne étaient de braise et elle s'incendiait sans flammes, noircissait et se consumait. Elle sentait un vide en expansion, à l'intérieur. Quelqu'un soufflait sur la peau bouillante, provoquant des frissons. On lui demandait avec insistance de bouger les doigts, les mains, les pieds.

— Essayez, Teresa. Forcez-vous.

Qu'en savait-elle, cette voix, de l'effort que cela réclamait ? Elle s'évertua à la contenter.

— Vous avez récupéré de la sensibilité. Bienvenue dans ce monde.

Qui est-ce qui parlait ? Elle ouvrit les yeux, mais tout était flou.

Des bruits de roulettes, un grincement métallique, des pas à ses côtés. Il y eut ensuite une odeur de désinfectant, le contact rêche d'un drap bordé jusque sous le menton.

Elle récupéra aussi la vue. Elle était revenue au monde, oui. Mais où ?

Sur un lit, que l'on poussait dans des couloirs trop éclairés. Elle voyait tout défiler, et le visage d'un infirmier au-dessus de sa tête. Elle suivit du regard le petit tuyau d'une perfusion qui disparaissait entre les plis du drap. Elle tira et sentit un pincement. Ce goutte-à-goutte était rattaché à elle.

— Du calme, ne vous agitez pas.

L'infirmier lui sourit, mais quand elle posa le regard sur son visage, elle ne put cacher un mouvement de trouble.

Elle leva une main et se toucha légèrement les joues, le nez, les paupières. Elle ne sentait rien, comme si elle n'avait pas de visage. Dans la bouche, un goût amer. Sur les doigts, la couleur de la teinture d'iode. La peau des bras était violacée. Elle tenta de parler, mais sa mâchoire était bloquée. Elle n'avait aucune idée du jour que l'on était, si c'était la nuit ou le matin. Elle se sentait perdue, elle avait du mal à rassembler les lambeaux auxquels ses souvenirs étaient réduits.

L'infirmier poussa le lit dans l'ascenseur. Les parois et le plafond étaient en acier. Elle tourna la tête avec difficulté, ses vertèbres craquèrent. Elle se chercha dans le reflet, mais elle ne reconnaissait pas la femme qui la regardait à son tour. Sur elle avaient cheminé la destruction et l'anéantissement. Une attelle métallique lui emprisonnait la partie basse du visage, qui avait été reconstruite, remise d'aplomb elle ne savait comment, et qui savait si la chair pouvait oublier ou si elle porterait à jamais sur elle la marque de la violence. Qui savait si le corps avait de la mémoire.

Un haut-le-cœur lui remonta dans la gorge, mais elle réussit à le refouler. La peau la tirait, tendue par des plaques en métal. L'infirmier lui tamponna les lèvres avec une compresse.

— C'est l'effet de l'anesthésie. Ne vous inquiétez pas.

De l'anesthésie ? Elle était enceinte. Elle avait la nausée parce qu'elle attendait un enfant.

Les portes de l'ascenseur s'ouvrirent.

Derrière ces portes, il y avait Albert, et derrière lui Antonio Parri. Dès qu'ils la virent, le premier détourna le regard comme sous l'effet d'une gifle, le deuxième éclata en sanglots comme un enfant.

Elle tendit une main vers son ami, mais ce fut Albert qui la lui prit et la remit sous le drap.

— Ne t'inquiète pas. Ne t'inquiète pas.

Il semblait se le répéter à lui-même, alors qu'il escortait le lit et la forme humaine allongée dessus. Il ne réussissait pas à la regarder. Il ne réussissait pas à être convaincant, mais c'était peut-être seulement parce qu'il n'avait pas l'habitude de se montrer rassurant.

Elle se demanda s'il lui disait de ne pas s'inquiéter parce qu'elle récupérerait son corps pleinement fonctionnel et son visage d'avant, ou parce qu'il avait finalement arrêté Sebastiano.

Maintenant elle se souvenait.

La pensée de l'homme qui l'avait réduite en miettes lui provoqua un élancement dans le ventre. Elle tenta de le dire à Albert en tirant sur sa veste, mais il continuait à regarder droit devant lui.

Sebastiano était libre. Personne ne le recherchait, parce que personne ne pouvait savoir que c'était lui qui l'avait mise dans cet état. Elle tira encore sur l'étoffe, et Albert s'écarta de nouveau.

Le couloir où ils avançaient n'était pas désert comme les précédents, mais encombré de personnel médical avec des dossiers dans les mains, de parents en visite, d'aides-soignants qui poussaient des chariots. La tête de Teresa se remettait à fonctionner : cela signifiait que de la salle d'opération ils étaient remontés dans le service. Ils l'avaient vraiment opérée.

Par les fenêtres qu'elle entrevoyait filtrait la lumière orangée du crépuscule. Des nuages très noirs s'accumulaient à l'horizon, aussi longs et minces que des stries sur le dos du monde. Et de nouveau elle ne comprenait pas ce qu'ils lui avaient fait et combien d'heures, de jours ou de semaines s'étaient écoulés.

Sebastiano était libre. Elle ne parvenait pas à penser à autre chose.

Ils s'arrêtèrent devant une chambre. Une infirmière aida un collègue à faire passer le lit par la porte. Elle ouvrit le petit panneau, ils cherchèrent ensemble le meilleur angle. Entre-temps, une doctoresse arriva, demanda à pouvoir jeter un œil à la fiche clinique. Teresa eut l'impression de l'avoir déjà rencontrée.

Encore une contraction dans le ventre, cette fois plus intense, au point de lui arracher un gémissement. Elle s'agrippa à la barre du lit jusqu'à ce que cela cesse, et resta le souffle coupé. Ce serait comme ça, l'accouchement ? Elle voulut se toucher le ventre, mais la doctoresse lui prit la main et se pencha vers elle.

— Maintenant nous allons vous donner quelque chose pour dormir.

Elle se souvint où elle l'avait déjà vue. C'était la gynécologue qui l'avait auscultée aux urgences. Elle lui serra la main le plus fort possible et tenta de lui parler de sa douleur, mais la femme se libéra facilement et transmit ses instructions à l'infirmière.

Elle ne voulait pas dormir, elle voulait qu'ils l'écoutent.

Elle chercha Parri autour d'elle, parmi les gens qui passaient devant elle, parfois en la heurtant comme si elle était transparente.

Elle crut le reconnaître dans la silhouette vêtue de bleu restée en retrait, à la limite de son champ de vision qui avait suivi le lit depuis qu'elle était sortie de l'ascenseur.

Elle s'efforça de mieux distinguer ses traits.

Combinaison bleue, bonnet enfoncé sur la tête, Giacomo Mainardi releva le visage comme s'il avait justement attendu ce moment. Il n'ébaucha même pas un mouvement de fuite, il se tint là, la dévisagea, comme si c'était la seule chose importante à faire, les yeux rougis, peut-être de folie, ou d'insomnies douloureuses.

Elle essaya de se redresser en position assise, mais l'infirmière la bloqua contre les coussins. Elle s'agita, tira Albert par la manche. Il fronça les sourcils.

— Je ne comprends pas ce que tu veux me dire.

Giacomo recula de quelques pas, puis finit par faire volte-face pour battre en retraite.

Teresa se jeta du lit. La perfusion s'arracha de son bras, mais elle ne sentait plus rien. Elle réussit à se remettre debout, en s'appuyant des coudes sur les garde-corps. Ils poussèrent tous des cris.

Pour une fois, Albert Lona sembla deviner ce qui se passait. Il suivit son regard dirigé vers l'homme qui s'éloignait au milieu des gens qui s'enfuyaient, mais il s'inventa une version erronée de l'incident.

Il dégaina son pistolet et se lança à sa poursuite, en le tenant en joue. Il lui ordonna de s'arrêter, sinon il tirerait. Le couloir s'était vidé.

— Il est revenu l'achever ! cria-t-il à Parri, qui avait trouvé refuge derrière un chariot.

Mainardi s'arrêta, dos à eux, mais il ne leva pas les mains comme le lui ordonnait le commissaire. Il paraissait n'avoir jamais eu l'intention de s'en aller vraiment, ou alors il ne voulait pas ou ne parvenait pas à s'éloigner d'elle.

— Mets les mains bien en vue ou je tire !

Albert tremblait. Il suffisait d'un rien pour qu'il appuie par mégarde sur la détente.

Lorenzi, tout échevelé, vint s'agenouiller près de Teresa. Il avait renversé son café sur sa chemise et son pantalon. Il tenta de la soulever et de l'emmener à l'écart, mais elle se dégagea.

Ils n'avaient pas compris.

Giacomo se retourna, il avait le visage strié de larmes. Il fit un pas vers elle, en la regardant droit dans les yeux.

« Non, pas un pas de plus », aurait-elle voulu lui dire.

Albert actionna la culasse de son arme.

— Arrête-toi !

Giacomo avança encore.

Elle tenta d'articuler les mots pour expliquer qu'il n'était pas là pour tuer, ni elle ni personne, mais qu'il était seulement mû sans doute par la douleur dont il avait été le témoin et qui ne lui avait pas permis de rester loin d'elle. Il avait senti quelque chose, peut-être. Quelque chose d'humain au fond de lui.

Albert l'ajusta. Teresa sortit l'arme de l'étui de Lorenzi, s'agrippa à lui pour atteindre le lit et se remettre debout. Elle visa, elle aussi.

Lorenzi hurla une mise en garde. Albert pivota, mais à peine, puis il comprit. Il baissa son arme, l'air désorienté, et ouvrit grand les bras, comme pour dire : « Qu'est-ce que tu fabriques ? »

C'était lui que Teresa tenait en joue.

Elle ne savait pas où elle avait puisé le courage de faire une chose pareille, ni le prix qu'elle paierait pour son geste.

Parri se releva et hurla à Lona de ne plus bouger.

— Elle veut nous dire que ce n'était pas lui !

Teresa laissa tomber l'arme au sol, où elle s'effondra à son tour. Elle ne sentait plus ses jambes. Tout autour d'elle, le personnel soignant avait recommencé de s'activer, la touchait, tentait de la relever, réclamait de l'aide. Albert continuait de crier à Giacomo de se rendre.

Teresa souleva sa chemise. Elle était tachée de sang. Le pansement était rouge et humide. Elle l'arracha.

Elle comprit quel était ce vide qu'elle avait senti en elle dès qu'elle avait repris connaissance. Elle était revenue au monde, seule.

Ils l'avaient ouverte et ils l'avait vidée. Et elle ne pouvait éprouver de douleur parce que son corps était encore anesthésié. La douleur qui la brûlait était autre, elle venait de l'âme, qui savait, qui avait tout vu, sans pouvoir rien faire parce qu'il n'y avait plus rien à faire.

Elle avait perdu son enfant. Il n'y aurait plus jamais aucun enfant.

Elle hurla si fort qu'elle terrorisa ceux qui la retenaient, entre les inconnus au regard bouleversé et les flacons de médicaments qui tombèrent avec fracas sur le sol, Albert qui appelait la sécurité, et qui braquait son arme avec toute la force de la peur.

Elle hurla jusqu'à faire sauter les points de suture de sa mâchoire, hurla au monde un deuil qui n'aurait pas de fin et la culpabilité qui, à partir de ce moment, la hanterait pour toujours.

Et ce fut alors que Giacomo courut à elle.

Il réussit seulement à lui déposer un baiser léger sur le front, avant d'être plaqué à terre par Albert et les vigiles de la sécurité.

— Je suis arrivé trop tard, murmura-t-il en la regardant, désespéré. Je suis arrivé trop tard.

56

Aujourd'hui

Ce devait être la fin, mais Teresa jugeait cet épilogue de son ancienne vie trop envahi de monde et trop bruyant.

Il ne régnait pas chez elle la tristesse à laquelle elle s'était attendue. Marini et Elena, Alice et Smoky, Parri, De Carli et Parisi, ils étaient tous là. Ils avaient consacré la journée à réaménager son cadre de vie pour le rendre plus adapté à la maladie. Ils avaient couvert les miroirs, ils avaient étiqueté les objets qui ne l'étaient pas encore, ils avaient branché la plaque à induction dans la cuisine et peint en bleu myosotis les murs de la chambre dans laquelle allait s'installer Alice. Teresa l'avait convaincue de quitter son modeste appartement pour venir vivre chez elle. Elle aurait bien essayé de l'aider, mais quelque chose lui soufflait que ce serait la pulsion vitale de la jeune fille qui l'aiderait le plus.

— Considère bien que je ne te le propose pas dans le but que tu me serves d'auxiliaire de vie.

— Considère bien que je n'accepte pas dans le but de te convaincre de retrouver ma mère.

Alors que les autres achevaient les derniers travaux, Parri préparait le dîner. Il avait établi un calendrier avec des jours et des heures où il serait à la maison avec elle. Elle l'avait regardé comme s'il était fou.

— Il s'est écoulé vingt-sept années, Antonio. Quand cesseras-tu de croire que tu as une dette envers moi ?

— Ce n'est pas une question de dette. C'est de l'affection. Et puis moi, je suis un solitaire, je n'attendais rien d'autre.

— Tu n'attendais rien d'autre que de me voir tomber malade ?

— Dit comme ça, je trouve que ça sonne mal.

— C'est toi qui l'as dit.

— Je suis médecin, pas poète.

Par moments, Teresa s'arrêtait de travailler pour les prendre en photo. Elle se photographiait avec eux. Elle dérobait des instants de bonheur qui ne resteraient pas enfermés dans la mémoire du téléphone. Elle voulait imprimer les images et en tapisser la maison, dans l'espoir d'y reconnaître, dans ses épisodes de confusion les plus sombres, les visages des inconnus qui étaient à ses côtés. C'étaient des indices qu'elle se laisserait pour elle-même, afin qu'elle sache qu'elle pouvait se fier à eux. Elle n'avait rien d'autre à quoi se raccrocher, mais sa crainte était qu'un jour, dans ces clichés, elle ne se reconnaisse même plus elle-même.

Elle retourna dans la pièce dédiée à la bibliothèque. Elle avait commencé d'y remettre de l'ordre, mais il lui était impossible de procéder avec rapidité. Tant de souvenirs dans les pages de ces livres. De nuits sans sommeil et de rêves. C'était ainsi qu'elle s'était reconstruite.

Elle ouvrit un tiroir du secrétaire. Le dernier cahier de son journal qui l'avait accompagnée tous les jours au travail était là, roussi et gonflé de notes. Elle ne s'y attendait pas, elle ne se rappelait même pas l'avoir rangé là. Le voir lui provoqua une douleur. C'était un symbole. Depuis tant d'années, elle s'était identifiée à sa profession.

Les éclats de voix joyeux qui faisaient revivre sa maison la réconfortaient. Finalement, elle avait réussi elle aussi à fonder une famille, non pas de sang, mais de liens forts et parfois inattendus. Tous les changements n'étaient pas porteurs de malheur. Finalement, les choses se stabilisaient, et on allait de l'avant malgré tout.

Elle prit le journal dans ses mains. Elle avait un autre adieu à faire.

— Assez de regrets.

Elle sortit dans le jardin. Ils avaient mis dans l'allée des cartons pleins de vieux papiers à jeter.

Elle resta avec le journal dans la main, sans parvenir à s'en libérer. Ce simple geste était si difficile à accomplir. Un petit sacrifice personnel à offrir au destin, afin qu'il puisse être le plus miséricordieux possible, sachant qu'il se montrerait de toute façon certainement cruel.

Tout à coup, les grillons cessèrent de chanter.

Elle devait être folle, mais brusquement, dans cette tension, elle reconnut la sensation qu'elle avait déjà éprouvée dans un cimetière illuminé. Ou alors c'était qu'elle l'attendait, inconsciemment.

Elle scruta la nuit.

— Je sais que tu es là.

Il ne se passa rien, pas une feuille ne frémit, et elle se sentit un peu sotte, mais Giacomo finit par sortir de l'ombre des glycines en fleur. Il avait dû penser et repenser à ce pas qu'il venait de franchir. Les mains dans les poches de son jean, un T-shirt sous le blouson de peau ; il avait presque l'air d'un gamin.

Il s'appuya aux ferrures du portail.

— Toujours des barreaux entre nous.

Elle s'approcha.

— À une époque, je pensais qu'entre nous il y avait aussi de la sincérité, et en réalité tu m'as menti.

Il ne répliqua rien, il continua de l'observer.

Elle éprouvait de la colère, en plus de la douleur de s'être sentie traitée comme un pion, au moment où elle était le plus fragile.

— Tu t'es assez amusé comme ça, Giacomo.

— Écoute-moi.

— Non.

— Pourquoi ?

Elle bondit et s'agrippa aux barreaux.

— Parce que je ne te croirai pas. (Elle sentit ses yeux la brûler.) Tu m'as forcée à chercher le corps de Sebastiano sans te demander ce que je ressentirais en le découvrant.

— Il avait failli te tuer. Qu'est-ce que tu aurais pu ressentir ?

Elle suffoqua.

— Certainement pas de la joie, et pas non plus de la satisfaction.

Il la regardait comme s'il voulait la faire avouer.

— Je t'ai menti, c'est vrai. Mais pas sur tout.

— Tu as toujours su où était enseveli le corps. Personne ne l'avait déplacé.

Ses lèvres esquissèrent un sourire.

— Accorde-moi un peu de clémence, Teresa.

— De la clémence ? Je t'ai donné bien davantage au cours de ces vingt-sept années. Je t'ai accordé ma confiance et tu as voulu jouer avec moi.

— Cela n'a jamais été un jeu.

— Et alors, c'était quoi ?

Il leva les yeux vers les étoiles. Ils étaient brillants.

— Une manière de te garder près de moi, peut-être. De revenir en arrière. Comme si ces vingt-sept années ne s'étaient pas écoulées. Je voulais une conclusion différente cette fois.

Elle baissa un instant les yeux, retrouva la force d'éloigner ses émotions.

— Qu'est-ce que c'est cette statuette, Giacomo ? Qu'est-ce qu'elle signifie ?

— Je ne sais pas de quoi tu parles.

— Conneries ! Je suis fatiguée de jouer aux devinettes.

— Si je pouvais, je t'aiderais à résoudre celle-là.

— Donc ce n'est pas toi qui as introduit une statuette vieille de deux mille ans dans la gorge de Sebastiano ?

— Dans la gorge de Sebastiano, moi, je n'ai mis que les tesselles de la mosaïque d'Aquilée. Et quand je l'ai fait, il était encore vivant.

— Je t'en prie, épargne-moi les détails. Pourquoi le lièvre, pourquoi Aquilée ? Cela ne peut pas être un hasard.

— Ce n'en est pas un. Je me suis inspiré d'une histoire de rédemption qui m'avait été racontée. Par qui, tu peux l'imaginer.

— Par le commanditaire.

L'inconnu avait manipulé l'imaginaire de Giacomo, ce Lazare, ce cadavre ressuscité qu'il avait toujours cru être. Comme Osiris, il était revenu de l'au-delà, mais il l'avait fait en se parant des couleurs de la mort, exactement comme le dieu toujours représenté avec la couleur verte de la putréfaction.

— Tu peux te fier à moi, Teresa.

— Ah, vraiment ?

— Allez, ne me parle pas comme ça. Je veux t'aider.

— Et toi, qui est-ce qui t'aide maintenant ?

— Je m'en sors tout seul.

Elle lâcha un juron du bout des lèvres. Elle eut un bref regard derrière elle.

— Pour quoi es-tu ici, Giacomo ?

— Pour te mettre en garde. Celui qui m'a suggéré ce meurtre l'a fait pour t'adresser un message précis. Il connaît ton passé, et il connaît le mien. J'ai compris trop tard que la vraie cible, c'était toi. Je n'ai pas pu m'en empêcher.

— Je sais.

— Celui qui s'est servi de moi te connaît bien : ce qu'il m'a fait faire, c'était une manière de te dire qu'il est très près de toi et qu'il sait ce qui te tient le plus à cœur. Cette fois, il t'a fait faire un saut dans le passé, mais la prochaine fois…

— Il s'en prendra à ma brigade ? Giacomo, tu ne m'aides pas. Tu dois m'en dire davantage.

Il devint mélancolique.

— C'est vraiment tout. Et ceci, c'est un adieu. (Il lui effleura le visage.) Je me sens triste.

— Je ne peux pas te laisser partir.

— Et que voudrais-tu faire ? Je te promets de ne plus tuer.

— Tu sais que ce n'est pas vrai.

Elle dit cela dans un murmure, en se retournant de nouveau vers la maison.

— Ne les appelle pas, si tu tiens à eux. Il y a aussi une femme enceinte, là-bas. Tu as vu de quoi je suis capable. Une bête reste une bête.

Elle regarda ses mains. Elle savait en effet ce qu'elles étaient capables de faire. Elle ne voulait même pas les imaginer se poser sur ses garçons, qui étaient là pour l'aider, désarmés et inconscients.

— Cette journée, il y a vingt-sept ans, quand tu m'as arrêté…

— C'est la seule et unique erreur que tu aies commise. Je ne me la suis jamais expliquée.

— Ce n'était pas une erreur, Teresa. Je l'ai fait pour un seul motif, et c'est ce qui m'amène à être ici, maintenant, avec trois policiers à quelques mètres de moi et une policière devant moi. J'étais totalement, magnifiquement attiré par ta force. Je ne pouvais me tenir loin de ta lumière.

Elle sentit ses yeux se mouiller.

— Tu étais fasciné au point de recueillir une de mes dents, alors que j'étais mourante, et de la conserver pendant trente ans.

Il secoua la tête.

— Comment peux-tu imaginer cela ? Ce n'est pas moi qui te l'ai prise. C'est ton mari. Il la gardait sur lui. Je te l'ai dit : une bête reste une bête.

Un fétiche, entre les mains de Sebastiano. Pendant tout ce temps, son bourreau l'avait conservé comme un signe et un souvenir du pouvoir qu'il exerçait sur elle. La symétrie avec Giacomo était bouleversante, à une différence près, déterminante : Sebastiano était resté intégré dans la société tant que cela lui avait été possible, il avait été un mari, un frère, un collègue insoupçonnable ; l'autre, en revanche, était un meurtrier en série, qui avait toujours vécu en marge. Le premier avait cherché à l'anéantir. Le second l'avait sauvée.

Elle tremblait, il s'en rendit compte et recula d'un pas.

— Continue à resplendir, ma Teresa. Ce n'est pas moi qui t'éteindrai.

Il tourna les talons, il allait partir, mais elle l'arrêta.

— Si tu veux m'aider, dis-moi quelque chose de plus sur l'homme qui a voulu la mort de Sebastiano.

Un silence.

— Je n'ai jamais dit que c'était un homme. C'est toi qui as cru que cela allait de soi.

Elle se sentit glacée. Avait-elle vraiment commis cette erreur ?

Quelles autres informations, combien d'autres particularités avait-elle oubliées ?

Une pensée horrible s'insinua en elle. Elle empoigna les barreaux avec force.

— C'est moi ! Je t'ai demandé de le tuer ?

Il revint vers elle, lui caressa le visage à travers les barreaux et la sauva pour la deuxième fois.

— Non, Teresa. Ce n'était pas toi.

Elle le regarda s'éloigner, incapable de prendre une décision.

Elle avait encore son journal dans les mains. Elle pouvait y noter ces révélations ou le jeter. Elle pouvait demander de l'aide ou garder le silence.

Que voulait-elle ?

C'était toujours la même question qui lui tournait dans tête : serait-elle jamais capable d'être autre chose qu'une policière ?

Non.

Elle ouvrit le cahier, chercha une page vierge et vit la dernière phrase qu'elle y avait inscrite, à la fin d'une affaire qui l'avait elle-même laissée à l'état d'énigme à résoudre : « Madre d'Ossa. La Mère des ossements. Fais attention. »

C'était l'avertissement qu'un homme, un inconnu, lui avait adressé pour l'aider, avant de disparaître dans l'obscurité, alors que l'incendie auquel Marini et elle avaient échappé faisait encore rage, disséminant de la cendre et des étincelles dans la nuit. Un homme qui avait sauvé son journal des flammes et dérobé une icône ancienne dont le pouvoir allait au-delà de l'évocation de la beauté artistique. C'était son ami, et elle ne le savait pas.

Entre-temps, la vie de Teresa avait été emportée dans un gouffre : le corps à la limite du collapsus, la fuite et le retour de Giacomo, la mort de Sebastiano. Elle n'y avait plus pensé, ou peut-être était-ce la maladie qui avait décidé pour elle d'effacer ce souvenir, qui avait maintenant resurgi.

À l'époque cela lui avait fait l'effet d'une plaisanterie de très mauvais goût, une formule clinquante, sans répercussions, mais le réveil de la *Mater larvarum* changeait tout. Ou peut-être pas. Ce n'était pas le moment de se laisser influencer, de céder à la confusion et au doute.

Marini la rejoignit. À voir son sourire, il ne s'était rendu compte de rien.

— Tout va bien ?

Elle ne répondit pas.

— Quelque chose ne va pas ?

Deux mères. L'une d'ossements, l'autre à la tête d'une progéniture de fantômes, resurgie dans la gorge d'un mort. Un mort qui, en vie, avait été son mari. Teresa ne croyait pas aux coïncidences.

La Mère, celle ou ce qu'elle était, viendrait bientôt la chercher. La statuette devait revêtir une signification précise qu'elle était appelée à découvrir et à interpréter. Elle seule.

« La Mère des ossements. Fais attention. »

— Tu as un stylo ?

Il tâta sa poche-poitrine et le lui tendit. Elle barra la phrase.

Elle choisit de protéger ses garçons. Ils avaient frôlé une réalité qu'il valait mieux laisser filer et qu'elle traquerait, elle, et pas eux. Son cœur battait furieusement.

Marini s'appuya au portail, leva le visage vers le ciel, comme Giacomo l'avait fait peu avant. Le parfum des glycines était doux et poivré.

— Par une nuit pareille, la mort semble lointaine. Dans des moments comme celui-ci, je réussis à m'en débarrasser.

La brise agita les frondaisons, un pétale lui caressa l'épaule avant de glisser à terre. Ou alors ce fut autre chose qui se déplaça dans l'obscurité.

Le code émotionnel que partageaient Teresa et Giacomo n'avait rien d'égalitaire. Plein de compassion de sa part à elle. Obsessionnel-compulsif de sa part à lui. Aux yeux de l'assassin, Marini pouvait devenir un rival.

Elle referma le cahier.

— Massimo, éloigne-toi d'ici.

Il se tourna.

— C'est quoi, cette voix ?

Quand il vit son visage en face, son sourire s'éteignit. Comme s'il lisait dans ses pensées, l'inspecteur scruta de nouveau la nuit, en alerte. Il lâcha le portail et recula de quelques pas.

— Que s'est-il passé ici ?

— Ne t'affole pas.

— Je ne m'affole pas.

Il était déjà affolé. Marini était comme ça.

— Ici, avec vous, c'était qui, commissaire ?

Elle lui dit la vérité. Elle avait seulement laissé s'écouler le temps nécessaire pour que ses garçons soient en sécurité.

— Giacomo. Appelle Lona.

57

IVᵉ siècle

Ils ne l'avaient pas tué. Claudius pensa avoir déjà amplement matière à remercier les dieux. Pas pour lui-même, mais pour la mission dont il s'était chargé.

La sorcière sarmate tenait encore entre ses doigts peints la statuette avec le reliquaire et précédait la procession des femmes et des guerriers au milieu desquels Claudius était entravé. Ils le conduisaient dans la profondeur des bois, où même les assassins ne se seraient pas aventurés. Ce pouvait être le Mundus *dans cette obscurité qui semblait respirer autour de lui. Ces étrangers aux visages peints en blanc n'étaient peut-être que des morts remontés de la fosse pour l'entraîner tout au fond, dans l'abîme des abysses.*

Pourtant, ce n'était pas la fosse des esprits qui s'offrait à sa vue. Dans une plaine éclairée par la lune, le campement semblait endormi. Les Sarmates savaient comment échapper aux regards indésirables.

La vieille femme disparut dans une tente gardée par deux jeunes filles et en ressortit peu après avec une corbeille dans les bras. Quelque chose s'agitait dedans.

Le cercle des guerriers s'ouvrit et Claudius la vit s'avancer vers lui, les bras tendus. Elle déposa la corbeille à ses pieds. Exposé comme une relique, emmailloté d'un drapé de soie et de guirlandes de plumes, un nouveau-né gigotait. Une petite fille. La vieille femme la prit dans ses mains et l'a souleva, nue, l'offrant à son regard. Le petit corps était recouvert de signes ésotériques dessinés au blanc de plomb. Sa naissance avait été protégée grâce à des formules magiques.

Claudius ne comprit pas pourquoi ils l'avaient conduit devant elle, jusqu'à ce que la femme la retourne. La petite avait les omoplates proéminentes, comme les ailes d'un oiseau à peine venu au monde. Elle était une déesse vivante, objet de leur culte.

Il se demanda s'il devait se prosterner ou si le symbole d'Isis ailée qui lui traversait la poitrine le désignait à la tribu comme un prêtre guerrier, gardien du divin.

L'enfant tendit un bras, lui toucha délicatement le nez avec la main.

La vieille femme l'incita par des gestes à imiter l'enfant. Non sans réticence, Claudius la prit dans ses bras. Les flammes des torches se reflétaient dans les iris qui avaient la couleur de la pierre claire et le contour bridé des gens de l'Est.

Claudius allait la redonner à la femme, mais elle agita les mains en signe de refus.

La chamane emprunta le sentier qui s'enfonçait encore plus loin dans la forêt, où les arbres se torsadaient dans un ventre humide, et au bout duquel était stationné un chariot sans bœufs ni chevaux.

Les femmes oiseaux se détachèrent de la procession, allumèrent un brasero et jetèrent dans le feu une poudre qui le fit crépiter de flammes bleues.

Sur le chariot était posé un sarcophage en bois incrusté de dragons entrelacés.

La vieille femme reprit l'enfant, rendit à Claudius la statuette et l'invita à s'approcher.

Il sauta sur le chariot. Le vent s'était levé, un vent du nord qui apportait l'odeur de la glace et arrachait une pluie de feuilles.

Il plongea le regard dans le sarcophage ouvert et sentit ses genoux faiblir et se heurter aux planches de bois.

Dans sa paume, la statuette semblait palpiter, mais c'était peut-être seulement le sang du prêtre guerrier qui circulait plus vite.

C'était Isis qui l'avait guidé jusqu'ici. Elle avait trouvé le moyen de se mettre en lieu sûr. Claudius eut la certitude que la statuette traverserait les siècles en transportant son message, perpétuant le culte, parce que tout ce devant quoi il s'était toujours incliné, tout ce qu'il avait toujours vénéré, l'incarnation terrestre de la foi, se trouvait sous ses yeux. En os, mais sans chair.

58

Aujourd'hui

À en juger par les forces mises en œuvre pour donner la chasse à Giacomo Mainardi, on eût dit que, s'il l'avait pu, Albert Lona aurait volontiers dérangé aussi l'armée.

Marini n'avait jamais vu un tel déploiement de ressources. Lona en avait fait une affaire personnelle et Massimo se surprit un instant à encourager l'assassin, rien que pour voir le préfet en difficulté.

Ce dernier était arrivé chez Teresa Battaglia escorté de quatre véhicules de patrouille, alors que la zone était déjà bouclée. Les gyrophares allumés et les hommes armés dans le jardin eurent au moins un effet : le téléphone se mit à sonner sans répit. Teresa dut rassurer tout le voisinage. Quelques curieux passèrent devant la propriété en faisant mine de se promener.

Rien de mieux que cette confusion pour fournir à Mainardi un moyen de s'échapper.

Le préfet harcelait Teresa, et elle se vengeait avec des réponses qui ne rassuraient que lui, incapable de saisir l'ironie que recelait sa voix, comme celle de qui que ce soit d'autre.

— Tu crois que nous allons l'attraper ?

— Mais bien sûr, Albert.

— Il s'est déjà écoulé deux heures. Si seulement tu l'avais retenu.

— J'ai songé à l'inviter à entrer, sur le moment.

— Tu crois qu'il aurait accepté ?

— Je ne sais pas, mais maintenant que tu m'y fais penser…

Il soupira.

— Tu aurais au moins pu essayer.

Il les toisa tous du regard.

— J'ai besoin de toutes les ressources à disposition. Vous serez de la prochaine vague. Marini, demain matin, réunion avec le substitut du procureur.

Il se leva, personne ne fit un geste pour le raccompagner à la porte. Ils restèrent tous assis. Teresa, Parri, Massimo, De Carli et Parisi. Elena et Alice avaient fait mine de monter à l'étage, mais Massimo était prêt à parier qu'elles étaient dans l'escalier et se retenaient de rire.

Seul Smoky trottina derrière lui jusqu'à l'entrée. Il semblait vouloir être certain lui aussi qu'il s'en allait.

Massimo se leva, à contrecœur.

— Je reviens tout de suite.

Il rejoignit le préfet dans l'allée du jardin.

Lona se retourna avant qu'il ne l'ait appelé. Il s'y attendait et c'était très mauvais signe.

— Dis-moi, Marini.

Trop aimable.

— Je voulais savoir si, à la réunion de demain, vous comptez évoquer la piste du commanditaire.

— Quel commanditaire ?

— Nom de Dieu, vous avez l'intention de ne rien faire ?

— Et qu'est-ce que je devrais faire, selon toi ? Donner foi à la parole d'un meurtrier multirécidiviste ?

— Teresa Battaglia le croit, et moi je la crois.

— Et par conséquent tu crois aussi Mainardi. Oui, je sais comment cela fonctionne entre vous. (Il gesticula de la main.) Ce pacte de…

— Aucun pacte. Il s'agit de confiance et de loyauté.

— Que tu es touchant.

— Si vous ne faites rien, alors je le ferai, moi.

— Inspecteur. (Lona sortit son étui à cigarettes de la poche de sa veste.) Tu n'as aucun intérêt à poursuivre cette piste, tu le sais ?

— Vous voulez m'en empêcher ?

Cela fit rire le préfet. C'était la première fois que l'inspecteur l'entendait rire de bon cœur.

— Marini, tu penses donc que je fais ça pour te contrarier…

— Et pourquoi sinon ?

Le préfet baissa d'un ton. Il n'avait plus du tout l'air de s'amuser.

— Pourquoi ? Parce que s'il y a un commanditaire, comme l'affirme Mainardi, ce ne peut être que notre Teresa Battaglia.

Massimo resta pétrifié.

— Quel mobile parfait, Marini. Quelle habile stratégie. Sebastiano a été tué le 20 mai, le jour de l'anniversaire de Teresa. Quel cadeau aurait pu lui faire plus plaisir, tu ne trouves pas ?

— Ce sont des divagations.

— Suis-je vraiment en train de tenir des propos si surprenants ? Réfléchis bien, Marini. Cela a pu s'organiser pendant leurs entrevues en prison. Tu l'as toi-même découvert, inspecteur, tu te souviens ? Au cours de ses interventions, elle a très bien pu laisser échapper une phrase en apparence inoffensive, mais qui pour un individu comme Giacomo est devenue une mission : « Je voudrais qu'il soit mort », « Il mériterait de mourir », « Le monde serait meilleur sans lui ». (Il replia la main en conque, alluma une cigarette et recracha la fumée.) Cela te paraît si invraisemblable ?

Il n'attendit pas la réponse. D'un geste de la main, il fit signe à un agent et se dirigea vers sa voiture. Dans le bleu du crépuscule, entre les réverbères allumés, Massimo associa la fumée de la cigarette qui s'éloignait à des signaux présageant une guerre.

Désormais, il avait appris à déchiffrer les propos du préfet. Ce qu'il venait de dire n'était pas une suggestion destinée à protéger Teresa. Il signifiait à Massimo qu'il le tenait et que tôt ou tard il recouvrerait cette créance.

Mais cela surviendrait un autre jour et il était prêt à l'affronter. Il l'attendait au tournant et il ne serait pas seul.

Il rentra dans la maison. Teresa Battaglia le chercha aussitôt du regard.

— Tout va bien ?

Cela n'avait aucun sens de l'inquiéter.

— Tout est sous contrôle.

De Carli lança une de ses blagues sur Massimo et sa manie du contrôle, Parisi ne laissa pas échapper cette occasion de renchérir, Smoky gronda quand Massimo se laissa tomber sur le canapé en attirant Elena à lui, tandis qu'Alice aidait Parri en cuisine. Tout était parfait.

La vie reprenait son cours comme s'il ne s'était rien passé, ou presque rien.

Massimo appela Teresa, qui mettait la table pour tous.

— Et maintenant, vous nous racontez comment vous êtes devenue commissaire ?

Elle cessa d'essuyer avec un torchon les couverts qu'elle disposait de part et d'autre des assiettes et sembla chercher l'approbation de Parri qui, entendant cette question, était sorti de la cuisine. Son ami sourit et eut un haussement d'épaules.

Teresa se remit à essuyer, un peu plus fort.

— Voyons… comment je suis devenue commissaire. (Elle cherchait ses mots, s'attarda sur des souvenirs, devenus plus précieux que jamais.) Pour commencer, en empruntant un long couloir sous les yeux de tous. Ce fut l'épreuve la plus difficile. Le reste est allé de soi.

Épilogue

Vingt-six ans plus tôt

Elle marchait dans le couloir, sous les regards de ses collègues. À son arrivée, les bavardages s'étaient interrompus pour reprendre quelques instants après dans un bruissement où elle pouvait saisir son nom, et peut-être celui de l'assassin. Ils parlaient d'elle et de l'affaire résolue. Ils commentaient sa façon de marcher, bancale, l'attelle qui maintenait encore sa mâchoire en place, reconstituée grâce à des vis.

Au cours de la dernière séance d'acupuncture, Mei Gao l'avait appelée « commissaire », mais ce n'était qu'aujourd'hui qu'elle devait décrocher ce titre devant une commission d'examen.

Elle ne réussissait pas encore à parler avec aisance, et certaines lettres restaient un peu traînantes ; à la souffrance s'ajoutait la gêne de se sentir jugée pour son apparence : celle d'une femme fracassée par les mains d'un homme.

Mais ces mains violentes l'avaient façonnée pour qu'elle devienne ce qu'elle se préparait à être.

La cicatrice au ventre la brûlait. Elle la brûlerait pour toujours. Le sang était descendu de son cœur, entre ses jambes. Elle était née une seconde fois, non pas de la côte d'un homme, qui se croyait fait à l'image et ressemblance d'un Dieu, mais des siennes, fêlées, douloureuses, fracturées.

Sebastiano avait commencé à purger sa peine derrière les barreaux, mais aucune ne serait jamais suffisante pour tout le mal qu'il lui avait infligé. Celle dont il avait écopé était particulièrement clémente.

C'était le système qu'il convenait de changer.

Dès qu'elle avait été en mesure de tenir debout, elle avait dénoncé auprès du service du personnel les actes de persécution qu'elle avait subis, sa marginalisation de la part de la brigade, le sabotage de sa carrière, la pression psychologique fondée sur le fait qu'elle était une femme. C'était une procédure de contrôle interne qui avait aussi et surtout mis en cause Albert.

Il lui avait téléphoné en pleine nuit, quand elle était encore convalescente.

— Ne t'attaque pas à moi. Tu n'y as aucun intérêt.

Elle ne recherchait aucune vengeance personnelle, rien que la justice, une manière plus limpide et plus correcte d'être au monde. Elle voulait dégager la voie pour les autres femmes qui en arriveraient là, ou pour quiconque, au-delà du sexe sous lequel ils ou elles étaient né(e)s, risquait d'être pris pour cible par le groupe des plus forts. Dorénavant, ce groupe devrait faire très attention avant de prendre la moindre initiative.

Les derniers propos qu'Albert lui avait tenus étaient lapidaires : « Tu ne réussiras jamais à passer l'examen. Tu n'es pas prête. Tu ne le seras jamais. »

C'était le vœu d'échec de celui qui a peur, peur de la force d'une femme capable de remettre en cause le pouvoir d'un homme jusqu'à lui porter atteinte.

Quoi qu'il en soit, elle n'était plus disposée à subir la volonté d'autrui.

Parri l'attendait à l'extérieur de la salle où se tenaient les entretiens individuels.

Elle s'arrêta à quelques mètres de distance.

Ils ne s'étaient pas revus depuis ce jour à l'hôpital. Elle était demeurée loin de lui et des souvenirs.

Il en était tout autrement du visage souriant qui s'était présenté dans sa chambre, le jour de sa sortie. Elvira Pace l'avait accueillie sous son toit pour les premières semaines de sa convalescence. Elle avait pris soin des blessures pour lesquelles la médecine n'avait pas de remèdes et lui avait enseigné la signification du mot « solidarité ».

Le regard de Parri glissa sur son visage et se fit transparent. Ils pensaient tous les deux à la même chose : si seulement il ne s'était pas endormi à cause de l'alcool qu'il avait dans l'organisme ce soir-là, Teresa n'aurait pas perdu son enfant et elle aurait été sauve.

Mais les regrets et les récriminations ne faisaient guère avancer la vie, ils l'enlisaient et la pourrissaient.

Elle fit les quelques pas qui les séparaient. Il semblait avoir vieilli au-delà de toute mesure. À la mesure de son remords.

Ce fut lui qui parla le premier.

— Tu as l'air changée.

Il observait ses cheveux courts. La frange lisse retombait sur les yeux, le carré descendait à peine à la joue. Elle les avait teints de la couleur de la lave qu'elle sentait bouillir en elle.

— J'ai changé.

Elle le vit détourner le regard et elle éprouva de la peine pour lui.

— Que fais-tu ici ?

Autour d'eux, tout était devenu silencieux.

Son ami trouva le courage de la regarder dans les yeux.

— Je ne te laisserai plus jamais seule, si tu me le permets. S'il y avait un moyen de réparer…

Les portes de la salle s'ouvrirent et un assistant sortit avec une liste en main. Il cherchait le nom du candidat suivant.

Cette journée coïncidait avec celle pour laquelle avait été prévu le terme de sa grossesse. *Peut-être vais-je me mettre moi-même au monde*, songea-t-elle. La douleur qu'elle éprouvait était en effet celle d'une naissance.

Elle se tourna de nouveau vers Parri.

— Le moyen de réparer, c'est ça : arrête de boire. Ensemble, nous ferons de grandes choses.

On appela son nom.

Chère Teresa, félicitations !

À présent, les « monstres » vont devoir faire un peu plus attention.

Avec mon estime et mon affection,

R.

Un mot de l'auteure

Au cours des recherches pour mes premiers romans, j'ai sans cesse découvert des facettes de ma terre d'origine que j'ignorais ou que je n'avais entrevues que de façon superficielle. Dans *Fille de cendre*, comme dans les précédents, je plonge mes racines dans la mémoire et dans les origines. Pour moi, ce voyage que je viens d'achever dans le passé d'Aquilée, sur les traces d'un culte d'Isis en voie de disparition, des ramifications du christianisme, au milieu de révélations mystérieuses qui m'ont émerveillée, a été chargé d'émotions.

Je me suis servie de l'Histoire pour écrire une histoire, je l'ai adaptée, transformée, remplie d'évocations et de mon imaginaire, mais sans cesser de l'aimer, pour restituer à travers les mots l'enchantement que j'avais ressenti.

Quelques textes d'où je suis partie :

A. A. V. V., Circolo Culturale Navarca, sous la direction d'A. Bellavite, *La Basilica di Aquileia. Tesori d'arte e simboli di luce in duemila anni di storia, di fede e di cultura*, Ediciclo, Portogruaro, 2017.

De Clara, L., Pelizzari, G., Vianello, A., *Dalla salvezza di pochi alla salvezza universale. Breve guida ai mosaici della Basilica di Aquileia*, Forum, Udine, 2016.

Fontana, F., *I Culti isiaci nell'Italia settentrionale. 1. Verona, Aquileia, Trieste*, avec une contribution d'Emanuela Murgia, EUT, Trieste, 2010.

Giordani, C., *Il Cristianesimo egiziano di Aquileia*, Gaspari editore, Udine, 2020.

Remerciements

À Jasmine et Paolo, qui me donnent de la force même quand il ne m'en reste apparemment plus.

À ma famille, parce qu'elle est toujours là.

À la splendide équipe de Longanesi, qui continue de m'accompagner de la meilleure manière possible dans ce voyage chargé d'émotions. À Stefano Mauri, Cristina Foschini, Raffaella Roncato, Diana Volontè, Ernesto Fanfani, Alessia Ugolotti, Patrizia Spinato, Lucia Tomelleri.

Merci de tout cœur à Fabrizio Cocco et Giuseppe Strazzeri d'y avoir cru chaque fois avec force.

À Antonio Moro, l'indispensable.

Aux extraordinaires Viviana Vuscovich, Elena Pavanetto, Giulia Tonelli et Graziella Cerutti : vous me transmettez tant d'énergie.

Un remerciement tout particulier à Claudia Giordani pour ses précieux éclairages sur les mosaïques d'Aquilée et le culte chrétien d'origine égyptienne.

Aux amis de toujours et aux nouveaux amis, qui me soutiennent en dédramatisant les angoisses et les doutes.

Aux journalistes, aux blogueurs, aux libraires qui aident mes histoires à prendre leur envol : je vous en serai toujours reconnaissante.

Aux lectrices et aux lecteurs qui me donnent l'impression d'être entourée de tant d'affection : vous avez rendu tout cela possible.

À vous tous, merci de tout cœur.

La photocomposition de cet ouvrage
a été réalisée par
GRAPHIC HAINAUT
76, rue de Nancy 59100 Roubaix

#lisez engagé !
www.lisez.com
Pour plus d'information :
Imprimé sur du papier issu de forêts gérées durablement.

Imprimé en Espagne par Liberdúplex
en septembre 2023
N° d'impression : 112115

POCKET – 92, avenue de France, 75013 Paris

S33312/01